한국한시의 장르적 시각

박혜숙(朴惠淑, Park, Hye-sook)
서울대학교 국문학과 및 동대학원을 졸업했으며, 현재 인하대학교 한국어문학과 교수로 재직 중이다. 주요 논문으로는 「조선의 매화시」, 「18~19세기 문헌에 보이는 화폐 단위 번역의 문제」, 「다산 정약용의 노년시」 등이 있으며, 저서로 『한국 고전문학의 여성적 시각』, 『형성기의 한국악부시 연구』, 편역서로 『사마천의 역사 인식』, 『부령을 그리며─사유악부 선집』, 『다산의 마음』 등이 있다.

한국한시의 장르적 시각

초판인쇄 2019년 12월 26일 **초판발행** 2020년 1월 9일
지은이 박혜숙 **펴낸이** 박성모 **펴낸곳** 소명출판 **출판등록** 제13-522호
주소 06643 서울시 서초구 서초중앙로6길 15, 1층
전화 02-585-7840 **팩스** 02-585-7848 **전자우편** somyungbooks@daum.net **홈페이지** www.somyong.co.kr

값 22,000원 ⓒ 박혜숙, 2020
ISBN 979-11-5905-459-4 93810

이 저서는 인하대학교의 지원에 의하여 연구되었음.
This work was supported by INHA UNIVERSITY Research Grant.

한국한시의 장르적 시각

Korean Poetry in Classical Chinese from Generic Perspectives

박혜숙 지음

소명출판

책머리에

한시라고 하면 보통 중세 지식인의 개인적 서정이나 음풍농월을 주로 표현한 것이라 여기는 경우가 많다. 하지만 한시에는 개인적 자족적 성격의 순수 서정시만이 아니라 생생하고 다양한 현실 반영의 시들도 엄연히 존재한다. 심미성·내면성을 추구하는 시만이 아니라 사회성·역사성을 추구하는 시가 함께 공존한 것이 한시의 전통이었다. 내 기억 속에도 고등학교 시절에 접한 유종원柳宗元의 "산이란 산에 나는 새 사라지고, 길이란 길에 사람 자취 끊어졌네千山鳥飛絶, 萬徑人蹤滅"라는 시구의 강렬한 인상과 대학 시절 읽은 정약용丁若鏞의 애민시愛民詩의 통절한 정서가 평생 뇌리에 함께 새겨져 있다.

안을 향한 시든 밖을 향한 시든, 좋은 시는 우리의 내면을 일깨우거나 바깥의 타자를 환기喚起시킨다. 그런데 대학원 시절 이래로 오랫동안 나의 학문적 관심의 대상이 된 것은 주로 바깥 세계를 향해 열려 있는 한국한시들이었다. 예리한 현실인식을 바탕으로 지식인의 민중에 대한 깊은 관심을 표현한 한시들을 접하면서 그런 작품들이 무척이나 많은 데 놀라고, 거기 담긴 시인의 마음이 너무나 치열하고 생생해서 가슴 벅찰 때가 많았다. 그런 작품들을 어두운 서고에서 불러내 우리 문학사의 주류에 포함시키고 소중한 문학유산으로 활용되게 하고 싶다는 소망이 있었고, 그런 과정에서 서사한시와 악부시 장르를 주목하게 되었다. 이 책은 서사한시와 악부시 장르를 통해 외부세계와 타자를 향한 한국한시의 관심을 학문적으로 규명하고 정리하려는 작은 노력의 일환으로 이루어졌다.

제1부는 서사한시에 대해 다루고 있다. 서사한시는 '서사적 요소가 두드

러진 한시'를 가리킨다. 서사한시는 현실세계와 인간에 대한 관심의 증대에서 비롯된 것으로, 거기에는 지식인이 귀로 듣고 눈으로 본 민중적 삶의 모습이 대거 수용되어 있다. 서사한시와 관련된 나의 작업은 애초 임형택 선생님의 『이조시대 서사시』에서 촉발되었다. 그 책에 실린 수많은 작품과 해설 자체만으로도 크게 지적인 자극을 받았지만, 외람되게도 그 서평을 청탁받게 되었고 그로 인해 서사한시에 관한 일련의 글을 쓰기에 이르렀다. 특히 「서사한시의 장르적 성격」은 서사한시의 장르적·미학적 특질을 상당히 공들여 규명한 글인데, 시에 있어서 '서사성'이란 무엇인가를 심사숙고하는 후배 학인이 있다면 매우 딱딱한 글임에도 불구하고 한시, 국문시가, 근대시를 아우르는 일반 이론의 가능성을 조금이나마 시사받을 수 있지 않을까 생각한다. 그 글에서 마련한 나름의 이론적 입장을 확대 적용해 본 것이 「한문서사시의 개념과 전개 양상」 및 「서사가사와 가사계 서사시」이다.

제2부는 한국악부시에 대해 다루고 있다. 악부시는 타인의 처지나 사회적 감정을 대변하는 특징이 있는데, 특히 한국악부시는 우리 역사와 민중의 현실에 주된 관심을 보였다. 한국악부시만큼 민간세계의 동향과 백성의 삶의 문제를 지속적으로 다루고 있는 장르는 달리 찾아보기 어렵다. 한자문화권 전래의 장르 개념에 의거하면 서사한시의 상당 부분이 악부시에 포괄된다. 그런 점에서 서사한시 연구와 악부시 연구는 서로 겹치면서 보완되는 관계에 있다. 한국악부시 중에서도 조선 후기 악부시의 영역은 매우 광대하다. 하지만 이 책에서는 극히 일부밖에 다루지 못했다. 한국악부시의 3대 작가로 김려, 정약용, 이학규를 꼽을 수 있는데, 그중에서 김려와 이학규의 악부시를 다루었다. 그리고 악부시의 가장 핵심적 특질 중 하나인 '지역성'의 문제를 살폈다. 악부시가 얼마나 매력적인 장르인지 알고 싶은 분이 있다면

「김려의『사유악부』」를 읽어보시길 권하고 싶다. 끝으로「악부시의 근대적 행방」에서는 해방 후 전위시인으로 활동한 김상훈의 경우를 통해 악부시의 전통이 근대시에 발전적으로 계승되고 있음을 증명해 보이고, 이는 한시가 근대시에 수용된 중요한 한 경로임을 밝혔다.

제1부의 서사한시와 관련된 글들은 임형택 선생님의 선구적 작업이 없었다면 쓸 수 없었다. 이 자리를 빌려 선생님께 깊이 감사드린다. 그리고 제1부에 실린 글들의 기저에 놓인 장르론적 관심은『서사민요 연구』를 비롯한 조동일 선생님의 선구적 연구에서 많은 자극과 시사를 받았다. 선생님께 깊이 감사드린다. 한편 선행연구인『형성기의 한국악부시 연구』에서 시작되어 이 책에까지 이어진 한국악부시에 대한 공부는 오랜 시간에 걸친 박희병 교수와의 대화와 그 조언이 있어 가능했다. 감사의 마음을 전한다.

끝으로 어려운 여건에도 이 책의 출판을 흔쾌히 맡아주신 소명출판의 박성모 사장님께 감사드린다.

2019년 12월
박혜숙

책머리에   3

제1부

**서사
한시**

서사한시와 현실주의—『이조시대 서사시』를 논한다 ——————— 11
1. 『이조시대 서사시』 출간의 의의   11
2. 서사한시 창작의 역사적 배경   13
3. 서사한시의 주요 작품들   17
4. 앞으로의 과제   26

서사한시의 장르적 성격 ————————————————— 33
1. 서사한시에 대한 장르적 물음   33
2. 서정한시와 서사한시는 어떻게 다른가   35
3. 서사한시는 어떻게 유형화될 수 있는가   44
4. 서사한시의 세 유형은 서정과 서사를 어떻게 결합하고 있는가   68
5. 서사한시의 유형과 시적 대상은 어떤 관련을 갖는가   80
6. 요약과 전망   85

한국 한문서사시의 개념과 전개 양상 ————————————— 89
1. 한국서사시 연구의 현황과 과제   89
2. 서사시와 한문서사시   91
3. 한국 한문서사시의 전개   99
4. 조선 후기 한문서사시의 장르교섭   110

[보론] 서사가사와 가사계 서사시 ————————————— 123
1. 가사의 서사성에 대하여   123
2. '서사적' 가사—「우부가」·「갑민가」의 경우   125
3. '서사'인 가사—「김부인열행가」의 경우   135
4. 요약   144

제2부

한국 악부시

조선 전기 악부시의 양상 ──────────────── 149
1. 조선 전기 악부시를 보는 시각　149
2. 의고악부擬古樂府의 창작 양상　151
3. 기속악부紀俗樂府의 창작 양상　163
4. 조선 전기 악부시의 특징과 의의　170

김려의『사유악부』──────────────── 173
1. 조선 후기 악부시와 김려　173
2.『사유악부』의 창작 배경　175
3.『사유악부』의 세계 인식　179
4.『사유악부』의 표현 및 형식적 특징　210

이학규의 악부시와 김해金海 ──────────── 216
1. '악부시'라는 장르　216
2. 악부시와 '지역성'　217
3. 이학규와 악부시　224
4. 김해 민속지民俗誌로서의 이학규의 악부시　232

조선 후기 악부시의 지방 인식 ──────────── 238
1. 조선 후기 악부시와 지방에 대한 관심　238
2. 중앙 지식인의 지방 인식　240
3. 지방 지식인의 자기 인식　254
4. 앞으로의 과제　260

한국악부시의 근대적 행방 – 김상훈의 경우 ────── 261
1. 악부시의 전통과 김상훈　261
2. 악부시에 대한 김상훈의 관점　265
3. 김상훈의 악부시 수용 양상　274
4. 한시가 근대시에 수용된 몇 가지 길　300

원 게재처　306　｜　찾아보기　307

제1부

서사한시

서사한시와 현실주의 —『이조시대 서사시』를 논하다

서사한시의 장르적 성격

한국 한문서사시의 개념과 전개 양상

[보론] 서사가사와 가사계 서사시

서사한시와 현실주의*

『이조시대 서사시』를 논한다

1. 『이조시대 서사시』 출간의 의의

임형택 교수가 편역한 『이조시대 서사시』(상·하)(창작과비평사, 1992)는 조선시대에 창작된 한시 중에서 특히 서사적 경향을 현저히 보여주는 작품을 선별하여 번역한 책이다. 작품 원문과 번역만 수록한 게 아니라 주석, 작자소개 및 자세한 작품해설을 덧붙여 일반 독자들도 쉽게 이해할 수 있도록 하였다. 한문이나 한시의 번역서는 많이 나와 있지만 제대로 된 번역을 찾아보기 어려운 것이 현실인데, 이 책의 정확하고 알기 쉬운 번역은 참으로 돋보인다.

한시라면 으레 양반 사대부의 개인적인 서정이나 음풍농월을 주로 표현해놓은 것쯤으로만 알고 있을 일반 독자들에게는 이 책이 하나의 신선한 충격이 될 수 있을 것이다. 그리고 전통시대의 한시가 서사적 지향과 현실에 대

---

* 이 글은 원래 임형택 편역, 『이조시대 서사시』 상·하(창작과비평사, 1992)에 대한 서평으로 쓴 글이다. 이 책의 개정판이 임형택, 『이조시대 서사시』(1·2, 창비, 2013)로 출판되었고, 초판보다 작품이 18편 추가되어 122편이 수록되어 있다. 추가된 작품 중에도 언급할 만한 명편이 있지만, 초판의 서평을 개고(改稿)하지 않고 부분적 오류만 바로 잡았다.

한 치열한 관심을 지속적으로 가져왔음을 새로이 인식하는 계기가 될 것이다. 편역자가 강조하고 있듯이, 이들 서사한시는 우리 문학사의 현실주의 발전으로 형성된 것이면서 동시에 현실주의를 한층 풍부하게 만드는 데 기여하고 있다. 그래서 우리 시의 현실주의 뿌리를 여기서 발견할 수 있다는 지적[1]이 정당성을 가질 수 있다.

이 책은 '서사한시 선집'으로 규정될 수 있겠는데, 우리 고전유산을 선집 형태로 묶어내는 작업은 일반 독자는 물론 전문 연구자들을 위해서도 대단히 긴요한 일이다. 자세한 주석과 높은 수준의 해설을 첨부한 고전선집으로서, 민족교양에 이바지하는 계몽적 역할을 훌륭히 수행함은 물론 전문 연구자들에게 새로운 연구 영역을 열어 보인 예는 이전에도 없지 않았다. 양주동의 『여요전주麗謠箋注』, 고정옥의 『고장시조선주古長時調選註』, 김삼불의 『교주해동가요校注海東歌謠』와 『배비장전·옹고집전』, 이가원의 『이조한문소설선』, 이우성·임형택의 『이조한문단편집』, 송재소의 『다산시선茶山詩選』 등이 그것이다.[2] 이 책들은 특정 장르나 작가의 작품을 선별하고 해설 혹은 번역함으로써 새로운 연구 분야를 개척한 동시에 해당 분야에 대한 후학들의 연구를 자극하였다. 『이조시대 서사시』는 이 선집들의 뒤를 잇는 책으로서, 연구사적으로 중대한 의의를 가지고 있다.

이처럼 이 선집은 전문 연구자들에게는 연구 영역의 확대와 다방면에 걸친 서사한시의 본격적 연구를 촉구하고 있으며, 일반 독자들에게는 우리 문

---

1 임형택, 「현실주의의 발전과 서사한시」, 『이조시대 서사시』 상, 창작과비평사, 1992, 11면.
2 각 책의 출판사와 출판연도를 밝히면 다음과 같다.
   『여요전주』, 을유문화사, 1947; 『고장시조선주』, 정음사, 1949; 『교주 해동가요』, 정음사, 1950; 『배비장전·옹고집전』, 국제문화관, 1950; 『이조한문소설선』, 민중서관, 1961; 『이조한문단편집』, 일조각, 상권은 1973, 중·하권은 1978; 『다산시선』, 창작과비평사, 1981.

학의 우수한 전통과 자산을 보여주는 계몽적 역할을 하고 있고, 작가들에게는 전통문학에 대한 질 높은 교양을 제공함으로써 고전적 전통을 바탕으로 한 민족문학의 창조적 발전을 모색할 수 있게 하는 하나의 중요한 계기를 마련했다고 생각한다.

2. 서사한시 창작의 역사적 배경

『이조시대 서사시』(이하 『선집』으로 약칭)에 수록된 작품들은 크게 네 가지 주제로 나누어져 있다. 첫째, '체제 모순과 삶의 갈등', 둘째, '국난과 애국의 형상', 셋째, '애정 갈등과 여성', 넷째, '예인藝人 및 시정市井의 모습들'이 그것이다. 전체 104편 중 첫째 부류의 작품이 59편으로 가장 많은 부분을 차지하면서 상권을 이루고 있고,[3] 나머지 작품들이 하권을 이루고 있다. 조선시대 서사한시는 중세 체제의 모순 및 그로인한 민중들의 고난에 찬 삶, 민족적 위기나 여성의 삶 등을 주요한 주제로 삼고 있어 폐쇄적·자족적 성격의 순수 서정을 추구하는 여느 한시와는 달리 생생한 현실 반영, 치열한 현실 인식을 보여주며, 심미성·내면성보다는 역사성·사회성을 추구하고 있다. 그런 점에서는 역사적 배경, 물적 기반, 시인의 세계관, 표기문자와 향수층 등의 차이에도 불구하고 오늘날의 민중시와 서로 통하는 부분이 없지 않다.

---

3   [보주] 2013년에 출간된 이 책의 개정판에서는 전체 122편 중 첫째 부류의 작품이 66편이다.

서사한시는 기층민중이나 민중의 일원으로 간주될 수 있는 민중적 지식인이 지은 것이 아니고, 대체로 사대부 지식인이나 그에 준하는 인물(중인층 문인)이 지었다. 따라서 똑같이 현실의 모순이나 민중의 고난을 다루는 경우라 할지라도 민요나 서민가사, 구비서사시인 판소리 등과는 다를 수밖에 없다. 민중의 입장에서 인식된 현실이 아니라, 민중에 대해 연민과 동정을 지녔거나 '약간의' 연대의식을 가진 사대부 지식인의 시선을 통해 굴절된 현실이 표현되고 있기 때문이다.

그런데 사대부 지식인의 서사한시 창작은, 단지 그들이 비교적 양심적·애민적인 성향을 지녔기 때문에 가능했다는 식으로 도덕적·윤리적 관점에서만 이해하고 말 것이 아니라, 그들의 물적 기반과 관련하여 이해할 필요도 있다. 다 그런 것은 물론 아니지만, 대체로 서사한시를 창작한 사대부 지식인들 중에는 중소지주 출신이 많았다고 보인다. 그들이 농촌 사정이나 농민의 현실에 대해 상대적으로 보다 많은 관심을 가질 수 있었던 것은 이러한 출신 배경과 무관하지 않다고 생각된다. 민民의 농업노동이 국가경제의 중추를 이루고 있었고, 민으로부터 조세를 수취하고 그들에게 각종 부역 및 군역을 부과함으로써 유지될 수 있었던 중세국가에 있어 국가권력이나 대지주의 무제한적인 수탈로 인한 농민층의 몰락은 궁극적으로 중소지주층의 물적 이해는 물론 국가의 근간마저도 위태롭게 하는 것이었다. 그러므로 중소지주로서의 사대부 지식인, 그중에서도 특히 양심적 인물은 기층민의 처지에 이해와 공감을 가지면서 대지주를 경계하고 비판하는 입장에 설 수 있었다.

그들은 또한 자신의 계급적 입장을 이념적으로는 유학을 통해 밑받침하고 있었다. 그리하여 유가儒家의 오랜 경전인 『시경』에 표현된 '풍간諷諫' 정신 ─ 시를 통해 위정자의 정치의 득실得失을 비판하는 정신 ─ 과 이러한 정신을 계승한 악부시樂府詩의 애민적 전통을 수용하면서, 조선적 현실 위에서 그것을 일층 높은 방향으로 발전시켜 갈 수 있었던 것으로 보인다. 특히 중국의 한위漢魏악부시나 당唐의 신新악부시는 『시경』에서 부분적으로 발견되던 서사적 요소를 한층 강화·발전시켰는데, 우리나라 서사한시는 한자문화권 전래의 이러한 악부시의 전통과 대단히 긴밀한 연관을 맺고 있다.

이처럼 서사한시를 창작한 사대부 지식인들의 애민의식은 자신의 독특한 계급적 위치와 그 이념적 기반인 유학에서 연유하는 것이라 규정할 수 있다. 그리하여 민의 절박한 현실을 직접 목도할 기회를 갖거나 민간세계의 특이한 사실에 대한 견문을 얻을 경우, 그들은 긴 편폭으로 사연과 일의 시말始末을 시로 '기록'했다. 서사한시는 이러한 과정에서 탄생되었다. 그러므로 서사한시가 현실주의적 정신으로 충만할 것은 필지의 사실이다. 그러나 서사한시가 기본적으로 사실 '기록'으로서의 성격을 갖는다고 하여 단순히 기록문학으로 간주할 수는 없다. 사실을 바탕으로 하고 있으면서도 허구적 수법을 결합시키고 있기 때문이다. 이 점에서 서사한시의 독특한 묘미와 예술적 성취를 읽을 수 있다.

『선집』에 작품이 수록된 작가들의 면면을 좀 더 구체적으로 살펴보면, 조선 전기 훈구파에 속하는 인물이지만 15세기 중·후기에 이르러 노정되고 있던 조선왕조의 지배 모순을 외면하지 않고 나름대로 성실하고 양심적인 태도를 보여준 성간과 같은 문인이 있는가 하면, 훈구세력의 무절제한 이욕利慾의 추구에 반대하면서 수탈을 완화할 것을 주장하며 상대적으로 백성의 이해를 옹호하는 위치에 섰던 사림파 계열의 인물들로서 송순·윤현·김성일과 같은 문인도 있다. 조선 후기에 이르러서는 성해응·정약용·이학규 등 실학파 계열의 인물들, 권헌·이광정과 같은 향촌 지식인, 홍신유·정민

교와 같은 중인층 인물들이 주요 작가로 등장하고 있다. 그러나 이들이 비슷한 주제의 작품들을 창작한 경우라 할지라도, 그 의미가 반드시 동일한 것은 아니다. 개개의 작품은 중세시대의 기본 모순을 전제로 하면서도 작가의 입장이나 의식의 높이, 또 당대 현실의 차이에 따라 사상예술적 성취나 현실의 반영에서 다소의 차이를 보이고 있다.

『선집』에서는 이조시대 서사한시만 수록했다. 그러나 우리나라 서사한시가 조선시대에만 창작된 것은 아니다. 잘 알려져 있다시피 고려 중기에 이규보는 「동명왕편」이라는 영웅서사시를 창작한 바 있으며, 영웅서사시와 달리 민民의 삶을 제재로 한 서사한시도 고려 말 신흥사대부층의 문인들에 의해 일부 창작되었다. 예컨대 윤여형의 「상률가橡栗歌」, 정포의 「원별리怨別離」, 백원항의 「백사음白絲吟」 등이 그것이다. 이들 작품은 『선집』의 작품들과 견주어 보더라도 아무런 손색이 없다. 이런 사실로부터 우리는 사대부 지식인의 형성과 그 이념적 기저인 유학이 서사한시의 창작·발전과 긴밀한 관련을 갖는다는 점을 재확인할 수 있다. 민을 제재로 한 서사한시가 사대부 계급이 새롭게 흥기한 고려 말에 처음으로 그 뚜렷한 자태를 드러내었다 할지라도, 그것이 본격적으로 창작된 것은 역시 조선왕조의 체제 모순이 차츰 심각하게 노정되기 시작한 15세기 후반 이후에 이르러서라고 할 수 있다. 이 시기에 이르러 조선왕조는 초기의 진취성과 활기를 상실했으며, 대토지 소유자들의 토지겸병에 따른 농민의 토지로부터의 대대적 축출, 농민의 처지를 돌보지 않는 가중한 부세와 요역徭役으로 인한 농민 생활의 파탄을 통해 조선왕조의 지배 모순은 심각하게 노정되고 있었다. 이러한 모순은 조선 후기로 갈수록 더욱 심화되었다. 게다가 임진·병자의 양대 전쟁을 겪으면서 조선왕조는 서서히 해체의 국면을 맞게 되었다. 『선집』에 수록된 한시의 3분의 2 이상은 조선 후기에 창작된 것이다.

　『선집』에 채 수록되지 않은 작품들을 고려한다면, 조선 후기에 창작된 서사한시는 이보다 훨씬 많은 분량을 차지하리라 짐작된다. 서사한시가 조선 후기로 갈수록 더욱 활발하게 창작된 것은 이 시기에 중세의 체제적 모순이 가일층 심화되고, 지배 체제와 기층민중 사이의 대립관계 또한 첨예화한 데서 찾을 수 있을 것이다. 다시 말해, 조선 후기의 현실이 '산문적 세계'로서의 성격을 강하게 노정하고 있었다는 점과 기층에서 민중의 역량이 성장하고 진취적 문인들이 많이 나와 그것을 자신의 문학세계에 일정하게 수용하고자 했던 데서 서사한시가 활발히 창작될 수 있었다고 여겨진다.

3. 서사한시의 주요 작품들

　『선집』에 수록된 작품의 면모를 살펴보면 다음과 같다.

　제1·2·3부에는 '체제 모순과 삶의 갈등'을 주제로 한 작품 59편이 수록되어 있다. 대체로 제1부는 조선 전기에, 제2·3부는 조선 후기에 산출된 작품이다.

　조선시대 민의 대다수는 농민이었으므로, 『선집』에 수록된 작품도 농민의 현실을 소재로 한 것이 가장 많다. 그러나 그밖에 유민流民, 어민, 상인, 병사, 노비 등 각양각색의 민중적 삶이 제주에서 함경도에 이르는 조선 전역을 배경으로 펼쳐지고 있다. 잦은 가뭄과 홍수, 흉년과 기근, 중세적 수취 제도의 가혹함, 지방관과 아전의 중간수탈 등은 농민의 현실을 소재로 한 작품에 빠

짐없이 등장하는 것으로서 중세 농민의 일반적 존재조건을 보여 준다. 가혹한 수탈로부터 농민이 벗어나는 길은 토지를 버리고 유망流亡하는 길밖에 다른 도리가 없었으므로, 유민 문제는 농민의 현실과 깊이 연관되어 있었다. 이러한 유민 문제를 통해 조선 전기 역사 모순의 핵심을 포착·형상화하고 있는 작품으로는 「영남탄嶺南歎」, 「자식과 이별하는 어머니母別子」가 가장 돋보인다. 「영남탄」은 5언 198행의 장시로서 가렴주구와 가혹한 신역身役으로 당시의 농촌이 공동화空洞化하고 도적떼만이 들끓는 지경에 이른 것을 자세하고 포괄적으로 묘사하고 있다. 이 시가 이토록 장편화할 수 있었던 것은 시인의 현실 인식이 그만큼 심각하고 투철했던 데에 연유한다 할 수 있다. 「자식과 이별하는 어머니」는 연이은 가뭄과 가혹한 수탈로 남편과 어린 자식은 죽고 요행히 살아남은 모자가 각기 자기 목숨만이라도 부지하기 위해 서로 헤어지기로 한다는 기막힌 사연을 아주 구체적으로 그리고 있다. 시인은 이 특정한 모자의 처지를 통해 당대의 보편적 현실을 고도로 개괄해 보여주는 데 성공했다고 보인다. 부역이나 군역의 괴로움을 주제로 한 작품 중에서 이채를 띠는 것은 「지친 병사의 노래疲兵行」이다. 이 작품은 변방 군졸들이 겪는 고초를 그리고 있지만, 비슷한 주제의 다른 작품들과는 달리 병사들에 대한 장군의 착취와 수탈을 생생하고 사실적으로 그려놓고 있어 주목된다. 김지하의 「오적五賊」 중의 어떤 대목을 연상하게 하는바, 주제나 풍자의 어조에 있어 서로 통하는 면이 없지 않다.

현실의 모순을 첨예하게 인식하고 선명하게 개괄해 보여주는 작품은 조선 후기에 이를수록 양산되거니와, 다산 정약용의 일련의 작품에서 우리는 그 정점을 볼 수 있다. 시인의 현실 인식이 투철할수록, 현실 개괄 능력이 뛰어날수록, 작가의 인도주의적 사상이 강화될수록, 서사한시의 뛰어난 문학적 성취가 이루어지고 있는 셈이다.

　그러나 이러한 주제의 서사한시가 가지고 있는 정치의식의 제한성에 대해서도 주목하지 않으면 안 된다. 많은 작품의 말미에서 시인은 자신의 시가 대궐에 알려져 임금이 민의 참상을 알게 되기를 기대하고 있는바, 서사한시의 작자들이 대개 공유하고 있는 현실 개혁의 방법은 '선정善政'과 '애민정치愛民政治'의 테두리를 벗어나지 않고 있다. 서사한시의 작가들은 높은 수준의 인도주의적 사상을 문학적으로 형상화함으로써 당시의 수준으로서는 빼어난 성과를 거두는 한편, 당대 현실에 충실히 대응하는 훌륭한 문학적 전통을 마련했지만, 궁극적으로 중세적 이데올로기의 영역을 뛰어넘을 수는 없었던 것이다.

　한편 『선집』에서는 제외되었지만 서거정의 「토산촌사녹전부어兔山村舍錄田父語」와 같은 작품은[4] 5언 60행의 긴 서사한시로서 농민의 참담한 현실을 농민 스스로의 입을 통해 드러내는 수법을 취하고 있다. 이런 류의 작품으로는 수작에 속한다 하겠는데, 이 작품 역시 조선 전기의 서사한시에 보충될 수 있을 것이다.[5]

　제4부에는 '국난과 애국의 형상'을 주제로 한 작품 15편이 수록되어 있다.[6] 그중 14편은 을묘왜변으로부터 병자호란에 이르기까지 16, 17세기의 전란을 배경으로 하고 있는바, 이 역사 시기가 우리 민족과 민중의 삶에 있어 얼마나 어려운 때였는지를 잘 보여주고 있다. 이 중에는 김응하·곽재우·정충신·양대박·이순신 등의 영웅적 인물들의 행적과 공로를 칭송하는 작품

4　이 작품은 서거정의 문집인 『사가집(四佳集)』에 보인다.
5　[보주] 이 작품은 개정판 상권에 수록되어 있다.
6　[보주] 개정판 제4부에는 19편의 작품이 수록되어 있다.

과 함께, 이름 없는 민중적 인물의 삶을 통해 역사적 사건을 조명하고 있는 작품들도 있다. 특히 주목되는 것은 후자의 경우이다. 「객지에서 늙은 여자의 원성老客婦怨」은 임진왜란 당시 시어머니와 남편을 왜적의 칼에 잃고 어린 아들마저 빼앗긴 뒤 타향에서 간난신고艱難辛苦를 겪으며 살아온 늙은 여인의 삶이 핍진하게 그려져 있어 임진왜란이 한 민중 여성의 삶을 어떻게 유린하였는지를 잘 보여주고 있다. 「이화암의 늙은 중梨花庵老僧歌」은 병자호란 당시 포로로 끌려갔다가 귀환한 한 늙은 중의 파란만장한 삶을 통해 당시 동아시아의 전란으로 야기된 개인의 비극적 운명을 보여주고 있다. 이 작품들과는 다소 달리 이 시기 우리 민중의 저력과 지혜를 보여주는 작품도 있다. 「조술창 노인의 장독 노래助述倉翁醬瓮歌」에는 병자호란 당시 자신의 집에 쳐들어온 오랑캐를 격퇴시킨 한 이름 없는 노인의 형상이, 「유거사柳居士」에서는 놀라운 예지력으로 일본 첩자와 대결하는 초야의 인물 형상이 곡진하게 그려져 있어, 우리 민중의 애국역량을 암시하고 있다. 위의 작품들과는 달리 「송대장군가宋大將軍歌」는 유일하게 고려시대(고려 말)의 민중적 영웅을 형상화한 작품이다. 송대장군은 완도를 거점으로 활약했던 반체제 무장 세력의 우두머리였다. 그 존재는 지방의 민간전승으로만 전해졌는데 조선 중기 한 시인에 의해 기록으로 남게 되었고 『선집』에서 이 작품을 발굴해 고증을 덧붙임으로써 비로소 세상에 환히 알려지게 되었다. 정식 역사 기록에는 전하지 않던 이런 사실이 서사한시를 통해 후대에 전해지게 된 점은, 무척 다행스러운 일이다. 이는 민중의 꿈과 사상 관점이 투영된 채 민간에 전승되던 '인물 이야기'를 서사한시가 곧잘 작품화하는 데 힘입은 것이라 할 수 있다.

이상 제4부의 작품들은 역사적 사건이나 인물을 민족적·애국적 입장에서 형상화한 점에 의의가 있거니와, 특히 「객지에서 늙은 여자의 원성」이나

「이화암의 늙은 중」과 같은 작품은 '민중의 삶'이라는 각도에서 역사의 대사건을 재조명해 보여주는 흔치 않은 작품이다.

제5부에는 '애정 갈등과 여성'을 주제로 한 작품 16편이 실려 있다.[7] 여성의 생활이나 정서를 표현한 한시는 우리 한시사의 초기부터 꾸준히 창작되었고, 작품의 양도 만만치 않다. 그러나 중세의 남성 문인들이 여성 취향의 시를 창작했다고 해서 덮어놓고 좋게만 볼 것은 아니다. 오히려 궁체宮體나 옥대체玉臺體처럼 지배층에 기생하는 여성들의 생활이나 그들의 섬약한 정서를 철저히 남성 중심적 시각으로 그려놓고 있는 경우도 많다. 그러나 『선집』의 한시들은 전통시대 각 계층의 여성 인물들을 그들이 디디고 선 실제 현실에 즉해 생동감 있고 구체적으로 형상화하고 있다는 점에서 대단히 큰 의의가 있다. 그리고 더러는 여성의 삶을 규정짓는 당대의 제도나 이데올로기에 대해 문제를 제기하는 수준에까지 나아간 작품들도 있어 주목된다.

조선 전기 말(16세기 후반)에 창작된 「이 씨 부인의 노래李少婦詞」와 「용강사龍江詞」는 각기 남편을 따라 자결해 죽는 여성 및 돌아오지 않는 남편을 한없이 그리워하는 여성을 전통적인 가치관과 여성관에 입각해 형상화하고 있다. 그러나 그 여성 형상은 삶의 구체성에 바탕한 생생함을 지니고 있다는 점에서 여느 한시와는 다르다. 여성의 삶을 다루고 있는 서사한시들도 조선 후기로 갈수록 그 주제의 심각성이 더해지고 그 문학적 성취도 높아지고 있다. 「향랑요薌娘謠」와 「산유화여가山有花女歌」는 숙종 때의 서민 여성 향랑의 일화를 작품화한 것이다. 향랑은 남편으로부터 버림받고 친정 쪽의 개가 권유를 뿌리친 채 낙동강에 투신하였다. 두 작품은 '개가를 마다하고 죽음으로써 정

---

7   [보주] 개정판 제5부에는 19편의 작품이 수록되어 있다.

절을 지킨 여성'이라는 중세적 주제를 표출하고 있는 면이 없지 않으나, 다른 일면으로는 향랑의 비극적 삶을 통해 여성에게 가해지는 중세사회의 횡포를 심각하게 드러내고 있어 주목할 만하다. 「오뇌곡懊惱曲」은 첩으로서의 고통을 이기지 못해 중이 된 여성의 형상을 통해 중세적 일부다처제의 비인간성을 드러내 보이고 있으며, 「소경에게 시집간 여자道康瞽家婦詞」는 강제에 의해 늙은 소경의 후처로 시집갔으나 구박과 학대에서 벗어나기 위해 중이 되었다가 관가로 붙잡혀 가는 한 여성을 통해 최소한의 인간적 권리도 여성에게는 허용되지 않는 중세적 가부장제의 모순을 첨예하게 문제 삼고 있다.

「오뇌곡」과 「소경에게 시집간 여자」의 여주인공은 중이 되는 길을 택함으로써 중세사회의 횡포에 소극적인 저항을 보여주고 있다. 이와는 달리 자신의 의지를 관철하기 위해 보다 적극적으로 세계의 횡포와 맞서는 여성 인물도 있다. 「단천의 절부端川節婦詩」와 「전불관행田不關行」은 고전소설 『춘향전』처럼 양반 남성과 천민 여성(기생) 사이의 사랑이 소재가 되고 있다. 두 작품 모두 자신이 택한 사랑을 지키기 위해 상층 관료에 끝까지 항거하는 적극적인 여성 형상을 보여 준다. 두 작가 모두 여주인공의 정절을 칭송하는 의식 수준에 머물고 있지만, 작품 스스로는 중세적 신분제의 모순과 중세 관료의 성 수탈을 심각하게 고발하고 있다. 「단천의 절부」와 「전불관행」의 일선과 전불관과 같은 인물은 조선 후기 고전소설 가운데 최고의 수준을 보여주는 『춘향전』의 춘향 형상과 상통하는바, 춘향의 형상이 실제 현실에 존재하는 이런 류의 인물을 바탕으로 가능했을 것이라는 추론도 새롭게 해볼 수 있다. 장차 이런 소재의 작품들을 서로 비교·검토하는 것은 흥미로운 과제라 하겠다.[8]

---

8   [보주] 여주인공 서사한시의 주요 작품에 대한 분석은 박혜숙, 「서사한시의 여성 담론」,(『한국 고전문학의 여성적 시각』, 소명출판, 2017) 참조.

한 여성을 주인공으로 하여 중세적 신분제의 모순을 극명하게 드러낸 작품으로 「방주가古詩爲張遠卿妻沈氏作」가 있다. 이 작품은 미완성임에도 불구하고 704행이나 되는 장시이다. 중국이 최대의 기록서사시로 자랑해 마지않는 「공작동남비孔雀東南飛」가 350여 행임을 생각할 때 이 작품이 얼마나 거작인지 잘 알 수 있다. 이 작품은 백정의 딸과 양반 남성의 결혼을 소재로 하여 신분제를 부정하고 평등사상을 드러내 보이고 있다. 백정의 딸인 방주의 참다운 인간됨을 알아보고 그녀를 며느리로 선택하는 장파총은 중세적 신분제를 스스로 거부하고 새로운 가치 기준 위에서 행동하는 새로운 인간형이다. 우리는 이 작품에서 역사를 선취하는 문학의 '예언적' 역할을 확인하게 된다.

이외에 「동작나루 두 소녀江上女子歌」는 아버지를 죽인 원수를 추적하여 끝내 복수하는 어린 소녀를, 「옥천 정녀 노래沃川貞女行」는 호랑이로부터 두 번이나 남편을 구해낸 촌부村婦를 그림으로써 굳세고 적극적인 여성상을 보여주고 있다. 그리고 「여사행女史行」은 조선의 논개를 비롯하여, 일본·여진·한족의 의기 있는 여성을 함께 노래함으로서 중세 말기 동아시아 여성의 주체적 각성과 성장의 일단을 보여주고 있다.

이상 살핀 바와 같이 제5부에서는 조선 전기 말에 창작된 「이 씨 부인의 노래」와 「용강사」를 맨먼저 소개하고, 그 다음 조선 후기의 작품을 차례로 싣고 있다. 그러나 『선집』에는 수록되지 않았지만, 「이 씨 부인의 노래」와 「용강사」를 지은 최경창·백광훈보다 한 세대 전의 인물인 정사룡鄭士龍에 의해 「강절부행姜節婦行」이라는 7언 70행의 비교적 긴 서사한시가 창작된 바 있다.[9] 이 작품은, 여성 인물을 주인공으로 한 서사한시라는 점에서 조선 후기의 「향랑

---

9   이 작품은 정사룡의 문집인 『호음집(湖陰集)』에 보인다.

요」・「산유화여가」 등의 작품과 일정하게 연결되는 측면을 갖기에 주목된다. 즉 조선 후기에 이런 류의 서사한시가 대거 창작되기에 앞서 조선 전기에 창작된 작품이라는 점에서 시사적詩史的 의의를 인정할 수 있다.[10]

제6부에는 '예인 및 시정의 모습들'을 주제로 한 작품 14편이 실려 있다.[11] 조선 후기의 사회경제적 변화는 예술 및 예술가의 존재 방식에 큰 변화를 야기했고, 도시의 상업적 발달로 새로운 시정 공간이 형성되었던바, 『선집』에 수록된 한시는 그 변화의 일단을 포착해내고 있다. 「최북가崔北歌」와 「김홍도題丁大夫乞畵金弘道」는 각기 조선 후기의 유명한 화가 최북과 김홍도를 그리고 있고, 「추월가秋月歌」는 18세기 여성 명창 추월을, 「천용자가天慵子歌」는 다산 정약용이 만났던 서민 예술가 장천용을 형상화하고 있다. 특히 장천용은 다른 문헌에는 일체 전하지 않는데, 다산이 창작한 이 한시와 「장천용전張天慵傳」이라는 전傳을 통해서 그 존재가 확인되는 흥미로운 인물이다. 「남문 밖에서 산대놀이를 구경하고南城觀戱子」는 일종의 관극시觀劇詩로서 18세기 말 산대놀이의 연희 내용을 상세히 묘사하고 있어 우리 예술사의 자료로서도 의의가 있다.

한편 시정 주변의 인물들로서 조선 후기의 유협을 소재로 한 「한양 협소행漢陽俠少行走贈羅守讓」과 「달문가達文歌」가 있고, 유랑하는 거사패의 행동과 타령을 형상화한 「걸사행乞士行」이 있다. 「달문가」는 연암 박지원의 「광문자전廣文者傳」을 통해 잘 알려진 광문의 일화를 시로 형상화했다. 그리고 「조령서 호랑이 때려잡은 사나이鳥嶺搏虎行」와 「이시미 사냥擒螭歌」은 야담의 정취가 물씬 풍기는 작품으로, 호랑이 및 이시미와 대결하는 민중호걸의 모습을 통해 진취적이고 소박한 당시 민중상의 일면을 엿볼 수 있다.

---

10 [보주] 「강절부행」에 대해서는 박혜숙, 앞의 글, 15~16면 참조.
11 [보주] 개정판의 제6부에는 18편의 작품이 수록되어 있다.

이상에서 『선집』에 수록된 주요 작품을 개관해 보았다. 이를 통해 서사한시는 대체로 당대 현실과 인간의 삶에 대한 시인의 치열한 관심의 결과요, 문학의 사회적 실천으로서 산출된 것임을 알 수 있었다. 서사한시는 역사성·사회성을 추구함으로써 우리 문학사에서 현실주의 시의 전통을 굳건히 확립했다. 물론 한시의 현실주의를 서사한시에만 국한시켜서는 곤란하고 오히려 서정한시 속에서 폭넓게 확인하려는 노력과 이론적 모색이 필요하다고 생각하지만, 그러나 그 점을 인정한다고 해서 서사한시가 우리 문학의 현실주의적 전통의 수립에 기여한 커다란 공로가 달라지는 것은 아니다. 뿐만 아니라, 서사한시에 일관되고 있는 충만한 인도주의적 사상 경향은 참된 시정신이 어떤 것인지를 오늘의 우리에게 일깨워주고 있다 할 것이다.

　하지만 서사한시가 갖는 역사적 제한성 또한 지적되어야 마땅하다. 서사한시의 작가층은 앞에서도 지적했듯 대개 사대부 지식인이었다. 이 때문에 시인은 민중의 입장을 자기 것으로 삼지는 못하고 있으며, 대체로 관찰자·청취자·기록자의 입장에 머물러 있다. 시인이 비록 기층민중의 현실을 이해하고 가슴 아파함에도 불구하고, 기층민중과 사대부 지식인 사이의 현실적 간극은 대부분의 작품에 내재되어 있다. 따라서 서사한시에서 보여주는 현실비판도 궁극적으로는 중세 체제의 기본 테두리 안에서의 비판이라고 할 수 있다. 물론 이러한 비판도 일정한 역사적 의의를 갖는다는 점을 인정해야 한다. 특히 중세 체제의 해체가 아직 표면화되지 않았던 조선 전기의 시기에 창작된 서사한시의 현실비판에 대해서는 심중한 역사적 의의가 부여되어도 좋다고 생각한다. 하지만 중세 체제의 급속한 해체가 진행될수록, 그리고 그에 따라 기층민중의 저항이 강화될수록, 서사한시 일반이 보여주는 현실비판의 현실적 의의도 그만큼 감소되거나 무력해져 가는 게 아닌가 여겨진다.

선정이나 애민정치에 의한 현실 개혁이 이미 무의미한 단계로 역사는 진행되고 있었기 때문이다. 극소수의 예외를 제외하고는 서사한시 일반이 핍박받고 수탈당하고 고통에 울부짖는 민중의 모습은 보여주고 있으나, 새로이 떨쳐 일어서는 저항적 민중 형상은 포착하고 있지 못한 점도 결국 서사한시 작자들의 세계관적 제약에 말미암는 것이라 할 수밖에 없을 것이다.

4. 앞으로의 과제

이 『선집』이 본격적인 문학 연구의 측면에서 제기하고 있는 몇 가지 과제를 생각해 보면 다음과 같다.

첫째, 서사시의 개념 규정 문제를 들 수 있다.

편역자는 『선집』에 수록된 작품들이 개별화된 인물의 등장 및 사건의 진행이라는 두 가지 특징을 가지고 있다고 보고, 이를 서사시 혹은 서사한시라고 지칭하고 있다. 『선집』의 한시들에 이러한 서사적 요소 혹은 서사적 지향이 있는 것은 사실이다. 그런데 전체 작품을 통독해 보면, 서사성은 결코 단일하지 않고 다양한 양상 및 층위로 나타나고 있음을 쉽게 알 수 있다. 그 엄밀한 구분은 앞으로의 과제이지만, 우선 ① 서사성이 강한 것과 ② 서사성이 어느 정도 나타나는 것으로 나누어 볼 수 있다.

①은 인물의 등장, 사건의 제시라는 점에서 ②와 공통점을 가지지만, ②와는 달리 등장인물의 '행동'이나 인물들의 '관계'에 의해 사건이 진행되고 있

어 서사 장르로서의 성격을 뚜렷이 갖고 있다. 여기에 해당되는 작품으로는 「방주가」가 대표적이며, 이외에도 「유거사」, 「단천의 절부」, 「향랑요」, 「산 유화여가」, 「전불관행」, 「소경에게 시집간 여자」, 「이시미 사냥」 등을 들 수 있다.[12] 이들은 율문이라는 점 외에는 보통의 서사 장르와 그 내면적 형식이 다를 바 없고, 따라서 '엄밀한' 의미에서 서사시라고 할 수 있다. 이러한 서 사시의 전통은 근현대에 들어와 김동환의 「국경의 밤」, 김상훈의 「가족」, 신 동엽의 「금강」 등으로 이어지면서 우리 시의 한 주요한 흐름을 이루고 있다 고 판단된다.

②는 인물의 등장, 사건의 제시 등 서사적 요소가 있으나, 그 내적 형식과 구조에 있어서는 서사 장르로 규정하기에 미흡하다. 이 작품들은 시인과는 별도로 작중인물이 화자가 되어 일방적으로 자신의 처지나 경험을 술회하는 경우도 있고, 시인 자신이 견문한 사실이나 정황을 일방적으로 진술하는 경 우도 있으며, 사건은 있으나 인물 형상이 뚜렷치 않거나 인물들 간의 관계 설정이 결여되어 있어 인물의 행위보다 객관적인 정황 제시에 초점이 맞춰 져 있는 경우 등이 있다.

그런데 서사한시 중의 압도적 다수는 바로 ②의 경우에 해당한다. 이 작품 들은 엄밀한 의미에서 서사시라하기 곤란하며, 다만 '서사 지향적 시'라 할 수 있을 것이다. 이런 작품은 서정적 요소 또한 현저하며, 서정적 요소와 서사적 요소의 다양한 결합으로 이루어져 있다. 물론 이들 작품은 시인이 직접적인 방식으로 자신의 주관이나 정서를 표현하지 않는다는 점에서 순수한 서정시

---

12 『선집』에는 실리지 못했지만, 이원배의 「파경합(破鏡合)」이나 박치복의 「보은금(報恩錦)」 같 은 작품도 조선 후기에 창작된 서사시의 목록에 추가될 수 있다. 이 두 작품은 서사시로서 완숙된 것에 속하기에, 조선 후기 서사시 논의에서 중요성을 갖는다.

와는 다르다. 시인은 자신의 사상과 정서를 사건이나 이야기를 통해 간접적으로 드러내고 있다. 따라서 독자는 시인의 주관적 정서에 감응하기보다는 시인이 제시하는 객관적 사건이나 정황에 관심을 가지게 된다. 이러한 서사 지향적 시는 서정자아가 객관세계로 관심을 확대하는 과정에서 서정시의 양식적 확장이 이루어진 결과 출현하게 되는 것이라 볼 수 있지 않을까 한다. 이런 종류의 시는 근현대시 가운데 임화의 이야기시나 이용악·백석의 이야기시, 김지하의 담시譚詩 등과 일맥상통하는 측면을 갖고 있다. 뿐만 아니라, 민족적·민중적 현실에 대한 관심이 심화되어간 1970년대 이래의 한국시에서는 이런 성격의 시들이 대단히 많이 눈에 띈다. 가령 이동순이나 최두석의 시편들 속에서는 서정적 바탕 위에 서사적 지향을 드리우고 있는 시들을 여럿 발견할 수 있다. 그러나 이런 시를 서사시라 할 수는 없을 것이다.

이런 점에 유의하여 용어를 다시 정립해 본다면, 서사적 요소를 일정 정도 이상 가진 한시에 대해 '서사한시(서사적 한시)'라는 포괄적 명칭을 부여하되, 그 가운데 엄밀한 의미의 서사시에 대해서만 '서사시(한문서사시)'라는 명칭을 붙이는 게 어떨까 한다. 이 글에서 서사시라는 말을 되도록 자제하고 '서사한시'라는 말을 주로 사용한 것도 이러한 생각에서다. 요컨대 서사한시에는 엄밀한 의미에서의 서사시와 그렇지 않은 것(단순히 서사 지향적 한시)의 두 가지가 있다 하겠는데, 『선집』에 수록된 작품들에 '서사시'라는 명칭을 일괄 부여하는 것은 장차의 본격적인 서사시 이론 정립을 위해 다소 부적절하지 않은가 여겨지며, 근현대의 서사시 및 이야기시 류와의 관련성을 깊이 고려하는 위에서 그 개념 및 명칭이 부여되어야 하지 않을까 생각한다.

둘째, 서사한시의 형식적 측면 및 그 현실주의의 미학적 특성에 대한 연구이다.

서사한시는 객관세계를 작품 속으로 끌어들이는 과정에서 다양한 '시점'과 '화자'를 활용하고 있다. 『선집』에서는 서사한시를 다음의 세 가지 형, 즉 '제 1형―시인과 주인공의 대화적 서술 방식', '제2형―주인공의 고백적 서술 방식', '제3형―객관적 서술 방식'으로 나누고 있다.[13] 저자도 일찍이 한국악부시의 서술 형식을 분석하면서 이와 유사한 구분을 시도해 본 적이 있는데,[14] 위의 제1형 안에도 다시 다양한 경우가 있으며, 또 세 가지 형이 복합되어 있어 그중 어느 형으로 뚜렷이 구분하기 어려운 경우도 있다. 이런 점을 명확히 규명하기 위해서는 시의 서술 형식에 대한 연구를 심화시킬 필요가 있다. 그러나 시의 서술 형식에 대한 연구는 그 자체로서 완결되는 것이 아니라, 시의 형식적 장치가 작품의 사상예술적 성취(혹은 한계)나 현실 반영과 어떤 관련을 갖는지에 대한 심오한 해명으로 연결될 때에만 의미를 가질 수 있다.

또한 서사한시를 통해 현실주의 시 이론에 대한 논의를 심화해야 할 것이다. 『선집』의 서사한시들은 1980~1990년대 비평계에서 활발히 모색된 시에서의 현실주의론에 대해 논의의 시야를 넓혀 주면서 문제에 대한 원대한 문학사적 조망을 가능하게 하는 중요한 계기를 마련했다고 할 만하다. 그러나 『선집』은 자칫 우리의 전통적 시 가운데 현실주의는 서사한시에서 '만' 혹은 서사한시에서 '주로' 발견되는 것으로 사람들로 하여금 오해하게 할 소지도 없지 않다. 서사한시가 현실주의의 시정신을 높고 치열하게 발전시켰다는 점은 당연히 인정해야 할 바지만, 그렇다고 더 넓고 근원적인 시 영역이라 할 서정시가 갖고 있는 현실주의의 가능성과 성과가 경시되어서는 곤란하다. 서사한시를 중심으로 한 현실주의 논의는 그 원래의 의도와는 달리 궁

13　임형택, 「현실주의의 발전과 서사한시」, 『이조시대 서사시』 상, 창작과비평사, 1992, 26면 참조.
14　박혜숙, 『형성기의 한국악부시 연구』, 한길사, 1991.

극적으로 현실주의의 영역을 크게 축소시키는 결과를 초래할 수 있으며, 따라서 서정시를 논의에 적극적으로 포섭하는 것이 긴요하다. 아무튼 그간 소설을 중심으로 전개되어 온 리얼리즘론이 우리 시의 이론에 얼마나 기여할 수 있을 것인가, '전형성', '총체성'과 같은 개념이 시에도 적용될 수 있을 것인가, 아니라면 현실주의 시 이론은 앞으로 어떻게 정립되어야 올바른 작품 평가와 창작에 기여할 수 있을 것인가 하는 등등의 중요한 문제들이 『선집』의 출현을 계기로 다시 심도 있게 따져졌으면 한다.

셋째, 서사시 및 '서사 지향적 시'에 관한 일반 이론 수립의 필요성이다.

우리 고전문학에서 사사시나 서사적 지향을 보여주는 시로는, 서사한시, 서사민요, 서사가사,[15] 서사무가, 판소리가 있고, 근현대문학에는 서사시 및 '이야기시' 류가 있다. 고전문학에서의 서사시론과 근현대문학에서의 서사시론은 각기 따로 진행되어 온 감이 있는데, 이를 지양하고 고전·현대문학을 아우르는 관점에서 서사시론을 전개할 필요가 있다.[16] 서사한시, 서사민요, 서사가사, 서사무가, 판소리, 근현대 서사시, 이야기시는 어떤 공통성과 차별성을 가지는가, 그리고 그 문학사적 연맥은 어떠한가에 대한 연구는 한국서사시의 일반 이론 정립으로 이어질 수 있을 것이고, 이러한 작업은 한국문학의 보편성과 특수성을 규명하는 데 있어 중요한 것이라 할 수 있다. 사실 다른 나라와 달리 한국문학은 현대에도 활발한 서사시의 창작을 보여주고 있어 서사시의 창작이 한국문학사의 한 특징적인 현상임을 쉽게 확인할

---

15 '서사가사'는 조선 후기 가사 가운데서 서사적 지향이나 소설적 지향을 갖는 가사를 가리킨다.
16 이런 관점에서의 서사시 논의가 조동일 교수에 의해 이루어진 바 있다. 『한국문학과 세계문학』(지식산업사, 1991)에 실린 「서사시론과 비교문학」, 「장편서사의 분포와 변천」, 「서사시의 전통과 근대문학」이 그것이다. 이들 논문은 서사시 논의의 새로운 단서를 마련하고 있다는 점에서 중요성을 갖는다. 그러나 한국서사시의 다양한 층위를 자세히 살피면서 그 각각의 미학적 특성을 밝히지는 않았으며, 서사시의 개념 규정도 뚜렷하게 제시한 것 같지는 않다.

수 있다. 전통적 서사시까지 망라한 한국서사시의 일반 이론 수립은 전통에 바탕하되 전통을 뛰어넘는 세계적 수준의 새로운 서사시를 장차 탄생하게 만드는 데 기여할 수 있고, 또 기여해야 마땅하다.

넷째, 서사시와 서정시, 서사시와 그 인접 장르 간의 관계와 교섭 양상에 대한 연구도 필요하다.

서사시와 서정시의 관계는 종래 차이점만 강조되어 왔는데, 그 점은 그 점 대로 연구를 심화시킬 필요가 있지만 그와 별도로 서사시와 서정시가 서로 어떻게 근접할 수 있는지에 대해서도 다각적인 연구가 있어야겠다. 말하자 면 장르의 교섭관계에 대한 새로운 문제의식이 필요한데, 이러한 문제의식 에 입각해야 한문서사시나 서사적 한시가 갖는 독특한 미학적 특성이 해명 될 수 있고, 나아가 둘 사이의 차이도 보다 분명히 밝혀질 수 있으리라 본다.

서사한시는 소설, 전傳, 야담과도 밀접한 관련을 보여주고 있다. 동일한 제 재가 혹은 서사한시로 혹은 전으로 혹은 야담으로 창작되고 있는 데서 이 점 이 잘 확인된다. 그러므로 이들 장르 간의 차이와 교섭을 밝히는 것은 비단 서사한시의 성격을 이해하는 데 도움이 될 뿐 아니라, 관련된 장르의 성격을 이해하는 데에도 큰 진전을 가져올 수 있다.

또한 한자문화권 전래의 장르 개념에 의거한다면 서사한시는 대체로(모두 그렇다는 말은 아니다) 악부시에 포괄될 수 있다. 악부시에는 서정악부가 있는 가 하면, 서사악부도 있다. 이처럼 악부시의 장르적 스펙트럼의 넓음은 서사 한시의 장르적 스펙트럼을 이해하는 데 크게 도움이 된다. 따라서 서사한시 의 연구는 악부시에 대한 종래의 연구와 연결시켜 해나가는 것이 생산적일 수 있다.

이상으로 『선집』이 전문 연구자들에게 어떤 과제들을 제기하고 있는지 중요한 것만 간략히 살펴보았다. 이외에도 『선집』은 우리에게 많은 과제를 안겨주고 있다. 하나하나의 작품에 대한 깊이 있는 작품론의 전개나 작가에 대한 연구도 있어야 하겠고, 비슷한 성격의 작품들을 묶어 다루거나 상호 대비하는 작업 같은 것도 이루어질 필요가 있다.

이처럼 여러 가지 과제를 새롭게 제기하고 있다는 바로 이 점에서 『선집』이 갖는 높은 연구사적 의의를 다시금 확인할 수 있다.

서사한시의 장르적 성격

1. 서사한시에 대한 장르적 물음

서사한시란 '서사적 요소'가 두드러진 한시를 가리키는 말이다. 서사한시에 대한 관심은 임형택 교수가 편역한 『이조시대 서사시』(상·하)의 출간으로 고조되었다. 이 책은 전통시대의 한시가 풍부한 서사적 지향을 지녔으며, 현실에 대해 치열한 문제의식을 가져왔음을 새로이 인식하는 계기를 마련했다. 그런데 이 책에 수록된 작품들을 통해 제기됨직한 여러 가지 이론적인 물음들에 대해서는 본격적인 연구가 이루어지지 않았다.

서사한시에 대한 이론적 규명을 시도한 글로는 『이조시대 서사시』의 '총설'로 쓰인 「현실주의의 발전과 서사한시」[1]가 있다. 이 글을 통해 서사한시의 출현 배경이나 작자층, 그 현실주의적 성취에 대해서는 상당 정도의 규명

---

1   임형택 교수의 글이며, 『이조시대 서사시』 상(창작과비평사, 1992)의 맨 앞에 있다. 이외에 서사한시에 관한 논문으로 이성호, 「이조 후기 한시의 서사적 경향과 형상화 방법」(성균관대 석사논문, 1993)이 있다.

이 이루어졌다. 하지만 '서사시', '서사한시'의 개념 및 용어, 서사한시의 장르적 성격과 유형 등의 문제에 대해서는 아직도 충분히 규명되지 않은 점이 있다고 생각된다. 이제 이 문제에 대해 본격적으로 다루고자 한다. 이 글에서 제기하는 물음은 다음과 같은 것들이다.

서정한시와 서사한시는 어떻게 다른가? 즉 서사한시를 특징짓는 징표는 무엇인가? 서사한시는 어떠한 '내적 형식', 즉 유형들을 갖는가? 다시 말해 서사한시는 어떻게 유형화될 수 있는가? 서사한시의 각 유형은 서정과 서사를 어떻게 결합하고 있는가? 즉 서사한시는 그 유형에 따라 서정과 서사의 결합 방식이 어떻게 달라지는가? 서사한시의 유형과 시적 대상은 어떤 관련을 갖는가?

이런 일련의 물음에 대한 대답은 궁극적으로 서사한시의 장르적 특질에 대한 해명으로 이어질 것이다. 서사한시 연구에는 이외에도 해명해야 할 많은 이론적 문제들이 있다. 하지만 위에 제기된 물음들에 대답하지 않고서는 다음 단계의 연구로 나아가기 곤란하다고 생각한다.

『이조시대 서사시』에 소개된 100여 편의 작품은 조선시대에 산출된 서사한시의 총량에 비하면 일부이다. 하지만 문학적 성취가 두드러진 작품들이 잘 망라되어 있다. 이 글에서 작품을 거론할 때는 주로 여기에 수록된 자료를 활용하기로 한다.

이제 물음에 대해 하나하나 대답해 나가기로 하자.

2. 서정한시와 서사한시는 어떻게 다른가

서사한시는 일단 '서사적 요소'가 두드러진 한시라고 말할 수 있다.[2] 그러므로 순수 서정한시와는 다르다. 그렇다면 서사한시는 서사 장르에 귀속될 것인가? 꼭 그렇지는 않다고 생각된다. 이른바 서사한시라는 개념 속에 포괄되어 있는 작품들은 그 장르적 성격이 퍽 복합적인바, 기본적으로는 모두 다소간의 서사적 요소를 가지지만 그러면서도 작품에 따라 서사보다는 좀 더 서정에 가깝거나, 서정보다는 서사에 가까운 것이 분명해 보이는 작품도 있어, 그 양상이 단순하지 않다. 이렇게 본다면, 이른바 서사한시라고 일컬어지는 모든 작품이 서사 장르에 귀속될 수는 없을 듯하며, 서사한시 가운데 특정한 부류의 작품만이 서사 장르에 속한다고 해야 할 것 같다.

즉 서사한시 중에는 엄밀한 의미에서의 '서사시'가 있는가 하면,[3] 단순히 '서사적 요소' 혹은 '서사적 지향'만을 가진 시도 있다고 할 수 있다. 전자는 당연히 서사 장르에 귀속되겠지만 후자의 경우는 곤란하다고 본다. 따라서 '서사한시'는 서사적 요소를 일정 정도 이상 가진 한시를 포괄적으로 가리키

---

2 임형택 교수는 서사한시를, '개별화된 인물이 등장하고 사건의 진행이 있는 시'라고 규정한 바 있다(『이조시대 서사시』상, 창작과비평사, 1992, 16면 참조). 저자는 기본적으로 이러한 견해에 동의한다. 하지만 이 글에서는 이러한 견해를 발전시켜 좀 더 구체적으로 서사한시의 개념을 규정하려는 의도를 갖고 있기에, 우선 누구도 이의를 제기하지 않을 이런 포괄적인 정의에서부터 출발한다.

3 국문학의 전체 체계를 고려할 경우, 이를 '한문서사시'라 명명할 수 할 수 있을 것이다. 조동일 교수는 『한국문학과 세계문학』(지식산업사, 1991)의 제2부 '서사시론'에서 한국문학 연구자들이 서구 서사시의 개념을 협소하게 적용하여 우리문학사에는 이른바 '진정한' 서사시가 없다고 운운하는 폐단이 있어 왔음을 정당하게 지적하고 있다. 하지만 조동일 교수는 우리 서사시 중에서 구전서사시(口傳敍事詩), 즉 판소리와 서사무가의 존재에 대해서는 주목하면서도 '한문서사시'의 존재에 대해서는 그다지 주목하지 않았다.

는 명칭이며,[4] 그 이상도 그 이하도 아니다. 따라서 '장르론'적으로 볼 때 서사한시는 서정적 요소와 서사적 요소가 다양한 방식으로 결합되어 있는바, 보다 서정에 가까운 것, 대체로 서정과 서사의 경계 지점에 위치해 있다고 할 만한 것, 보다 서사에 가까운 것 등 여러 가지 현상 형태를 갖는다. 누구든 서사한시 전반을 개관해 본다면 서사적 요소가 개별 작품에 나타나는 양상이 퍽 다양함을 쉽게 알 수 있다.[5]

그렇다면 서정한시와 서사한시를 구분하는 기준은 무엇이며, 개별 작품에 나타나는 서사적 요소의 다소多少 혹은 서사적 지향의 강약强弱을 우리는 어떻게 가늠할 수 있을까. 이 문제에 대한 해답을 얻기 위해서는 우선 '가장 서정적인 시'와 '가장 서사적인 시'의 차이가 무엇인지부터 생각해 볼 필요가 있다.

보통, 가장 서정적인 시는 시인이 '직접적'인 방식으로 자신의 주관이나 정서를 표현한다고 지적된다. 따라서 가장 서정적인 시는 '사실적 체험의 주관적 표현', '주관적 감정의 표출' 등으로 이해되는 반면, 서사시는 '허구의 객관적 서술', '객관세계의 반영' 등으로 흔히 이해되곤 한다. 그러나 이러한 표지標識들은 구체적인 개별 작품을 이해하는 기준으로서는 지나치게 포괄

---

4   이러한 견해는 이 책의 「서사한시와 현실주의」에서 이미 피력한 바 있다. 서사한시의 모든 작품들에 대해 '서사시'라는 용어를 사용하는 것은 앞으로의 이론 정립에 혼란을 야기할 여지가 있으므로, 서사한시 중 특정 부류의 작품에 대해서만 '서사시'라는 명칭을 사용하기로 한다.

5   『현대시』, 1993년 10월호는 '서사시와 장시(長詩)'를 기획 특집으로 하였다. 그중 범대순, 「서사시・장시의 개념과 성립 과정」이라는 글의 41면에 "서사한시와 가사, 그리고 사설시조는 서양식 구분에 의하면 서정시의 범주 안에 드는 시들"이라는 지적이 보인다.
서사한시 중에는 분명히 서사시도 있고, 서정과 서사의 경계에 있는 것도 있으므로, '서사한시가 서정시의 범주에 든다'는 위의 언급은 피상적인 관찰에 의거한 것이다. 시 장르는 반드시 서정 아니면 서사, 이 둘 중의 하나로 명쾌히 구획되는가? 저자는 우선 이런 식의 사고방식에 회의를 품는다. 물론 별 논란 없이 서정에 속하거나 서사에 속하는 시들도 엄연히 존재한다. 그러나 서정과 서사가 긴밀히 결합되어 있어 단순히 기계적인 이분법적 사유로 접근하기 곤란한 작품도 있다는 점에 유의하지 않으면 안된다. 사실 개별 장르들 중에는 상당히 유동성・복합성을 갖는 경우가 드물지 않은데, '서사한시'가 바로 그런 장르이다.

적이어서 때로는 모호할 수도 있다.

우선 '사실성'과 '허구'라는 항목이 서정한시와 서사한시를 구분하는 기준이 될 수 있을지 생각해 보기로 하자. 흔히 서정시는 시인 자신의 사실적 체험을 표현한 것임에 반해, 서사는 허구의 서술이라고 이해되고 있다. 그래서 서정시는 사실적·개인적 체험의 문학으로 간주되고, 그 결과 서정적 자아는 시인의 자아와 동일시된다.[6]

하지만 엄밀히 따진다면 어떤 서정시에서도 서정적 자아가 바로 시인의 일상적 자아 혹은 역사적 자아와 '완전히' 동일하지는 않다. 시적 자아는 현실에서의 시인의 자아와는 다른 무엇이다. 이 점에 주목하여 이론가에 따라서는 이를 '퍼스나persona', 즉 허구적 자아라고 보기도 한다.[7] 이 견해에 의하면 시인이 자신의 사실적 체험을 표현하고 있는가의 여부가 서정시의 장르적 표지가 되기는 어렵게 된다. 굳이 이런 견해를 상기할 것까지도 없이 우리가 실제 시를 대해 보면, 서정시의 자아는 대개 시인 자신인 경우가 많긴 하지만, 시인이 아닌 제3의 인물이 서정적 자아로 등장하는 경우도 드물지 않음을 알게 된다. 그러므로 시인과 시적 자아가 일치하지 않는다고 해서 그 작품이 서정시가 아니라는 논리는 성립하기 어렵다. 특히 한시의 경우에는 시인이 아닌 제3의 인물이 시적 자아로 등장하는 시가 많다. 이학규李學逵 (1770~1835)의 「앙가 5장秧歌 五章」 중 제4장을 보기로 하자.

---

6 가령, 캐테 함부르거(K. Hamburger)의 장르론이 이런 관점의 대표적인 것이다. 폴 헤르나디(P. Hernadi), 김준오 역, 『장르론(*Beyond Genre*)』, 문장사, 1983, 62~70면 참조.

7 르네 웰렉(R. Wellek)은 일찍이 *Theory of Literature*(Harmondsworth : Penguin, 1963)에서 이런 견해를 피력한 바 있으며, 「쟝르이론·서정시·체험」, 김현 편, 『쟝르의 이론』(문학과지성사, 1987)에서는 이런 관점에 입각하여 함부르거의 이론을 비판하고 있다.

들으니 주흘령의	曾聞主紇嶺
서쪽 상봉(上峰)은	上峰天西陬
구름도 쉬어 넘고	雲亦一半休
바람도 쉬어 넘고	風亦一半休
해동청 보라매도	豪鷹海靑鳥
쳐다보고 근심한다지.	仰視應復愁
나는 연약한 여자 몸이라	儂是弱脚女
동구 밖 나가본 적 한 번 없지만	步履只甌窶
님 계신 곳 어딘지 알기만 하면	聞知所歡在
가파른 고개도 평지 같아서	峻嶺卽平疇
천 걸음에 한 번 쉬지도 않고	千步不一啄
그 꼭대기 훌쩍 날아 넘으리.	飛越上上頭

이 시는 사설시조 「바람도 쉬어 넘는 고개」를 시인이 변용한 것으로 시적 화자는 어떤 여성이다. 즉 서정적 자아는 시인이 아닌 제3의 허구적 인물이다. 그렇다고 해서 이 시가 서정시가 아닌 것은 아니다. 비슷한 예를 하나 더 들어보자.

강가로 장사 떠난 우리 낭군님	商人江上去
팔월이면 오마고 기약했건만	八月已爲期
구월이라 중양절 다 지나가고	重陽今已過
담근 술 익었는데 왜 안 오시나.	酒熟爾何遲

이 시는 허균許筠(1569~1618)의 「황주염곡黃州艶曲」 중 제2수이다. 이 시가 황주 지방의 민요에서 직접 취재했는지, 아니면 그저 민요적 기분으로 지은 작품인지는 분명히 알기 어렵다. 중요한 것은 이 한시에서 시적 자아와 시인이 일치하지 않는다는 사실이다. 이처럼 한시 특히 서정한시에서 시인과 시적 화자가 일치하지만은 않는 현상은 이미 『시경詩經』에서부터 확인된다. 또한 더 쉽게 떠올릴 수 있는 예로서, 이백李白과 백거이白居易의 시편 중 여성을 서정적 주인공으로 내세운 여러 작품들을 들 수 있을 것이다. 위에 인용한 「황주염곡」의 경우, 만일 우리가 이 시의 작자가 허균임을 잠시 잊고 작품을 읽는다면, 이 시가 순수한 서정한시의 전형에 가깝다는 것을 쉽사리 인정할 수 있다. 그러나 시의 작자가 허균임을 환기한다고 해서 이 시의 성격이 달라지는 것은 아니다.[8]

따라서 시적 자아가 시인 자신에 가까운가 아니면 허구적 인물인가는 서정과 서사를 판별하는 기준이 되기 어렵다. 작자에 관한 정보가 없이도 우리는 한 작품의 성격을 파악할 수 있다. 작자가 남자인가 여자인가, 지식인인가 민중인가, 실제 작자와 시적 화자가 얼마나 일치하는가, 이런 데 따라 한편의 시가 서정시가 되기도 하고 서사적 시가 되기도 하는 것은 아닐 터이다. 만약 그런 기준에 따라 서정시와 여타의 시를 판별해야 한다면, 우리는 시인이 거짓말을 하고 있는가 아닌가 하는 것까지 조사해야만 하는 곤란한 지경에 빠지게 될 것이다. 사대부 시인이 쓴 서정한시에도 종종 시의 화자가 여성이나 평민 남성인 경우가 있다. 서정시에서 시의 화자가 시인 자신이 아닌

---

8 『이조시대 서사시』에는 「앙가 5장」과 「황주염곡」 이외에도 서사한시라기보다는 서정한시라고 해야 할 작품들이 더러 수록되어 있다. 서정한시와 구별되는 서사한시의 일반적 특성에 대한 보다 자세한 논의는 후술된다.

제3의 인물인 경우, 시인은 그 인물과 자신을 동일시하고 있으며, 그 인물과의 사이에 '감정이입'이 이루어지고 있는 것으로 볼 수 있다.

한편, 일반적으로 서정은 '주관적 감정의 표출'인데 반해, 서사는 '객관세계의 반영'이라고 이해되고 있다. 이러한 기준을 서정한시와 서사한시의 구분에 적용할 수 있을지 생각해 보자.

헤겔은 그의 『미학』에서 서정시적 작품의 내용은 개개의 주관과 이에 수반된 개별화된 상황과 대상들에 있고, 그런 점에서 객관적 행위의 발전을 내용으로 하는 서사시적 작품과 구별된다고 하였다. 그리고 서정적인 시에서 시인은 바로 자신을 표현하며, 그의 심정과 개인적이고 주관적인 삶이 시의 적절한 내포가 되므로, 문제가 되는 것은 느끼는 대상이 무엇인가가 아니라 오로지 느끼는 마음이라고 보았다. 또 '내면적 주관성'이 서정시의 근본 요소이므로, 서정시는 구체적 상황을 외면적 특징 속에서 묘사할 수 있도록 확장되는 것이 아니라, 순수하게 내면적인 기분과 성찰 등의 표출에 멈춘다고 했다.[9]

서정시가 본질적으로 주관적이라는 견해는 굳이 헤겔의 견해를 빌지 않더라도, 다양한 방법론적 입장을 취하고 있는 근대문예학에 있어서의 서정시 이론의 기본적 합의사항이기도 하다. 서정시가 기본적으로 주관적 경향을 갖는다는 것은 분명한 사실이다. 하지만 서정시에 관한 주관성 이론은 특히 서구의 19세기 낭만주의 시에 대해 설득력을 가지며,[10] 동서고금의 서정시 전반을 설명하는 데 있어서는 그 유효성이 다소 떨어지는 것으로 보인다. 사실 주관적이냐 객관적이냐의 여부만으로 한 작품이 서정이냐 서사이냐를 판

---

9 이상의 서술은 G. W. F. Hegel, T. M. Knox(trans.), *Aesthetics*(Oxford University Press, 1975) 참조. 특히 'Chapter III. Poetry' 중 'B.Lyric Poetry'의 '1. General Character of Lyric' 참조.

10 르네 웰렉, 김현 편, 앞의 글; 디이터 람핑(Dieter Lamping), 장영태 역, 『서정시─이론과 역사』, 문학과지성사, 1994 참조.

별하기는 무척 어렵다. 그리고 개별적인 작품이 제시하고 있는 구체적인 맥락으로 들어가면 과연 어디까지가 순전히 주관적인 것이고 어디까지가 객관적인 것인지는 애매하여 독자에 따라 판단이 가변적일 수밖에 없다.

이와 관련하여 '주관적 감정의 표출'이라는 기준도 서정시와 여타의 시를 판별하는 척도가 되기에는 많은 난점이 있다. 한시의 전통에서 보면, 일찍이 『시경』에서부터 '객관적 사실의 전달'에 치중한 서정시들을 볼 수 있으며, 자연풍경의 사실적 묘사를 위주로 하는 서경시敍景詩, 깨달음이나 객관적 진리의 서술을 위주로 하는 철리시哲理詩나 선시禪詩, 사물에 대한 충실한 묘사를 위주로 하는 영물시詠物詩 등은 제각각 서정한시의 한 영역을 점하면서 창작되어 왔다.

이렇게 볼 때, 단순히 주관적 감정의 표출 여부만으로 서정시와 여타의 시를 구분하는 것은 충분하지 못하다 하겠으며, 새로운 논의를 통해 좀 더 생각을 발전시킬 필요가 있음을 깨닫게 된다. 이 점에서 우리는 '시적 발화詩的發話'의 양상과 성격에 주목한다. 시적 발화에 대한 고려는 서사와 서정을 구별하는 보다 구체적이고 실제적인 기준을 마련해 준다.

어떤 발화가 서사가 되기 위해서는 몇 가지 요소를 필요로 한다. 그런 요소들 중 어떤 것은 보다 결정적·지배적인 것이고, 어떤 것은 그로부터 결과한 부차적인 것일 수 있다. 결정적인 것과 부차적인 것을 뒤섞어 마구 나열할 것이 아니라, 가장 중요하게 결정적인 요소를 압축해 제시하는 것이 긴요하다. 이제 이런 각도에서 논의해 보기로 한다.

어떤 발화가 본격적인 서사가 되기 위해서는 다음의 세 가지 요건을 갖추지 않으면 안 된다.

첫째, 어떤 인물과 사건이 있어야 한다.

둘째, 인물과 사건의 유기적 결합으로 이루어지는 구성이 있어야 한다.

셋째, 그것을 전달하는 화자가 있어야 한다.

이 세 가지 요소가 서사에는 필수적이다. 이 세 요소는, 애매하여 논자에 따라 적용이 가변적인 그런 기준이 아니라는 점에서 더욱 유효성이 있다.

서사의 성립 조건으로 인물과 사건이 필요하다는 것은 상식에 속한다. 그러나 인물과 사건이 서로 유기적으로 결합되면서 인물들의 관계가 발전하고 그것을 통해 사건 진행이 이루어지지 않으면 본격적인 서사가 될 수 없다. 인물과 사건의 유기적 결합이 이루어지지 않을 경우, 대부분의 작품은 인물의 성격이나 사건의 단면 가운데 어느 하나에 치중하여 서술하기 마련인데, 이는 본격적 서사라 하기 어렵다.

한편 인물이나 사건을 조망하면서 그것을 전달하는 화자가 없다면 서사는 이루어지지 않는다. 그런데 서사가 되기 위해서는 발화자가 적어도 두 사람 이상 필요하다.[11] 발화자가 두 사람 이상이 될 때 비로소 발화는 '대화화對話化'될 수 있다. '대화화'는 서사에 있어 본질적인 것이다. 발화자가 한 사람뿐인 경우, 발화는 '독백적'으로 되며, 독백적인 발화는 서사일 수 없다. 그것은 기본적으로 서정적인 것의 본질을 이룬다. 그런데 발화자가 두 사람 이상인 경우로는 서사 외에도 극이 있다. 그러나 서사는 극과 달리 제1발화자가 제2·3발화자의 말을 전하는 특징이 있다. 즉 제1발화자가 제2·3발화자의 발화를 매개하는, 이른바 '매개발화媒介發話'인 것이다. 그러나 극 장르는 그렇지 않다.

---

11 발화자와 화자는 일치하기도 하나 반드시 일치하는 것은 아니다. 대개 화자는 서술자(narrator)를 의미하며, 발화자는 화자를 포함하여 작품 내에서 발언하는 모든 사람을 가리킨다.

즉 제1발화자가 제2·3발화자를 매개하는 것이 아니라, 각각의 발화자는 독립된 채 제각각 자기 말을 하는바, '교환발화交換發話'를 그 특징으로 한다고 할 수 있다. 매개발화에서 제1발화자와 여타 발화자의 발화는 다른 차원에 있다. 이 점에서 매개발화는 제1발화자와 제2·3발화자가 동등한 차원에서 말을 주고받는 교환발화와 확연히 구분된다.[12]

이러한 논의에 입각하면, 본격적인 서사시란 어떤 인물과 사건이 존재하고, 그것이 유기적으로 결합되어 있으며, 둘 이상의 발화자가 있는 매개발화이다. 즉 그 '발화 구조'에 있어서는 매개발화이고, 그 '서술 대상'은 인물과 사건이며, '서술 방식'은 인물과 사건의 유기적 서술이라고 할 수 있다. 이에 반해 가장 서정적인 시는 발화 구조에 있어서는 개별발화이고, 서술 대상은 발화자 자신의 주관적 정서나 감정이다. 그 진술 대상이 혹 사물이나 자연인 경우도 적지 않은데, 이때 발화자의 주관과 의식은 대상과의 합일 혹은 일체화를 지향한다.

한시의 경우 본격적 서사시의 세 가지 요소를 모두 충족시키는 작품은 서사한시인 동시에 서사시이다. 한문학만이 아닌 국문학 전체의 장르체계에서 본다면 이를 '한문서사시'라고 이름 하는 것이 적당하리라 본다. 어떤 서사한시가 본격적 서사시가 구비해야 할 세 가지 요소 가운데, 어느 하나 혹은 어느 둘만을 충족시킬 경우 그런 작품은 서사 장르에 속한다고 하기 어렵고, 다만 서정 장르와 서사 장르 사이의 어딘가에 위치해 있다고 해야 할 것이다. 따라서 서사한시에는 서정과 서사가 다양한 방식으로 결합되어 있기 마련인

---

12 이처럼 발화 대상이나 발화 방식이 아니라 '발화 구조'에 입각하여 서정·서사·극 장르를 구분하는 논의는 디이터 람핑에 의해 이루어졌다. 그는 서정시의 특징을 '개별발화'로 규정하면서 서정시 이론을 전개하고 있다. 디이터 람핑, 장영태 역, 앞의 책 참조.
제1·2·3발화자는 작중에 나오는 발화자의 순서에 따른 명칭이다. 모든 서사한시가 다 그런 것은 아니지만 대다수의 서사한시에는 시인의 발화가 맨 처음 나타난다. 따라서 '제1발화자'는 시인인 경우가 대부분이다.

데, 이에 대해서는 항목을 달리해서 검토해 보기로 한다.

3. 서사한시는 어떻게 유형화될 수 있는가

논의의 출발점에서 우리는 서사한시를 '서사적 요소를 지닌 한시' 정도로 포괄적으로 정의한 바 있다. 그러나 이제 앞 절에서의 검토를 바탕으로 우리는 서사한시에 대해 다음과 같은 좀 더 구체적인 정의를 내릴 수 있게 되었다. **서사한시는 인물과 사건, 인물과 사건의 유기적 결합, 둘 이상의 발화자를 가진 매개 발화, 이 세 가지 요소 중 '적어도' 한 가지 이상을 갖추고 있는 한시이다.** 이런 정의에 입각해 서사한시를 검토해 보면 서사한시는 다음과 같은 세 유형으로 나누어짐을 알 수 있다.

> I형 : 인물 혹은 사건의 단면에 대한 서술은 있으되 양자 사이의 유기적 결합은 보이지 않으며, 발화자가 하나인 개별발화인 것. 이 경우 인물 혹은 사건의 단면 중 어느 한쪽에 치중하여 서술이 이루어지는바, 이러한 서술 방식을 '단면적 서술'이라 부르기로 한다.
>
> II형 : 인물 혹은 사건의 단면에 대한 서술은 있으되 양자 사이의 유기적 결합은 보이지 않으며, 둘 이상의 발화자가 등장하는 매개발화인 것.
>
> III형 : 인물과 사건이 유기적으로 결합되고 있으며, 매개발화인 것. 이러한 서술 방식을 '유기적 서술'이라 부르기로 한다.

이 세 유형에 대해 다음과 같은 명칭을 부여할 수 있다.

I형 : 단면적 서술의 개별발화
II형 : 단면적 서술의 매개발화
III형 : 유기적 서술의 매개발화

이제 각 유형이 서로 어떻게 다르며, 그 미적인 특질은 무엇인지 자세히 검토해 보기로 하자.

1) I형 – 단면적 서술의 개별발화

I형의 서사한시는 단지 1명의 발화자가 등장하여 시종 혼자서 진술을 행한다. 발화자는 대체로 시인 자신과 일치하는 경우가 많다. 따라서 선행연구에서는 이 유형의 한시를 '시인이 자신의 목소리로 특정한 인물이나 사상事象에 대해 직접 말하는 것' 혹은 '전적으로 시인 자신이 사태를 기술하는 것'[13]이라고 지적한 바 있다.

이 유형 한시의 서술 대상은 어떤 인물이거나 혹은 어떤 사건인데, 대체로 둘 중 어느 한쪽에 치중해 있다.[14] 따라서 인물과 사건의 유기적 결합에 의한 성격의 발전이나 사건의 진행은 찾아볼 수 없다.

---

13 박혜숙, 『형성기의 한국악부시 연구』(한길사, 1991, 136·199면)에서 이 점을 거론한 바 있다.
14 물론 이 유형이라 해서 인물과 사건이 '전연' 연관이 없는 것은 아니며, 이 점에서 인물과 사건을 '확연히' 구분하기는 곤란하다. 그렇기는 하나, 대체로 인물 쪽에 치중한 서술인가, 아니면 사건 쪽에 치중한 서술인가의 구분은 현상적으로 가능하다.

이 유형의 한시는 다시 다음과 같이 둘로 나뉜다.

① 한 사람의 발화자가 등장하여 자신이 알고 있거나 목격한 어떤 **인물**의 단면
이나 내력에 대해 객관적인 서술을 하는 경우
② 한 사람의 발화자가 등장하여 자신이 알고 있거나 목격한 어떤 **사건**의 단면
혹은 정황을 이야기하는 경우

전자의 대표적인 작품으로는 임억령의 「송대장군가宋大將軍歌」,[15] 김창흡의
「홍의장군가紅衣將軍歌」, 신광하의 「최북가崔北歌」, 홍신유의 「추월가秋月歌」, 정
약용의 「천용자가天慵子歌」 등을 들 수 있다. 이렇게 특정인물의 이름을 제목으로
하는 경우뿐 아니라, 김창흡의 「안현가鞍峴歌」의 경우처럼 인물의 이름을 제목으
로 하지 않은 경우도 있고, 김규의 「빈녀탄貧女歎」이나 홍양호의 「수졸원戍卒怨」
처럼 특정인물이 아니라 어떤 인물 집단을 대표하는 명칭이 제목으로 된 경우도
있다. 그중 비교적 길이가 짧은 편에 속하는 「최북가」를 예로 들어본다.

그대는 보지 못했나, 최북이 눈 속에서 얼어죽은 걸.	君不見崔北雪中死
좋은 옷에 백마 탄 자, 누구 집 아들인고?	貂裘白馬誰家子
너네들은 거드럭 부리며 동정할 줄도 모르는구나.	汝曹飛揚不憐死
최북의 미천한 신세 참으로 슬퍼라.	北也卑微眞可哀

---

15 「송대장군가」의 경우, 15행에 항우(項羽)의 말 "저 자리 내가 차지하리라(彼可取)", 50행에 유
방(劉邦)의 말 "어이해야 인재 얻어 사방 지킬고(安得四方守)", 54행에 공자(孔子)의 말 "내가
자로를 얻고부터(自吾得子路)" 등이 보인다. 따라서 이 작품은 발화자가 여럿이고 그래서 매개
발화가 아닌가 의심될 수도 있으나, 항우·유방·공자 등의 말은 등장인물의 담화가 아니라,
다만 옛 말의 인용에 지나지 않는다. 따라서 「송대장군가」는 시인 한 사람만이 발화자로 등장하
는 개별발화이다.

최북은 능력과 기개가 있었지만은	北也爲人甚精悍
'그림쟁이 호생관(毫生館)'이라 스스로 일컬었지.	自稱畵師毫生館
애꾸눈에다 키 또한 작았지만	軀幹短小眇一目
술 석잔 마시면 거리낌이 없었지.	酒過三酌無忌憚
북으론 숙신(肅愼)까지 갔었고	北窮肅愼經黑朔
동으론 일본까지 갔었네.	東入日本過赤岸
대갓집 병풍의 산수 그림들	貴家屏幛山水圖
안견(安堅)과 이징(李澄)의 것 싹 사라졌네.	安堅李澄一掃無
술 마시고 소리 지르다 붓 휘두르면	索酒狂呼始放筆
밝은 대낮 집에 강이 생기네.	高堂白日生江湖
열흘 굶다 매화 그림 한 폭 팔아서	梅花一幅十日餓
크게 취해 밤에 돌아오다 성 모퉁이에 누웠다지.	大醉夜歸城隅臥
묻노라, 북망산 흙 속의 일만 사람 뼈	借問北邙塵土萬人骨
세 길 눈 속에 묻힌 최북과 비교해 누가 나은가?	何如北也埋却三丈雪
슬프다, 최북이여!	嗚呼北也
몸은 비록 얼어 죽었으나 그 이름 영원하리.	身雖凍死名不滅

위의 시는 최북이라는 한 예술가의 형상에 초점이 맞춰져 있다. 그의 인물
됨, 그의 삶과 죽음이 전면前面에 나와 있을 뿐, 구체적인 사건이나 다른 인물
들과의 관계 같은 것은 거의 드러나지 않는다. 처음부터 끝까지 시인의 목소
리 하나만을 우리는 느낄 수 있다. 그 목소리에는 최북에 대한 깊은 연민의
어조가 두드러진다. 이런 점에서 이 시는 '인물에 대한 단면적 서술'을 하고
있는 '개별발화'라고 할 수 있다.

한편 김규의 「빈녀탄」과 같은 작품은 바느질하면서 살아가는 가난한 여성을 주인공으로 하고 있다. 시의 초점은 그 여성의 개성이 아니라 '가난한 삶'에 맞춰져 있어 주인공의 개성이나 업적을 부각하는 작품과는 다르지만, 사건보다는 인물에 현저히 치우친 서술을 하고 있는 점에서는 「최북가」와 마찬가지다.

이와 달리, 단면적 서술의 개별발화이면서도 그 서술 대상이 사건 혹은 정황인 작품으로는 백광훈의 「달량행達梁行」, 조성립의 「비분탄悲憤歎」, 홍양호의 「임명대첩가臨溟大捷歌」, 성간의 「아부행餓婦行」과 「전옹가田翁歌」, 홍신유의 「거우행車牛行」 등을 대표적인 것으로 꼽을 수 있다. 가령 「달량행」은 을묘왜변 때의 달량성싸움을 다룬 작품이며, 「임명대첩가」는 임진왜란 때의 임명대첩을 다룬 작품이다. 이들 작품은 시인이 화자로 등장하여 하나의 사건을 서술하고 있다. 이와 같이 구체적이고 역사적인 사건을 서술하는 경우도 있지만, 「아부행」·「전옹가」·「거우행」 등의 경우처럼 사건성은 다소 약하지만 현실의 특정 단면 혹은 정황에 초점을 맞춘 경우도 있다. 성간의 작품 「아부행」을 한번 살펴보자.

산촌에 날 저물고	山門日欲暮
북풍이 혹독하매	北風高崖裂
사람들 추위가 무서워	居人憚涸寒
문 꼭 닫고 움츠렸네.	閉關縮如鼈
홀연 문 두드리는 소리 들리더니	俄有扣門聲
새까만 얼굴의 굶주린 아낙네	餓婦面深黑
젖 아래 두 아이 끼고서	乳下挾兩兒

동지섣달인데도 삼베옷 걸쳤구나.　　　　　歲暮蒙絺綌

손 안에 가진 것 하나도 없어　　　　　　　手中無所携

밥 구경 못한 게 벌써 사흘째.　　　　　　　不食已三日

그 집 아이 문에 나가　　　　　　　　　　小童出門邊

김치와 밥을 건네준다.　　　　　　　　　　黃薤和脫粟

굶은 자식 두 손에 음식을 쥐는지라　　　　兒飢兩手持

어미가 음식을 먹을 수 없자　　　　　　　母餐不可得

아이를 자리 옆에 밀어 제치고　　　　　　推兒置坐傍

음식을 자루 속에 쓸어 넣더니　　　　　　取食納諸囊

길가에 두 아이 버려두고서　　　　　　　路邊棄兩兒

매정히도 영영 가 버리네.　　　　　　　　甘心與永訣

두 아이 길 헤매며 울어대는데　　　　　　兩兒巡路啼

울음소리 듣자니 목이 메네.　　　　　　　啼聲聽幽咽

(…중략…)

아아, 어미와 자식 사이　　　　　　　　　嗟呼母子間

참으로 막중커늘　　　　　　　　　　　　眞性爲甚切

얼마나 굶주렸으면　　　　　　　　　　　云何飢寒餘

인륜마저 버리는가.　　　　　　　　　　　至使人理滅

　　이 시는 극심한 굶주림을 못 이겨 어미가 자식을 버리고 달아나버려, 그 자식들이 결국 호랑이에 잡아먹힌 사건을 사실적으로 그리고 있다. 그리고 말미에서 시인의 주관적 서술을 덧붙이고 있다. 「달량행」 등이 사건의 시간적 전개에 초점을 맞춘 것이라면, 「아부행」 등은 현실이나 사건의 한 단면에 초점을 맞추고 있다는 점에서 다소 차이가 있다. 「달량행」 등의 경우도 그러하지만, 위에 제시한 성간의 시에서도 시인의 격렬한 어조가 작품 전체를 일관하고 있는 점이 특히 주목된다.

　이상에서 I형의 서사한시 작품들을 살펴보았다. 이들은 인물 혹은 사건 중 대체로 어느 하나에 초점을 맞추고 있다는 점에서 단면적 서술이라 할 수 있고, 시인 한 사람만이 발화자로 등장하고 있다는 점에서 개별발화라고 할 수 있다. I형의 서사한시들은 서정한시에 비해서 객관적 현실세계의 서술에 큰 관심을 보이고 있다고 할 수 있다. 그러나 단지 객관적 대상에만 관심이 있는 게 아니라, 그 대상에 대한 시인의 태도나 느낌 또한 시의 중요한 측면을 이루고 있다. 때로는 비분강개한, 때로는 탄식하는 듯한, 때로는 담담한 시인의 목소리를 우리는 들을 수 있다. 하지만 그 하나의 목소리만 존재할 뿐, 다른 어떤 목소리도 들리지 않는다. 이런 유형의 한시는 독주 음악을 연상시킨다. 그리고 우리는 이런 작품에서 하나의 지배적인 시점視點을 느낄 수 있을 따름이다. 몇 개 시점이 교체되는 현상 같은 것은 일어나지 않는다. 또한 그 지배적인 시점은 전지적이거나 혹은 철저히 3인칭 관찰자적인 시점으로 일관된다. 때문에 비록 시간적 전개에 따라 사건을 기술하거나, 한 인물의 일생을 서술하거나, 혹은 사건의 한 단면, 하나의 정황을 기술한다 할지라도, 그 장면 구성은 비교적 단조롭다고 할 수 있다. 이러한 작품들은 서사적 내용을 갖는 그림에 견줄 만하다. 한 폭 혹은 몇 폭으로 구성된 그림을 생각해 보자. 인물에 치중한 시는 비유하자면 인물화와 유사하다. 사건이나 정황에 치중한 시는 사건화 혹은 풍속화와 유사하다. I형의 서사한시는 인물과 사건의 '유기적' 결합이 없기 때문에, 작품의 서술이 시간의 경과를 내포함에도 불구하고 그다지 계기적繼起的이거나 동적이라는 인상은 주지 못하게 된다.

2) II형 - 단면적 서술의 매개발화

II형의 서사한시에는 반드시 두 사람 이상의 발화자가 등장한다. 제일 먼저 등장하는 발화자는 대개 시인 자신과 일치하는 인물이다. 그리고 시인과는 별도로 제2발화자가 등장한다. 간혹 제3발화자가 등장하는 일도 있다. 제1발화자는 제2·3발화자의 발화를 독자에게 전달하는 역할을 한다. 이렇듯 매개발화라는 점에서 II형은 III형과 닮았다. 하지만 III형은 여러 명의 화자가 등장하는 데 반해, II형은 화자가 둘인 경우가 가장 많으며, 두셋 이상으로 많아지지는 않는다. 또한 중요한 점은, 시인 이외의 등장인물들 상호 간에 대화가 이루어지는 법은 없다. 등장인물은 어디까지나 시인과 대화를 나누거나, 혹은 혼자서 독백할 따름이다.

II형의 한시에는 제1발화자인 시인이 처음부터 끝까지 주도적으로 발화하면서 다른 등장인물의 발화가 일회 또는 수회 끼어드는 경우가 있는가 하면, 시인보다는 등장인물의 발화가 주도적이며 시의 많은 부분을 차지하는 경우도 있다. 그러나 어느 경우든 인물과 사건이 상호 얽히면서 하나의 이야기를 형성하지는 않고 인물이면 인물, 사건이면 사건에 치우친 단면적 서술을 하고 있다. 이런 점에서 II형은 I형과 닮았다.[16]

---

16 임형택 교수는 서사한시의 첫째 유형으로 "시인과 주인공의 대화적 서술 방식"을 설정한 바 있고, 저자는 선행연구에서 악부시의 서술법에 대해 논하면서 "시인에 의한 진술과 서정적 주인공에 의한 진술이 혼재하는 경우"를 지적한 바 있다. 선행연구에서의 이러한 지적들은 이 글에서의 서사한시 II형의 성격과 상통하는 점도 있으나, 그 외연이 일치하는 것은 아니다. 즉 선행연구의 지적은 II형만이 아니라 III형에도 해당되기 때문이다. 이와 관련해 선행연구는 엄밀한 의미의 서사시와 그렇지 못한 서사한시를 이론적으로 구분하는 기준을 마련하지 못하고 있는바, 이 점이 문제점으로 지적될 수 있다. 이 글에서는 II형과 III형을 구분하여 그 공통점과 차이점을 논함으로써 이 문제를 해결하려는 의도를 갖고 있다. 임형택, 『이조시대 서사시』상, 창작과비평사, 1992, 26면; 박혜숙, 앞의 책, 197면 참조.

Ⅱ형은 시인의 존재 방식에 따라 다시 다음과 같이 두 부류로 뚜렷이 나뉜다.

　① 시인이 목격자인 경우
　② 시인이 청취자인 경우

시인이 목격자인 경우는 시인이 시종일관 주도적 발화자이며, 다른 등장인물의 발화는 부분적으로 끼어들 따름이다. 한편, 시인이 청취자인 경우는 시인의 발화보다는 등장인물의 발화가 주도적이다. 각각에 대해 자세히 살펴보자.

(1) 시인이 목격자인 경우

시인이 목격자로 등장하면서 발화하는 작품은 서사한시에서 흔히 발견된다. Ⅰ형의 「아부행」의 경우에도 시인이 목격자로 등장했다. 즉 이 작품의 앞부분에서 사건의 배경을 서술하고 있는 대목과 후반에서 그 사건에 대한 시인의 느낌을 직접 서술한 대목을 통해 목격자로서의 시인의 존재를 알 수 있다. 하지만 여인이나 아이 혹은 동네 사람들의 직접발화가 나타나지는 않았다. 이와는 달리 Ⅱ-①형은 목격자로서의 시인의 발화가 시에서 주도적인 역할을 차지하지만, 간간이 등장인물과 시인 사이에 대화가 나타나거나, 등장인물의 발화가 직접 끼어들고 있다. 물론 한시의 경우 근현대시에서처럼 인물의 말이라고 하여 따옴표를 사용하는 법은 없으므로 직접화법과 간접화법의 구분이 어려운 경우도 있어, 때로 어떤 작품이 Ⅰ형인지 Ⅱ-①형인지 분명

치 않은 경우도 혹 있을 수 있다. 그러나 '~曰', '~言' 등의 고지동사告知動詞
나, '我·汝·爾' 등의 인칭대명사 등을 통해 직접화법을 거개 알아챌 수 있
으며, 대체로 둘 사이의 구분은 가능하다.

Ⅱ-①형의 서사한시는 인물에 치중한 서술을 할 수도 있고, 어떤 사건 내
지 상황에 치중한 서술을 할 수도 있다. 하지만 인물보다는 사건이나 상황에
치중한 경우가 더 많은 것 같다. 사건이나 정황 속에 인물이 등장한다 할지
라도 그 인물의 개별성은 그리 관심의 대상이 되지 않는다. 관심은 철저히
사건이나 정황 자체에 있다. 시인은 사태의 전형성에 특히 주목하면서 그것
을 부각시키고자 애쓴다. 그리고 시인이 목격자인 만큼 사건의 시간적 전개
보다는 사건의 한 단면, 현실의 한 단면이 제시되곤 한다. 이러한 형식을 취
한 것으로는 송순의 「문인가곡聞隣家哭」, 신광수의 「제주걸자가濟州乞者歌」, 권
헌의 「여소미행女掃米行」, 정약용의 「파지리波池吏」 등 많은 작품이 있다.

「문인가곡」의 경우 시인은 이웃집 할멈의 울음소리를 들으며, 부유하던
그 집이 지방관의 탐학으로 몰락하고 남편은 물론 자식까지 감옥에 가게 된
사정을 서술하고 있는데, 그 마지막 부분에서 시인과 할멈의 대화가 나타난
다. 「제주걸자가」의 경우 시인은 제주도에서 거지 군상을 보고 그 참상을 기
술하고 있는데, 중간 부분에 시인과 거지와의 대화가 나타난다. 한편 시인과
등장인물의 직접대화가 아니라, 시인이 등장인물의 말을 직접인용한 경우도
있다. 가령 「파지리」를 보자.

아전들이 파지방(波池坊)에 들이닥쳐 　　　　吏打波池坊

군사 점호하듯 고함치고 호령한다. 　　　　喧呼如點兵

역질 걸려 죽은 사람, 굶주려 죽은 사람 　　　疫鬼雜餓莩

마을에 장정이라곤 씨가 말랐다.	村墅無農丁
다그치며 홀아비와 과부를 묶어	催聲縛孤寡
채찍으로 등을 치며 어서 가라 윽박지른다.	鞭背使前行
개와 닭처럼 몰아	驅叱如犬鷄
사람행렬 읍내까지 길게 이었네.	彌亘薄縣城
그중에 가난한 선비 한 사람	中有一貧士
비썩 말라 금방이라도 쓰러져버릴 듯.	瘠弱最伶俜
하늘에다 죄없음을 호소하는데	號天訴無辜
슬픈 그 소리 길게 여운지네.	哀怨有餘聲
가슴 속의 말 하소연 못하고	未敢敍衷臆
눈물만 비오듯 흘리고 있네.	但見涕縱橫
아전놈들 뻗댄다고 화를 내면서	吏怒謂其頑
사람들 겁주느라 선비를 욕보이네.	僇辱怵衆情
높은 나뭇가지에 거꾸로 매어다니	倒懸高樹枝
그 사람 머리카락 뿌리에 닿았네.	髮與樹根平
"이 좀스런 선비놈 겁도 없이	鯫生曆不畏
감히 상영(上營)을 거역하다니	敢爾逆上營
글줄깨나 읽었으니 의리는 알렷다.	讀書會知義
나랏 조세는 서울로 보내는 것	王稅輸王京
늦여름까지 연기해 줬으니	饒爾到季夏
그 은혜 중함도 생각할 줄 알아야지.	念爾恩非輕
높다란 배, 포구에서 기다리고 있는데	峨舸滯浦口
네 눈에는 그것도 안보인단 말이냐?"	爾眼胡不明

위엄 세울 기회가 바로 지금이라고   立威更何時

공형(公兄)이 나서서 지휘를 하네.   指揮有公兄

　이 시는 시인이 파지방波池坊, 즉 전라남도 강진군 도암에서 목격한 사건을 서술하고 있다. 시인은 목격자로서 사건의 정황을 자세히 그리고 있으며, 19～26행에서는 아전의 호령을 직접인용하고 있다. 가난한 선비를 '너爾'라고 지칭하는 것으로 보아, 아전의 발화를 그대로 옮겨 놓았음을 알 수 있다. 하지만 시인이 아닌 등장인물들 사이의 대화가 발견되지는 않으며, 또 사건의 인과적·계기적 전개 같은 것도 보이지 않는다. 그런 점에서 이 작품은 사건을 단면적으로 서술하고 있는 매개발화라고 할 수 있다. 등장인물의 발화가 직접인용되는 이러한 방식은 시의 극적 효과와 생생한 현장감을 높이는 데 기여하고 있다.

(2) 시인이 청취자인 경우

　시인이 청취자인 경우는 등장인물 중 한 사람이 화자가 되어 자신의 견문을 시인에게 들려주는 방식을 취한다. 시인의 진술과 등장인물의 진술이 혼재한다는 점에서는 ①과 다르지 않다. 그러나 시인은 등장인물의 말을 듣고 그것을 그대로 옮겨 적는 역할을 할 따름이며, 등장인물의 서술이 시에서 주도적이며 큰 비중을 차지한다. 이는 ②가 ①과 다른 점이다.

　이 유형의 시는 일종의 액자 구성을 취하게 마련이다. 액자를 경계로 해서 시인의 시점으로부터 어떤 등장인물의 시점으로의 전이轉移가 일어나게 되고, 그 등장인물이 보고 겪은 것이 지속적으로 서술되며, 현실의 모습이 그의 시각을 통해 제시된다. 등장인물의 서술을 따라가는 동안 독자는 우리가 그림을 볼 때 액자에 대해 잊어버리는 것처럼 시인의 존재에 대해서는 잠시 잊고 등장인물의 서술에 귀를 기울이게 된다.

시인의 발화는 작품 내에서 일종의 액자를 제공하는 역할을 한다. 이 때문에 작품은 대개 서두 부분에서 자신이 만난 등장인물에 관한 간단한 정보를 독자에게 제공하고, 결미 부분에서 시인 자신의 관점과 감회를 제시하는 이른바 '3단 구성'을 취하는 경우가 가장 많지만, 그 변종 역시 다양하다. 즉 처음부터 주인공의 말이 시작되고 결미에 시인의 말이 있는 경우, 서두에는 시인의 말이 있지만 결미에는 시인의 말이 없고 다만 주인공의 말로 끝나는 경우, 시인과 주인공의 대화가 일회나 수회 이루어지다가 주인공의 서술이 죽 이어지는 경우 등은 변종의 액자 구성이라 할 수 있다. 이처럼 다양한 액자 구성을 취하고 있는 이 유형의 시는 시인이 다른 인물의 발화를 전달하고 있다는 점에서 매개발화이다.

그러나 시인이 청취자, 기록자라고 해서 모두 II-②형은 아니며, 그중에는 III형의 시도 있을 수 있다. 이 경우 II형과 III형을 변별하는 중요한 기준은 인물과 사건이 유기적으로 결합되고 있는가의 여부이다. II형은 인물과 사건의 유기적 결합에 의한 이야기의 전개가 미약하다. 때문에 인물들 간의 상호관계에 의해 사건이 발전하고, 그 결과로서 이야기가 전개되지는 못하고 있다.

이러한 형식의 시에서는 시인이 아닌 다른 등장인물의 발화가 시의 대부분을 점하기 마련이다. 그는 자신의 내력을 서술하기도 하고, 자신이 목격한 사건에 대해서 서술하기도 하며, 자신이 아는 제3의 인물에 대해 말하기도 한다. 그러나 이 중 어느 경우이든 간에 인물이면 인물, 사건이나 정황이면 사건이나 정황에 치우친 서술을 한다는 점에서 단면적 서술이라 할 수 있다.

이러한 형식의 서사한시 작품은 무척 많다. 가령 허균의 「노객부원老客婦怨」, 이안눌의 「사월십오일四月十五日」, 최성대의 「이화암노승기梨花菴老僧歌」, 성간의 「노인행老人行」, 송순의 「문개가聞丐歌」, 안수의 「피병행疲兵行」, 김성일의 「모별자母別子」, 임상덕의 「면해민綿海民」, 홍양호의 「유민원流民怨」, 정약용의 「해남리海南吏」 등을 대표적인 작품으로 들 수 있다.

「노객부원」은 시인이 어느 객점客店에서 만난 할멈의 이야기를 전하고 있다. 전 48행 중 서두의 4행을 제외한 42행은 할멈이 화자가 되어 자신의 내력을 서술하고 있다. 「사월십오일」의 경우는 시인이 동래부사로 있을 때 어느 아전으로부터 들은 이야기를 옮겨 놓고 있다. 서두에 시인의 서술이 나오고, 중간 부분에 동래성 함락 당시의 사정을 전하는 아전의 서술이 나오며, 결미 부분에서는 다시 시인의 서술이 나온 다음 아전의 부연적 서술로써 끝을 맺고 있다. 「면해민」은 서두에는 시인의 서술이, 중간 부분에는 무안 인민의 참상을 전하는 한 백성의 서술이, 결미 부분에는 다시 시인의 서술이 나오고 있다. 이들 작품은 모두 액자형 구성을 하고 있으며, 시인이 다른 발화자의 말을 청취하고 있는 점에서 공통적이다. 서술 대상은 인물의 내력이 되기도 하고, 특정 사건이나 특정 정황이기도 하다.

액자형의 3단 구성에서 결미 부분이 길어질수록 시인 자신의 주관적 견해나 느낌이 직접적으로, 더욱 강렬하게 드러나게 된다. 결미 부분이 짧거나 아예 시인의 발화가 생략된 경우에는 객관적 사실이 더욱 부각되는 효과가 있다.[17] 예컨대 성해응의 「유객행有客行」의 경우 전 92행 중 결미의 시인의 발화

---

17 시인이 청취자로 등장하되, '제1발화자(시인)―제2발화자의 발화'로 구성되어, 결미 부분에 시인의 발화가 없는 경우는 변종의 액자 구성에 속한다.

가 24행을 차지하고 있으며, 허격의 「힐양리詰楊吏」의 경우 전 124행 중 결미의 시인의 발화가 24행을 차지한다. 이런 작품일수록 시인의 현실에 대한 주관적 의식이 가열한 어조로 표현되고 있다. 한편 「노객부원」, 「승발송행僧拔松行」 등은 액자 구성이긴 하지만 결미에 시인의 발화가 생략되었다. 이런 작품은 객관적 사실을 부각시키면서 여운을 남기는 효과가 있다.

이제 ②형 시의 예로서 홍양호의 「유민원」을 보기로 하자.

서리 오고 눈 내리는 초겨울날에	孟冬霜雪繁
충청도 해안가를 여행하는데	我行湖之涽
진종일 오가는 사람	盡日來去人
태반이 유민.	太半是流民
"그대들 무엇을 괴로워하여	問爾何所苦
이리저리 떠돌다 여기까지 왔나?	漂轉至於斯
조상 뼈 묻힌 고향 버려두고서	棄捐丘墓鄉
처자식 끌고서 어디로 가나?"	提携欲何之
한 사람 머리 들고 나를 보고선	擧首向我對
찡그린 얼굴로 거듭 탄식하네.	蹙然爲累吁
"저는 본디 내포 사람	我本內浦人
농부노릇 삼대째지요.	三世爲農夫
남편은 밭 갈고 아내는 길쌈해도	夫耕婦織布
생활이 어찌 그리 어려운지	生理一何艱
밤낮없이 일하느라	晝夜勤作息
열 손가락 잠시도 쉴 틈이 없고	十指無暫閒

추운 겨울 찌는 여름　　　　　　　　　祁寒與暑雨

하루도 편한 날이 없었지라우.　　　　　靡日不苦辛

(…중략…)"

그 이야기 미처 다 듣기 전에　　　　　聞語未及已

측은하여 내 마음 쓰라려오네　　　　　惻然使我疚

집에 와 밥 먹어도 맛을 모르고　　　　歸來食不甘

병이 든듯 몸과 마음 무겁기만 해　　　若已有瘰瘝

이 시를 지어서 풍요(風謠)에 짝해　　　作詩配風謠

밝으신 임금님께 올려보리라.　　　　　將以獻明主

　　전 62행 중 일부만 인용했다. 이 시는 1~10행이 시인의 객관적 서술과 어느 유민流民에게 한 질문, 11~56행이 유민의 진술,[18] 57~62행은 시인의 진술로 되어 있다. '서緖-본本-결結'의 3단 구성을 취하고 있는데, 서두 부분에서는 시인이 유민을 만나게 된 경위를 서술해 놓고 있다. 중간 부분에서는 유민이 자신의 내력을 직접 진술하고 있으며, 결미 부분은 유민의 말을 듣고 난 후의 시인의 감회와 주관을 서술해 놓고 있다.

　　이처럼 II형의 서사한시에서는 등장인물의 체험이나 인생유전이 기구하면 기구할수록 중간 부분이 길어질 수 있고, 또 시인의 주관적 감정이 가열하면 가열할수록 결미 또한 상당 정도로 길어질 수 있다. 이런 형식은 현실에 대한 직접 체험이 적을 수밖에 없는 사대부 시인들이 견문을 통해 현실의 다양한 면모를 표현하기에 아주 유용한 형식이다. 자신이 비록 체험한 일은 아닐

18　이 부분은 너무 길어 일부만 인용하고 나머지는 생략했다.

지라도 다른 등장인물의 체험의 폭이 깊고 넓을수록 종횡무진 장편의 시를 엮어나갈 수 있는 것이다. 특히 이런 형식의 작품에 장편이 많은 점이 주목된다. 가령 「노객부원」이 48행, 「유객행」이 92행, 「힐양리」가 124행이며, 「모별자」가 60행, 「면해민」이 74행, 「무자추애개자戊子秋哀丐者」가 80행, 「이화암노승가」는 130행이나 된다.

더구나 「영남탄嶺南歎」 같은 작품은 198행이나 되는 장편시인데, '겹3단 구성'이라 할 만한 형식을 취하고 있어 주목된다. 3단 구성 내부에 다시 3단 구성이 있는 형식, 다시 말해 '겹액자 구성'[19]을 하고 있는 것이다. 이 시는 첫 2행은 시인의 말, 3~140행은 어떤 객客의 말, 141~198행은 시인의 말로 되어 있다. 그 중간 부분을 다시 살펴보면, 3~116행은 객의 말, 117~134행은 시골 노인의 말, 135~140행은 다시 객의 말로 이루어져 있다. 이 작품이 이토록 장편이 될 수 있었던 것은 시인의 당대 현실에 대한 관심과 인식 내용이 그만큼 심중한 데 기본적으로 연유하지만, 자신이 다른 사람으로부터 들은 사실을 시로 형상화하는 데 유용한 액자 구성 형식을 적절하게 잘 활용한 데 말미암는 것이기도 하다. 「영남탄」을 비롯해 위에 열거한 제 작품들이 이렇듯 장편시의 면모를 보이고 있기는 하나, 시적 주인공은 자신의 경험이나 견문을 일방적으로 진술하기만 할 뿐이고, 주인공과 그를 둘러싼 인물들 간의 관계에 의해 사건이 발전하는 방식을 취하고 있지는 않다. 이 점에서 이들 시는 그 어느 것도 본격적인 서사시는 아니다.

지금까지 II-①형과 ②형에 대해 각기 살펴보았다.[20] 이제 이를 총괄하여

---

19 '2중 액자 구성'이라 불러도 좋다.
20 II형에서 ①과 ②는 대개 구분이 되지만, 때로 구분이 어렵거나 굳이 구분하는 것 자체가 별로

Ⅱ형, 즉 단면적 서술의 매개발화의 특성을 정리해 보자. 단면적 서술의 매개발화인 Ⅱ형의 서사한시에는 시인 이외에도 다른 인물들이 등장하여 직접 발화하고 있고, 시인은 그들의 발화를 전달하고 있다.

시인이 목격자인 경우 등장인물의 발화는 상황과 결부된 발화이지만, 시 전체에서 차지하는 비중은 크지 않다. 하지만 시인이 청취자인 경우 등장인물은 또 하나의 서술자가 되어 자신의 내력이나 견문을 서술하고 있으며, 시 전체에서 그의 발화가 차지하는 비중이 대단히 크다. 시인이 청취자인 경우는 시가 액자 구성을 하고 있음이 특징적이다. 하지만 양자의 경우 모두 인물 혹은 사건에 치우친 단면적 서술을 하고 있어, 인물의 성격 변화가 야기되거나 인물과 사건이 얽혀서 전개되는 유기적 구성을 취하지는 않고 있다.

Ⅱ형의 서사한시는 시인 자신이 눈으로 보고 귀로 들은 견문을 시로 구성하는 아주 효과적인 방식이다. 시인 자신이 목격한 사실을 서술하는 것은 Ⅰ형에도 있다. 하지만 Ⅰ형은 일관되게 시인의 진술만으로 한 편의 시를 구성하므로, 대상을 파악하는 시인의 주관적 의식이 상대적으로 두드러진 반면, Ⅱ형의 시는 등장인물의 발화가 개입됨으로써 생동감·현실감·현장감이 더 높

의미가 없어 보이는 경우도 없지 않다. 가령 시인 자신이 목격한 바를 서술하고 등장인물의 발화가 개입되는 ①이 좀 변형되면 ②에 근접할 수 있다. ①에서 등장인물의 개입이 통상적인 경우보다 길어지는 경우 그렇게 된다. 이 경우 ①은, 등장인물이 자신의 내력을 시인에게 들려주는 ②에 접근해 간다. 그러한 예를 우리는 「승발송행」에서 볼 수 있다. 「승발송행」의 경우는 전 40행 중에서 앞의 18행은 시인이 목격한 소나무 뽑는 중의 모습이 객관적으로 상세히 묘사되고 있다. 뒤의 32행은 중이 자기가 겪은 일을 직접 진술하고 있다. 이런 시는 ②형의 변종으로 볼 수도 있고, 혹은 ①형의 변종으로 볼 수도 있으며, 혹은 ①형과 ②형의 경계에 있는 작품으로도 볼 수 있다. 더구나 「전가추석(田家秋夕)」 같은 작품은 ①형과 ②형의 결합으로 이루어져 있는 것처럼 보인다. 사실 이런 작품들의 경우 ①형과 ②형을 억지로 구분하는 것 자체가 그다지 의미가 없어 보인다. 이처럼 작품에 따라 구분이 어렵거나 구분이 별 의미가 없는 경우도 없지는 않으나, 그럼에도 Ⅱ형을 다시 ①형과 ②형으로 나누어 살피는 관점은 작품의 실상에 대한 밀착된 이해에 기여하기에 기본적으로 타당하고 유효하다. 지나치게 구분을 위한 구분에만 집착하지 않는다면 말이다.

아지고 시인의 주관적 의식과 객관적 사실의 전달이 묘하게 결합될 수 있다.

서사한시의 작자들은 대개 사대부 지식인이거나 그에 준하는 인물들인바, 이러한 시 형식은 작자가 직접 체험하지 않은 현실, 특히 '민중 현실'을 형상화하는 데 아주 적절한 형식이다. 이 형식에 의거하여 시인은 민중 삶의 다양한 현실, 다양한 제재를 수용하면서 긴 편폭의 시를 창작할 수 있다.

II형의 시에서 우리는 시인의 목소리뿐 아니라 다른 인물들의 목소리도 들을 수 있다. 시인의 목소리가 주도적인 경우도 있으나, 다른 등장인물의 목소리가 더 주도적인 경우도 있다. II형의 시에서 우리는 종종 둘 또는 셋의 목소리를 들을 수 있다. 그런 점에서 다소간 '대화화對話化'되고 있다고도 할 수 있다. 이런 작품들은 음악에 있어서의 2중주곡, 3중주곡을 연상시킨다. 한편 이러한 시에서는 단 하나의 지배적이며 변함없는 시점視點이 아니라, 둘 이상의 시점이 존재하고, 시점들 간의 전이轉移가 일어나기도 한다. 예컨대 액자형 3단 구성을 취하고 있는 시의 경우, '시인의 시점 → 등장인물의 시점 → 시인의 시점'으로의 전이가 일어나고 있다. 하지만 시인의 시점과 등장인물의 시점은 서로 갈등하거나 확연히 구별되는 것이 아니라, 상호 침투하거나 겹치는 경우가 많다. 시인은 등장인물을 대변하고, 등장인물은 시인을 대변하는 경우가 자주 일어나곤 한다.

3) III형 - 유기적 서술의 매개발화

III형의 서사한시에는 여러 명의 발화자가 등장한다. 시인은 작품 속에 직접 등장하여 다른 등장인물로부터 어떤 이야기를 듣는 경우가 있는가 하면,

시인이 작품 속에 직접 등장하지 않고, 따라서 작품 속의 등장인물과 직접 관계를 맺는 일도 없이 다만 등장인물들과 사건에 대해 제3자적 입장에서 객관적으로 서술하기만 할 따름인 경우도 있다. 전자의 경우 시인과 등장인물 중 한 사람과의 대화가 이루어지지만, 후자의 경우 등장인물들 간의 대화는 이루어지나 그들과 시인 사이의 대화는 이루어지지 않는다.

　전자의 경우는 그 형식에 있어 액자 구성을 취하게 된다. 하지만 액자 내부에서 인물과 사건의 유기적 서술이 행해지고 있다는 점에서 II-②형과 구별된다. 이러한 구성을 취하고 있는 작품으로는 정약용의 「도강고가부사道康瞽家婦詞」가 대표적이며, 이형보의 「금리가擒蟵歌」도 이와 유사한 구성을 취하고 있다.[21]

　「도강고가부사」에는 시인, 주인공의 어머니, 주인공인 젊은 여인, 그 아버지, 중매쟁이, 남편, 전처 소생의 자식들, 여승女僧, 고을원 등 여러 명의 발화자가 있다. 1~48행은 시인의 서술 및 시인과 어머니의 대화, 48~340행은 어머니의 진술, 341~360행은 시인의 서술[22]로서 서두와 결미를 갖춘 3단 구성을 취하고 있다. 중간 부분은 주인공의 어머니가 화자가 되어 서사를 이끌어 나가고 있다. 여타의 인물은 어머니의 입을 빌어서 발화하고 있고 따라서 실제로는 어머니가 그들 발화의 매개자이다. 하지만 엄밀히 살펴보면 어머니의 어조에 시인의 어조가 침투하고 있으며, 정황의 묘사에 있어 어머니의 시점이 아니라 객관적 관찰자의 시점으로 묘사가 행해지는 대목이 적지

21　「금리가」는 전 80행의 작품이다. 1~74행은 어떤 객(客)의 진술로서, 그가 화자가 되어 우생(禹生)이라는 인물의 이야기를 시인에게 들려주고 있다. 이 우생이라는 인물은 시의 주인공이다. 75~80행은 시인의 진술이다. 그런데 앞부분(1~74행)을 다시 보면, 1~64행은 우생이라는 인물에 대한 객관적 서술이고, 65~74행은 우생과 객의 대화로 되어 있는 특이한 구성이다. 전체적으로 보아 서두 부분이 없는 변종의 액자 구성이라고 할 수 있다.

22　이 결미 부분은 시인의 진술과 다른 청자들의 진술이 혼재된 것으로 볼 수도 있다.

않음을 알 수 있다. 그러므로 이 중간 부분은 단순히 어머니의 평면적·일방적 진술이 아니고, 기실 여러 인물들이 등장하여 상호관계를 이루면서 각기 독자적인 언행을 보여 준다고 할 수 있다. 전체적으로 볼 때, 등장인물들 발화의 매개자는 어머니이고, 어머니 발화의 매개자는 시인이다.[23]

한편 이 작품에서 인물과 인물들, 인물과 사건은 긴밀한 관련 속에 서로 얽히면서 이야기를 발전시켜가고 있다. 인물들은 저마다 비교적 뚜렷한 개성을 지녔으며, 독자적인 사고와 감정에 입각해 행동하고 있다. 그리고 한 사람의 사고·감정·행동은 다른 사람의 그것과 연관되어 있으며, 이에 따라 성격의 변화나 인물 간의 갈등이 야기되고 바로 이를 통해 사건이 전개되면서 일정한 짜임새와 줄거리를 갖춘 한 편의 이야기가 구성되고 있다. 이러한 점에서 인물과 사건의 유기적 결합에 의한 서술이 이루어지고 있는 본격적인 서사시라고 할 수 있다.

이제 III형의 서사한시 중 시인이 작품 속에 직접 등장하지 않고, 따라서 시인이 등장인물들과 직접 관계를 맺거나 대화를 나누는 일도 없이 순수 서술자로서의 역할만 하고 있는 작품들을 검토해 보기로 하자. 이런 작품으로는 홍신유의 「유거사柳居士」, 김만중의 「단천절부시端川節婦詩」, 이광정의 「향랑요薌娘謠」, 최성대의 「산유화여가山有花女歌」,[24] 성해응의 「전불관행田不關行」, 김려의 「고시위장

---

23 이 시의 중간 부분은 어머니가 여타 인물의 발화를 매개하고 있다. 그런데, 어머니가 매개하고 있는 딸의 발화를 살펴보면, 딸이 또 전처 자식들의 발화를 매개하고 있다. 또 어머니가 매개하고 있는 여승의 발화를 보면, 여승이 다시 젊은 여인의 발화를 매개하고 있다. 그리고 전편에 걸쳐 시인의 관점이나 어조가 등장인물의 어조에 침투하는 자유간접화법이 두드러지게 나타나고 있다. 이처럼 「도강고가부사」는 작품의 형식 원리, 화법 등에 있어 퍽 흥미로운 점이 많은데, 이에 대해서는 별도의 고찰이 필요하다고 본다.

24 「산유화여가」는 서두와 결미에 시인의 진술이 있고, 중간 부분에 소녀들이 향랑의 이야기를 전하는 부분이 나온다. 3단 구성의 여느 작품들과 달리 이 작품에서 시인은 소녀들의 서술을 직접 청취한 것은 아닐 터이다. 아마도 기록이나 구연(口演)으로 전승되던 향랑의 고사(故事)를

원경처심씨작古詩爲張遠卿妻沈氏作」 등을 꼽을 수 있다. 이 중 「단천절부시」를 보자.

이 작품은 전 212행의 장편시이다. 시에는 서序가 병기倂記되어 있어 창작의 동기를 알 수 있다. 그러나 작품 자체에는 시인이 직접 등장하지 않고 시종 객관적 서술로 일관하고 있다. 하지만 시인은 등장인물들의 행위와 사건의 경위를 기술하고, 등장인물들의 발화를 매개하고 전달하는 역할을 하고 있다. 말하자면 우리가 설화나 야담, 소설 등의 서사체에서 익숙히 보아온 그런 방식으로 시인은 존재하고 있다 할 것이다.

이 작품에는 등장하는 인물도 여럿이다. 주인공인 일선, 진사, 고을원, 주인공의 어머니, 시어머니, 진사의 본부인 등. 또 사령·마을 사람·집안사람 등 직접발화 없이 그 모습만을 보여주는 인물도 있다. 이들 역시 어느 정도 독자적 인물로서 등장한다. 인물들은 각기 다른 사고와 행동 방식을 보여주며, 그들 사이에는 우호적인 혹은 대립적인 관계가 형성되어 있다. 이러한 관계 속에서 인물들 사이의 갈등이 야기되며, 이 갈등을 바탕으로 사건은 진행된다. 이 점에서, 앞서 살핀 「도강고가부사」와 차이가 없다. 비록 시인의 작품 내적 존재 방식에 있어서는 서로 다르지만, 인물과 사건을 유기적으로 서술하고 있는 서사시라는 점에서는 두 작품이 동일하다.

III형의 작품에서 우리는 아주 다양한 목소리를 들을 수 있다. 그 목소리들은 동질적이지 않고 이질적인 경우가 많다. 그것들은 서로 대립하거나 보완하면서 궁극적으로 하나의 조화를 이루고 있다. II형의 시에 비해 III형의 시는 그 '대화화對話化'의 정도가 훨씬 높다. 즉 II형의 시가 다소간 대화화되고 있음에 반해, III형의 시에서는 보다 고도의 대화화가 이루어지고 있다.

바탕으로 창작한 것이 아닐까 여겨진다. 이런 경우 시인은 직접 청취자가 아니라 간접 청취자라고 볼 수 있다.

Ⅲ형의 작품들에서는 시점視點의 교체와 전이가 아주 빈번히 일어난다. 등장인물 A의 시점에서 등장인물 B·C가 관찰되거나, 등장인물 B의 시점에서 다른 등장인물들이 관찰되는가 하면, 등장인물이 아닌 전지적 혹은 객관적 관찰자의 시점에서 등장인물들이 조망되기도 한다. 때로 특정 등장인물의 시점은 시인의 시점을 대신하는 것이기도 하다.[25] Ⅰ형과 Ⅱ형이 비교적 단조로운 장면 구성을 보여주는 데 반해, Ⅲ형은 여러 개의 장면이 동태적으로 이어지면서 그 교체와 전환이 빠르게 일어난다. 가령 「도강고가부사」의 한 대목을 보자.

어느덧 납채일이 오늘밤이라	納采在今夕
안팎을 쓸고서 함진애비 맞이하네.	酒掃迎使人
각색 채단 너댓 필에	雜綵四五疋
예폐(禮幣)가 서른 냥.	禮幣三十緡
아침엔 송화빛깔 저고리 만들고	朝成松花襦
저녁엔 꼭두서니빛 치마를 만드네.	暮成茜紅裙
동쪽 장터에서 베개와 댓자리 사고	東市買枕簟
서쪽 장터에서 비녀와 팔찌 사네.	西市買釵釧
감색 요에는 부용을 수놓고	紺褥芙蓉繡
비취색 이불에는 원앙 무늬 아로새기네.	翠被鴛鴦紋
잡패(雜佩)는 석 점 다섯 줄인데	雜佩三五行
나비와 물고기 모양이네.	蝶翅連魚鱗

---

25 서사물에 있어서 시점의 다양한 측면과 구체적 양상에 대해서는 우스펜스키, 김경수 역, 『소설 구성의 시학』(현대소설사, 1994) 참조.

어느새 혼례날이 벌써 다가와	良辰亦已屆
목욕하고 곱게 새로 단장하였지.	洗浴冶新粧
그 날은 날씨도 맑은데다가	其日天氣晴
차일 사이로는 바람이 살랑.	帳幕風微颺
온 동네 사람들 모두 구경와	四隣皆來觀
멀리 신랑을 바라보네.	遙遙睍新郞

(…중략…)

나이도 오륙십은 됨 직하여	年可五六十
하얀 수염이 서릿발 날리듯.	皓鬚如飛霜
마을 사람들 놀란 눈으로 서로를 보고	里人睅相顧
가까운 손들은 도로 마루에 오르고	親賓還上堂
이모들은 달아나 숨어버리네.	諸姨走且匿
어머니는 펑펑 눈물을 쏟으며	阿母涕滂滂
"아이고 내 새끼!	嗟嗟我兒子
무슨 죄가 있어서 이런 재앙 받는다냐."	何罪復何殃
영감이 와서 이치 들어 타이른다.	翁來說義理
"이미 그르친 일 성급히 행동 마오	已誤勿劻勷
어찌됐거나 초례는 치러서	但得成醮牢
체모 상하는 일 없게 해야지."	無俾禮貌傷

인용된 대목은 주인공의 집에서 혼인 준비를 하는 과정과 혼례식 당일의 상황을 서술한 부분이다. 함진아비가 오는 장면, 함을 열어보는 장면, 혼례 복을 짓는 장면, 시장에서 물건을 사는 장면, 새 이불을 만드는 장면, 패물을

클로즈업한 장면, 신부가 단장한 장면, 혼례식에 마을 사람들이 모여든 장면, 신랑의 모습을 포착한 장면, 신랑의 모습을 본 사람들의 실망한 표정과 반응을 담은 장면, 어머니가 울면서 말하는 장면, 아버지가 와서 달래는 장면 등등, 이 일련의 장면들이 시간적 계기에 따라 동적動的으로 죽 이어 서술되고 있음을 본다. 이렇듯 빠른 장면의 교체와 전환, 그리고 시점의 변화는 영화를 연상케 하는 바가 있다. 영화와 그림이 확연히 구별되듯, III형의 서사한시는 I·II형의 서사한시와 뚜렷이 구별된다. 서사한시 가운데 바로 이 III형만이 엄밀한 의미의 서사시라 할 수 있다.

4. 서사한시의 세 유형은 서정과 서사를 어떻게 결합하고 있는가

우리는 앞서 서사한시는 서사적 요소가 두드러진 한시이며, 구체적으로는 인물과 사건, 인물과 사건의 유기적 결합, 둘 이상의 발화자를 가진 매개발화, 이 세 가지 요소 중 적어도 한 가지 이상을 갖추고 있는 한시라고 규정한 바 있다. 그리고 이러한 규정에 따라 서사한시가 세 유형으로 나눠질 수 있음을 보았다. 그러나 이들 세 유형의 서사한시에는 단지 위에서 거론한 바의 그러한 서사적 요소만이 아니라 다른 종류의 서사적 요소도 존재할 수 있다. 뿐만 아니라 서사한시에는 서사적 요소만 있는 것이 아니고, 서정적 요소 또한 풍부히 들어 있다. 서사한시의 각 유형에 따라, 시인의 의도나 개성에 따라, 혹은 시적 제재에 따라, 서정성과 서사성의 결합 양상은 상당히 달라질 수 있다. 그런 차이야 있지만, 일반적으로 서사한시가 갖는 뚜렷한 특질의 하나가 바로 서정성과 서사성을 아우르고 있다는 점에 있음은 분명하다.[26]

서사한시에 있어서 서정성과 서사성의 결합은 단지 이러저러한 서정적 요소와 이러저러한 서사적 요소의 기계적인 결합만으로 이루어지는 것은 아니다. 사실 논의의 편의성 때문에 상호 분리될 수 없고, 요소화되기 어려운 측면들을 분리시켜 말하는 것이지, 서정적인 것과 서사적인 것은 상호 침투되어 있고, 긴밀히 결합되어 있다. 그리고 흔히 '서사한시', '이야기시', '서사적 지향의 시'와 같은 용어를 사용할 때 은연중 오해하기 쉽지만, 이들 시에서 중요한 것은 비단 서사적 요소만이 아니며, 서정적 요소 또한 그에 못지않게 중요하다. 그리고 서사적 요소가 많아질수록, 서사적 지향이 강화될수록, 해당 작품의 예술적 성취가 더 보장되는 것도 결코 아니다. 서사한시의 세 유형은 그 서사성의 정도에 차이가 있지만, 그것이 바로 각 유형의 우열로 이어질 수는 없는 것이다.

서사한시의 주요한 미학적 특질이 서정성과 서사성의 결합에 있음은 선행 연구에서도 지적된 바 있다.[27] 그러나 대체로 개략적인 지적에 그쳤을 뿐, 충

---

26 한편, 서사한시의 뚜렷한 미학적 특질이 서정성과 서사성의 공존에 있음은 분명한 사실이지만, 다른 장르라고 해서 그런 공존이 없는 것은 아니다. 순수서정시의 경우에도 순전히 서정적 요소만 있는 게 아니라 미약하나마 서사적 요소가 없지 않고, 가장 서사적인 소설의 경우에도 서정적 요소, 혹은 극적 요소가 부분적으로 공존할 수 있다. 하지만 하나의 작품을 구성하는 여러 가지 요소 중에 가장 지배적이고, 결정적인 요소는 분명히 있는 것이고, 우리가 이러저러한 장르를 구분하는 것은 그런 지배적 요소를 가려내는 것에 다름 아니다. 서사한시의 세 유형에 대해서도 같은 말을 할 수 있다. 서사한시의 세 유형이 비교적 뚜렷이 구분되는 것임은 틀림없지만, 때로 각 유형의 경계에 있는 작품도 없지 않다. 문학의 각 장르들 사이에는, 그리고 한 장르의 각 유형 사이에는, 뚜렷하고 확연한 경계가 있는 게 아니라 대체적으로 구분되는 몇몇 표지(標識)들이 있을 뿐이다. 이런 생각은 작품들의 실제적인 존재 양상과 잘 부합된다고 여긴다.

27 임형택 교수는 "서사시라고 해서 처음부터 끝까지 서사로만 일관되는 것이 아니다. 서사를 위주

분히 해명된 것은 아니라 할 수 있다. 그러므로 여기서는 이 문제에 대해 좀 더 생각해 보면서 논의의 진전을 꾀하고자 한다.

서정시 작품에 등장하는 모든 대상들은 그 자체로서 의미를 가지기보다는 시인의 내면세계를 표현하고 진술하는 매개물로서 의미를 지닌다. 이러한 서정시의 발화를 '서정적 진술'이라고 부르기로 하자. 한편 가장 서사적인 어떤 작품이 있다면 그것은 작가가 자기자신에 대해서가 아니라 객관적 세계에 대해서 기술한 것일 터이다. 즉 어떤 대상을 그와 관련된 여러 관계와 사건 속에서, 그리고 그러한 관계 및 사건의 발전 과정 속에서 그려낸 것일 터이다. 이제 이러한 발화를 '서사적 진술'이라 부른다면, 서사적 진술은 '객관적 묘사', '대화 및 담화', '객관적 서술' 등으로 이루어진다고 볼 수 있다. 서사한시에서의 서정과 서사의 결합 양상을 검토할 때 가장 주목해야 할 측면은 바로 이 두 진술의 관련 양상, 즉 서정적 진술과 서사적 진술의 관련 양상이 될 것이다. 그러므로 이 점을 중심으로 각 유형별로 서정과 서사의 결합을 살펴보기로 한다.

로 하면서 거기에 서정이 스며 있을 뿐 아니라, 간혹 논설이 끼어들기도 한다. 서사적 완결을 보인 작품으로부터 서정적 색채가 농후한 작품까지 적잖은 편차를 드러낸다. (…중략…) 서사적 진행에 어떻게 정회(情懷)의 요소를 배합하느냐? 이는 작품의 예술적 성취에 하나의 관건이 되는 부분이다"라고 언급한 바 있다. 『이조시대 서사시』상, 창작과비평사, 1992, 29면. 한문학의 전통적 장르 개념(혹은 양식 개념)에 의거한다면 서사한시는 대체로 '악부시(樂府詩)'에 포괄될 수 있다고 생각되는데, 저자는 일찍이 악부시에 있어서 서정과 서사의 결합이 대단히 중요한 미적 원리가 된다는 점을 지적한 바 있다. 박혜숙, 『형성기의 한국악부시 연구』, 한길사, 1991, 52면 참조.

1) I형의 경우

I형(단면적 서술의 개별발화)의 서사한시는 한 사람의 발화자가 등장하여 처음부터 끝까지 일관된 서술을 하며, 이 발화자는 시인 자신과 거의 일치하는 경우가 많다. 그리고 그 서술 대상은 인물이나 사건이며, 서술 방식은 인물이나 사건 중 어느 한쪽에 치우친 단면적 서술이라고 한 바 있다. 시인은 어떤 인물에 대해서, 혹은 어떤 사건 내지 정황에 대해서, 자신이 알고 있는 사실대로 진술하고 있다.

가령 앞에서 살핀 「최북가」를 다시 보자. 최북의 인간됨과 생애에 대한 진술이 이 시의 가장 중요한 부분을 이루고 있다. 5~16행까지 시인은 최북의 호號, 그의 외모, 개성, 그가 다닌 곳, 그림 솜씨, 가난과 죽음, 이 모두에 대해 간략하지만 사실적으로 진술하고 있다. 이는 객관적 서술의 일종이라 볼 수 있다.

하지만 1~4행, 17~20행은 최북이라는 객관적 대상과 관련된 시인의 주관적 감정을 토로하거나, 인물에 대한 평가를 내리고 있는 부분이다. 4행의 "최북의 미천한 신세 참으로 슬프구나"라든가, 19~20행의 "슬프다, 최북이여! 몸은 비록 죽었으나 그 이름 영원하리" 등은 특히 대상에 대한 시인의 주관적 감정이 두드러진 부분이다. 그리고 세상 사람들과 최북을 대비시킨 2~3행, 17~18행에서는 시인의 비분강개한 심정이 잘 드러나고 있다. 이렇게 본다면, 이 시는 전체적으로 '서정적 진술 → 객관적 서술 → 서정적 진술'로 이루어져 있다고 말할 수 있다.

하지만 서정적 진술 안에도 서사적 요소가 침투해 있고, 객관적 서술 안에도 서정적 요소가 침투해 있음을 간과할 수 없다. 즉 1행의 "그대는 보지 못했나", 3행의 "너희들은 거드럼부리며", 17행에서의 "묻노라" 등의 경우 "君

不見", "汝曹", "借問"과 같은 표현을 사용하고 있는바, 이는 2인칭 인물에 대한 '말건넴'이라고 볼 수 있다. 2인칭에 대한 말건넴은 서정적 진술에는 쓰이지 않는 수법이다. 서정적 진술은 기본적으로 독백적이기 때문이다. 이러한 말건넴은 이야기를 위한 하나의 틀을 제공하며, 화자가 하려는 이야기에 대해 외적인 시점視點을 재현하는 역할을 한다.[28]

이처럼 서정적 진술 안에 서사적 요소가 침투해 있을 뿐 아니라, 객관적 서술 안에 서정적 요소가 침투해 있기도 하다. 가령 「최북가」에서 객관적 서술의 부분을 보면 5행에서 "최북 그 사람, 깨끗하고 매서운데"라고 하여 대상에 대한 시인의 주관적 견해가 개입하고 있다. 5행 다음의 서술에도 그 배면에 시인의 주관이 은연중 깔려 있음을 감지할 수 있다. 이를 통해, 대상을 시인 자신의 감정과 관계없이 냉정하게 그려내는 방식을 취하지는 않고 있음을 알 수 있다. 이런 점에서, 객관적 서술 안에도 서정적 요소가 침투해 있다고 할 수 있다.

성간의 「아부행餓婦行」도 앞서 살핀 바 있지만 여기서 재론해 보자. 이 작품은 대체로 1~26행은 서사적 진술, 27~38행은 서정적 진술로 되어 있다. 1~4행의 "산촌에 날 저물고 / 북풍이 혹독하매 / 사람들 추위가 무서워 / 문 닫고 움추렸네"라든가, 13~16행의 "굶은 자식 두 손에 음식을 쥐는지라 / 어미가 음식을 먹을 수 없자 / 아이를 자리 옆에 밀어 제치고 / 음식을 자루 속에 쓸어넣더니"와 같은 부분은 객관적 '묘사'이다. 그리고 17~18행의 "길가에 두 아이 버려두고서 / 매정히도 가 버리네"라든가, 25~26행의 "동네 사람 멀리서 바라만보며 / 안타까워하지만 어쩔 수 없네"[29]와 같은 부분

---

28 우스펜스키, 김경수 역, 앞의 책, 249면.
29 "居人望見之, 歎惋亦何及."

은 객관적 '서술'이라고 할 수 있다. 그리고 27행 이하는 시인의 감정과 생각을 진술하고 있는데, 시인의 비탄과 정치 현실에 대한 비판적 견해가 드러나고 있다. 이 시는 전체적으로 보아 객관적 묘사, 객관적 서술, 시인의 주관적 진술이 결합되어 있다. 그러나 객관적 묘사라 하더라도, 서사한시의 객관적 묘사는 아주 간략하고 압축되어 있어 우리가 소설에서 흔히 볼 수 있는 세부적 묘사와는 상당히 차이가 있다. '시적詩的인 객관묘사'라는 점에서, 객관묘사 자체에도 서정적 요소가 침투해 있는 것이다. 이처럼 I형의 서사한시는 서정적 진술과 서사적 진술의 결합 및 상호 침투로 이루어져 있다.

뿐만 아니라 '시의 흐름'이라는 측면에서 보면, 서사적 진술이 대개 시간의 흐름을 중요시하는 데 비해, 서정적 진술은 '정서의 흐름'을 중요시하는 게 일반적이다. 위에서 예를 든 「최북가」의 경우, 인물의 일생의 서술에 있어서는 대체로 시간적 전개를 보이고 있는 반면, 작품의 전체적 흐름은 시인의 정서의 흐름에 따라 진술하고 있다. 「아부행」의 경우도 정황이나 사건의 진술에서는 대체로 시간적 전개를 따르고 있지만, 작품의 전체적 흐름은 시인의 정서를 따르고 있다. 이처럼 I형 한시는 시간에 따른 진술과 시인의 정서의 흐름에 따른 진술을 아울러 보여주고 있는 점에서도 서정성과 서사성의 공존이 확인된다.

서정과 서사의 공존은 시인의 태도면에서도 확인될 필요가 있다. I형의 서사한시에서 시인은 다만 자신의 주관적 감정이나 정서, 견해만을 표현하려 하는 것은 아니다. 또한 어떤 인물, 어떤 사건, 어떤 정황에 대한 객관적 인식이나 전달만을 목적으로 하는 것도 아니다. 시인은 객관적 대상에 대한 인식과 자신의 주관적 사상이나 정서를 함께 드러내고자 기도소圖하고 있다. 이를 통해 자신이 대상에서 인식하고 느꼈던 것을 독자 또한 동일하게 인식하고 느낄 것을 기대하고 있는 것이다. 이러한 점에서 I형의 한시에서 객관적 대상과 그에 대한 시인의 주관은 같은 정도의 중요성을 가진다고 할 만하다. 즉 어느 한 쪽이 더 중요하고 덜 중요하다고 할 수 없이 불가분리적 관계에 있는 것이다.

2) II형의 경우

II형(단면적 서술의 매개발화)의 서사한시는 반드시 두 사람 이상의 발화자가 등장하여 한 사람이 다른 사람의 발화를 매개·전달하고 있으며, 그 서술 대상은 인물이나 사건이고, 서술 방식에 있어서는 인물이나 사건 중 어느 한쪽에 치우친 단면적 진술이라고 한 바 있다.

II형의 서사한시도 I형처럼 서정적 진술과 서사적 진술을 결합하고 있다. 시인이 자신이 목격한 사실을 작품화한 경우, 대개 객관적 상황의 묘사가 먼저 나오고, 이어 객관적 서술이나 등장인물의 직접진술이 나오며, 시인의 주관적 진술로 끝을 맺는 경우가 많다. 따라서 객관적 묘사, 객관적 서술, 대화나 담화의 활용 등 서사적 진술 방식이 충분히 활용된다. 앞에서 살핀 「파지리波池吏」의 경우처럼 시인의 직접적·주관적 감정표현이 상당히 절제되어 있는 경우도 있지만, 대개의 경우 객관적 서술의 중간 중간에도 시인의 주관적 감정표현이 직접 개입되는 경우가 많다.

시인이 다른 사람으로부터 들은 사실을 작품화한 경우 역시 객관적 상황의 묘사나 객관적 서술이 먼저 나오고, 이어 등장인물의 직접진술이 나오며, 시인의 주관적 진술로 끝을 맺는 경우가 많아서, 그 진술 방식에 있어서 서정과 서사가 결합되어 있음을 확인할 수 있다. 특히 시인과 등장인물의 대화가 필수적으로 등장하며, 등장인물의 직접진술이 아주 중요한 역할을 하고 있는 점이 특징적이다. 등장인물의 직접진술은 서사적 담화의 일종이지만, 그 내부를 살펴보면 다시 등장인물의 주관적 진술과 자신이 목격한 것이나 자신의 내력에 대한 객관적 서술이 결합되어 있다. 담화의 내부에 다시 서정과 서사가 결합되어 있는 셈이다.

Ⅱ형의 서사한시가 Ⅰ형과 구별되는 가장 큰 특징의 하나는 바로 이 **대화나 담화의 활용**에 있는데, 이것은 감정의 직접적 제시, 서사성과 생생한 현장성을 구현하는 역할을 하고 있다.[30]

Ⅱ형의 한시 또한 작품의 흐름에 있어 서정과 서사가 결합되어 있다. 시인이 목격자인 경우, 시인의 정서의 흐름과 사건의 시간적 흐름은 긴밀히 결합되어 있다. 시인이 청취자인 경우, 한 편의 작품은 대개 '시인과 등장인물의 만남→등장인물의 말을 청취함→그 말에 대한 시인의 느낌이나 견해의 진술'의 순서로 되어 있어 전체적으로 시간의 흐름을 느낄 수 있다. 한편 등장인물은 자신의 말이 진행됨에 따라 점점 그 감정이 고조되고, 다시 시인의 감정이 거기에 이입되면서 정서의 흐름이 더욱 강렬해지다가, 결미 부분에서 시인의 고조된 감정을 진술하는 것으로 끝맺음으로써 작품 전체를 통해 정서의 흐름이 아주 뚜렷이 감지된다. 게다가 등장인물의 진술 부분만 떼놓고 보더라도, 그 진술은 대개 사건의 전개나 인물의 내력 등 시간적 흐름에

30　대화나 담화는 일반적으로 서정한시에서는 잘 사용되지 않는다. 설사 사용되더라도 아주 제한적이다. 더구나 순수 서정시 쪽으로 갈수록 그 사용은 제한된다. 대화나 담화를 이용한 Ⅱ형의 진술 방식은, 묘사되는 인물을 3인칭이 아니라 1인칭으로 내세워 그 인물의 입으로 스스로 사태를 말하게 하거나, 다른 인물(주로 시인)과의 대화를 통해 정황을 드러내는 방식이다. 그런데 등장인물의 진술은, 등장인물의 시점으로 행해지는 경우도 있지만, 많은 경우 거기에는 시인의 시점이 뒤섞이곤 한다. 이 점은 박혜숙, 앞의 책, 53면에서 지적된 바 있다.

따라 전개되지만, 등장인물 자신의 정서적 흐름 또한 그 진술의 분위기나 성격을 조성하는 데 아주 중요한 역할을 하고 있음을 살필 수 있다.

Ⅱ형의 시에서 시인의 태도는 어떠한가. 시인은 자신이 목격한 사실을 가급적 그대로 생생하게 전달하고자 하지만, 동시에 대상에 대한 자신의 느낌과 정서까지도 함께 전달하고자 한다. 그리고 시인은 자신이 어떤 인물로부터 들은 사실을 그 인물의 직접발화 형식으로 사실 그대로 전하고자 한다. 하지만 등장인물과 시인 사이에는 아주 넓고도 깊은 공감이 형성되고, 시인은 등장인물에 대한 자신의 감정, 연민, 동정, 슬픔, 비탄 등도 함께 표현·전달하고자 한다. Ⅱ형의 시에서 시인은 대상에 대한 객관적 인식과 주관적 정서를 독자에게 동시에 전달하고자 하고 있는 것이다.

3) Ⅲ형의 경우

Ⅲ형(유기적 서술의 매개발화)의 서사한시는 본격적인 서사시라고 할 수 있다. 그런만큼 Ⅰ·Ⅱ형에 비해 서정적 요소는 축소되고, 서사적 요소가 한층 강화되어 있다. 시인 자신의 주관적 서술보다는 객관적 사실의 재현에 치중하고 있는 것이다. 즉 주인공을 그를 둘러싼 인물들과의 관계와 그 관계에서 발생하는 사건들과의 연관성 속에서 그리고 있으며, 주인공의 행위의 발전과 인물들 간에 빚어지는 갈등에 따른 사건의 전개를 서술하고 있다. Ⅲ형의 서사한시, 즉 한문서사시에는 등장인물의 행위와 사건의 배경에 대한 객관적 묘사, 등장인물들의 대화 및 담화, 인물의 행위 및 사건의 경과에 대한 객관적 서술의 수법이 주축을 이루고 있다. 요컨대 Ⅲ형은 인물과 사건을 유기

적으로 결합시켜 서술함으로써 다른 두 유형과는 비교가 되지 않을 정도로 그 서사성의 정도를 높이고 있다.

한편 Ⅰ·Ⅱ형에서는 객관적 묘사가 있다 해도 대개 아주 간략하고 압축적인 데 반해, 한문서사시에서는 Ⅰ·Ⅱ형에서는 보기 어렵던 세부묘사가 자주 등장하고 있어 주목할 만하다. 가령 앞에서 살핀 「도강고가부사」의 경우, 혼례 준비 과정과 혼례식 장면, 늙은 신랑의 얼굴 모습에 대한 묘사 등에서 이런 세부묘사를 볼 수 있다. 「고시위장원경처심씨작」의 경우, 양수척 마을의 정경, 장파총을 비롯한 등장인물들의 모습, 음식 마련하는 광경, 어촌의 풍경과 어민들의 생활모습 등 이루 다 열거할 수 없을 정도로 생생한 세부묘사가 나타나고 있다. 「고시위장원경처심씨작」의 경우 워낙 장편이라 세부묘사도 그에 상응하여 많이 나타나는 것은 당연한 일이지만, 이 작품 말고도 Ⅲ형에 속한 작품들은 다소간 세부묘사를 보여주는바, 이를 통해 서사성을 강화하고 있다.

하지만 Ⅲ형의 시에는 서정적 요소 또한 침투해 있다. 등장인물의 수가 어느 정도 제한되어 있는 점, 세부묘사를 하되 꼭 긴요한 장면에만 하고 있는 점, 사건이 비교적 단순하고 갈등도 그리 복잡하지는 않은 점, 사건의 전개에 있어 핵심적인 계기만 부각하고 여타의 과정은 과감히 생략하는 점 등은, 서사시이면서도 서정적 함축과 정조를 살리기 위한 배려이자 고안이라고 할 수 있다.

객관적 묘사나 서술, 인물들의 담화에도 서정성이 농후하게 침투되어 있다. 서사적 진술에 있어서 서정성은 작가의 개성에 따라 상당히 달라질 수 있다. 가령 동일한 소재를 각각 형상화한 이광정의 「향랑요」와 최성대의 「산유화여가」를 보면, 「산유화여가」 쪽이 서사적 진술 속에 서정성이 침투하는

현상이 훨씬 농후하게 나타나고 있다. 예컨대 「산유화여가」에서 주인공이
시집 생활을 시작하는 부분을 보자.

메꽃 꺾어 머리에 꽂고	山花揷鬢髻
들풀 따서 비녀에 꽂고	野葉雜釵鐶
마루에 올라가 술잔 올리니	升堂捧雙盃
시부모님 절 받으며 기뻐하였네.	拜翁姥歡
새벽에 일어나면 하늘 가득 꽃	曉起花滿天
저녁에 잠이 들면 이불 가득 꽃	夜宿花滿床
촘촘히 바느질해	茸茸手中線
서방님 옷을 짓네.	爲君裁衣裳

대상을 다분히 주관적으로 채색하는 최성대의 낭만적 시풍이 유감없이 드
러나고 있음을 본다. 이러한 낭만적 서정성은 서사시 작품 「산유화여가」에
독특한 정조를 부여한다. 이처럼 시인의 개성에 따라, 혹은 소재의 성격에
따라 그 정도는 다르지만, 한문서사시에서는 객관적 묘사나 서술을 하고 있
는 부분에서조차 서정성의 함축이 필수적이며, 그렇지 않을 경우 서사시로
서의 매력을 잃게 된다.

모든 한문서사시 작품이 다 그런 것은 아니지만 작품에 따라서는 시인의
주관적·서정적 진술이 직접 개입되는 경우도 적지 않다. 특히 「단천절부
시」, 「향랑요」, 「전불관행」, 「도강고가부사」 등의 마지막 부분에서 이런 현
상을 볼 수 있는데, 「향랑요」는 총 34행, 「전불관행」은 총 14행에 걸쳐 시인
이 자신의 정서나 견해를 직접 진술하고 있다. 이처럼 III형의 서사한시는 객

관적 세계의 재현만으로 되어 있는 것이 아니라, 시인의 주관적 정서가 '직접적'으로 표현되기도 한다.

또한 한문서사시의 일부 작품은 서두 부분에서 시적 대상의 모습이나 그 운명을 함축적·상징적으로 제시하는 수법을 구사하고 있는데, 이 역시 시의 서정성을 강화하고 있다. 예컨대 「단천절부시」는 그 서두를 "검은 산에 희디흰 눈이요 / 흙탕물에 깨끗한 연꽃이로다 / 청루에 맑은 여인 / 스스로 일선이라 이름했네"[31]라고 열고 있는바, 검은 산과 하얀 눈, 흙탕물과 연꽃의 상징적 대조를 통해 주인공의 인물됨과 장차 벌어질 사건의 전체적 분위기를 함축적으로 시사하고 있다. 그리고 「도강고가부사」의 서두는 "문에 들어 죽순 캐고 / 문에 나가 강리풀 보네 / 곱디고운 작약꽃이 / 진흙탕에 떨어졌네"[32]로 되어 있고, 「고시위장원경처심씨작」은 서두에다 12행에 걸쳐 아름답고 기이한 한 마리 새의 외로운 모습을 형용하고 있는데, 이 또한 주인공과 주인공을 둘러싼 현실에 대한 하나의 상징으로서 작품의 서정적 정조를 한층 더해 주고 있다.[33]

이상에서 보았듯이 III형의 서사한시는 I·II형과는 비교가 되지 않을 정도로 서사성이 강화되어 있지만, 그럼에도 불구하고 서정적 진술 또한 엄존한다. 뿐만 아니라 서정적 요소는, 혹은 명시적으로 혹은 은밀한 방식으로 도처에 침투되어 있다. 본격적 서사시라 할 이 III형의 한시에서는 그 서사적

---

31 "皚皚黑山雪, 鮮鮮濁水蓮. 皎皎靑樓婦, 自名爲逸仙."
32 "入門采綠施, 出門見茳蘺. 娟娟勻藥花, 零落在塗泥."
33 「단천절부시」,「도강고가부사」,「고시위장원경처심씨작」의 서두가 보여주는 이러한 특징은 중국의 서사시 「공작동남비(孔雀東南飛)」와 상통하는 바가 있다. 「공작동남비」는 중세적 질곡하에서의 여성의 불행한 운명을 탁월하게 형상화한 명편(名篇)으로서, 중세 문인들에게 널리 읽혔다. 여성을 제재로 한 위의 세 작품은 모두 「공작동남비」의 전통을 의식하면서 창작된 면이 있고, 바로 이 점과 관련하여 그 서두가 공통된 특징을 보여주게 된 것이라 할 수 있다.

전개가 무엇보다도 두드러져 보이지만, 시적 정서의 흐름에 대해서도 깊은 배려를 해 놓고 있음을 알 수 있다. 그리고 시인의 태도에 있어서는, 객관적 세계의 인식과 재현을 중요시하지만, 다른 한편으로 등장인물들에 대한 호감과 반감, 긍정과 부정, 찬미와 비판, 나아가 현실에 대한 긍정, 개탄, 비판 등 정서적 태도 또한 중요시하고 있다.

이처럼 III형의 시에서는 작품의 유기적 전개, 그 진술 방식, 시인의 태도 등에 있어서 서사성이 강하게 드러나지만, 서정성 또한 불가결한 요소임을 알 수 있다.

5. 서사한시의 유형과 시적 대상은 어떤 관련을 갖는가

『이조시대 서사시』에 수록된 서사한시들을 유형별로 나누어 그 작품 분포를 보면, III형에 해당하는 작품이 8편 남짓[34]으로 제일 적음을 알 수 있다. I형과 II형은 서로 그리 큰 차이를 보이지 않는다. 아무래도 한문서사시를 창작하기 위해서는 제재가 서사시적이어야 함은 물론, 그것을 예술적으로 가공하는 시인의 능력 또한 뛰어나야 할 것이다.

세 유형 중에서 어떤 것을 택하는가는 우선 시인의 개성이나 취향과 밀접한 관련을 가질 터이지만, 예술적 대상 — 소재 및 제재 — 의 성격 자체와도

---

34 「도강고가부사」, 「금리가」, 「유거사」, 「단천절부시」, 「향랑요」(이광정), 「산유화여가」, 「전불관행」, 「고시위장원경처심씨작」 등을 꼽을 수 있다.

관련이 있다고 보인다. 물론 이러한 소재나 제재는 반드시 이러한 유형이 된다고는 결코 단정할 수 없는 일이지만, 다만 소재나 제재의 이러저러한 성격이 어떻게 상이한 유형화를 낳는 '경향성'이 있는가에 대해서는 대체로 언급할 수 있으리라 보고, 또 언급해 두는 것이 필요하다고 생각한다.

서사한시의 서술 대상은 인물이나 사건이므로, 그에 따라 생각해 보기로 하자.

인물이 서술 대상으로 될 때, 대상인물은 다양한 측면에서 특징들을 가질 수 있다. 즉 그 인물의 비범성 및 업적·그 인물이 처한 상황·그 인물의 체험이나 내력·그 인물의 행위 등등. 이 중의 어떤 측면에서 그 인물이 특징적인가에 따라 서사한시의 상이한 유형화를 낳는 경향성이 있다.

사건이 서술 대상으로 될 때에는, 그 사건의 역사적 의의·사건을 통해 드러나는 현실의 한 단면·사건의 인과적 전개 중 어떤 측면에서 그 사건이 특징적인가에 따라 서사한시의 유형은 달라질 수 있다.

대상인물이 그 비범성 및 업적에 있어 특징적일 때에는, I형의 서사한시가 되는 경우가 많다. 시인은 그 인물의 비범성이나 업적을 드러내고, 그에 대한 자신의 정서나 견해를 드러내고자 한다. 이런 인물은 시인과 직접 관계 맺고 있지는 않은 역사적 인물일 경우가 많으므로, 그 인물의 직접발화는 작품에 활용하기 어렵게 된다. 따라서 그 인물에 관한 객관적 사실을 서술하고 시인의 주관적 진술을 덧붙이는 I형으로 귀결될 가능성이 크다. 「송대장군가」, 「홍의장군가」 같은 작품이 그 예가 된다. 아울러 사건의 경우도, 그 사건의 역사적 의의가 중시될 때에는 역시 I형을 취하는 경우가 압도적이다. 「달량행」, 「임명대첩가」, 「비분탄」 등이 그 예가 된다.

그리고 대상인물이 그 처한 상황에 있어서 특징적일 때에는, I형 또는 II-

①형의 서사한시가 되는 경우가 많다. 시인이 어떤 상황을 직접 목격하고, 그것에 대해 객관적 묘사나 객관적 서술을 한 다음, 그 상황에 의해 촉발된 자신의 정서나 생각을 주관적으로 진술하고자 한다면, 그 경우 I형으로 귀결되기 마련이다. 상황의 현장감, 생생함을 높이기 위해 그 상황 속의 어떤 인물의 발화를 부분적으로 작품에 삽입하는 경우도 있을 수 있는데, 그 경우 II형으로 귀결될 것이다. 이 중 어떤 경우이든 간에 그 인물은 특이하거나 비범한 인물이 아니라 상황에 지배받는 보통의 인물이다. 그러므로 그들의 이름이 구체적으로 제시되는 법이란 없다.

한편 사건의 경우도 시인이 현실의 한 단면을 특징적으로 보여주는 한 사건 혹은 정황을 목격했을 때에는 대체로 I형이나 II-①형을 취하게 마련이다. 그러나 인물이 처한 상황과 현실의 한 단면으로서의 사건은 종종 서로 긴밀히 결합되어 있어 딱히 구분이 어렵기도 하다.

그런데 어떤 인물의 특이한 체험이나 내력이 시적 대상이 되는 경우, 그 소재의 원천은 시인이 누군가로부터 들은 이야기인 경우가 많다. 시인 자신이 직접 경험하거나 보지는 않았지만, 누군가로부터 들은 이야기를 시로 형상화하기에는 II-②형만큼 적절한 형식을 달리 발견하기 어려울 것이다. 시인은 작품 서두에서 그 이야기를 듣게 된 경위를 서술하거나 이야기가 행해진 상황에 대한 객관적 묘사를 하고, 이어 등장인물의 이야기를 직접 옮긴 다음, 끝으로 그 이야기에 대한 자신의 주관적 진술을 덧붙이게 된다. 자기가 들은 이야기를 해체하여 재구성할 수도 있지만, 오히려 등장인물의 직접 진술을 그대로 재현하는 것이 독자에게 보다 생생한 느낌을 줄 수 있을뿐더러, 시작詩作에 있어서도 편리한 방법일 수 있는 것이다. 여기에서도 자신의 이야기를 들려주는 등장인물은 특이하거나 비범한 인물이 아닌 경우가 대부분이다. 평범한 보통의 인물, 상황이나 현실에 지배받는 인물이다. 그 인물의 개성은 그리 중요하지 않다. 그 인물은 그 체험이나 내력의 '범례성範例性' 때문에 주목의 대상이 된다. 이 인물들은 '무안의 백성', '노객부老客婦', '피병疲兵', '전옹田翁' 등으로서 의미를 가지며, 그 개성은 별로 문제시되지 않는다. 이들 인물은 대체로 현실에 대해 소극적인 면모를 보여 준다. 자신의 의지에 따라 적극적으로 행동하는 인물이 아닌 것이다. 따라서 그의 체험과 내력의 근간을 이룬 현실의 모습이 상대적으로 두드러져 보이게 된다.

대상인물이 그 행위에 있어서 특징적일 때, 다시 말해 주인공이 그를 둘러싼 다른 인물들과의 관계 속에서 행하게 되는 말이나 행동에 있어 특징적일 때에는, 그 대상인물 — 즉 주인공 — 만 서술하는 것으로는 충분치 못하다. 등장인물들의 태도나 행동에 대한 객관적 묘사, 등장인물들 간의 대화 등을 통해서만 주인공의 특징적인 행위가 제대로 재현될 수 있다. 인물의 비범성이나 업적, 혹은 어떠한 정황 등과는 달리, 인물의 행위란 그 무엇인가에 '대對한' 행위이기 때문이다. 등장인물들의 행위에 의해 문제와 갈등이 야기되고 사건이 전개되므로, 사건의 인과적·계기적 전개와 대상인물의 행위는 상호 분리될 수 없다. 이런 제재題材라면 III형을 취할 수밖에 없을 것이다.

III형의 인물들은 현실에 대한 적극성, 자신의 의지에 따라 적극적으로 행동하는 성향이나 그 예사롭지 않은 삶과 관련하여 시적 대상이 된 것이고, 따라서 그들은 보통의 평범한 인물은 아니다. 그러나 I형의 「송대장군가」나 「홍의장군가」처럼 대상인물이 공적公的인 면에서 탁월성과 비범성을 인정받은 것은 아니다. 이런 점에서 III형의 인물들은 평범하면서도 평범치 않은 자들이라 말할 수 있다. 즉 송대장군이나 홍의장군은 비범한 인물로서 빼어난 행적을 보인 자라면, III형의 주인공들은 범인凡人이면서 특이한 면모를 지녔거나 예사롭지 않은 삶의 행로를 보여준 자라는 점에서 구별된다. 그들은 개성 있는 인물들이며, 그 '특수성', 즉 보편과 개별을 매개하는 그 특수성 때문에 주목의 대상이 된다. 등장인물의 범례성이 중요시되었던 I형의 일부와 II형의 시와 달리, III형의 인물들은 '유거사', '향랑', '단천의 절부', '일선', '전불관', '장원경의 처 심 씨', '강진 소경의 아내' 등에서 볼 수 있는 바와 같이 자신의 이름이나 뚜렷한 개성을 가지고 있는 경우가 대부분이다.

이상에서 우리는 서사한시의 세 유형과 시적 대상의 상관성을 살펴보았다. 동일한 소재라 하더라도 시인의 개성이나 문제의식 혹은 그 탐구의식의 정도에 따라 상이한 형식으로 귀결될 가능성은 항상 있게 마련이다. 또한 작품에 대한 시인의 구상이나 의장意匠이 형식의 차이를 야기할 수도 있다. 말하자면 형식의 문제에는 창작 주체에 대한 고려가 불가결한 것이다. 저자는 이런 점을 결코 무시하지 않으며, 그 가능성을 충분히 인정한다. 그러나 그 점은 그 점대로 인정하면서도 서사한시의 유형들과 제재가 맺고 있는 개연적 상관성에 대해 검토해 보는 것이 서사한시에 대한 이해를 확충하는 데 유익하다고 생각하여 위와 같은 논의를 전개했다.

그 결과, 시적 대상이 된 인물이 역사적 인물인가, 보통의 인물인가, 보통의 인물이라면 그 범례성이 중요한가, 개성이 중요한가에 따라 상이한 유형화가 초래될 수 있음을 알 수 있었다. 마찬가지로 대상인물은 그 비범성과 업적이 특징적인가, 그가 처한 상황이 특징적인가, 그 체험이나 내력이 특징적인가, 그 행위가 특징적인가에 따라서, 또 사건의 역사적 의의가 중요시되는가, 현실의 한 단면으로서의 의의가 중요시되는가, 사건의 인과적·계기적 전개가 중요시되는가에 따라서 상이한 유형화가 초래될 수 있음을 알 수 있었다.

6. 요약과 전망

서사한시가 한국한시사에서 차지하는 비중과 그 문학사적 의의는 참으로 크다고 할 수 있다. 그럼에도 불구하고 서사한시의 개념 및 장르적 성격에 대한 본격적인 논의는 충분히 이루어지지 못했다. 이 글에서는 서사한시에 관한 몇 가지 물음을 제기하면서 그 장르적 성격을 규명하고자 했다. 이제 지금까지의 논의를 간단히 정리한 다음, 앞으로의 연구 전망과 관련해 한두 가지 언급함으로써 글을 끝맺고자 한다.

서사한시는 서사적 요소를 일정 정도 이상 가진 한시를 일컫는 명칭이다. 그런 점에서 순수 서정한시와는 다르다. 서사한시는 서정적 요소와 서사적 요소의 다양한 결합으로 이루어져 있다. 그중에는 엄밀한 의미에서의 서사시도 있는데, 우리는 이를 '한문서사시'라 이름할 수 있다. 한문서사시가 아닌 서사한시는 단순히 서사적 요소 혹은 지향만을 가진 한시이다.

어떤 발화가 본격적인 서사가 되기 위해서는 서술 대상은 인물과 사건이며, 인물과 사건의 유기적 진술에 의한 매개발화이어야 한다. 이런 기준에 따라 서사한시 전반을 살펴보면, 서사한시는 'I형 – 단면적 진술의 개별발화', 'II형 – 단면적 진술의 매개발화', 'III형 – 유기적 진술의 매개발화', 이 세 유형으로 나뉜다. 서사한시는 이 세 유형을 총괄하고 있으며, 그중 III형이 '한문서사시'이다.

I형의 서사한시의 서술 대상은 어떤 인물, 혹은 사건 중 어느 하나에 치우쳐 있으며, 따라서 그 서술 방식은 단면적 서술이다. 또한 시인 한 사람만이 발화자로 등장하고 있는 개별발화이다. I형의 서사한시는 서정한시에 비해

객관적 사실에 많은 관심을 보이고 있다. 하지만 단지 객관적 대상에만 관심이 있는 게 아니라 그 대상에 대한 시인의 주관적 태도나 느낌 또한 시의 중요한 측면을 이루고 있다. I형의 서사한시에서는 하나의 지배적 목소리, 하나의 지배적 시점을 느낄 수 있다.

II형의 서사한시의 서술 대상 및 서술 방식도 I형의 경우와 같다. 다만 시인 ─ 제1발화자 ─ 과는 별도로 제2·3발화자가 등장하며, 시인은 그들의 발화를 매개하고 있는바, 이처럼 매개발화라는 점에 있어 I형과 구분된다. II형은 시인의 작품 내적 존재 방식에 따라 ① 시인이 목격자인 경우, ② 시인이 청취자인 경우로 다시 나뉜다. 자신이 이문목도耳聞目睹한 사실을 시로 구성하려고 할 때, II형은 아주 효과적이다. 등장인물의 발화가 직접 제시됨으로써 작품은 생생한 현장감과 생동감을 얻게 된다. 특히 시인이 청취자인 경우, 작품은 일종의 액자 구성을 취하게 된다. II형의 서사한시에는 시인의 목소리뿐 아니라 다른 인물의 목소리가 존재한다. 그리고 시인의 시점視點을 포함하여 몇 개의 시점이 존재하며, 시점 간의 전이가 일어나는 것을 발견할 수 있다.

III형의 서사한시는 본격적인 의미의 서사시라 할 수 있다. 그 서술 대상은 인물과 사건이며, 서술 방식에 있어서는 인물과 사건의 유기적 결합에 의한 구성을 보여주는 유기적 진술이다. 그리고 시인이 다른 여타 인물들의 발화를 매개하는 매개발화이다. 특히 III형은 등장인물이 여럿이며, 그들은 저마다 독자적 개성을 지닌 인물이다. 그 인물들은 각기 다른 사고와 행동 방식을 보여주며, 그들의 행위 및 상호관계에 의해 문제와 갈등이 야기되고 이를 바탕으로 사건이 진행된다. 이 유형의 서사한시에서 우리는 아주 다양한 목소리, 다양한 시점을 느낄 수 있으며, I·II형의 서사한시가 비교적 단조로운 장면 구성을 취한 것과는 대조적으로 무수한 장면들의 제시를 볼 수 있고 또 그 장면들이 역동적으로 교체되고 전환되는 것을 볼 수 있다.

　서사한시의 각 유형은 서정적 요소와 서사적 요소의 결합 방식에 있어 상호 구별된다. I형에서 II형, III형으로 갈수록 서사적 요소가 강화되고는 있지만, 기본적으로는 서정성과 서사성을 아우르고 있다는 점이 서사한시의 주요한 장르적 특질이라고 할 수 있다. 서사한시에 있어 서정과 서사의 결합은 그 진술 방식에서 가장 잘 드러난다. 서사한시의 세 유형은 모두 서정적 진술과 서사적 진술을 적절히 안배함으로써 소기所期의 시적 효과를 거두고 있다. 그러나 그 안배 방식에 있어서는 서로 차이가 있다. 서정적 진술과 서사적 진술은 외견상 구분되어 있는 듯하지만, 엄밀히 살펴보면 서사적 진술에도 서정성이, 서정적 진술에도 서사성이 침투하고 있음을 볼 수 있다. 게다가 그 진술 방식에서만이 아니라 시인의 정서적 흐름과 객관적 대상의 시간적 흐름을 아우르면서 전체적인 시의 흐름을 조직하는 방식, 객관적 대상에 대한 인식과 그에 대한 시인의 주관적·정서적 태도를 함께 전달하고자 하는 시인의 태도 등에서도 서정과 서사의 결합을 볼 수 있다.

　서사한시의 각 유형은 그 시적 대상과의 관련성에 있어서도 서로 다른 양상을 보이고 있다. 대상인물이 역사적 인물인가, 보통의 인물인가, 보통의 인물이라면 그 범례성이 중요한가, 개성이 중요한가에 따라 상이한 유형화가 초래되는 경향성이 있다. 또한 대상인물은 그 비범성과 업적이 특징적인가, 그 인물이 처한 상황이 특징적인가, 체험이나 내력이 특징적인가, 그 행위가 특징적인가에 따라, 또 사건의 역사적 의의가 중요시되는가, 현실의 한 단면으로서의 의의가 중요시되는가, 사건의 인과적·계기적 전개가 중요시되는가에 따라 상이한 유형화가 초래되는 경향성이 있다.

　이상, 이 글에서 밝혀진 것을 간단히 정리해 보았다. 이를 통해서 서사한시의 개념 및 유형, 그 장르적 특성에 관하여 보다 진전된 이해가 이루어질 수 있었다고 생각한다. 본 논의를 바탕으로 한문서사시의 미학적 특질, 한문서사시와 국문서사시의 비교 연구, 고전서사시와 근대서사시의 비교 연구가 진행될 필요가 있다. 그리하여 궁극적으로 우리나라 서사시 및 서사적 지향의 시 전반을 포괄하는 시학詩學의 정립이 이루어질 필요가 있음을 느낀다.

1980~1990년대에 근대시에 있어서 '이야기시', '담시', '서사적 지향의 시'에 관한 논의가 활발하게 이루어졌다. 하지만 그 리얼리즘적 측면을 미학적으로 어떻게 규정할 것인가에 초점이 맞추어졌을 뿐, 이야기시 내부의 다양한 미학적 특질의 차이들에 대해서는 관심이 부족하였고, 따라서 더 이상의 심화된 논의가 전개되지 못한 점이 있다. 한편, 근대문학 연구의 일각에서 거듭되어 온 서사시 논의에서는 서사시의 개념이나, 우리 서사시의 전통을 운위하면서도 우리 고전서사시의 존재 방식에 대해서는 상당히 무관심한 듯하다. 서구의 영웅서사시 개념을 그대로 적용하여 우리 고전문학에는 아예 서사시가 없다고 하거나, 있다고 해도 「동명왕편」, 『용비어천가』 등을 거론하는 데서 크게 벗어나지 못하고 있다. 고전문학 연구자는 최근의 근대문학 연구 동향에 대해서, 근대문학 연구자는 고전문학의 연구 동향에 대해서 좀 더 깊은 관심을 가져야 할 것으로 보인다. 고전·근현대·구비·국문·한문문학을 통틀어 이야기시와 서사시가 존재하는데, 이것들을 일관된 원리와 기준으로 파악하는 관점과 이론의 정립이 절실히 요구된다. 미흡하나마 이 글에서의 논의가 그리로 나아가는 디딤돌이 되었으면 한다.

한국 한문서사시의 개념과 전개 양상

1. 한국서사시 연구의 현황과 과제

한국서사시에 대한 연구는 지속적으로 이루어져 왔다. 근현대에 이르러서도 서사시의 활발한 창작이 이루어진 것은 한국문학의 개성적인 측면이라고 볼 수 있는바, 서사시에 대한 연구와 그 개념을 둘러싼 논란도 특히 근현대 문학 연구에서 거듭 이루어졌다. 그러나 서구의 영웅서사시 개념에 지나치게 구애되거나 혹은 서구서사시 개념 적용의 부적절성을 제기하는 데 머물렀으며, 더 이상의 이론적 진전은 보이지 않았다. 근현대 서사시를 바르게 이해하기 위해서는 고전서사시 전통에 대한 충분한 고려가 반드시 필요하다. 그리고 서사시와 '이야기시'·'담시'·'단편서사시'를 일관된 논리로 함께 규정하려는 노력이 필요하다.

고전문학의 경우를 보면, 『서사민요 연구』[1]와 『한국무가의 연구』[2]와 같은

---

1   조동일, 『서사민요 연구』, 계명대 출판부, 1970.
2   서대석, 『한국무가의 연구』, 문학사상사, 1980.

선구적 업적을 필두로 서사민요, 서사무가, 서사가사, 서사한시에 대한 연구가 상당한 정도로 축적되어 왔다. 그런데 선행연구는 '**서사적**'인 작품과 '**서사**'인 작품에 대한 변별적 시각이 미흡한 경우가 많았다. '**서사적 경향**'과 '**본격적 서사**'의 차이에 대한 인식이 결여되어 있었던 것이다.[3] 따라서 '서사시'의 개념은 물론이거니와 '서사적 시'의 개념에 대해서도 일정한 합의가 이루어져 있지 않은 것이 문제라고 할 수 있다.

조동일 교수는 일련의 연구를 통해[4] 서구의 서사시 개념이 세계문학에 두루 적용될 수 없음을 밝힌 다음, 한국 고전서사시를 동아시아 및 세계 구비서사시와 비교함으로써 서사시 연구의 영역을 확대하였다.[5] 조동일 교수가 지적한 것처럼, 서사시는 서유럽에만 있었던 게 아니라 전 세계적으로 분포하며, 고대에만 산출된 게 아니라 중세나 근현대에도 창작되었다. 이러한 점을 염두에 둔다면 서사시 연구는 서유럽 중심의 세계문학 이해를 수정하는 중요한 계기가 될 수 있을 것이다. 그리고 다양한 이민족異民族 서사시와의 비교 연구를 통해서 자민족自民族 문학의 보편성과 특수성을 심도 있게 규명할 수도 있을 것이다.

서사시 연구의 이러한 중요성을 감안할 때, 무엇보다도 서사시의 개념을 구체적이고도 요령 있게 정립하는 것이 필요하다고 본다. 그리고 서사시의

---

3   이러한 지적은 이 책의 「서사한시의 장르적 성격」 및 「서사가사와 가사계 서사시」를 통해 이루어진바 있다.

4   조동일, 「장편서사시의 분포와 변천」, 『한국문학과 세계문학』, 지식산업사, 1991; 조동일, 『동아시아 구비서사시의 양상과 변천』, 문학과지성사, 1997.

5   조동일 교수의 연구에서는 서사시의 개념이 지나치게 넓게 적용되고 있는 점이 문제라고 생각한다. 서사민요를 바로 구비서사시라고 규정하고 있는 점(위의 책, 111 · 140면 참조), 한국 및 중국의 서사한시를 바로 서사시로 간주하고 있는 점(위의 책, 146면, 주19; 235면, 주16; 236면에 인용된 시 참조)은 동의하기 어렵다.

미학적 특질 및 한국서사시의 전개 양상에 대한 다각적 논의가 요구된다. 또한 한국서사시의 다양한 갈래에 대한 연구를 바탕으로 고전서사시와 근현대 서사시, 구비서사시와 기록서사시의 비교 연구로 나아갈 필요가 있다.

　이 글은 이상과 같은 문제의식에 입각하되, 우선 한국 한문서사시에 관심을 집중하려고 한다. 한국 한문서사시는 한국 중세 기록서사시의 대표적인 갈래로서, 특히 조선 후기에 활발하게 창작되면서 여타의 서사 장르들과 다양한 장르교섭을 보여주었다. 서구문학사 기술에서 나타나는 '고대서사시 → 근대소설'의 경로와는 달리, 한국서사시는 중세해체기에 활발하게 창작된 점도 흥미롭다. 이 글에서는 서사시의 개념 및 특질을 정리한 다음, 한국 한문서사시의 역사적 전개 양상 및 조선 후기의 장르교섭 양상을 살펴보기로 한다.

2. 서사시와 한문서사시

　'서사시'는 '서사'인 '시'이다. 다시 말해, '시'이면서 동시에 '서사'인 작품이 서사시이다.

　시에는 서정시뿐 아니라, 서사시·극시·교술시가 있다. 서정·서사·극·교술을 막론하고 '시'의 가장 핵심적인 특질은 무엇일까? 시는 일반적으로 율문이다. 율문에 있어서 율격은 특정한 율격적 요소가 일정한 단위로 반복됨으로써 현현顯現된다. 율격적 요소는 개별 장르나 개별 작품에 따라 매우 다양할 수 있지만, 반복되는 '율격적 단위'가 없다면 율문으로 성립되지 않는다. 율격적 단위는 구전시口傳詩의 경우에는 휴지休止를 통해서 표현되며, 기록시記錄詩의 경우에는 시행詩行을 통해서 표현된다. 율격적 휴지가 시각적으로 표현된 것이 시행이다. 따라서 '시'를 '시행발화詩行發話' 혹은 '시행을 통한 발화'라고 정의하는 것도 가능하다.[6] 엄밀하게 말해서 일정한 율격적 휴지나 행갈이에 의해 구분되지 않는 발화는 시라고 간주되기 어렵다. 다양한 시적 자질들도 기본적으로는 율격의 존재와 깊은 내적 연관을 갖고 있다. 요컨대, 시의 가장 핵심적인 자질은 율격이라고 할 수 있다. 그렇다면 서사시는 '율격이 있는 서사' 혹은 '율문 서사'라고 정의할 수 있다.[7]

그렇다면 '서사'란 무엇인가?

서사에 관해서는 매우 다양한 정의가 존재한다. '인간의 외부세계를 객관적으로 드러내는 것'(헤겔)이라고 하거나, '작품 외적 자아의 개입에 의해 이루어지는 자아와 세계의 대결'(조동일)[8]이라고 하는 등의 정의도 서사를 이해하는 데 퍽 긴요하다. 그러나 서정·서사·교술·극 장르는 엄격하게 상호 구획될 수 있는 것이 아니며, 각 장르의 속성이나 요소들은 다소간 상호 침투하면서 작품으로 실현된다. 따라서 전형적인 서정이나 전형적인 서사만이 아니라 복합적인 장르, 변화하는 장르도 존재하게 된다. 예컨대 '가장 전형적인 서사시', '서사적 요소와 서정적 요소가 복합되어 있는 시', '부분적으로 서사적 요소가 있을 따름인 서정시' 등이 존재한다. 이들을 모두 서사시라고 하는 것은

---

6   디이터 람핑, 장영태 역, 『서정시−이론과 역사』, 문학과지성사, 1994, 38면.
7   서사시가 '율격이 있는 서사'라는 지적은 이 책의 「서사가사와 가사계 서사시」에서 이루어진 바 있다. 조동일, 앞의 책, 254면에도 같은 지적이 있다.
8   조동일, 『한국소설의 이론』, 지식산업사, 1977 참조. 조동일, 『동아시아 구비서사시의 양상과 변천』(문학과지성사, 1997, 9면)에서는 『한국소설의 이론』에 제시된 장르론에 입각하여 서사시를 규정하고 있다.

난점이 있다. 연구자의 관점에 따라 서사시의 개념과 범위는 물론 다를 수 있다. 그렇지만 서사시 연구는 우선 "가장 전형적인 서사시란 어떤 것인가?"라는 물음에서부터 출발할 필요가 있다. 그리고 "가장 전형적인 **서사시**와 다소간 서사적 요소가 있을 따름인 시(**서사적 시**)는 어떻게 다른가?" 하는 점도 매우 중요한 문제다. 저자는 서사시와 서사적인 시의 구체적인 차이를 밝힌 바 있는데, 그것을 요약하면 다음과 같다.[9]

어떤 작품이 본격적 서사가 되기 위해서는 다음의 세 가지 요건이 모두 갖추어져야 한다.

> 첫째, 특정한 인물과 사건이 있어야 한다.
> 둘째, 인물과 사건의 유기적 결합으로 이루어지는 구성이 있어야 한다.
> 셋째, 그것을 전달하는 화자가 있어야 한다. 즉 인물이나 사건을 조망하면서 그를 전달하는 화자가 있어야 한다. 따라서 서사의 '시적발화(詩的發話)' 양상은 '매개발화(媒介發話)'이다.[10]

다시 말해 본격적인 서사시는 그 '발화 구조'에 있어서는 매개발화이고, 그 '서술 대상'은 인물과 사건이며, '서술 방식'은 인물과 사건의 유기적 서술이라 할 수 있다. 이상에서 제시된 요건의 일부만을 충족시키는 작품은 본격적인 서사시가 아니라 '서사적 시'라고 할 수 있다.

---

9   이 책의 「서사한시의 장르적 성격」 및 「서사가사와 가사계 서사시」 참조. 이 글들은 각각 서사한시와 서사가사의 경우를 통해 서사적 시가와 서사시의 차이를 고찰한 것이다. 그러나 두 글에서 마련된 기준은 서사적 시가와 서사시 일반에 적용될 수 있는 것이라고 생각한다.
10   '시적발화' 양상을 살펴보면 서정·서사·극은 각각 '개별발화'·'매개발화'·'교환발화'라는 특징을 갖고 있다. 이에 대해서는 디이터 람핑, 장영태 역, 앞의 책 참조.

이러한 기준에 의거하여 한국서사시의 양상을 살펴보자. 한국서사시는 우선 구비서사시와 기록서사시로 나뉜다. 구비서사시에는 무속서사시, 민요서사시, 판소리가 있다. 기록서사시는 다시 국문서사시와 한문서사시로 나뉜다. 국문서사시에는 가사계 서사시와 근현대 서사시 등이 있다. 이를 표로 나타내면 다음과 같다.

무속서사시, 민요서사시, 한문서사시는 각기 서사무가, 서사민요, 서사한시 중에서 본격적인 서사시에 해당하는 작품을 지칭한 것이다. 서사민요와 서사한시 가운데에는 부분적으로 서사적 요소를 가졌을 따름인 '서사적 시'와 '본격적인 서사시'가 함께 존재한다. 다시 말해 모든 서사민요가 서사시인 것은 아니며, 모든 서사한시가 서사시인 것도 아니다. 서사민요와 서사한시 가운데에서 서사시는 단지 일부를 차지할 따름인데, 그것을 '민요서사시', '한문서사시'라 지칭하기로 한다. 서사무가의 경우는 좀 더 충분한 고찰이 필요하지만, 대부분의 서사무가는 서사시라고 생각된다. 그러나 '서사적 무가' 또한 존재할 수 있는 이론적 가능성이 있을 뿐 아니라, 다른 서사시와의 균형을 고려하여 '무속서사시'라고 지칭하는 게 좋다고 생각한다.

한국서사시의 담당 계층은 어떠한가? 무속서사시와 판소리는 전문적 창자인 무당과 광대에 의해 창작되고 전승되었다. 민요서사시는 민중에 의해서, 한문서사시는 전문적인 문인들에 의해서 창작되었다. 가사계 서사시의 창작은 부녀나 서민층이 담당하였고, 근현대 서사시의 창작은 전문적인 시인들의 몫이다.

역사적으로 본다면 원시고대 이래로 고려 중기까지는 구비서사시만 존재하였다. 고려 중기 이후 한글 창제 이전까지는 구비서사시와 한문서사시가 공존하였다. 한글 창제 이후 19세기까지는 구비서사시·한문서사시·국문서사시가 공존했으며, 20세기에는 국문서사시와 구비서사시가 공존하고 있다. 현대에 이르러 구비서사시의 전승은 극히 제한된 범위로만 지속되고 있을 따름이다. 구비문학, 한문문학, 국문문학은 상호 경쟁하고 보완하는 관계를 가지면서 담당 계층이나 전승 범위, 그리고 문학적 창조력에 있어서도 역사적 변화를 거쳐 왔는데, 서사시에서도 그러한 사정을 확인할 수 있다.

한국서사시에는 단편도 있고 장편도 있다. 단편은 대체로 수십 행 이상이며, 장편은 대체로 수백 행 이상이다. 무속서사시와 판소리는 장편이 대부분이다. 민요서사시는 대개 단편이며 그다지 양산된 것 같지 않다. 가사계 서사시도 작품이 그리 많지 않지만 현존하는 작품들은 주로 장편이다.[11] 중세 국문서사시로는 가사계 서사시 외에 「월인천강지곡」과 같은 장편이 있다. 한문서사시에는 단편도 있고 장편도 있다. 중세에는 국문서사시보다 한문서사시가 훨씬 많이 창작되었다. 따라서 한문서사시는 중세 기록서사시의 전모를

11 「덴동어미화전가」, 「김부인열행가」 등이 대표적인 작품이다.

파악하는 데 매우 중요한 위치를 차지한다.

한문서사시는 '한문으로 쓰인 율문서사'라고 정의할 수 있다. 한문서사시의 형식은 다양할 수 있다. 그러나 절구絶句나 율시律詩 등의 근체시는 단형短形이라는 형식적 제약 때문에 서사시의 형식이 되기에는 부적절하다. 뿐만 아니라 근체시가 가진 성률聲律의 엄격한 규칙성 또한 서사시가 필요로 하는 인간과 세계의 다면적 관계의 형상화나 풍부한 현실 반영에는 심각한 제약이 된다. 이에 반해 고시古詩는 상대적으로 형식이 자유로우며 시행詩行 또한 얼마든지 길어질 수 있다는 특성 때문에 서사시가 되기에 유리하다. 그러나 고시 중에서도 시인 개인의 서정을 위주로 하는 '좁은 의미의 고시(일반고시)'보다는 민간의 생활 현실의 형상화에 치중하는 '악부시'가 서사시와 더욱 친연성을 가진다.[12] 악부시에는 서사적 한시가 많고, 한문서사시도 상당수 있다. 악부시 중에서 서사적 경향이 현저한 작품들을 '서사악부'라 일컫는다.[13] 서사악부 중 본격적 서사시에 해당하는 작품을 특히 '악부서사시'라 부를 수 있다. 중국 한문서사시의 대표작으로 꼽히는 「공작동남비孔雀東南飛」나 「목란사木蘭辭」도 실은 악부서사시의 대표적인 작품이다.[14] 악부시의 형식이 자유

---

12 악부시의 일반적 특질에 관해서는 박혜숙, 『형성기의 한국악부시 연구』(한길사, 1991)의 '제2
    장 악부시의 개념' 참조.
13 악부시에는 서정악부와 서사악부가 있다. 이에 대해서는 위의 책 참조.
14 여기서 중국서사시의 개념 문제를 잠간 언급해 둔다. 20세기에 출간된 중국한시 관련 서적들을 보
    면, 서사시 개념에 대한 일정한 합의가 이루어져 있지 않음을 알 수 있다. 일찍이 호적(胡適)은 "중국
    에는 서사시가 없다"고 하였다. 그 이래로 '중국서사시 부재론'을 주장한 연구자들도 있었다. 그러나
    이런 관점은 서구 영웅서사시 개념을 준거로 삼은 것일 뿐 아니라, 중국 소수민족 문학은 도외시한
    채 한족(漢族)의 문학만을 중국문학으로 간주한 데에 잘못이 있다. 1960년대 이래 소수민족 장편서
    사시에 대한 광범한 조사와 연구가 본격화되었고 그에 따라 중국서사시 연구에 있어 한족 중심의
    편견은 다소간 시정된 듯하다. 이 점에 대해서는 『中國少數民族文學』(人民出版社, 1985) 참조.
    한편, 정통 한시를 대상으로 한 '서사시 선집'이 1980년대에 여럿 출간되었다. 路南孚 編, 『中國
    歷代敍事詩歌』, 山東文藝出版社, 1987; 『歷代敍事詩選』, 花城出版社, 1985; 『歷代敍事詩選譯』,
    江蘇敎育出版社, 1984. 그런데 이들 선집에 수록된 작품의 대다수는 한문서사시라기보다는 서

롭듯이, 한문서사시의 형식 또한 5언, 7언 뿐 아니라 5언과 7언의 혼합, 장단구長短句 등으로 다양하며 그 길이에 있어서도 제한이 없다.

종종 한문서사시와 혼동되고 있는 용어로 영사시詠史詩가 있다. 그러나 영사시와 한문서사시는 무척 다르다. 역사적 인물이나 사건이 영사시의 주요한 제재가 되는바, 인물이나 사건적 요소가 있다는 점에서 영사시에도 부분적으로 서사성이 있는 것은 사실이다. 그러나 상당수의 영사시에서 등장인물은 독자성을 결여하고 있다. 영사시의 등장인물은 독자적으로 사고하거나 행동하지 않으며 다른 등장인물과 대화를 나누거나 상호관계를 맺는 법도 없다. 등장인물들은 작품 내에서 독자적인 존재가 아니며, 서술자(시인)의 일방적인 서술 대상으로만 존재한다. 사건들 역시 개별적인 낱낱의 사건으로 존재할 뿐, 사건과 사건 사이의 계기적 연관은 찾아보기 어렵다. 따라서 대부분의 영사시에서는 인물과 사건의 유기적 구성을 찾아보기 어렵다. 서술자는 역사적 인물이나 사건, 그리고 그에 대한 자신의 견해나 감상을 사실에 입각하여 평면적으로 진술할 뿐이다. 대개 영사시는 교술성教述性을 위주로 하되 약간의 서정성이 결합된 경우가 많다.

한국영사시의 대표적인 작품으로는 『제왕운기帝王韻紀』가 있다. 『제왕운기』는 중국과 한국의 역대 왕조의 사실史實을 모두 528구의 7언 고시로 기술하였다. 그중의 신라 부분을 예로 들면, 혁거세를 비롯하여 여러 명의 역사적 인물이 등장하고 있지만, 이들은 시인의 객관적 사실진술의 대상일 따름이다. 신라 건국, 삼국통일 등의 역사적 사건이 소재로 등장하고 있으나 사건들 사이의 계기적 연관 같은 것은 존재하지 않는다. 시인은 역사적 사실

사적 요소를 다소간 갖고 있는 서사적 한시이다. 이들 선집은 '서사시 선집'이 아니라 '서사한시 선집'이며, 이 선집에 의거하여 중국 한문서사시를 파악해서는 곤란하다고 생각한다.

자체를 진술하는 데에 주로 관심을 기울이고 있는바, 『제왕운기』는 교술적인 영사시의 전형적인 면모를 보여주고 있다.

역사적 사실을 제재로 한다고 해서 모두 교술시인 것은 물론 아니다. 고려 중기의 「동명왕편」은 역사적 사실을 다루고 있지만, 본격적인 서사시이다. 그리고 조선 후기의 영사악부詠史樂府 중에는 서정시도 많다. 이처럼 영사시 중에는 교술시가 많지만, 서사시도 있고 서정시도 있다. 그러므로 영사시의 장르를 판별하는 데에는 인물과 사건을 형상화하는 방식이 어떠하며 시적 발화의 양상이 어떤가 하는 점이 중요하게 고려되어야만 한다고 할 수 있다.

장편한시는 종종 서사시라고 잘못 이해되는 경우가 많다. 시의 길이가 길어지면 그만큼 서사적 요소가 확대될 가능성이 있다. 하지만 교술시나 서정시도 얼마든지 분량이 늘어날 수 있는 법이다. 광해군 때 임숙영任叔英(1576~1623)이 쓴 「술회述懷」는 5언 1,432구 7,160자의 대장편이다.[15] 이 시는 우리나라의 역사, 동악東岳 이안눌李安訥의 생애, 동악과의 우정, 임숙영 자신의 삶 등을 술회하고 있는바, 주로 교술과 서정이 혼합되어 있다. 이건창李建昌(1852~1898)의 「외마행餧馬行」도 5언 138구의 장시인데, 중종반정의 역사적 사실을 배경으로 하고 있다. 이 시는 나중에 중종이 된 진성대군의 부인 신씨가 시적화자가 되어 자신의 파란 많은 삶을 독백체로 읊조리고 있는바, 교술성과 서사성이 다소 있지만 기본적으로는 서정시에 가깝다.

한문서사시는 인물과 사건이 존재할 뿐 아니라, 이 둘이 유기적으로 결합되어 있다는 점에서 교술시나 서정시와 사뭇 다르다. 서사시에는 여러 명의 인물이 등장하는데, 그 인물들은 저마다 비교적 뚜렷한 개성을 지녔으며, 독

---

15 이 시에 대해서는 김상홍, 「세계 최장 한시 조선조 임숙영의 '술회' 연구」(『동양학』 18, 단국대 동양학연구소, 1988) 참조.

자적인 사고와 감정에 입각해 행동한다. 그리고 한 사람의 사고·감정·행동은 다른 사람의 그것과 연관되어 있으며, 이에 따라 성격의 변화나 인물 간의 갈등이 야기되고, 이를 통해 사건이 전개되면서 일정한 짜임새와 줄거리를 갖춘 한 편의 이야기가 구성되게 마련이다. 이러한 면모를 갖춘 한시라야 '한문서사시'로 인정될 수 있다.

3. 한국 한문서사시의 전개

고대에는 신이나 영웅을 주인공으로 한 구비서사시가 상당수 존재했다고 추정된다. 구비서사시는 공동체 구성원의 집단적 경험을 반영하고 있으며 그 전승 과정에서 역사적 누적이 이루어지곤 한다. 구비서사시가 지속적으로 전승되기 위해서는 특정 공동체[16] 내부의 구전문화가 기록문화에 비해 상대적으로 우세한 위치를 차지해야 하며, 공동체 구성원들 사이의 긴밀한 유대 또한 필수적이라 할 수 있다.

기록서사시는 구비서사시보다 훨씬 후대에 이르러서야 창작되었다. 기록서사시의 출현은 기록문화가 발달하고 전문적인 문인이 존재해야 비로소 가능하게 된다. 우리나라의 경우, 신라 하대下代에 전문적인 문인 계층이 형성되기 시작하였고, 한시의 창작도 활발해졌다. 그러나 한문서사시의 창작은

---

16   물론 공동체는 종족이나 민족 뿐 아니라 특정 계층이나 집단이 될 수도 있다.

고려 중기에 와서야 비로소 가능했다. 이규보의 「동명왕편」이 바로 그것이다. 고려 중기는 한문 기록문화가 상당한 수준에 도달했던 시기였다. 그리고 무신란과 이민족의 침입을 경험하면서 자기 정체성을 확립하기 위한 문인들의 노력이 가시화可視化된 시기이기도 했다.

「동명왕편」은 고구려 시조 동명왕의 신화를 5언 282구의 장편한시로 형상화하였다. 이 작품은 고대의 영웅 이야기를 기록한 영웅서사시라 할 수 있다. 고구려 시대에는 동명왕을 받드는 국가적 제전祭典이 있었고, 그 자리에서 동명왕의 위업을 기리는 서사시가 구연되었을 개연성이 높다. 굿에는 신격神格의 유래를 말하고 그를 찬양하는 본풀이가 서사시 형태로 전승되고 있는바, 동명왕 서사시도 애초에는 그런 본풀이의 일종이 아니었을까 추정된다. 그러나 이규보가 구비서사시를 그대로 기록으로 옮긴 것은 아닐 듯하다. 고구려가 멸망한 이후로 동명왕 제전은 더 이상 행해지지 않았을 것이고, 동명왕 서사시도 점차 전승되지 않았을 것이다. 현전하는 무속서사시의 경우를 통해 보아도, 구비서사시의 전승과 굿은 매우 긴밀한 관련을 갖고 있기 때문이다. 이규보가 살았던 고려 중기에 이르러 동명왕 이야기의 서사시적 전승은 이미 단절되었을 가능성이 높다고 생각된다. 「동명왕편」의 서문에서 이규보는 "세상에서 동명왕의 신이한 사적을 많이 이야기하여, 비록 무지한 남녀라 할지라도 그것을 능히 이야기한다"[17]고 했다. 이를 통해서 당시까지 동명왕 이야기가 민간에서 전승되고 있었음을 확인할 수 있다. 그러나 그것이 서사시의 형태를 갖춘 것이었는지는 확실치 않다. 일반적으로 중세의 기록서사시 창작에는 몇 가지 경로가 있었다. 문인에 의한 순수 창작 외에도 ① '구비서사 →

---

17 "世多說東明王神異之事, 雖愚夫騃婦, 亦頗能說其事."

기록서사시', ② '구비서사시 → 기록서사시', ③ '기록서사 → 기록서사시'의 경로가 함께 존재했던바, 「동명왕편」은 ③의 경로를 거쳐 창작되었다. 이규보는 「동명왕편」 창작의 원천이 『구삼국사舊三國史』의 「동명왕본기」임을 밝히고 있기 때문이다.

중세의 지식인이 고대 영웅의 행적을 서사시로 창작한 것은 어떤 의미가 있는 것일까? 거듭된 이민족의 침략으로 민족 공동체의 존립이 위기에 처했던 것이 고려 중기의 역사 상황이었다. 이러한 상황에서 시인은 고대의 영웅적 인물에게서 공동체의 이상을 발견하였고, 그를 노래함으로써 스스로 공동체적 유대의 매개자가 될 뿐 아니라 그 유대의 강화에 기여하고자 했다. 시인은 관념 속에서나마 고대 구비서사 시인의 역할을 자임한 셈이다. 하지만 시인이 구사한 언어는 한문漢文 문어文語였다. 반면에 당시 공동체 일반의 언어는 우리말 구어口語였다. 따라서 시인의 언어가 민족 구성원에게 두루 소통되는 데에는 심각한 한계가 있었다. 언어적 상황의 이러한 제한성으로 인하여 비록 고대 영웅의 행적은 재현되었지만 고대 영웅서사시의 정신은 실현될 수 없었다. 그러나 「동명왕편」은 중세 지식인이 민족사에 대한 자신의 각성과 자기 인식의 변화를 표현했다는 점에서 의의가 있다.

고려시대 한문서사시로는 「동명왕편」 외에도 『석가여래행적송釋迦如來行蹟頌』[18] 이 있다. 이 작품은 1328년 운묵선사雲默禪師(13C 후반~14C 전반)[19]가 창작했는데, 5언 840구[20]의 본시本詩 및 방대한 양의 주석으로 이루어져 있다. 이 작품은

---

18 이 작품은 『한국불교전서』 6(동국대 출판부, 1994, 484~540면)에 수록되어 있다. 국역본으로 법성 역, 『석가여래행적송』(대한불교조계종출판사, 1996)이 있다.
19 운묵선사의 자(字)는 무기(無寄)이며, 호는 부암(浮庵)이다.
20 『석가여래행적송』에 붙인 운묵선사의 자서에는 이 작품이 776구로 되어 있다고 하였다. 그러나 현재 『한국불교전서』의 판본에 의하면 840구인바, 64구가 나중에 첨가된 것이라 추정된다.

상권과 하권으로 나누어져 있다. 상권은 석가모니의 행적과 교설教說을 서술하였고, 하권은 불교가 중국에 전파된 과정 및 출가한 승려가 지켜야 할 마음가짐과 계율을 서술하였다. 이 작품에는 교술적 요소가 상당히 큰 부분을 차지하고 있다. 그러나 기본적으로는 '석가모니의 탄생-득도-설법-입적'에 이르는 서사적 줄거리를 중심축으로 삼은 서사시라고 볼 수 있다. 『석가여래행적송』은 '석가모니'라는 종교적 영웅을 주인공으로 한 종교적 영웅서사시라 할 수 있다.

운묵선사는 고려불교의 백련사白蓮社 선맥禪脈의 정통을 계승한 승려로 알려져 있다.[21] 애초 백련사 결사의 기본정신은 불교의 폐풍을 치유하고 새로운 수행의 기풍을 확립하는 데 있었다. 운묵선사가 이 작품을 지은 동기는 백련사 결사의 정신을 되살림으로써 당시 불가의 기풍을 개혁하려는 데 있었다. 『석가여래행적송』 말미의 주석에서 작자는 그러한 창작동기를 밝히고 있다. 운묵선사는 나라 안을 두루 열력하면서 온갖 승려들을 수없이 만났다고 한다. 그런데 불사佛事를 빙자하여 욕심 채우기에 급급한 승려, 공부는 하지 않고 그릇된 설법으로 중생을 미혹시키는 승려, 이자놀이를 하는 승려, 권력에 빌붙어 약자를 능멸하고 음행을 일삼는 승려, 속인들과 어울려 잡스런 놀이에 탐닉하는 승려 등은 넘쳐나건만 진지하게 수행하며 자비행을 실천하는 승려는 찾아보기 어려웠다고 한다. 그는 승려들이 계율을 어기고 방자한 행동을 일삼는 당시의 추세가 불교의 위기 상황이라고 진단하였다. 그는 이러한 추세가 계속될 경우, 불교계에 다가올 미래가 무섭고도 두려워 이 글을 짓는다고 하면서 출가한 승려들에게 계율을 지키고 일심一心으로 수행할 것을 당부하고 있다.

---

21 『석가여래행적송』의 발문에 그런 사실이 나타난다.

이처럼『석가여래행적송』은 고려 말 불교계의 심중한 위기의식의 소산이다. 석가모니는 불교 교파를 막론하고 승려들이 이상으로 삼는 존재다. 그러한 석가모니의 행적을 승려들에게 환기시킴으로써 진정한 수행정신을 고취하려는 계몽적·교화적 동기를 이 작품은 갖고 있다. 승려들의 집단적 감응을 이끌어낼 수 있는 제재로 종교적 영웅의 행적보다 더 나은 건 없었을 것이다. 그리고 시적 감흥을 일으키고 기억을 용이케 하는 데에는 반복과 구송에 적합한 5언 장편의 시형식이 적절했다고 생각된다.『석가여래행적송』은 마명馬鳴(1~2세기경)[22]의『불소행찬佛所行讚, Buddhacarita』과 비교될 수 있는 장편 불교서사시이며, 국문 불교서사시『월인천강지곡』의 선구적 작품으로 평가될 수 있다.

　고려시대 한문서사시로는「동명왕편」과『석가여래행적송』두 작품만이 알려져 있다. 조선 전기에는 한문서사시가 창작되지 않았으므로,[23] 고려시대 한문서사시는 조선 후기 한문서사시와 대비될 수 있다. 조선 전기는 고려 중·후기나 조선 후기에 비하여 정치사회적으로 상대적 안정기였다. 이런 시대에는 사회적 모순이 첨예하게 드러나지 않으며, 사회적 모순이 일반에게 인지되기도 쉽지 않다. 따라서 서사시가 필요로 하는 개인과 현실세계의 지속적 갈등도 상대적으로 흔치 않았다고 볼 수 있다.[24]

22　인도의 불교학자. 저서로『대승기신론』1권,『불소행찬』5권,『대장엄론경』15권 등이 있다.
23　『용비어천가』에는 국문시 외에도 한시가 병기되어 있는바, 그 한시를 혹 한문서사시로 간주할 수 있지 않은가 생각할 수 있다. 그러나『용비어천가』의 한시는 서사시가 아니라 교술시이다. 국문시의 경우 서사시로 보는 관점이 유력하게 제기되어 있으나, 저자는 서사시로 보기 어려우며 한시와 마찬가지로 교술시로 보아야 한다는 생각을 갖고 있다.『용비어천가』의 서사시 여부에 대한 논의는 심경호,「용비어천가 소론」,(『한국 고전시가 작품론』, 집문당, 1992) 주 4 참조.
24　서구 서사시 이론에 의하면, 서사시는 개인과 공동체가 분열되지 않은 시대의 소산인 반면, 소설은 개인과 공동체의 분열을 그 발생론적 기반으로 삼고 있다. 그러나 이러한 시각으로는 비서구 문화권의 서사시를 해명할 수 없다.

조선 후기에 이르러 한문서사시는 활발하게 창작되었을 뿐 아니라, 그 소재 또한 다양해졌다. 조선 후기의 한문서사시는 현재까지 15편 정도 알려져 있다. 이처럼 전대에 비해 작품의 양이 많아진 것은 한시 작가의 수가 증가했을 뿐 아니라 한문학의 수준이 전반적으로 높아졌고, 서사한시의 창작이 활발했던 점에서 그 원인을 찾을 수 있다. 서사한시는 고려 중기 이래 꾸준히 산출되었으나 특히 조선 후기에 이르러 양산되었다. 한시사漢詩史 내부에서 원인을 찾아본다면 조선 후기에 이르러 근체시의 까다로운 격식에 대한 비판과 함께 형식적으로 보다 자유로운 고시古詩에 대한 관심이 증대한 점을 주목할 수 있다. 그런데 고시에 대한 관심이나 서사한시의 양산은 이 시기에 이르러 문인 지식층의 현실세계에 대한 관심이 현저히 증대한 사실과 분리해서 생각할 수 없다.

중세해체기의 사회경제적 변화, 낡은 제도나 관습이 지닌 모순에 대한 인식, 중세적 세계관의 붕괴와 새로운 가치관의 등장, 서민사회의 역동적인 움직임 등, 이 시기의 복잡하고도 다양한 사회적 제 현상은 당대인들로 하여금 낡은 이념보다는 새로운 현실을, 형식의 구속보다는 다채롭고 발랄한 내용을, 개인적 '감정'보다는 사회와 관련된 개인의 '운명'을, 내면적 조화보다는 외적인 갈등과 대립을 더욱 주목하게끔 하였다. 현실세계 및 당대인의 사유 방식에 있어서의 이러한 변화는 조선 후기 문학의 서사성 강화를 추동한 힘이었다고 할 수 있다. 요컨대 현실세계의 산문성이 문학에 있어서의 산문성·서사성으로 현상된 것이라 볼 수 있다.

이 시기에 야담과 소설 등의 서사 장르가 우세를 보였으며, 전傳·가사·한시 등의 비非 서사 장르도 현저하게 서사성을 증대시켜 갔음은 잘 알려진 사실이다. 조선 후기 한문서사시는 이러한 사회역사적·문학적 토양 위에서 발전했다. 중세해체기에 있어서 서사시의 활발한 창작은 한국문학의 특수한 현상은 아니며, 중국·터키·월남의 중세해체기에도 서사시가 성행한 사실이 확인된다.[25] 중세해체기의 서사시는 이른바 '시적인 세계 상황' 속에서 발생한 서구의 고대 영웅서사시와 본질적으로 다를 뿐 아니라, 중세의 영웅서사시와도 제재, 주제, 등장인물의 성격, 작가의식 등의 측면에서 상당한 차이를 보여 준다.

고려시대 한문서사시가 건국서사시 혹은 종교서사시인 동시에 영웅서사시라면, 조선 후기 한문서사시는 생활서사시인 동시에 범인凡人서사시[26]인 점에서 뚜렷이 대비된다. 우선 현재까지 알려진 조선 후기 한문서사시의 목록을 살펴보면 다음과 같다.[27]

① 김만중(金萬重, 1637~1692), 「단천절부시(端川節婦詩)」

② 이광정(李光庭, 1674~1756), 「향랑요(香娘謠)」

③ 이광정, 「석유소불위행(昔有蘇不韋行)」

④ 최성대(崔成大, 1691~?), 「산유화여가(山有花女歌)」

⑤ 이광사(李匡師, 1705~1777), 「파경합(破鏡合)」

⑥ 유진한(柳振漢, 1712~1791), 「춘향가」

⑦ 유진한, 「유한림영사부인고사당가(劉翰林迎謝夫人告祠堂歌)」

⑧ 홍신유(洪愼猷, 1722~?), 「유거사(柳居士)」

---

25 조동일, 「서사시의 전통과 근대소설」, 『한국문학과 세계문학』, 지식산업사, 1991; 조동일, 『동아시아 구비서사시의 양상과 변천』, 문학과지성사, 1997 참조.

26 서사시를 주인공의 성격에 따라 영웅서사시와 범인서사시로 분류함은 조동일, 『동아시아 구비서사시의 양상과 변천』에서 처음 이루어졌다.

27 한문서사시 작품은 앞으로도 더 발굴되리라 기대되며, 그에 따라 이 목록이 변경될 수 있음은 물론이다.

⑨ 이원배(李元培, 1755~1802), 「파경합(破鏡合)」

⑩ 이원배, 「참마항(斬馬衖)」

⑪ 성해응(成海應, 1760~1839), 「전불관행(田不關行)」

⑫ 정약용(丁若鏞, 1762~1836), 「도강고가부사(道康瞽家婦詞)」

⑬ 김려(金鑢, 1766~1821), 「고시위장원경처심씨작(古詩爲張遠卿妻沈氏作)」

⑭ 이형보(李馨溥, 1782~?), 「금리가(擒螭歌)」

⑮ 박치복(朴致馥, 1824~1894), 「보은금(報恩錦)」

이들 작품은 주로 임진왜란 이후의 조선 후기를 배경으로 삼고 있다. 「파경합」과 「참마항」 두 작품만이 신라시대를 배경으로 하고 있을 따름이다. 주인공은 실존인물인 경우도 있고 허구적 인물인 경우도 있다. 주인공의 신분은 주로 중인·평민·천민 등인 경우가 많다. 「참마항」, 「석유소불위행」, 「유한림영사부인고사당가」, 「유거사」의 주인공만이 귀족이나 양반이라고 할 수 있다. 주인공들은 「참마항」의 김유신을 제외하면, 역사적으로 유명한 인물이 아닐 뿐더러 객관적 조건으로 보아서 그리 대단할 게 없는 인물들이다. 이처럼 조선 후기 한문서사시의 주인공들은 영웅이 아니라 범인凡人이다. 그러나 그들은 예사롭지 않은 행위나 특이한 삶으로 인하여 서사시의 주인공이 되었던바, 그냥 평범하기만 한 인물은 아니다. 그들은 평범하면서도 평범치 않은 인물이다.

작품의 제재 및 내용을 보기로 하자. 「참마항」은 젊은 시절 김유신이 자신의 말을 베어죽인 일을 다루고 있으며, 「보은금」은 역관譯官 홍순언洪純彦이 곤경에 처한 한 중국 여성을 도왔는데 훗날 그 여성이 보답한 일을 다루고 있다. 「유거사」는 선견지명으로 일본 첩자를 퇴치한 유거사의 이야기이며,

「금리가」는 두 사람의 장사葬事에 관한 이야기이다. 이상 네 작품 외에는 모두 여성의 현실적 고난을 제재로 삼고 있는데 애정 갈등·혼인 갈등을 다룬 경우가 특히 많은 점이 주목을 요한다.

⑤와 ⑨의 「파경합」은 신라 때 사람인 설씨녀와 가실이라는 두 남녀의 신의와 사랑에 관한 이야기다. 「춘향가」는 판소리 〈춘향가〉를 한시화한 것이며, 「유한림영사부인고사당가」는 소설 『사씨남정기』의 주요 내용을 한시로 옮겼다. 「향랑요」와 「산유화여가」는 시집과 친정으로부터 버림받고 낙동강에 투신자살한 향랑의 실화를 다루고 있다. 「석유소불위행」은 몸소 아버지의 원수를 갚은 박효랑의 이야기이며, 「단천절부시」와 「전불관행」은 각각 양반 남성을 위해 정절을 지킨 두 기생의 이야기이다. 「도강고가부사」는 가난 때문에 늙은 소경에게 시집간 한 여성의 불행을 제재로 했으며, 「고시위장원경처심씨작」은 양반 가문과 백정 가문의 혼인 및 거기에서 비롯되는 심방주라는 천민 여성의 불행을 다루었다.[28] 이처럼 '여성의 고난'은 조선 후기 한문서사시의 가장 주요한 주제였던바, 그 원인이 무엇인지 자못 궁금하지 않을 수 없다.

중세해체기에 이르러 서민층의 광범한 신분적 각성이 진행되었고 그와 더불어 여성들의 인간적 자각 역시 점차 이루어지기 시작하였다. 여성들의 자각은 아직 명확한 것이거나 여성 일반의 보편적인 것은 아니었다 할지라도, 결국은 여성 자신에게 가해지는 중세적 억압에 대한 인식으로 차츰 발전될 수밖에 없었다. 그에 따라 여성 주체와 현실사회의 갈등이 증폭되어갈 수밖

---

28 「향랑요」, 「산유화여가」, 「단천절부시」, 「전불관행」, 「도강고가부사」, 「고시위장원경처심씨작」에 대한 자세한 작품 분석은 박혜숙, 「서사한시의 여성 담론」(『한국 고전문학의 여성적 시각』, 소명출판, 2017) 참조.

에 없었다. 조선 후기 한문서사시는 여성과 사회 사이의 이러한 갈등을 일정하게 반영하고 있으며, 또 이러한 갈등 위에서 성립될 수 있었다.

여성에게 가해지는 중세적 억압의 부당성을 인식하기 시작한 지식인 남성의 대두 또한 '여성서사시' 발생의 주요한 조건이 된다. 물론 이들이 중세적 가부장제의 모순을 제대로 인식한 경우는 드물었다. 이들은 때로는 순수하게 인도주의적 입장에서, 때로는 중세적 예교禮敎의 억압성을 비판하는 관점에서, 때로는 부패하고 타락한 당대 사회에 대한 비판의 일환으로서 여성적 현실에 관심을 가졌다.[29] 어떤 경우든 여성을 하나의 '인격적 주체'로 재인식했다는 점에서 공통점이 있다. 이처럼 여성을 인간적 존재로 인식하며 그 존재조건에 관심을 돌리게 된 문인들이 있었기에 '여성서사시'는 발생할 수 있었다.

'여성서사시'의 창작은 동아시아 한문서사시의 전통과도 연관되어 있다. 조선 후기 시인들이 근체시의 형식적 구속성을 비판하며 고시에 주목한 경우가 많았음은 이미 지적한 바 있다. 그런데 고시 중에서도 대작 명편인 「공작동남비孔雀東南飛」는 오랫동안 문인들의 각별한 관심 대상이었다. 「단천절부시」, 「도강고가부사」, 「고시위장원경처심씨작」의 시인들은 모두 자신의 작품을 「공작동남비」에 견주고 있음을 발견하게 된다. 「산유화여가」 역시 「공작동남비」의 시적 형상화 방식을 적절히 참조하고 있다. 잘 알려져 있다시피 「공작동남비」는 시집으로부터 버림받은 한 여성의 비극을 다룬 여성서사시로서, 「목란사木蘭辭」와 더불어 중국 한문서사시의 대표작이다. 「목란사」 또한 한 여성의 고난과 투쟁을 다루고 있는바, 동아시아 문학에 있어서

---

29 조선 후기 '여성서사시'에 나타난 작가의식에 대한 분석은 위의 글 참조.

한문서사시는 일찍부터 '여성서사시'로 자리매김되었던 것이다. 그러므로 한자문화권의 문학적 전통에 익숙한 시인이 특히 인상적인 여성의 행적이나 여성의 고난을 견문했을 때, 그것을 한문서사시로 형상화하려는 욕구를 가지게 되는 것은 극히 자연스런 일이다. 그렇다고 해서 위에 거론한 여성서사시들이 중국서사시를 모방하고 있는 것은 전혀 아니다. 착상이나 시적 표현의 부분적 유사성은 있지만, 구체적인 소재와 인물의 형상화, 시적 구성 방식 등은 완전히 창조적이다. 문학적 관습과 관습의 변혁을 통한 창조야말로 문학사의 추동력임이 여기서도 확인된다.

조선 후기에 전성기를 구가했던 한문서사시는 그 후 어떻게 되었을까? 20세기에 이르러 한문학이 사멸의 운명을 맞이하였으므로 한문서사시도 더 이상 창작될 수는 없었다. 그러나 한문서사시의 관습과 전통이 완전히 무無로 돌아가고 만 것은 아니었다. 근현대 서사시로는 「국경의 밤」, 「가족」, 「금강」 같은 작품이 잘 알려져 있다. 근현대 서사시의 성립에는 자생적 요인 외에도 전통서사시의 영향, 외국문학의 영향 등이 다각도로 고려될 필요가 있으며, 이는 앞으로의 과제라고 생각한다. 그런데 그중에서도 김상훈의 「가족」은 전대 한문서사시를 창조적으로 계승하고 있어 주목된다.[30] 「가족」은 하층 여성을 주인공으로 하여 전근대적 가부장제의 모순으로 야기된 여성의 고난과 투쟁을 그리고 있다는 점에서 한문서사시 중에서도 여성서사시의 전통을 잇고 있다.

이상에서 본 것처럼 한문서사시는 한국 중세 기록서사시의 중심을 차지하면서 고려 중기 이래 조선 후기까지 창작되었다. 비록 양적으로 많은 것은

---

30 김상훈의 서사시 「가족」에 나타난 한시의 전통에 대해서는 이 책 제2부에 수록된 「한국악부시의 근대적 행방」 참조.

아니지만 우리 시의 역사에서 결코 소홀히 취급될 수 없는 명편들이 산출되었다. 특히 조선 후기 한문서사시는 대부분 사대부 남성에 의해 창작되었지만 민중이나 여성의 현실을 대폭 끌어안음으로써 지식인의 문학이었던 한문문학의 계급적 제약성을 극복하려는 노력을 보여주었을 뿐 아니라, 중세해체기의 현실의 추이를 생생하게 그려냄으로써 우리 시의 예술적·사실주의적 발전에 크게 기여하였다.

4. 조선 후기 한문서사시의 장르교섭

조선 후기 한문서사시는 다른 문학 장르와의 활발한 장르교섭을 보여주고 있어 무척 흥미롭다. 한문서사시와의 교섭이 확인되는 장르는 문헌설화, 야담, 전傳, 판소리, 국문소설 등이 있는바, 조선 후기의 주요 장르가 망라되고 있다. 한문서사시와 다른 장르들의 구체적인 교섭 양상을 살펴봄으로써 조선 후기 서사 장르들의 관련 양상 및 한문서사시의 미적 특질을 규명하고자 한다.

1) 문헌설화와의 교섭

한문서사시 중에서 문헌설화와의 장르교섭을 보여주는 것으로는 이광사와 이원배의 「파경합」[31] 두 작품과 「참마항」이 있다. 이 중에서 주로 이광사의 「파경합」을 살펴보기로 한다. 「파경합」의 제재적 원천은 『삼국사기』 열전의 「설씨녀薛氏女」이다. 「파경합」은 『동국악부』 중의 한 작품인데, 『동국악부』는 모두 30편의 한시로 이루진 영사악부詠史樂府이다. 『동국악부』에는 「파경합」 외에도 『삼국사기』 소재의 문헌설화를 제재로 한 작품이 상당수 있다. 그 설화적 원천으로 말미암아 『동국악부』의 한시들은 서사성을 다분히 가지게 되었다. 그러나 「파경합」만이 본격적인 서사시로 인정될 수 있다. 영사악부가 대개 그러하듯 「파경합」은 소서小序와 본시本詩로 이루어져 있다. 소서는 사건의 개요를 간략히 서술하고 있으며, 본시는 5언 228구의 장편이다.

「파경합」은 『삼국사기』의 「설씨녀」와 상당히 다르다. 「설씨녀」는 시간의 흐름에 따르는 순차적 서술 방식을 취하고 있다. 이는 설화 일반의 시간 구성 방식이기도 하다. 이에 반해 「파경합」은 시간의 흐름을 거슬러 올라가는 회상의 형식을 취하고 있는바, 사건의 종결 지점이라고 할 수 있는 두 남녀의 혼인 첫날밤 장면에서부터 시작하고 있다. 순차적 서술 방식을 깨뜨림으로써 독자의 흥미를 유발하고 있는 것이다.

또한 「파경합」은 「설씨녀」에 비해 더 많은 삽화가 첨가되었다. 설씨녀가 절구공이를 들고 창검술을 연습을 하는 것, 가실이 떠나는 장면, 가실의 변방 생활, 아버지가 설씨녀를 달래며 새 신랑감의 이모저모를 말하는 것 등은 「설씨녀」에는 없는 내용들이다.[32] 이는 작가의 허구적 상상력에 의해 첨가된 부분이라 할 수 있다.

---

31 이광사의 「파경합」은 『원교집(圓嶠集)』에 수록되어 있다. 이 글에서는 『해동악부 집성(海東樂府集成)』 1(여강출판사, 1988)에 영인된 자료를 이용한다. 이원배의 「파경합」은 『구암집(龜巖集)』(규장각 소장본)에 수록되어 있다.
32 이외에도 가실이 우림랑(羽林郎)이 되어 온 것이라든지 아버지가 설씨녀의 단호한 태도 때문에 시집 보내기를 단념하는 것 등은 『삼국사기』와 다르다.

그리고 아버지와 가실, 가실과 설씨녀 사이의 대화가 확대되었다. 대화가 확대됨으로써 등장인물들의 성격이 한층 생동감 있게 형상화될 수 있었다.

이처럼 「파경합」은 문헌설화를 원천으로 하면서도 시인의 창조적 상상력에 의한 새로운 구성, 세부 및 대화의 확대, 생동감 있는 인물 형상의 창출을 보여주고 있다. 이원배의 「파경합」은 이광사의 것보다는 다소 간략하다. 그러나 시간 구성 방식 및 대화의 확대 등의 점에 있어 이광사의 작품과 매우 유사하다.

조선 후기 영사악부 중에는 설씨녀 이야기를 소재로 한 작품이 많다.[33] 그러나 이광사와 이원배의 「파경합」만이 유독 장편서사시가 되었다. 이는 시인의 뛰어난 문학적 상상력과 서사적 제재를 형상화하는 능숙한 솜씨에 힘입은 바 크다고 생각된다.

2) 야담 혹은 구전설화와의 교섭

야담 혹은 구전설화와의 교섭을 보여주는 한문서사시로는 「보은금」, 「유거사」, 「전불관행」이 있다.[34] 「금리가」 또한 야담의 정취가 농후하지만 관련 작품은 확인되지 않는다.[35] 구전설화가 기록으로 정착된 것이 야담인 만큼,

---

33 이익의 「파경사」(『악부』), 오광운의 「파경합」(『해동악부』), 임창택의 「가실가」(『해동악부』), 김규태의 「파경합」(『대동악부』), 이복휴의 「파경사」(『해동악부』) 등은 모두 설씨녀와 가실의 이야기를 제재로 하고 있다. 그러나 이 작품들은 서사적 요소를 다소 가진 서사한시이며 본격적인 서사시는 아니다.

34 「보은금」은 박치복의 『대동속악부』에 수록되어 있고, 「유거사」는 홍신유(洪愼猷)의 『백화집(白華集)』에, 「전불관행」은 『연경재전집(研經齋全集)』에 수록되어 있다. 「유거사」와 「전불관행」은 임형택, 『이조시대 서사시』 하(창작과비평사, 1992)에 번역되어 있다.

35 「금리가」는 이형보의 『계서고(溪墅稿)』에 수록되어 있으며, 「이시미사냥」이라는 제목으로 『이

한문서사시와 야담의 장르교섭 배후에는 구전설화와의 교섭이 전제되어 있다. 그러나 한문서사시가 야담에서 제재를 취했는지, 혹은 구전설화에서 직접 제재를 취했는지는 확인이 어렵다.

「보은금」은 홍순언 이야기를 서사시로 옮겼다. 홍순언 이야기는 조선 후기의 각종 문헌에 두루 전하는데, 약 20여 종이 알려져 있다.[36] 그중에는 간단한 일화도 있고 본격적인 야담도 있다. 홍순언 이야기가 수록된 야담집으로는 『삽교만록』, 『동야휘집』, 『계서야담』, 『기문총화』 등이 대표적이다. 한편, 「유거사」는 유성룡의 숙부라고 전해지는 유거사의 이야기이다. 이 이야기는 『동패낙송』, 『청구야담』, 『계서야담』에 두루 수록되어 있다. 「전불관행」은 『양은천미』에 수록되어 있다. 홍순언 이야기나 유거사 이야기는 조선 후기 구전설화나 야담의 인기 레퍼토리였다. 이들 경우에서 알 수 있듯 구전문학과 기록문학, 민간문학과 지식인문학, 운문 장르와 산문 장르의 활발한 교섭이 진행되었던 것이 조선 후기의 문학사적 상황이었으며, 조선 후기 한문서사시는 구전문학, 민간문학, 산문문학의 성과를 적극적으로 수용하면서 한국한시의 새로운 발전에 일익을 담당하였던 것이다.

「보은금」의 경우를 통해 야담과 비교되는 한문서사시의 특징을 살펴보기로 하자. 여러 문헌에 전하는 홍순언 야담 중에서도 『계서야담』[37]에 수록된 작품이 비교적 풍부하고 자세하다. 그것을 「보은금」과 비교해 본다. 「보은금」은 박치복의 『대동속악부』(전 28편) 중의 한 편이다. 「보은금」은 소서小序와 본시本詩로 이루어져 있다. 「보은금」의 소서는 그 자체가 독자적인 야담으

조시대 서사시』 하권에 번역되어 있다.

36 이신성, 「'서포만필'에 실린 홍순언 일화」, 『우리말교육』 1, 부산교육대, 1986 참조.

37 이 글에서는 『한국 문헌설화 전집』 1(태학사, 1981)에 영인된 『계서야담』을 참조하였다.

로 간주될 수도 있을 만큼 자세하다. 본시는 총 281구의 장편인데, 전체적으로 액자 구조를 취하고 있다. 시의 제1 화자가 '보은報恩'이 새겨진 비단이 시장에 나와 있는 걸 보고, 그 비단의 유래를 묻자 "한 노인이 나서며 이야기를 한다老翁前致辭"고 서술한 부분까지가 액자의 바깥이라면, 노인이 제2의 화자가 되어 들려주는 홍순언의 이야기가 액자의 안을 구성하고 있다. 이처럼 시의 등장인물이 제2의 화자가 되어 본격적인 이야기를 서술하는 액자 구조는 서사한시에 매우 흔한 형식이다. 자신의 체험이 아니라 제3자로부터 전해들은 이야기를 작품화하는 데 있어 액자 구조는 매우 유용한 형식이 될 수 있다. 사대부 문인들은 민간의 현실이나 민중적 경험을 한시에 적극 끌어들이기 위해 액자 구조를 적절하게 사용하곤 했다.[38] 액자 구조의 사용은 야담에도 더러 있는 것이긴 하나, 서사한시의 경우처럼 일반적이진 않다. 더구나 홍순언 야담들이 대개 시간의 경과에 따라 계기적으로 사건을 서술하고 있는 데 반해, 「보은금」이 액자 구조를 취한 것은 시인이 서사한시의 관습을 적극 수용한 결과라 생각된다.

또한 「보은금」에는 야담에는 보이지 않는 장면들이 첨가되어 있다. 비단이 시장에 나와 있는 장면, 홍순언과 이웃집 부자의 대화 장면, 이웃집 부자가 나중에 홍순언에게 화를 내는 장면 등은 야담에는 보이지 않는 내용이다. 그리고 등장인물들 사이의 대화도 야담에 비해 현저히 확대되었다. 홍순언과 여인이 대화를 나누는 장면, 나중에 여인이 홍순언에게 감사하는 장면 등이 그 예가 된다.

이처럼 한문서사시는 소재와 기본적인 삽화들을 야담이나 구전설화로부

---

38 이 책에 수록된 「서사한시의 장르적 성격」 참조.

터 빌려오면서도, 구성을 달리 한다든가, 새로운 장면을 첨가한다든가, 대화를 확대한다든가 함으로써 야담이나 구전설화와는 상당히 다르게 되었다. 야담이나 구전설화가 비교적 소박한 서술 방식과 간략한 인물 형상에 만족하고 있는데 비해, 한문서사시는 보다 세련된 서술과 보다 구체적인 인물 형상화에 주력하고 있는 것으로 평가할 수 있다.

3) 판소리 및 국문소설과의 교섭

　유진한의 「춘향가」와 「유한림영사부인고사당가」는 각기 판소리 〈춘향가〉와 국문소설 『사씨남정기』를 한문서사시로 전환시킨 것이다. 판소리와 국문소설은 조선 후기의 신흥문예로서, 그 역사성과 계층성에 있어 한시와는 사뭇 대척적인 위치에 있었다. 그런데도 서사시와 장르교섭을 보인 것은 무척 흥미로운 일이라고 할 수 있다.

　「춘향가」는 유진한이 직접 판소리를 듣고 지은 것으로 알려져 있다. 한시로는 꽤 장편인 7언 400구이지만, 판소리에 비하면 매우 짧은 것이어서 많은 축약과 생략이 불가피했으리라 짐작된다. 유진한의 「춘향가」는 현전하는 판소리와 상이한 점이 매우 많다. 우선 서술 방식부터가 판이하다. 「춘향가」는 암행어사가 된 이 도령이 객사에서 춘향과 상봉하는 장면에서부터 시작하고 있다. 그리고는 두 사람이 처음 만난 시점時點으로 되돌아가서 서술하는 회상의 형식을 취하고 있다. 이미 사건이 완결된 시점에서 다시 처음으로 돌아가 사건의 전말을 기술하는 형식은 판소리에는 보이지 않는다. 이와 같은 회상의 형식은 「파경합」이나 「보은금」에서도 사용된 바 있는데, 독자의 관심과 흥미를 집중시키고 서사적 구성을 보다 압축적이고 간결하게 하는 효과가 있다.

「춘향가」의 등장인물 수가 판소리에 비해 현저히 축소되어 있는 점도 특징적이다. 「춘향가」에는 이 도령과 춘향, 월매를 제외한 다른 인물들은 거의 등장하지 않는다. 등장한다 해도 그들은 독자적인 발화와 행동을 보여주지 않으며 단지 서술자의 서술 대상으로만 존재한다. 이처럼 주요인물이 중심이 되고 나머지 인물들은 대폭 축소됨으로써 압축적이고 간결한 구성이 이루어졌다.

또한 「춘향가」는 시점視點의 변화가 단조로운 점도 특징적이다. 판소리가 여러 등장인물들을 좇아가며 다양한 시점의 변화를 보여주는 데 반해, 「춘향가」의 시점은 상당히 고정적이고 단조롭다. 「춘향가」의 서술시점은 주로 이 도령을 좇고 있다. 따라서 이 도령과 이별 후에 춘향이가 겪은 사건도 나중에 옥중의 춘향이가 자신을 찾아온 이 도령에게 그간의 일을 들려주는 형식을 빌려 서술되고 있다. 따라서 「춘향가」의 주인공은 춘향이가 아니라 이 도령인 것처럼 느껴질 정도이다. 서사시 「춘향가」가 이 도령 1인의 시점을 위주로 구성된 까닭은 무엇일까? 한문서사시는 서사를 기본축으로 삼으면서도 서정적 함축 또한 중요시한다.[39] 따라서 여타의 서사 장르와 비교해 상대적으로 서정성·주관성이 강조된다. 서사 과정 중 서정을 중시하는 한문서사시의 이러한 특성과 「춘향가」의 비교적 단조로운 시점 간에는 일정한 연관이 있다.

「유한림영사부인고사당가」는 그 특징적인 면모가 「춘향가」와 매우 흡사

---

39   이 책에 수록된 「서사한시의 장르적 성격」 참조.

하다. 회상의 형식을 취하고 있다는 점, 유한림·사 씨·계집종 설매 등만이 주요인물로 등장하며 여타의 많은 인물들은 서술자의 서술 대상으로만 존재하는 점 등이 유진한의 「춘향가」와 유사하다. 그리고 서술 형식 자체가 유한림이 사건의 전말을 사당에 고유告由하는 형식을 취하고 있는 까닭에, 전지적 작가의 시점과 유한림의 시점이 중첩되는 경우가 대부분이다.[40] 이 작품은 7언 280구로서, 국문소설『사씨남정기』에 비하면 매우 적은 분량이다. 따라서 축약과 생략이 지나치게 심하여 독자적인 작품으로서의 묘미를 제대로 살리지 못한 단점이 있다.

4) 전傳 혹은 구전설화와의 교섭

전傳이나 구전설화와 갈래교섭을 보여주는 한문서사시로는 이광정의 「향랑요」와 「석유소불위행」, 최성대의 「산유화여가」가 있다. 이들 서사시가 전에서 제재를 취했는지, 구전설화에서 직접 취재했는지는 확인하기 어렵다. 「향랑요」와 「산유화여가」는 숙종 때의 향랑사건을 제재로 하였다. 향랑사건은 많은 문인들에 의해 시나 전으로 지어진 바 있으며, 한문장편『삼한습유三韓拾遺』의 소재가 되기도 했다.[41] 향랑의 전傳으로는 조구상의 「향랑전」, 이광정의 「임열부향랑전林烈婦薌娘傳」, 김민택의 「열부상랑전」, 윤광소의 「열녀향랑전」, 이옥의 「상랑전」, 이안중의 「향랑전」 등 여러 작품이 있다.

---

40 사 씨가 쫓겨나서 유랑하는 부분만 유한림의 시점과 완전히 분리된 서술자의 시점을 보여주고 있지만, 이것은 모두 42구에 불과할 따름이다.
41 『삼한습유』를 '향랑전'이라고 지칭한 경우도 있다. 그러나 이 작품은 향랑의 사건이 대폭 허구화 된 경우이며, 한문서사시와 직접 교섭관계가 있다고 볼 수는 없다.

「석유소불위행」은 숙종 때 경상도 성주에서 발생한 박효랑 일가의 사건을 제재로 하였다. 박효랑 사건은 세간의 비상한 관심을 모았던 이야기로서, 그에 관한 기록이 상당히 광범하게 유통된 것으로 추측된다. 함경도 경성에 거주했던 이원배도 다른 사람이 가져온 '박효랑 실록'을 보았다고 기록하고 있는 것으로 보아, 박효랑 관련 기록의 광범한 유통을 짐작할 수 있다.[42] 박효랑을 입전한 작품으로는 안석경의 「박효랑전」이 있다.

조선 후기 傳과 한시의 교섭은 상당히 활발했다. 특정인물 중에는 그 일생이 서사한시와 전에 함께 형상화된 경우가 없지 않다. 신광하의 「최북가」와 조희룡의 「최북전」, 홍신유의 「달문가」와 박지원의 「광문자전」, 정약용의 「천용자가」와 「장천용전」이 그 예가 된다. 이처럼 특정인물을 주인공으로 하는 서사한시는 조선 후기에 이르러 상당수 창작되었다. 관습이나 중세적 관념의 틀 속에서 개인을 파악하는 데서 벗어나, 개인과 세계 사이의 지속적인 갈등과 대립에 관심을 가지게 될 경우, 전은 소설을 지향하고 한시는 서사시를 지향하게 된다고 생각된다. 한문서사시와 교섭을 보이고 있는 「향랑전」이나 「박효랑전」도 소설적 경사를 보여준 전이라는 사실은 주목할 필요가 있다.[43]

개인의 삶을 다루는 방식에 있어서 한문서사시는 전과 비교하여 어떤 차이를 보이는지 이광정의 「향랑요」와 「임열부향랑전」[44]을 통해 살펴보기로 하자.

---

42 이원배, 『구암집』 8 「일록(日錄)」 무오년(1798) 2월 22일조(條).
43 소설적 경사를 보여준 조선 후기 전에 대해서는 박희병, 『조선 후기 전의소설적 성향 연구』(성균관대 대동문화연구원, 1993) 참조.
44 이 작품은 『눌은집(訥隱集)』에 실려 있는데, 『문집소재 전 자료집』 4(계명문화사, 1986)에 영인되어 있다.

우선, 한문서사시는 전에 비해 정서적 표현에 치중하고 있다. 예컨대, 전에서는 향랑의 남편이 "향랑에게 무례하게 굴었다"[45]고 짧게 언급한 부분을 서사시에서는 "머리채를 휘두르고 살을 할퀴며 옷을 찢었네"[46]라고 했다. 전에서는 계모가 "노하여 말했다"[47]라고 한 것을 시에서는 "계모가 노하여 마루장을 두들기며 크게 꾸짖었다"[48]고 했다. 계모의 말도 전에서는 "네가 행실이 좋지 못해 시댁에 죄를 얻은 게지"[49]라고 간단히 처리했지만, 시에서는 "시집을 보냈건만 어째서 돌아왔냐 / 네 행실이 필시 나빴던 게지 / 우리 집이 넉넉해도 쫓겨온 자식은 거둘 수 없다"[50]라고 하였다.

향랑이 시아버지에게 쫓겨나는 대목을 보아도 "연약한 몸 어디에도 용납되지 않으니 / 사방을 둘러봐도 갈 길이 아득하다"[51]라든가 "하늘 보고 탄식하며 가슴을 치는데 / 구슬 같은 눈물이 비 오듯 떨어지네"[52] 같은 표현이 전에는 없지만 시에는 있다. 이처럼 한문서사시는 전에 비해 정서적 표현에 치중하고 있다. 그리하여 한문서사시에는 등장인물들에 대한 시인의 주관적인 호오好惡의 감정이 현저히 부각되는 경향이 있다.

다음으로, 전에 비해 서사시는 다소 세부묘사가 확대되는 경향이 있다. 예컨대, 전에서는 "(외가에서) 장차 사람을 정해 가만히 향랑을 협박하려 했는데, 향랑이 알아채고 시댁으로 도망쳤다"[53]고 한 대목이 시에서는 다음과 같

---

45 「임열부향랑전」, 이하 「향랑전」으로 표기. "視婦無狀."
46 「향랑요」, "攫髮掐膚殘衣裳".
47 「향랑전」, "怒曰".
48 「향랑요」, "母怒搥床大叱咤".
49 「향랑전」, "女必無狀, 迺得罪夫家".
50 「향랑요」, "送女適人何歸爲, 嗟汝性行必無良, 吾饒不畜棄歸兒".
51 「향랑요」, "弱質東西不見容, 四顧茫茫迷去津".
52 「향랑요」, "仰天噓唏拊心啼, 玉筯亂落如飛雨".
53 「향랑전」, "且約人潛脅婦, 婦覺之, 亡走夫家".

이 되어 있다.

사람 구해 택일하고 신부 맞아가는 날	要人涓吉迎娘去
술 거르고 염소 잡고 온갖 음식 차리네	醞酒宰羊列品庶
문 앞엔 청사굴레 말 한 필 매여 있고	門前繫馬青絲勒
홍반에 금 젓가락 쌍으로 씻어 내놓았네	紅盤洗出雙金筯
향랑이 의심나서 가만히 엿보니	娘心驚疑暗自覰
외삼촌들이 자기를 시집보내려 하잖나.	正是諸舅要奪余
"기박한 나의 운명 정처없구나	嗟吾薄命等漂漂
여기 있다가는 욕을 보겠네"	在此終當受汚歟
몸을 빼내어 시댁으로 돌아간다.	跳身還向故夫家

　이처럼 한문서사시의 세부묘사가 확대된 것은 전과의 장르적 차이에서 비롯된 것으로 보아야 할 것이다. 즉 전이 기본적으로 교술 장르인데 비해, 한문서사시는 서사 장르인 까닭이다.

　다음으로, 전이 사건이나 인물의 행동이 갖는 의의나 가치에 보다 관심을 집중한다면, 서사시는 등장인물의 행동과 사고와 발화 자체에 관심을 집중하는 경향을 보인다. 이러한 점은 앞서 인용한 구절들에서도 두루 확인된다. 또한 전에서는 향랑의 일화에 뒤이어 '의로운 여자義婦'와 '의로운 소義牛'에 관한 일화가 병기되어 있으나 시에서는 그렇지 않는데, 이 또한 같은 관점에서 이해할 수 있다. 즉 「임열부향랑전」은 향랑의 사건을 '의義'라는 시각으로 조명하였다. 따라서 '의로운 여자'나 '의로운 소'의 일화가 병기될 수 있었다. 그러나 「향랑요」의 경우는 향랑의 행동이나 운명에 보다 관심을 집중한 까닭에 다른 이야기가 병기되기 어려웠던 것이다.

　이상과 같은 한문서사시와 전의 차이는 「석유소불위행」과 「박효랑전」에서도 유사한 양상을 보이고 있다. 「석유소불위행」은 5언 40장 589구의 장편이다. 복잡한 갈등을 시적으로 형상화하기 위해서 주요 장면이나 국면에 따라 장章을 나눈 것이 독특하다. 「석유소불위행」과 「박효랑전」의 분량을 글자 수로 비교해 보면, 서사시가 전의 2배에 가깝다. 서사시는 전에 비해 정서적 표현, 세부묘사, 등장인물들의 행동과 발화 등이 매우 확대되어 있고, 전에서는 꽤 많은 분량을 차지하는 서술자의 논평이 서사시에서는 매우 간략히 처리된 것 또한 「향랑요」와 유사하다.

　이상에서 우리는 장르교섭을 보이고 있는 조선 후기 한문서사시 작품들을 개괄하였다. 지금까지 알려져 있는 조선 후기 한문서사시는 모두 15편인데, 그중에서 장르교섭의 증거가 뚜렷한 작품만 11편에 달한다. 이처럼 장르교섭 현상은 조선 후기 한문서사시의 주요한 특징을 이루고 있다. 한문서사시와 교섭을 보이고 있는 장르는 문헌설화, 구전설화, 야담, 판소리, 국문소설, 전 등으로 조선 후기의 주요 문학 장르를 망라하고 있다. 동일한 소재를 다루고 있는 다른 장르의 작품과 비교해 볼 때, 한문서사시는 시간 구성 방식, 삽화나 장면의 확대, 대화의 확대, 단조로운 시점視點, 등장인물 수의 제한성, 정서적 표현, 세부묘사의 확대 등에서 차이를 보여주고 있다. 앞서 언급한 것처럼, 구전문학과 기록문학, 민간문학과 지식인문학, 운문 장르와 산문 장르의 활발한 교섭이 진행되었던 것이 조선 후기의 문학사적 상황이었으며, 조선 후기 한문서사시는 구전문학, 민간문학, 산문문학의 성과를 적극적으로 수용하면서 한국한시의 새로운 변화에 일익을 담당하였던 것이다. 소설이 위세를 떨치는 시대에는 다른 모든 장르들도 다소간 '소설화' 현상을 보이게 되며, 이러한 소설화 현상은 소설 자체의 직접적인 영향력 뿐 아니라, 현실 자체의 변화와 직접적이고도 긴밀한 연관을 맺고 있음은 잘 알려진 사실이다.[54] 중세해체기인 조선 후기에 이르러 한문서사시가 활발히 창작된 것도 이러한 각도에서 이해될 수 있다. 한시는 오랜 세월에 걸쳐 사대부 계급의 대표적인 문학 장르였지만, 이 시기에 이르러 주도적 문학 장르로 발전해간 소설 장르의 직간접적인 영향권에서 벗어날 수 없었다. 한시 장르는 여타의 서사적 장르들과 마치 소용돌이처럼 뒤섞이면서, 그 속에서 자신에게 필요한 자양분을 흡수했을 뿐 아니라, 변화하는 현실세계에 대응하여 스스로를 변모시켜 나갔다. 그리하여 한시에 있어서 서사성의 극대화가 이루어졌고, 그 결과로 나타난 것이 조선 후기의 '한문서사시'였던 것이다.

한문서사시는 한국 중세 기록서사시의 대표적 갈래로서 한국한시사에서뿐만 아니라, 한국서사시의 역사에서 매우 중요한 위치를 차지하고 있다. 앞으로 더 많은 한문서사시 자료가 발굴되어 더욱 심화된 연구가 이루어질 수 있게 되기를 희망한다. 그리고 기록서사시와 구비서사시, 고전서사시와 근현대서사시, 한국의 중세서사시와 중국·일본·베트남 중세서사시의 비교 연구를 통해 서사시 연구가 보다 광범하고 깊이 있게 진행될 수 있기를 기대한다.

---

54 미하일 바흐찐, 전승희 외역, 「서사시와 장편소설」, 『장편소설과 민중언어』, 창작과비평사, 1988, 21~23면.

서사가사와 가사계 서사시

1. 가사의 서사성에 대하여

'가사'에 대한 이론적 연구는 대체로 두 가지 문제를 중심으로 진행되어 왔다. 그 하나는 '가사의 장르적 성격'에 대한 것이고, 다른 하나는 '서사가사'에 대한 것이다.

특히 조선 후기 가사 장르의 서사화 경향은 일찍부터 지적된 바 있는데,[1] 서사화 경향을 보이거나 혹은 서사적 요소가 있는 가사를 '서사가사'로 규정하고 그 구체적 개념 및 미적 특질을 밝히려는 연구가 활발히 이루어졌으며,[2] 가사와 소설의 장르교섭에 대한 관심 또한 상당히 높았다.[3]

---

[1] 김기동, 「가사의 소설화 시론」, 『동국대 논문집』 3·4합집, 동국대, 1968; 최원식, 「가사의 소설화 경향과 봉건주의의 해체」, 『민족문학의 논리』, 창작과비평사, 1982.

[2] 김유경, 「서사가사 연구」, 연세대 석사논문, 1988; 장정수, 「서사가사 특성 연구」, 고려대 석사논문, 1989; 이동찬, 「서사가사의 담화 양상 연구」, 부산대 석사논문, 1991; 최현재, 「조선 후기 서사가사 연구」, 서울대 석사논문, 1995.

'서사가사'와 관련한 연구들은 문학의 장르를 고정적·정태적인 것으로 보지 않고, 변화·운동하거나 때로는 다른 장르로 전환되기도 하는 어떤 것으로 보고 있다는 점에서 공통적인바, 그런 문제의식만큼은 높이 살만한 것이라고 생각한다. 그러나 '서사'가 무엇인가에 대한 뚜렷한 규정이 결여되어 있는 점이 문제이다. 그래서 연구가 진전되기보다는 매 연구자마다 논의를 원점에서 다시 시작할 수밖에 없는 난점이 있다. 이러한 연구 상황을 돌파하기 위해서는 몇 가지 근본적인 이론적 문제에 대한 검토가 불가결하다.

'서사가사'의 개념을 규정함에 있어서는 다음과 같은 몇 가지 물음에 대한 고려가 필수적으로 전제되어야 한다고 생각한다.

① '서사가사'는 모두 '서사'[4]인가? 아니면 '서사가사' 중 특정 작품들만이 '서사'인가?

② '서사가사'에 속하는 작품들은 '서사성'의 정도에 있어 차이가 있는가, 없는가? 차이가 있다면 그 차이를 어떻게 변별할 수 있는가?

③ 서사화 경향이 현저한 가사는 모두 '소설화'되었다고 생각할 수 있는가? 소설이 아닌 다른 서사 장르로 전환된 것일 수는 없는가?

④ 한국문학에는 '서사가사'뿐 아니라 '서사한시', '서사무가', '서사민요' 등이 있는데, '서사'의 공통적 특질을 어떻게 일관되게 규정할 것인가?[5]

3 서영숙, 「가사의 소설화 방식 연구」, 『다곡 이수봉 박사 정년기념 논총』, 경인문화사, 1992; 서영숙, 「조선 후기가사의 소설적 변모 양상」, 『한국 서사문학사의 연구』, 중앙문화사, 1995; 서인석, 「가사와 소설의 갈래 교섭에 대한 연구」, 서울대 박사논문, 1995.
4 여기서 '서사'란 큰 갈래, 즉 장르류를 가리킨다.
5 이상에서 열거한 것 외에도 가사를 '교술 장르'로 볼 것인가? 아니면 '복합 장르'로 볼 것인가? 복합 장르로 본다면 그 '복합'의 구체적 함의는 무엇인가? 이에 대한 연구자 나름의 분명한 입장이 전제되어 있어야만 '서사가사'의 특성에 대한 논의도 튼실한 것이 될 수 있다고 본다. 기존의 서사가사에 대한 연구는 이런 문제에 대한 연구자 나름의 분명한 입장을 알기 어려운 경우도

이 글에서는 서사가사 중 몇몇 작품의 장르적 성격을 검토하면서 위의 물음들에 대한 해답을 모색해 보려고 한다. 대상 작품은 「우부가」, 「갑민가」, 「김부인열행가」 등이다. '서사가사'의 개념이 연구자에 따라 다소 상이함에도 불구하고 이들 작품이 서사가사라는 데 대해서는 이견이 없는 듯하고, 그 중에서도 「김부인열행가」는 특히 서사성의 정도가 높아 이 작품을 '소설'이라 보는 견해도 있는 만큼[6] 위에서 제기한 물음들을 검토하는 데 아주 적절한 작품이라고 생각되기 때문이다.

2. '서사적' 가사 ─ 「우부가」·「갑민가」의 경우

가사의 형식을 취하면서도 서사적 요소가 두드러진 작품은 조선 후기 가사의 주요한 부분을 이루고 있는바, 우리는 그러한 작품들을 일단 '서사가사'라고 할 수 있다. 다시 말해 '서사가사'란 '서사적 요소'가 두드러진 가사라고 일단 규정할 수 있다. 하지만 '서사적 요소'는 구체적으로 어떤 것을 가

없지 않다. 이 글에서는 필요하다고 판단될 경우 이 문제에 관한 저자 나름의 소견을 언급하나, 본격적으로 다루지는 않는다. 이 문제는 가사의 장르적 성격과 관련해 별도로 논의하는 것이 적절하지 않을까 생각하기 때문이다.

6 홍재휴, 「김부인열행록」(『어문학』 14, 한국어문학회, 1971)에서는 이 작품을 '소설'로 보고 있으며, 서인석, 앞의 글에서는 「김부인열행가」를 '가사계 소설'로 보고 있다. 그리고 서영숙, 「조선 후기 가사의 소설적 변모 양상」(『한국 서사문학사의 연구』, 중앙문화사, 1995, 1797면)의 각주에서도 이 작품을 '가사체 소설'이라 보고 있다. 한편 장정수, 「서사가사 특성 연구」(고려대 석사논문, 1989, 7면)에서는 「김부인열행가」를 "고소설을 가사로 옮긴 작품"이라 보고 있다.

리키는가?

모든 문학 작품들은 다소간 혼합적인 장르적 특성을 지니고 있다. 서정시의 경우에도 순전히 서정적 요소로만 이루어지지는 않으며 미약하나마 서사적 요소가 없지 않고, 가장 서사적인 작품의 경우에도 서정적 요소, 혹은 극적 요소가 부분적으로 공존할 수 있다. 하지만 하나의 작품을 구성하는 여러 가지 요소 중에 가장 지배적이고 결정적인 요소는 분명히 있는 것이고, 우리가 이러저러한 장르를 구분하는 것은 그런 지배적 요소를 가려내는 것에 다름 아니다. 어떤 문학 작품이 본격적인 '서사'가 되기 위해서는 다음의 세 가지 요건을 갖추지 않으면 안 된다고 생각한다.

첫째, 어떤 인물과 사건이 있어야 한다.
둘째, 인물과 사건의 유기적 결합으로 이루어지는 구성이 있어야 한다.
셋째, 그것을 전달하는 화자가 있어야 한다.

이 세 가지 요건이 서사에는 필수적이다.[7] 서사의 성립조건으로 인물과 사건이 필요하다는 것은 상식에 속한다. 그러나 인물과 사건이 서로 유기적으로 결합되면서 인물들 간의 관계가 발전하고 그것을 통해 사건의 진행이 이루어지지 않으면 본격적인 서사가 될 수 없다. 인물과 사건의 유기적 결합이 이루어지지 않을 경우, 대부분의 작품은 인물의 성격이나 사건의 단면 가운데 어느 하나에 치중하여 서술되기 마련인데, 이는 본격적 서사라 하기 어렵다. 그리고 인물이나 사건을 조망하면서 그것을 전달하는 화자가 없다면 서

7　이 점에 대한 자세한 논의는 이 책의 「서사한시의 장르적 성격」 참조.

사는 이루어지지 않는다. 요컨대 본격적 서사는, '서술 대상'은 인물과 사건이며, '서술 방식'은 인물과 사건의 유기적 서술이고, '발화 구조'는 제1발화자가 제2・3발화자의 말을 매개하는 '매개발화'이다.[8]

그런데 '서사가사'에 속하는 모든 작품들은 본격적 서사가 되기 위한 이 세 가지 요소를 모두 충족시키고 있는가? 아니다. 서사가사 작품들을 읽어 보면 그중 극소수만이 이 세 가지 요소를 모두 충족시키고 있음을 알 수 있다. 서사가사 중 상당수는 세 가지 요소 중 어느 하나, 혹은 둘 만을 충족시키고 있을 따름이다. 따라서 우리는 다음과 같은 사실을 확인할 수 있다.

① '서사가사'는 '서사적 요소'를 일정 정도 이상 지닌 가사를 가리키는 명칭이다. 좀 더 구체적으로 정의한다면 '서사가사'는 인물과 사건, 인물과 사건의 유기적 결합, 둘 이상의 발화자를 가진 매개발화, 이 세 가지 요소 중 '적어도' 한 가지 이상을 갖추고 있는 가사이다.

② '서사가사' 작품의 서사적 요소는 개별 작품마다 다소간의 차이가 있다. 다시말해 '서사가사'는 그 서사성에 있어 상이한 층위를 지닌 작품들의 총합이다.

③ 본격적인 서사의 세 가지 요소를 모두 충족시키는 작품만이 서사 장르에 귀속되며 하나 혹은 둘만을 충족시키는 작품은 엄밀한 의미에서 서사 장르에 귀속될 수 없다.

따라서 '서사가사'에는 **서사적** 가사와 **서사인** 가사의 두 가지가 동서同棲하고 있다고 볼 수 있다. 그러나 선행연구에서는 모든 '서사가사' 작품이 서사

---

8   '발화 구조', '제1발화자', '제2・3발화자', '매개발화' 등의 개념에 대해서는 이 책의 「서사한시의 장르적 성격」 참조.

장르에 귀속된다고 봄으로써 서사가사 내부에 존재하는 '서사'의 상이한 층위들에 대한 이해가 결여되어 있었다. 또한 "조선 후기 가사의 서사적 경향"을 운위하면서도 가사 장르의 운동성을 심도 있게 규명하지 못하고, '가사/서사가사'를 2항 대립적인 정태적 구도 속에서 이해했다고 여겨진다.[9]

그러면 이제 이 절에서는 선행연구에서 '서사가사'로서 언급된 「우부가」·「갑민가」를, 그리고 다음 절에서는 「김부인열행가」를 검토하면서 그 서사성이 어떻게 상이한지 살펴보기로 하자.

「우부가」[10]는 "늬 말슴 광언인가 져 화상을 구경허게"라는 구절로 시작하여 '기똥이', '숑싱원', '쬥싱원'이라는 세 인물의 행태를 그리고 있다. 세 명의 인물들이 등장하고 있다는 점에서 이 작품은 다소간 서사적 요소를 가지고 있다.

하지만 그 인물들은 상호 어떤 관계도 맺고 있지 않다. 등장인물들 상호간에 대화나 접촉이 이루어지는 법도 없다. 따라서 인물들의 상호관계에 의하여 사건이 전개되거나 하는 일도 없다. 이 점, 본격적 서사에서 등장인물들이 상호 밀접한 관련을 맺고 있는 것과는 사뭇 대조적이라 할 수 있다. 세 사람은 '우부愚夫', 즉 어리석은 사내라는 점에서 공통적이며, 그런 이유로 함께 등장하게 되었을 뿐이다.

그리고 각각의 인물들에 대한 서술을 살펴보면, 인물의 여러가지 행동을

9　여기서 '가사의 운동성'이라 함은 개별 가사 작품들이 '교술'과 '서사' 혹은 '교술'과 '서정' 사이에 다양하게 존재할 수 있음을 의미한다. 따라서 '서사가사'의 경우도 개별 작품에 따라서 좀 더 교술에 가까운 것, 교술과 서사의 중간쯤에 위치하는 것, 좀 더 서사에 가까운 것 등 그 위상이 다양하다고 생각된다. 서사가사의 이러한 운동성에 주목하지 않고 '서사가사' 작품은 모두 서사 장르류에 귀속될 수 있는 것으로 보아서는 곤란하다.

10　「우부가」의 출처는 『주해 악부』(고려대 민족문화연구소, 1992)이며 김문기, 『서민가사 연구』(형설출판사, 1983)에도 수록되어 있다. 이 글에서는 『주해 악부』에 수록된 것을 참조하였다.

나열함으로써 그 인물됨을 드러내는 데 치중하고 있을 뿐, 인물과 사건의 유기적 결합으로 이루어지는 구성은 찾아볼 수 없다. '기똥이'에 대한 서술 중 일부를 보기로 하자.

전답 파라 변돈 쥬기 종을 파라 월슈 쥬기
구목 버혀 장ᄉ허기 셔칙 파라 빗 쥬기와
동늬 상놈 부역이요 먼 데 사람 힝악이며
즙아오라 써믈니라 ᄌ장격지 몽동이질
전당줍고 셰간 셋기 계집문셔 종 슴기와
살 결박에 소 셋기와 볼호령에 숫 셋기와
여긔 져긔 간 곳마다 젹실인심 허겟고나
사람마다 도젹이요 원망허는 소릐로다
이ᄉ나 ᄒ야볼가 가장을 다 파라도
상팔십이 늬 팔즈라
종손 핑계 위젼 파라 투젼질이 싱이로다
졔수 핑계 졔긔 파라 관ᄌ구셜 이러는다[11]

여기서 볼 수 있듯 인물의 여러 가지 행동이 나열되고 있을 뿐, 하나의 행동이 다른 행동과 계기적으로 관련되면서 변화·발전하지 않고 있으며, 구체적인 사건 또한 전개되지 않는다. 본격적인 서사에서는 어떤 인물의 한 행동은 다음의 다른 행동으로 이어지고, 그것은 또 다른 행동으로 이어지는바,

---

11 원래 『주해 악부』에는 행 구분이 없는데, 여기서의 행 구분은 저자가 한 것이다. 이하 『주해 악부』에서의 인용은 모두 마찬가지다.

행동과 행동은 상호 깊이 연관되어 전개된다. 위의 인용문에서는 그러한 점이 발견되지 않는다. 「우부가」에서 등장인물의 행동은 낱낱의 행동일 뿐, 계기적으로 연관된 행동이 아니다. 이는 등장인물의 행동 자체가 관심의 대상이 된다기보다는, 그런 낱낱의 행동을 통해 드러나는 등장인물의 사람됨이 관심의 대상이 되고 있는 데 연유한다. 이처럼 「우부가」는 인물에 대한 단면적 서술로 일관되고 있으며 인물과 사건의 결합에 의한 유기적 진술은 보이지 않는다.

한편 「우부가」의 등장인물들은 스스로는 어떤 말도 하지 않는다. 이들은 서술자의 서술 대상으로서 존재할 뿐, 독립적인 발화자가 아니다. 이 작품은 발화 구조의 측면에서 볼 때, 서술자 한 사람만이 발화하는 '개별발화'이다. 서사는 기본적으로 제1발화자가 제2·3발화자의 발언을 중개하고 전달하는 '매개발화'인바, 이 작품처럼 한 사람의 발화자로부터 유래하는 하나의 발언은 본격적인 의미에서의 서사는 아니다.

「우부가」와 유사한 작품으로 「용부가」[12]가 있다. 이 작품에는 '쎙덕어미'라는 인물이 등장하고 있는데, 그 인물의 여러 가지 행위가 나열되고 있으나 사건의 계기적 전개는 극히 미미하다. 또한 '쎙덕어미'가 스스로 발화행위를 하는 일은 없고 서술자 한 사람만이 시종일관 발화하고 있을 따름이다. 그런 점에서 「우부가」는 「용부가」와 유사한 형식을 취하고 있다.

이처럼 「우부가」와 「용부가」는 진술 대상이 특정한 인물이라는 점에서 다소 서사적 요소가 있다. 하지만 인물과 사건의 유기적 결합에 의한 진술은 이루어지고 있지 않으며, 오직 한 사람의 발화자만이 시종일관 발화하고 있

---

12 「용부가」의 출처 또한 『주해 악부』(고려대 민족문화연구소, 1992)이다. 이 자료는 김문기, 『서민가사 연구』(형설출판사, 1983)에 재수록되어 있다.

다. 그런 점에서 본격적인 의미에서 '서사'가 이루어지고 있는 것은 아니다. 「우부가」 및 「용부가」는 '서사적 가사', 즉 서사적 요소가 다소 있는 가사라는 의미에서 '서사가사'라고 할 수 있지만 그렇다고 해서 '서사인 가사', 즉 '서사 장르'에 귀속되는 가사라고 보기는 어렵다.

이제 「우부가」와는 그 형식이 다소 상이한 서사가사로서 「갑민가」[13]를 살펴보기로 하자.

「갑민가」는 가중한 수탈을 못 이겨 도망하는 백성의 이야기를 다룬 가사이다. 이 작품은 크게 두 부분으로 이루어져 있는데, 앞부분은 작자의 진술, 뒷부분은 갑산 백성의 진술로 되어 있다. 그 서두는 다음과 같다.

> 어져어져 저긔 가는 저 스룸아
>
> 네 힝식 보아니 군사(軍士) 도망 네로고나
>
> 요상(腰上)으로 볼죽시면 뵈젹숨이 깃뜬 남고
>
> 허리 우릭 구버보니 헌 줌방이 노닥노닥
>
> (…중략…)
>
> 가사(家舍) 전토(田土) 곳쳐 스고 가장(家庄) 즙물(汁物) 장만ᄒ여
>
> 부모쳐ᄌ 보전ᄒ고 새 즐거믈 누리려문

이처럼 「갑민가」의 앞부분은 작자가 갑산 백성의 행색을 묘사하고, 그에

---

13 「갑민가」의 출처는 서울대 도서관 가람문고의 『해동가곡』이며, 임기중 편, 『역대 가사문학 전집』 6(동서문화원, 1987)에 영인되어 있고, 김문기, 『서민가사 연구』에 재수록되어 있다. 이 글에서는 『역대 가사문학 전집』에 수록된 것을 참고하되 행 구분, 띄어쓰기, 따옴표 등은 저자가 하였다. 그리고 원문에는 대체로 한자와 한글이 병기되어 있는데, 이 글에서는 꼭 필요한 경우에만 한자표기를 따르고 그 외에는 한글표기를 하기로 한다.

게 말을 거는 형식으로 되어 있다. 그 다음부터 작품 끝까지는 갑산 백성의 말이다.

> 어와 생원(生員)인디 초관(哨官)인지
>
> 그디 말솜 그만두고 이니 말솜 드러보소
>
> 이 니 또흔 갑민이라
>
> 이 따의셔 싱장ᄒ니 이 씨 일을 모를소냐
>
> (…중략…)
>
> 니 심듕의 잇날 말솜 횡설수설(橫說竪說) ᄒ려ᄒ면
>
> 내일(來日) 이 씨 다 지나도 반(半) 나마 모자라리
>
> 일모총총(日暮怱怱) 갈 길 머니 하직ᄒ고 가노믜라

위에서 알 수 있듯, 이 작품은 등장인물인 갑산 백성이 자신의 내력을 작자에게 들려주는 형식을 취하고 있으며 전체적으로는 '작자의 말-등장인물의 말'로 이루어져 있다. 등장인물은 자신의 내력을 스스로 진술하고 있으며, 작자는 그의 진술을 청취하고 중개·전달하는 역할을 하고 있다. 작자는 등장인물의 말을 듣고 그것을 그대로 옮겨 적는 역할을 할 따름이다. 반면, 등장인물의 말은 작품의 대부분을 차지할 정도로 분량이 많으며, 내용에 있어서도 주도적이며 큰 비중을 차지하고 있다.

이 작품은 발화 구조의 측면에서 제1발화자인 작자가 제2발화자인 갑산 백성의 말을 매개하고 있는 '매개발화'이다. 「갑민가」는 등장인물이 있는 매개발화라는 점에서 서사적 요소가 다분히 있다.

그런데 작품 내에서 제2발화자인 갑산 백성은 어떤 방식으로 존재하는가?

그는 시인을 대신하여 또 하나의 서술자로서 존재하고 있다. 그는 자신의 가계, 내력, 체험 등을 일방적으로 서술하고 있다. 원래는 양반이었으나 점차 몰락하여 평민이 된 내력, 족징族徵으로 인한 과중한 부담 때문에 산삼을 캐러 입산하였다가 죽을 고생을 한 일, 겨우 살아 돌아와 전답 및 간직해 두었던 포布를 팔아 그 돈으로 다시 돈피를 사서 관가에 갖다 바친 일, 아내를 잃고 병든 노부모 이끌고 고향을 뜨게 된 사정 등을 차례로 서술하고 있다. 일례를 들어본다.

> 여러 스룸 모돈 신역(身役) 내 흔몸의 모도 무니
> 흔몸 신역 숨양오전 돈피(狚皮) 이장 의법(依法)이라
> 십이인명 업는 구실 합처보면 스십뉵양
> 연부년(年復年)의 맛트무니 석숭(石崇)인들 당홀소냐
> 약간 농스 전페ᄒ고 채삼(採蔘)ᄒ려 닙ᄉᄒ여
> 허항령(虛項嶺) 보태산(寶泰山)을 돌고돌아 ᄎᄌ보니
> 인삼 싹슨 전혀 업고 오가(五加) 닙히 날 소긴다

이처럼 이 작품은 등장인물의 일방적 진술로 되어 있어 인물과 사건의 유기적 결합에 의한 서술은 이루어지지 않고 있다.

한편, 제2발화자인 갑산 백성 외에도 제3·4발화자가 등장하고 있는데, 그들의 발화를 보면 다음과 같다.

> 팔십 당연 우리 노모 마됴ᄂᆞ와 일던 물슴
> "스ᄅᆞ왓드 닉 자식아"

스망업시 도라온들 모든 신역 걱뎡ᄒᆞ랴

전토ㄱ장 진매(盡賣)ᄒᆞ여 스십뉵양 돈 ㄱ디고

파기소 ᄎᆞᄌᆞ가니 중군파총(中軍把摠) 호령ᄒᆞ되

"우리 사또(使道) 분부 내(內)의 각 초관(哨軍)의 뎌 신역을

돈피 외예 붓디믈라"

관령 녀ᄎᆞᆨ 디엄ᄒᆞ니 하릴업서 퇴ᄒᆞᆼ놋ᄃᆞ

　

노모와 중군파총中軍把摠이 등장하여 발화하고 있다. 하지만 이들의 발화도 본격적 서사의 그것과는 다르다. 이들은 작품 내에서 독자적으로 존재하고 행동하며 발화하고 있는 존재라고 보기 어렵다. 이들은 갑산 백성의 발화에 종속된 존재이다. 주인공인 갑산 백성이 그들의 단편적인 말을 인용하면서 전달하고 있을 따름이다. 주인공과 노모, 주인공과 중군파총 사이에 대화가 이루어지고 그들의 상호관계 속에서 사건이 전개되거나 하는 법은 없다.

이처럼 「갑민가」에서는 갑산 백성, 노모, 중군파총 등 몇 명의 인물이 등장하여 발화하고 있음에도 불구하고 인물과 사건의 유기적 결합에 의한 구성은 결여되어 있다. 따라서 「갑민가」는 서사적 요소가 있는 '서사가사'이기는 하나 본격적인 의미에서의 '서사'라고 보기는 어렵다.

이상에서 「우부가」, 「갑민가」를 살펴보았다. 이 작품들은 서사적 요소를 일정 정도 이상 지닌 '서사가사'이지만 그 서사성을 검토해 본 결과 본격적인 서사 장르에 귀속되기는 어려움을 알 수 있었다. 이 외에도 많은 서사가사 작품들이 「우부가」, 「갑민가」와 유사한 형식을 취하고 있다.[14]

14 본격적인 서사 장르에 귀속되지 않는 서사가사로서 「우부가」, 「갑민가」와 다른 유형의 작품도 있을 수 있을 것이다. 하지만 이 글에서는 서사가사의 유형에 대한 본격적인 고찰은 하지 않기로 한다.

이제 본격적인 서사에 귀속될 수 있는 서사가사로서 「김부인열행가」를 살펴보기로 하자.

3. '서사'인 가사 – 「김부인열행가」의 경우

「김부인열행가」는 잘 알려진 대로 김 부인이라는 여성의 열행烈行을 다룬 가사 작품으로서 고령, 성주, 청송, 월성 등 영남 지방 일대에 널리 전하는 부녀가사婦女歌辭[15] 작품의 하나다. 이 작품에 대한 소개는 일찍이 홍재휴 교수에 의해 이루어진 바 있으며 어영하와 권영철 교수에 의해 거듭 소개되었다.[16] 이 작품은 「김부인열행가」라는 제목 이외에도 「김부인열행록」, 「김낭자열녀가」, 「열여가」 등의 제목으로 필사되어 전하며, 그 내용 및 문체는 대체

---

15 조선시대 가사를 '양반가사', '서민가사', '규방가사(혹은 내방가사)'로 흔히 분류하는데, '규방가사'라는 용어보다는 '부녀가사'라는 말이 더 적절한 용어라고 생각한다. '규방(내방)'은 양반부녀자의 생활 공간이므로, 서민 여성이 가사의 창작·전승·수용자로서 참여하게 되는 문학사적 변화를 '규방가사(내방가사)'라는 용어는 포괄하지 못한다. 이능우, 『가사문학론』(일지사, 1977, 105면)에서는 내방가사를 다시 '상층 내방가사'와 '평서 내방가사'로 나누고 있는바, '평서(平庶)'와 '내방'이라는 용어의 공존은 모순으로 느껴진다. 그보다는 '부녀가사'라 명명하는 것이 자연스러울 것이다.
한편 서영숙은 「서사적 여성가사의 전개 방식 연구」(충남대 박사논문, 1992, 2면)에서 '규방가사'라는 용어에 이의를 제기하면서 '여성가사'라는 용어를 쓸 것을 제안한 바 있다. '규방가사'라는 용어가 가진 문제점을 지적한 점에서 이 제안은 타당성이 있다. 하지만 여성들에 의해 불린 민요를 '부요(婦謠)'라 하는 것을 고려할 때, '부녀가사'가 더 무난한 용어가 아닌가 한다.

16 홍재휴, 「김부인열행록」, 『어문학』 24, 한국어문학회, 1971; 어영하, 「규방가사의 서사문학성 연구」, 『국문학연구』 4, 효성여대 국문과, 1973; 권영철, 『규방가사 각론』, 형설출판사, 1986, 388~395면.

로 대동소이한 것으로 알려져 있다.

　홍재휴 교수는 「김부인열행록」 자료를 소개하면서 그것을 '소설'로 간주하였고, 어영하·권영철 교수는 「김부인열행가」 자료를 소개하면서 그것을 '가사'로 간주하였다. 양자를 비교 검토해 보면 어휘나 문체에 있어서 다소 차이가 없는 것은 아니지만, 이 둘을 다른 계열의 이본으로 볼 수 있을 만큼 그 차이가 큰 것은 아니다.[17] 그럼에도 불구하고 연구자에 따라 '소설'로 인식하기도 하고 '가사'로 인식하기도 하는 것은 이 작품이 가사의 형식, 즉 4음보 연속체를 취하면서도 서사적 요소가 아주 두드러진 데 연유한다.

　이 작품에는 여러 명의 인물이 등장한다. 주인공인 김 부인, 그의 남편 곽랑, 김 부인의 부모, 노비, 옥사쟁이, 고을 사또, 장사꾼, 임금 등. 등장인물들은 스스로 발화하고 행동하고 대화를 나누며 상호관계를 맺고 있다. 그런 점에서 이 작품의 등장인물들은 우리가 앞서 본 「우부가」나 「갑민가」의 등장인물들과 사뭇 다른 방식으로 존재한다. 다음은 김 부인과 그 부모의 대화 부분이다.

　　　일일은 김낭자 부모 젼이 단좌ᄒ여
　　　쳔연이 ᄒ난 말이
　　　"나도 ᄯᅩ한 ᄉ람으로 일신을 맛차시니
　　　부모님 위로ᄒ여 틱연니 지ᄂᆞᆺ나

17　양자는 거의 대동소이하지만 4음보 율격이 어느 정도 지켜지고 있는가 하는 점에서 약간 차이가 있다. 홍재휴 교수가 소개한 「김부인열행록」보다는 「김부인열행가」가 4음보 율격에 좀 더 충실한 편이다. 그리고 양자는 작품 결미의 후일담, 교훈적 언사 부분에서 차이가 있다. 이 글에서 「김부인열행가」의 인용은 어영하, 앞의 글에 수록된 것에 의거하되 행 구분, 띄어쓰기는 달리한 경우도 있음을 밝혀둔다.

여자의 춘춘구곡 엇더타 ᄒ오릿가

도곰ᄒ와 싱각ᄒ니 불효한 말슴이나

남복이ᄂ 지어입고 팔도로 단니면서

강산 구경 젼젼ᄒ고 다시와 쇠칙ᄒ여

평싱을 맛츠리라.”

부모 진졍으로 이 믈 듯고 통곡ᄒ여 ᄒ난믈이

“너의 신시 싱극하여 용혹무괴 하다마난

남이 쳠령 고이하다 그런 마암 두지마라”

여기서 보듯, 김 부인과 그 부모는 서술자 서술에 완전히 종속되거나 혹은 한 쪽이 다른 쪽의 발화에 종속되는 법 없이 각기 독립된 존재이다. 이 작품에는 이외에도 김부인과 그 남편의 대화, 김부인과 고을 사또와의 대화 등이 길게 이어지는 부분이 있다. 이 작품의 등장인물들은 저마다 '존재의 독자성'을 가지고 발화하고 행동하는바, 말하자면 우리가 설화나 소설에서 익히 보아온 그런 방식으로 존재한다.

이 작품의 줄거리를 살펴보자. 한 장사치가 김 부인의 신랑인 곽랑에게 무례한 말을 하였고 그에 분격한 곽랑이 그 장사치를 죽이게 되었다. 신랑은 바로 관가에 끌려가는 신세가 된다. 이 소식을 들은 김 부인은 부모에게 작별을 고한 후, 남장男裝을 하고 남편이 갇혀 있는 곳으로 찾아간다. 옥사쟁이에게 부탁하여 감옥 안으로 들어간 김 부인은 남편 대신 자기가 감옥에 남고 남편을 내보낸다. 다음날 죄수가 뒤바뀐 것이 알려지고, 사또 앞에 끌려간 김 부인은 당당하게 자신의 생각을 밝힌다. 이에 감동한 사또가 이 사실을 임금에게 아뢰어 김 부인은 사면받게 되고 절에 피신해 있던 남편도 찾아와 행복하게 되었다.

이러한 줄거리를 통해 알 수 있듯, 이 작품은 인물들의 관계에 의해 사건이 발전하며, 그 사건은 계기적 전개를 보여주는바, 이런 점에서 인물과 사건의 유기적 결합에 의한 진술이 이루어지고 있다할 만하다. 또한 작자는 등장인물들과 사건에 대해 객관적으로 서술하고 있다. 다시 말해 작자는 등장인물의 행위와 사건의 경위를 기술하고, 등장인물들의 발화를 매개하고 전달하는 역할을 하고 있다.

이렇게 본다면 「김부인열행가」는 본격적인 서사가 갖추어야 할 세 가지 요소를 다 갖추고 있는 셈이다. 따라서 이 작품은 서사가사이면서 동시에 그 서사성의 정도가 매우 높아 서사 장르에 귀속될 수 있는 작품이다. 서사가사로 알려져 있는 작품 중에는 「김부인열행가」처럼 본격적인 서사로 간주될 수 있는 작품이 더 있는 것으로 생각된다. 예컨대, 「덴동어미화전가」[18]의 경우가 대표적이다.

「덴동어미화전가」는 일종의 액자 구성을 하고 있는바, 액자의 외부는 전형적인 「화전가」류의 작품과 크게 다르지 않다. 그러나 액자의 내부에 해당하는 덴동어미의 서술 부분을 살펴보면, 덴동어미, 그리고 그녀가 차례로 남편으로 맞게 되는 인물들, 이웃 사람, 고향 사람 등 여러 명의 인물이 등장한다. 이 인물들은 액자 내부에서 존재의 독자성을 가지고 발화하고, 대화하며, 행동하는 존재이다. 그리고 이 작품은 덴동어미의 인생유전에 따라 작품이 전개되어 가는데 덴동어미의 인생은 다른 등장인물들과의 관계성 속에서 변화해

---

18 「덴동어미화전가」의 원래 제목은 「화전가」이지만 같은 제목의 다른 작품과 구별하여 이렇게 불리어 왔다. 이 작품은 경북대 도서관 소장본인 『소백산대관록』에 수록되어 있다. 이 작품에 대해서는 박혜숙, 『한국 고전문학의 여성적 시각』(소명출판, 2017), 제3부 참조.

가는 것으로 서술되고 있다. 다시 말해 인물과 사건의 유기적 결합에 의한 서술이 이루어지고 있는 것이다. 뎬동어미는 제2서술자의 역할을 하며 과거 자신과 관계 맺었던 등장인물들의 발화를 매개·전달하고 있는데, 전체적으로 볼 때 뎬동어미의 발화는 다시 제1서술자이자 제1발화자인 작자에 의해 매개·전달되고 있다. 이렇게 본다면 「뎬동어미화전가」 또한 「김부인열행가」와 마찬가지로 서술 대상은 인물과 사건이며, 서술 방식은 인물과 사건의 유기적 진술이고, 발화 구조에 있어서는 매개발화라는 점에서 본격적인 서사에 귀속됨을 알 수 있다.

다시 「김부인열행가」로 돌아가 보자. 이 작품의 높은 서사성 때문에 이를 '가사계 소설'로 규정하는 관점도 제기된 바 있다.[19] 과연 「김부인열행가」는 소설일까? 당연한 이야기지만, '서사화=소설화'의 등식은 성립되지 않는다. 소설은 서사이지만, 서사가 곧 소설은 아니기 때문이다. '서사화=소설화'로 이해하는 관점은 조선 후기 소설의 성행으로 인해 특정한 장르가 소설화되는 경우를 보고서 가사의 경우에 있어서도 서사화를 곧장 소설화로 잘못 이해하거나 편향되게 본 데서 연유하는 게 아닌가 여겨진다. 모든 소설화는 서사화이지만, 그 역은 성립되지 않는다. 다시 말해 서사화는 소설화의 필요조건일 따름이지 충분조건은 아니다.

이런 점을 염두에 둔다면 「김부인열행가」를 소설로 보는 것은 곤란하지 않을까 생각된다. 이 작품의 서두를 보면 "ᄒᆡ동 조선국 경상우도 고령 계야실이라 ᄒᆞᄂᆞᆫ 마을이 이시ᄃᆡ (…중략…) 혼ᄉᆞ을 의논ᄒᆞ니 사방붕우 원근친척니 층찬 아니ᄒᆞ리 업더라"라고 하여 산문체 서술이 여섯 문장 나온 다음, 본

19　서인석, 「가사와 소설의 갈래 교섭에 대한 연구」, 서울대 박사논문, 1995; 서영숙, 「조선 후기 가사의 소설적 변모 양상」, 『한국 서사문학사의 연구』, 중앙문화사, 1995.

격적인 가사체 서술이 시작된다. 그리고 그 가사체 또한 이따금 4음보 율격이 지켜지지 않고 있음을 볼 수 있다. 따라서 이 작품은 전형적인 가사의 율격으로부터 다소의 변형이 야기되고 있는 것으로 보인다. 그럼에도 불구하고 전체적으로는 4음보 연속의 가사체가 이 작품을 주도하고 있다. 그런 의미에서 이 작품은 '가사'의 테두리를 벗어난 것은 아니라고 할 수 있다. 소설이란 율격의 제약을 벗어던질 때에만 가능한 것이 아닌가?[20] 문학 작품에 있어 율격이란 한낱 형식에 불과한 것은 결코 아니다. 작품 내에서 율격은 그

20　하지만 여기서 특수한 사례로서 작품 전체에 걸쳐 상당한 정도로 율격이 실현되고 있는 「구운몽」의 일부 이본과 「조생원전」을 생각해 보지 않을 수 없다. 「구운몽」의 이본과 「조생원전」에 대한 논의는 서인석, 앞의 글 참조.

이 중 「구운몽」은 원래 산문체로 창작된 소설인데 가사의 율격에 익숙한 어느 개작자에 의해 가사 문체로 변개된 이본이 희귀하게 형성된 경우라 하겠으며, 「조생원전」은 정도의 차이는 있으나 여러 이본에서 율문이 실현되고 있는 점으로 보아 원작 자체가 가사 문체의 강한 영향하에서 성립된 것으로 추정된다. 이처럼 「구운몽」의 일부 이본과 「조생원전」은 둘 다 율격이 실현되고 있다고는 하나 그 경위는 꽤 다르다. 하지만 이런 차이와는 관계없이 이 두 경우는 가사가 소설로 전환한 경우가 아니라, 원래부터 소설로 창작된 작품이나 다만 조선 후기에 나타난 여러 문체의 다양한 교섭 현상으로 인해 가사의 문체를 바탕으로 삼게 되었을 뿐이다.

따라서 이 두 경우는 '가사계(歌辭系)' 소설이라기보다는 '가사체(歌辭體)' 소설이라고 부르는 게 적당하다고 생각된다. 가사계 소설이라고 하면 그 계통 발생상 가사에서 소설화된 작품을 가리키지만, 가사체 소설이라고 하면 원래부터 소설로 창작되었으되 다만 가사 문체로 쓰인 작품을 가리키기 때문이다. 서인석, 위의 글에서도 이 두 작품을 '가사체 소설'이라 하였다. 그렇기는 하나 가사체 소설은 조선 후기 소설발달상의 한 특수한 사례에 불과하다. 가사체 소설은 「덴동어미화전가」나 「김부인열행가」와 같은 가사계 서사시(가사계 서사시의 개념은 후술됨)와 본질적으로 다르다. 가사체 소설은 비록 가사 문체를 취하고는 있으나 처음부터 소설을 창작한다는 의식하에 쓰인 것인 데 반해, 가사계 서사시는 소설을 창작한다는 의식이 아니라 가사를 창작한다는 의식하에 쓰인 것으로 보인다. 이 점은 가장 율격이 현저한 「조생원전」의 이본조차도 소설에 고유한 용어라 할 '각설'이라는 말이 구사되고 있다는 점('각설'이라는 말은 가사에서는 결코 사용되지 않는다), 「덴동어미화전가」나 「김부인열행가」(「김부인열행가」의 경우 이본에 따라 「김부인열행록」이라는 명칭을 취하고 있는 것도 있기는 하나)와는 달리 「구운몽」의 이본이든 「조생원전」의 이본이든 '~가(歌)'의 명칭을 취한 것은 단 하나도 없다는 데서 확인된다.

요컨대, 율격이 실현되고 있는 「구운몽」의 일부 이본과 「조생원전」은 소설로서는 아주 예외적인 경우라 할 것이며, 따라서 소설이란 기본적으로 율격의 구속을 벗어나 산문으로 창작된다는 사실에 대한 반증으로 삼기 어렵다.

자체로 의미를 지닌다. 그리고 나아가서는 작품의 내용에까지 영향을 미치게 된다. 예컨대 소설에서 거의 무한정 허용되는 세부묘사도 율격의 제약이 없기에 가능한 것이다. 아무리 소설적 내용을 담는다 해도 율격의 제약이 있을 경우 그것은 소설과 동일한 형식이 될 수 없으며, 등장인물의 수, 세부묘사, 에피소드 등에 있어 현저한 제약이 따르게 된다. 그러한 제약으로 말미암아 **율격이 있는 본격적 서사**와 **율격이 없는 본격적 서사**는 표현과 형식에서 사뭇 큰 차이를 갖게 된다. 하지만 율격의 제약은 작품 창작에 있어 다만 '제약'으로만 존재하는 게 아니라 작품 구성이나 표현에 있어 '시적 응축'을 가능케 하는 계기로도 작용한다. 그렇다면 본격적인 서사이면서 율격이 있는 작품을 우리는 무어라고 해야 할까? 그것은 '서사시'라 보아야 마땅하다.

율격이 있는 본격적 서사를 '서사시'라고 한다면 「김부인열행가」는 서사시이다. 즉 「김부인열행가」는 서사가사인 동시에 서사시라 할 수 있다. 「덴동어미화전가」의 경우도 마찬가지다. 「김부인열행가」나 「덴동어미화전가」처럼 서사가사인 동시에 서사시인 작품을 **가사계 서사시**라 할 수 있을 것이다.[21]

우리나라 서사시는 고전·근현대·국문·한문·구비문학을 통틀어 존재하는바, 고전서사시의 경우 한문문학에는 '한문서사시'[22]가, 구비문학에는 '판소리' 및 '무속서사시'가, 국문문학에는 '가사계 서사시'가 존재한다. 이렇게 본다면 '가사계 서사시'는 우리나라 서사시의 한 계통을 이루고 있다. 조선 후기에는 소설과 같은 서사 장르가 우세한 지위를 차지하게 됨에 따라,

---

21   저자는 '서사한시' 중에서 '본격적 서사'를 보여주고 있는 작품을 '한문서사시'라고 이름한 바 있다. 저자는 고전·근현대·국문·한문·구비문학을 통틀어 일관된 서사시 이론의 수립이 필요하다고 보는바, '한문서사시', '가사계 서사시' 등의 명칭은 우리나라 서사시의 계통을 체계적으로 파악함에 있어 매우 긴요한 개념이라고 생각한다.

22   한문서사시에 대해서는 이 책의 「한문서사시의 개념과 전개 양상」 참조.

다른 기존의 문학 장르들도 다소간의 서사적 지향을 드러내게 되었으며, 경우에 따라서는 단지 '서사적 지향'을 보이는 데 그치지 않고 본격적 서사로의 전환이 이루어지는 경우도 나타나게 되었다. 전계傳系소설[23] · 한문서사시 · 가사계 서사시의 등장 등이 그런 예가 될 수 있다.

가사 장르는 기본적으로 '교술'이지만 다소간의 복합적 특성을 가진 교술 장르이다.[24] 기본적으로 교술 장르인 가사가 조선 후기 현실의 산문적 특성에 조응하여 서사적 요소를 조금씩 증대시켜 가게 되었고 마침내는 '본격적 서사'라 할 '가사계 서사시'가 등장하기에 이른 것이다.

'가사계 서사시'는 서사시이면서도 자신의 가사적 속성을 여전히 견지하고 있다고 볼 수 있다. 가사의 속성을 견지하면서도 서사성을 가능한 한 최대로 확보하기 위해 '가사계 서사시' 작품들은 독특한 형식적 장치를 활용하고 있음이 발견된다.

앞서 언급한 바 있듯이 「김부인열행가」는 작품의 서두에 다음과 같은 산문체 서술을 활용하고 있다.

히동 조선국 경상우도 고령 계야실이라 ᄒᆞᆫ 마을이 이시되 김션ᄉᆡᆼ 졈필지 ᄉᆞ손긔 ᄉᆞ라. 문호가 혁혁ᄒᆞ고 효ᄌᆞ열여 ᄃᆡᄃᆡ로 ᄶᅥ나지 아니ᄒᆞ난지라. 한집이 규수 이셔 ᄌᆞᄉᆡᆨ이 졀인ᄒᆞ고 효셩니 지극ᄒᆞ야 원근친쳑과 남녀노소 역시 막불층송ᄒᆞ드라. 연장 급긔야 하도 현풍ᄶᆞ이 낭자 이셔 운운효ᄃᆡ 임난뎍 곽션ᄉᆡᆼ 망우당 후예라. 지죄 총명이

---

23 전계(傳系)소설에 대해서는 박희병, 『조선 후기 전(傳)의 소설적 성향 연구』(성균관대 대동문화연구원, 1993) 참조.

24 잘 알려져 있다시피 가사를 '교술'로 보는 관점은 조동일 교수에 의해 확립되었다. 이후 김흥규, 김학성 교수는 가사를 혼합 장르 내지는 복합적 장르로 보는 관점을 제기한 바 있다. 저자의 생각으로는 가사 장르에 복합적 장르 특성이 있는 것은 사실이나 기본적으로는 교술적 특성이 중심이 된다고 보는 것이 한국문학 장르의 전체 체계를 고려할 때 보다 무난하지 않은가 여긴다.

츌유초군ᄒ여 진실로 김소져의 비필이라. 양곳 부모 졍일ᄒ야 차의 셔로 직별하고
문호혁혁 상젹ᄒ야 혼ᄉ을 의논ᄒ니 사방붕우 원근친척니 층찬 아니ᄒ리 업더라.

　이처럼 「김부인열행가」는 서두의 산문체 서술을 통해 사건의 배경을 서술하고, 등장인물에 대해 간략하게 소개하고 있다. 작품 서두의 산문체 서술은 「김부인열행가」가 기본적으로는 가사이지만 가사 형식에서 벗어나고 있음을 보여 준다. 가사이면서도 가사 형식에서 벗어나는 이러한 형식적 장치는 '서사성 증대'의 목적으로 활용된 것이라 볼 수 있다. 이것은 가사에서는 낯선 형식이지만, 서사시 일반에 있어서는 그리 낯선 형식이 아니다. 한문서사시 중에는 서두에 산문으로 된 서문을 붙여 그 작품의 창작동기나, 사건의 시공간적 배경, 주인공의 신원 등을 미리 밝힌 다음, 본격적인 시적 진술로 들어가는 경우가 종종 있다. 한문서사시의 서문은 율격의 제약으로 인한 본문 서술상의 일정한 제약을 보완하는 장치라고 할 수 있다. 「김부인열행가」의 서두 또한 그런 각도에서 이해할 수 있다.
　한편 「뎬동어미화전가」의 경우, 기본적으로 가사이면서도 서사성을 최대한 확보하기 위해 '액자 형식'을 효과적으로 활용하고 있다. 이 작품은 액자 내부 이야기인 뎬동어미의 말이 작품의 3분의 2나 차지하는 특이한 형식을 보여 준다. 그런데 이 액자 구성 안에는 또 하나의 액자가 들어 있다. 황 도령이란 인물이 자신의 일생담을 뎬동어미에게 말하는 부분이 그것이다. 뎬동어미의 일생담을 서술하는 화자는 뎬동어미 자신이며, 황 도령의 일생담을 서술하는 화자는 바로 황 도령 자신이다. 액자 구성을 잘 활용함으로써 이 작품은 현실에 존재하는 여러 인물들의 목소리를 포괄하면서 하층민의 체험을 폭넓게 수용하고 있으며, 그 결과 가사의 기존 형식에 변모를 초래하고 있다.

요컨대 가사계 서사시 중에서 「김부인열행가」와 「뎬동어미화전가」는 가사이면서도 자신의 서사성을 가능한 한 최대로 확보하기 위해서 산문체 서술로 된 서두나 액자 형식과 같은 장치를 이용하면서 기존의 가사 형식을 변형시키고 있음을 알 수 있다.

4. 요약

서사가사에 대한 연구가 활발히 이루어진 바 있어, 서사가사의 개념을 구체적으로 정의하는 것은 꼭 필요하면서도 중요한 일이다. 가사는 기본적으로 4음보 연속체의 교술 장르라고 볼 수 있다. 이러한 가사의 기본 성격에서 벗어나 일정 정도 이상의 서사적 요소를 가지게 된 가사를 우리는 '서사가사'라고 부를 수 있다. 이러한 서사가사 작품들도 그 서사성의 정도는 꼭 같지 않고 다소간의 차이를 보이게 된다. 따라서 서사가사이기만 하면 모두 본격적 서사에 귀속되는 것이 아니라, 본격적 서사가 갖추어야 할 몇몇 요건을 충족시키는 작품만이 본격적 서사에 귀속될 수 있다. 본격적 서사가 갖추어야 할 요건을 부분적으로만 충족시키는 작품은 본격적 서사에는 귀속되기 어렵고 교술과 서사 사이의 어느 지점엔가 위치하게 될 것이다.

본격적 서사는 그 서술 대상이 인물과 사건이며, 서술 방식은 인물과 사건의 유기적 진술이고, 발화 방식에 있어서는 매개발화이다. 이 세 요건 중 하나 이상을 충족시키는 가사 작품은 일단 '서사가사'라고 할 수 있다. 이 세 요건 중 하나 혹은 둘을 충족시키는 작품은 '서사가사'이기는 하나 본격적 서사라고 하기는 어렵다. 이 세 요건 모두를 충족시키는 작품은 서사가사이 면서 동시에 본격적 서사라 할 수 있다. 후자는 가사이면서 서사시이다. 저 자는 이를 '가사계 서사시'라 명명한다.

'가사계 서사시'는 우리나라 서사시의 한 계통을 이루고 있다. 조선 후기 문학이 보여주는 가장 큰 특징 가운데 하나는 '서사성의 증대'라고 볼 수 있 는바, 가사 장르 또한 이 시기에 이르러 기본적으로 교술적인 자신의 장르적 본질을 서서히 변화시키며 서사적 요소를 증대시켜가게 되었다. 그런 과정 에서 나타나게 된 것이 '서사가사'이다. 서사가사 중에는 서사성을 최대한 성취함으로써 외면적으로는 4음보 연속체의 형식을 취하면서도 내적으로는 교술이라기보다는 본격적 서사에 귀속되어야 할 작품도 나타나게 되었는데 이것이 곧 '가사계 서사시'이다.

「김부인열행가」나 「덴동어미화전가」 같은 작품은 가사계 서사시의 대표 적인 작품이다. 이 작품들은 기본적으로 4음보 연속체를 견지하고 있으므로 외적 형식에 있어서는 가사라고 할 수 있다. 하지만 「김부인열행가」처럼 서 두에 산문적 서술을 붙인다든지 「덴동어미화전가」처럼 액자 형식을 적절히 활용함으로써 서사성을 최대한 확보하려는 시도를 보여주고 있다.

저자는 앞서 서사한시의 장르적 성격을 고찰하면서 서사한시 및 한문서사 시의 개념을 나름대로 규정한 바 있다. 이 글에서는 선행연구의 이론틀을 활 용하여 서사가사 및 가사계 서사시의 개념을 규정하고자 하였다. 그러나 서 사가사 및 가사계 서사시 전반에 대한 보다 치밀한 연구를 비롯해 서사가사 의 유형에 대한 연구나 가사계 서사시의 미적 특성에 대한 연구, 우리나라 서사시 전반에 대한 연구 등은 앞으로 계속 수행해야 할 과제라고 생각한다.

제2부

한국악부시

조선 전기 악부시의 양상
김려의 『사유악부』
이학규의 악부시와 김해金海
조선 후기 악부시의 지방 인식
한국악부시의 근대적 행방—김상훈의 경우

조선 전기 악부시의 양상

1. 조선 전기 악부시를 보는 시각

고려 말의 신흥사대부층은 악부시 장르를 주목하고, 활발히 작품 창작을 했다. 이들은 고려 전기의 문벌귀족이나 고려 후기의 권문세가와는 달리 지배층의 일원이면서도 기층민의 현실을 비교적 잘 알고 있었고, 그들의 처지에 상당한 이해와 공감을 갖고 있었다. 신흥사대부층은 대부분 지방의 중소 지주 출신이었기에 농촌 사정이나 농민의 현실에 대해 구체적 경험과 지식을 가지고 있었고, 그리하여 그들은 농민의 현실이나 민간풍속, 민간정서를 '악부시'라는 장르 속에 담아내게 되었다.[1]

조선왕조는 바로 이 신흥사대부층이 중심이 되어 탄생시킨 왕조였다. 그러므로 조선 전기 사대부문학은 그 기본 성격에 있어 고려 말의 신흥사대부문학의 연장선 위에 있으며, 조선 전기 악부시 역시 고려 후기 악부시의 흐름을 계승하고 있다. 그렇지만 조선 전기 악부시는 또한 나름대로의 발전 경

---

1   박혜숙, 『형성기의 한국악부시 연구』, 한길사, 1991 참조.

로를 보여주고 있다. 이 글은 조선 전기 악부시가 갖는 지향을 몇 가지로 규명함으로써 한국악부시의 최전성기라고 할 수 있는 조선 후기 악부시 전반을 이해하는 기초를 마련하고자 한다. 단순히 조선 전기 악부시와 조선 후기 악부시가 연결되고 모든 조선 전기 악부시의 창작 경험이 조선 후기 악부시의 발전에 기여했다고 볼 게 아니라, 조선 전기 악부시의 몇 가지 주요한 지향 가운데 어떤 지향은 조선 후기에 계승·확장되고, 또 어떤 지향은 반성·극복되었는지에 대한 문제의식을 갖고 조선 전기 악부시 전반에 대해 심층적으로 이해하고자 한다.

조선 전기 악부시에 대한 선행연구로는 황위주 교수의 논문이 있다.[2] 이 논문은 알려진 자료를 정리하고 알려지지 않은 새 자료를 발굴해낸 의의가 있을 뿐 아니라, 조선 전기 악부시의 발전 동인과 전개 양상에 대해 처음으로 체계적 검토를 했다는 의의를 갖는다. 그러나 이 논문은 대체로 실증적인 입장에서 자료를 검토하고 있기에 조선 전기 악부시에서 어떤 작품을 중요하게 평가하고 어떤 작품을 부수적인 것으로 보아야 할 것인가 하는 점을 해명하고 있지 않다. 또한 조선 후기 악부시와의 연관성 속에서 조선 전기 악부시가 보이고 있는 몇 가지 국면을 이해하고 그에 의의를 부여한 것은 좋았지만, 두 시기 악부시가 연관된다는 사실을 강조한 결과 조선 전기 악부시의 모든 국면을 긍정적으로 평가하면서 조선 전기 악부시의 창작 경험이 모두 조선 후기 악부시 창작의 바탕이 된 것으로 논의를 끌고 간 듯하다.

저자는 기존 연구에서 제기된 견해에 동의하는 부분도 많지만, 생각을 달리하는 부분 또한 적지 않다. 그러므로 이 글에서는 주로 이견을 중심으로 논

---

2   황위주, 「조선 전기 악부시 연구」, 고려대 박사논문, 1989.

의를 전개하기로 한다. 자료의 실증적인 해명은 이미 기존 연구에서 훌륭하게 수행했으므로, 여기서는 중복해서 다루지 않기로 한다. 한편 이 글에서는 기존 연구에서 언급하지 않았지만 조선 전기 악부시사에서 중시해야 할 작품들을 상당수 추가하고 있는데, 작품의 대략적인 성격만 거론하고 자세한 작품 분석은 다른 기회로 미룬다. 또한 조선 전기에는 의고악부·기속악부만이 아니라 「동도악부東都樂府」라는 이름의 영사악부詠史樂府도 처음 출현했지만, 이에 대해서는 이미 충분한 연구가 있으므로[3] 여기서는 다루지 않는다.

2. 의고악부擬古樂府의 창작 양상

1) 성현의 『허백당풍아록虛白堂風雅錄』과 신흠의 의고악부

의고악부는 고려 후기에도 상당수 창작되었지만,[4] 조선 전기에 이르러 이전과 비교할 수 없을 만큼 대대적으로 창작되었다. 그 단적인 예가 성현의 『허백당풍아록』과 신흠의 의고악부이다.

성현의 『허백당풍아록』은 순수한 의고악부 시집으로 총 150수의 작품이 수록되어 있다. 신흠은 「악부체 49수」, 「악부체 149수」라는 제목으로 총

---

3   윤영옥, 「동도악부 연구」, 『신라가야문화』 12, 영남대 신라가야문화연구소, 1981; 이원주, 「점 필재 연구」, 『한국학논집』 6, 계명대 한국학연구소, 1979; 황위주, 앞의 글 참조.
4   이에 대해서는 박혜숙, 앞의 책, 92면 참조.

198수의 의고악부를 집중적으로 창작하였다.[5] 개별 시인이 이처럼 방대한 분량의 의고악부를 창작한 것은 이전에도 없었고 이후에도 없었다. 이 점에서 조선 전기는 의고악부의 최전성기라고 할 수도 있을 듯하다. 기존의 연구에서는 『허백당풍아록』이 "여인의 한과 이별의 고통, 상사相思의 정 등을 대단히 다양하고 폭넓게 수용하고"[6] 있다는 점과, 신흠의 의고악부가 여성적 감정을 작품의 가장 중요한 제재로 부각시키고 있다는 점을 지적한[7] 바 있다. 또한 신흠의 의고악부가 "전대 문인들에게는 거의 주목받지 못했던 다양한 양식의 악부시를 폭넓게 의작擬作함으로써 악부시 일반에 대한 이해와 의작의 폭을 확장"[8]시켰고 "악부시에 대한 경험의 양적 확산과 질적 심화에 기여"[9]했다고 보았다.

성현과 신흠의 의고악부가 여성적 감정을 많이 수용하고 있다는 지적은 타당하다. 사실 중국악부시 중에는 여성적 감정을 수용한 작품들이 대단히 많기에, 이를 의작한 우리나라 의고악부에도 그런 경향이 두드러진 것은 당연한 현상이다. 그러므로 의고악부에 여성적 감정이 수용되었다는 사실 자체만으로 그 의의를 평가할 것이 아니라,[10] 의고악부에 표현된 여성적 감정이 과연 얼마나 생동감과 구체성을 지니면서 민족적인 것으로 재창조되었는가 하는 점이 중요하다. 의고악부라고 해서 창조성과 개성, 혹은 민족적 정조의 표현이 없으리라고 본다면, 그것은 잘못된 선입견이다. 의고악부를 통해서도

---

5 『허백당풍아록』은 성현의 문집 『허백당집』에 수록되어 있고, 신흠의 의고악부는 『상촌집』에 수록되어 있다.
6 황위주, 앞의 글, 137면.
7 위의 글, 182면.
8 위의 글, 187면.
9 위의 글, 188면.
10 의고악부에서 여성적 감정의 표현은 이미 고려 후기의 의고악부에서도 확인되기 때문이다. 박혜숙, 앞의 책, 103면 이하 참조.

민족적 현실이나 정감, 그리고 당대의 시사 문제 등을 잘 표현할 수도 있다.[11]

그러나 『허백당풍아록』과 신흠의 의고악부에 표현된 여성적 감정은 전체적으로 보아 민족적 정감이나 개성을 인정하기 어렵다. 이 점은 고려 말에 정몽주가 창작한 「정부원征婦怨」이나 설손이 창작한 「의술부도의시擬戍婦搗衣詞」와 비교해 보면 잘 드러나는데, 이 두 작품은 의고악부임에도 불구하고 우리나라 여성의 처지와 감정이 잘 형상화되어 있다.[12] 작가가 현실에 대한 문제의식을 의고악부를 통해 표현하고자 했기에, 두 작품은 생동감과 구체성을 지닐 수 있게 되었던 것으로 보인다. 그러나 성현과 신흠의 경우는 사정이 다르다. 이들은 현실에 대한 어떤 문제의식을 표현하기보다는, 단순히 중국의 고악부에 대한 강한 관심과 그것은 모작하고자 하는 충동에서 대대적으로 의고악부를 지었다고 보인다. 그러므로 그 작품들은 생동감과 구체성, 현실성을 갖기보다는 관념적이고 추상적이며 모방적으로 되고 말았다. 예컨대 『허백당풍아록』에 실린 작품들을 보자. 「촉직사促織詞」는 고려 말 홍간洪侃이 지은 「난부인嬾婦引」을 떠올리게 하는 작품이지만, 「난부인」에서와 같은 절박한 현실은 보이지 않고[13] 단지 시인의 느긋한 감정만 느낄 수 있을 뿐이며, 「초동사樵童詞」에서는 노동의 현실은 드러나지 않고 평화로운 삶에 대한 시인의 정관적靜觀的 태도만 나타날 따름이다. 「죽지사竹枝詞」는 중국의 풍속을 노래하고 있어 우리의 민족적 정조는 발견할 수 없으며, 「정부원」은 남편과 자식이 전사했다는 끔찍한 상황을 설정했음에도 불구하고 정몽주나 이달충의 시에서와 같은 현실성과 구체성을 결여하고 있어 절실한 감동을

---

11 위의 책, 67~68 · 236면 등 참조.
12 이 두 작품에 대한 분석은 위의 책, 109~111면에서 이루어진 바 있다.
13 「난부인」에 대한 분석은 위의 책, 168~169면 참조.

불러일으키지 못하고 있다. 더구나 「첩박명妾薄命」 같은 작품은 남성으로부터 버림받은 여성화자가 "님의 마음이 식어서가 아니라 / 첩의 운명 기박하여 은혜가 끊어졌네"[14]라고 서술하고 있는바, 성현의 악부시에 수용된 여성적 감정이 철저히 남성 중심적 시각에 근거하고 있으며, 그런 점에서 명백한 한계가 있음을 알 수 있다.

신흠의 의고악부는 성현의 것과 비슷하거나 그보다 더 떨어진다. 예컨대 다음의 「생녀행生女行」이라는 작품은 의고악부 198수의 저변에 놓인 작가의식의 일면을 잘 드러내 보이고 있다.

아들을 낳지 말고 딸을 낳으소	生女莫生男
딸 낳으면 후궁으로 넣을 수 있네	生女充後庭
후궁에 미인이 많다고 하나,	後庭千蛾眉
너처럼 예쁜 사람 아무도 없지.	莫如爾娉婷

성현과 신흠의 의고악부는 여성적 감정의 수용에 있어 생동감과 구체성을 결여하고 있을 뿐 아니라, 상당수 작품이 이른바 '관각 취향館閣趣向'을 보여주고 있다는 점에서도 일치한다. 성현의 「양춘가陽春歌」나 「고취곡鼓吹曲」, 「천상요天上謠」, 「옥생요玉笙謠」 등을 비롯해, 악장樂章으로서의 성격을 갖는 신흠의 '한교사가漢郊祀歌' 20수가 그런 작품들이다. 「양춘가」나 「천상요」와 같은 작품은 임금을 찬양하고 송축하는 내용으로 되어 있다.[15]

14　"不是君心有衰歇, 妾自命薄恩中絶."
15　이와 관련하여 이종묵, 「성현의 의고시 연구」(서울대 석사논문, 1990, 38~39면)에서 성현의 의고악부가 "다분히 군왕 지향적"이며 "악장적 성격"이 강하다는 점을 지적한 바 있다.

그렇지만 성현과 신흠의 의고악부 사이에는 공통점만 있는 게 아니라 차이점도 있다. 양자 사이의 차이점은 첫째, 성현의 의고악부 중에는 성현의 평소 생각과 인생관이 적극적으로 투영된 작품들이 발견되는 데 반해, 신흠의 의고악부에는 그런 것이 발견되지 않는다는 점이다. 이를테면, 성현의 「군자행君子行」, 「호호가浩浩歌」, 「장안도長安道」, 「행로난行路難」, 「물거초勿去草」 등의 작품은 안분자족安分自足과 지지知止에 대한 강조, 권세와 부귀공명을 좇는 자들에 대한 경계를 표현하고 있는데, 이는 평소 성현의 생각과 인생관이 반영된 것임에 분명하다. 부와 권력에 대한 욕망을 확대해 가고 있던 조선 전기 훈구 세력들 속에서 성현이 이러한 입장을 취했다는 것은 잘 알려져 있는 사실이며,[16] 이는 그가 남긴 산문들, 예컨대 「조용嘲慵」이나 「우명右銘」, 「부휴자전浮休子傳」 등의 글을 통해서도 쉽게 확인할 수 있다. 이런 관점에서 본다면 「군자행」 등의 작품은 '우의寓意'를 표현한 의고악부라고 할 수도 있다. 이러한 의고악부는 단순한 모작에 불과한 의고악부와는 달리 작자의 정신이 깃들어 있으므로 차별적으로 평가할 필요가 있다. 우의를 표현한 의고악부는 고려 말에 많이 창작되었는데,[17] 성현의 「군자행」 등의 작품은 그 맥을 잇는 것이라 할 수 있다.

성현과 신흠의 의고악부에서 발견되는 두 번째의 중요한 차이는, 성현의 의고악부에서는 많지는 않지만 가끔 백성들의 질고疾苦를 대변한 작품들이 발견되는데 반하여, 신흠의 의고악부에서는 그런 작품이 거의 발견되지 않는다는 점이다. 백성의 질고를 읊은 성현의 의고악부로는 「잠부탄蠶婦歎」, 「추우탄秋雨歎」, 「야전황작행野田黃雀行」 같은 작품이 있다. 「잠부탄」은 부잣집의 호사와 잠

---

16 이 점에 대해서는 박희병, 「조선 전기 인물전의 양상과 문제」(『한국 고전인물전 연구』, 한길사, 1992) 참조.
17 박혜숙, 앞의 책, 139면 참조.

부#婦의 고단한 삶을 대조적으로 그리고 있으며, 「추우탄」에서는 농민의 어려운 생활 여건과 부세賦稅의 과중함을 노래하고 있다. 이 작품들이 높은 현실 인식을 보여주거나 탁월한 예술적 성취를 거둔 것은 아니다. 하지만 백성들의 고난을 반영하는 것을 그 중요한 덕목의 하나로 삼고 있는 악부시의 정신을 잘 드러내고 있다고 평가할 수 있는 면이 있다. 그러나 신흠의 의고악부는 양상이 다르다. 일반적으로 의고악부에서 '야전황작행'이라는 시제詩題의 작품은 수탈받는 백성의 삶을 그리는 게 일반적인데, 신흠의 「야전황작행」은 그렇지 않다. 이 작품은 미천한 참새의 안분자족하는 삶을 노래하고 있을 따름이다.[18]

이상 조선 전기에 가장 많은 의고악부를 창작한 성현과 신흠의 작품에 대해 살펴보았다. 성현의 경우, 백성의 질고를 읊거나 자신의 인생관을 피력한 몇몇 작품은 긍정적으로 평가할 수 있지만, 여성적 감정을 읊은 작품들은 조선적 정조를 결여함으로써 구체성과 생동감을 획득하지 못한 문제점이 있다. 신흠의 경우, 그의 의고악부는 그야말로 '의고를 위한 의고'로 되고 말아 긍정적 평가가 어려울 뿐 아니라, 시인 자신의 문제의식은 찾기 어렵고 단지 중국악부의 모방만을 볼 수 있을 뿐이다. 그러므로 조선 전기 의고악부의 '양적 확대'는 당연히 인정되지만, '질적 심화'는 인정하기 어렵다.

성현과 신흠, 두 시인이 그처럼 방대한 의고악부를 창작하게 된 배경은 무엇일까? 기존 연구에서는 조선 전기에 '고시古詩의 재인식' 과정에서 의고악부 창작이 성행했다고 보았고,[19] 이러한 견해는 타당하다. 성현과 신흠은 정두경鄭斗卿과 더불어 조선시대 3대 고시 작가로 손꼽히는바,[20] 고시에 대한

---

18 작품을 들면 다음과 같다. "참새는 몸집이 비록 작아도 / 밭 사이를 이리저리 훨훨 날으네. / 분수에 맞아 좋기만 한데 / 붕새는 무엇 때문에 구만 리를 나나(黃雀爾其微, 拚拚野田中, 亦自得其所, 大鵬胡培風)."

19 황위주, 앞의 글, 69면 이하 참조.

그들의 지대한 관심이 의고악부의 창작으로 이어졌던 것이다. 그런데 이들의 의고악부 창작에는 또 다른 측면이 있다고 보인다. 성현과 신흠은 전형적인 관각 문인館閣文人이었고, 이들의 의고악부에는 상당한 정도의 관각 취향이 발견되는데, 이들의 의고악부 창작은 관각 문인적 취향과 관심에서 비롯된 측면도 있다고 보인다. 뿐만 아니라 성현은 『악학궤범』을 편찬할 정도로 음률에 밝은 사람이었다. 음률에 대한 그의 깊은 조예가 악부시에 대한 관심으로 이어지고 『허백당풍아록』이라는 의고악부 시집을 짓기에 이르렀다고 보인다. 한편, 신흠은 윤근수尹根壽와 함께 대표적인 학명파學明派의 한 사람이었고,[21] 학명적 입장은 그의 복고적·의고적 취향과도 깊이 연관된다. 주지하듯이 명나라 전후前後 칠자七子의 의고주의 시풍은 상대문학上代文學의 외양만을 본뜨고 답습함으로써 시인의 진정한 개성과 정신을 상실하는 폐단을 낳았는데, 신흠의 의고악부에서 보이는 문제점 또한 그의 의고주의적 입장의 소산이라고 할 수 있다.[22]

성현과 신흠이 대대적으로 의고악부를 짓게 된 배경으로는 고시를 재인식하는 문학적 추세가 크게 작용하고 있다는 점, 두 사람이 관각 문인으로서 의고악부를 통해 관각 취향을 표현하려 했다는 점, 그리고 성현의 경우는 음률에 대한 관심이, 신흠의 경우는 의고주의적 문학관이 작용하고 있다는 점을 두루 주목할 필요가 있다.

---

20 김만중, 『서포만필』 참조.
21 김태준, 『조선 한문학사』, 조선어문학회, 1931, 158면 참조.
22 덧붙여 말해둘 것은, 명나라 의고문파(擬古文派)는 조선 후기에 들어와 신랄한 비판을 받게 된다는 사실이다. 농암(農巖) 김창협(金昌協)에게서 그런 비판의 대표적인 예를 발견할 수 있다.

2) 『악부신성樂府新聲』

조선 전기 의고악부에서 주목되는 또 다른 중요한 양상은 『악부신성』이라는 책의 출현이다.[23] 이 책은 황위주 교수가 처음 학계에 소개했는데, 이달, 최경창, 백광훈, 임제, 이수광의 악부시를 모아 놓은 일종의 악부시 선집이다. 그중에는 신제新題의 기속악부紀俗樂府도 더러 있지만, 대부분이 의고악부 작품이다. 그런데 전체 작품의 70퍼센트 이상이 7언 절구의 형식을 취하고 있으며, 여성적 감정을 읊은 것이 절반 이상이다.[24] 황위주 교수는 16세기 이후 조선의 시풍詩風이 송시풍宋詩風에서 당시풍唐詩風으로 바뀌는 과정에서 악부시가 주목되었고, 급기야 7언 절구의 근체시 형식을 취한 악부시들이 책으로까지 묶일 수 있었다고 보았다. 그리하여 "16세기 중·후반에 등장하여 전대 혹은 당대의 악부시를 두루 종합한 하나의 악부시 선집"[25]으로 『악부신성』을 규정했다. 그런데 『악부신성』은 16세기의 악부시를 "두루 종합"한 것이라기보다는, 삼당파三唐派 시인을 중심으로 한 당시풍 시인들의 악부시 — 그것도 주로 의고악부를 모은 책으로 그 성격이 국한되어야 하리라 본다. 다시 말해 한 유파流派의 시선집으로 이해하는 것이 타당하다고 보는데, 이런 전제 위에서 이 책에 수록된 의고악부를 평가해 보기로 한다.

우선, 이 시집에 실린 다섯 시인 모두가 당시풍을 추구한 사람들이기 때문에 대다수의 작품이 7언 절구인 것은 당연한 현상이라는 점부터 확인할 필요가 있다. 7언 절구는 근체시 중에서도 노래의 기분을 표현하는 데 가장 적합한

---

23 황위주, 「16·17세기 악부시의 출현동인과 전개 과정」, 『한국한문학연구』 12, 한국한문학연구회, 1989 참조.
24 황위주, 「조선 전기 악부시 연구」, 고려대 박사논문, 1989, 159·165면 참조.
25 위의 글, 165면.

형식으로 꼽힌다. 그러나 문제는 이 7언 절구의 형식이 악부시 특유의 현실 모사력을 크게 제약하고 있다는 점이다. 따라서 작품이 보여주는 세계 인식 내지 현실 인식은 주관적이고 인상적이며 파편적일 수밖에 없다. 이는 이들의 당시唐詩 수용태도와도 연관된다고 보인다. 당시唐詩라고 해서 모두 주관적이거나 파편적인 세계 인식의 편향을 갖는 것이 아님은 분명하다. 중요한 것은 이들의 낭만적 태도와 주관성·파편성은 표리를 이루고 있다고 보인다. 가령, 최경창의 「채련곡采蓮曲」·「규사閨思」·「궁원宮怨」, 백광훈의 「채릉곡採菱曲」·「효향렴체效香匳體」, 임제의 「염체匳體」·「향렴香匳」·「보허사步虛詞」, 이달의 「양양곡襄陽曲」·「보허사步虛詞」·「강남곡江南曲」·「궁사宮詞」, 이수광의 「염체匳體」·「궁사宮詞」·「춘궁원春宮怨」·「유선사遊仙詞」·「향렴체香匳體」 등 7언 절구 형식의 악부시에는 객관적·사실적 표현은 발견하기 어렵고, 대체로 주관적 인상과 정조情調가 주조를 이루고 있다.

뿐만 아니라 『악부신성』의 작품들이 예교禮敎가 강조되던 당시에 여성적 감정을 적극적으로 문학 작품에 수용한 것은 일정한 의의가 있다고 할 수 있다. 하지만 여성적 감정을 표현했다는 사실 자체만으로 의의가 있다고 하기는 어렵고, 거기에 얼마나 구체적인 삶의 진실이 포함되어 있는가 하는 점이 중요하다. 단순히 호사적好事的·문예적 취향에서 여성의 삶을 소재로 삼거나, 여성의 유한적有閒的 정서를 노래한 작품은 대체로 경험적·현실적 내용과는 동떨어진 관념적·관습적 내용으로 채워져 있어, 생활 현실에 밀착된 구체적인 정감의 세계를 표현한 것이라 보기 어렵다. 이런 견지에서 『악부신성』의 의고악부들을 본다면, 거기에서 긍정적 면모나 이전 시대 악부시를 뛰어넘는 어떤 성취를 발견하기는 어렵다. 거의 대부분의 작품들이 조선 여성들의 생활 현실에 밀착된 정서를 보여주기보다는 관념적·관습적 차원에서 여성의 정서를 표현하고 있을 따름이다. 그러므로 중국악부시에 표현된 여성적 정조와 본질적으로 구별이 되지 않는다. 또한 여성적 감정을 표현한『악부신성』의 작품들 가운데는 '향렴체香匲體'나 '옥대체玉臺體'의 작품들이 눈에 띄는데, 이런 작품들은 상층 남성에 예속된 여성들의 섬약하고 화려한 감각을 표현하고 있다.

『악부신성』의 의고악부가 보여주는 또 다른 특징으로는 서민적 애환의 형상화가 부족하다는 점을 들 수 있다. 이는『악부신성』의 시인들이 현실주의적 태도가 아니라 낭만주의적 태도로 사물을 바라보았다는 점, 삶의 구체적 현실보다는 주관적 인상과 정조를 중시했다는 점에서 기인한다고 생각된다. 하지만 예외적으로 임제의「전가원田家怨」, 이수광의「전부사田夫詞」와 같은 작품도 없지는 않다. 특히 임제의「전가원」은 높이 평가해야 할 작품이다.

이상에서『악부신성』의 의고악부가 보여주는 특징적 면모를 살펴보았다. 『악부신성』의 의고악부들은 대부분 근체시 형식을 취함으로써 악부시의 가능성을 크게 위축시키는 결과를 초래했고, 여성적 감정을 한시의 소재로 즐겨 다루었다는 특징이 있지만 그 의의는 그다지 높게 평가할 만한 것이 아니라는 것을 알 수 있었다.

지금까지『허백당풍아록』, 신흠의 의고악부 198수,『악부신성』을 차례로 검토해 보았다. 이 셋은 표면적으로는 조선 전기 의고악부의 창작 양상을 가장 잘 드러내 보인 경우라 할 수 있다. 사실 겉으로 드러난 문학사적 현상만으로 본다면 조선 전기 악부시사에 있어 이보다 더 특징적인 현상도 없는 듯하다. 그러나 문학사에서는 오히려 현상에 가려져 있어 잘 드러나지 않는 사실에서 본질적 중요성을 발견할 때도 종종 있는 법이다. 조선 전기 의고악부의 경우, 우리는 앞서 살핀 방대한 작품군에서보다 개인 문집에 산재해 있는 작품에서 더 의의 있는 것을 발견할 수 있다. 이런 작품들의 면모를 자세하게 다 살필 수는 없지만, 그 전반적인 개요만이라도 확인해 두기로 한다.

3) 개인 문집에 수록된 의고악부들

우선 성간成侃의 작품을 주목할 필요가 있다. 그는 「황작가黃雀歌」, 「원시怨詩」, 「궁사사시宮詞四時」, 「나홍곡羅嗊曲」, 「미인행美人行」 등의 의고악부를 창작한 바 있다. 이 중 「황작가」와 「원시」는 백성의 고난을 서술한 작품이고, 나머지는 여성적 감정을 표현한 작품이다. 「원시」는 아전들이 농민을 수탈하는 현실을 아주 구체적으로 그리고 있는데, 두보의 「석호리石壕吏」를 연상하게 한다. 이런 작품은 한국악부시사에서 높이 평가될 만하다. 그리고 여성적 감정을 노래한 작품들은 주체적 정조라는 점에서 문제가 없는 것은 아니지만, 여성의 정한情恨을 매우 곡진하게 그려내고 있다. 특히 10수로 된 「나홍곡」은 여성화자가 객지에 나가있는 임에 대한 그리움과 애타는 마음을 절절하게 토로하고 있는바, 뛰어난 표현력을 보여주고 있다.

성현은 『허백당풍아록』 외에도 그의 문집에 의고악부 작품이 있다. 「맹호행猛虎行」, 「추천사鞦韆詞」, 「영신곡迎神曲」, 「송신곡送神曲」 등은 조선의 민간풍속을 노래한 것으로 그 의의가 인정된다.

서거정도 그의 문집에 「소년행少年行」, 「명비원明妃怨」, 「궁사宮詞」, 「상사원相思怨」, 「전가행田家行」, 「전가요田家謠」, 「직부행織婦行」, 「청규원靑閨怨」 등 여러 편의 의고악부가 있다. 이 중 「전가행」, 「전가요」, 「직부행」 같은 작품은 백성의 어려운 생활 현실을 그린 점에서 의의가 있다. 나머지는 대개 여성적 감정을 표현한 작품인데, 곡진한 표현이 주목되긴 하나 역시 조선적 정조와는 거리가 있다는 점에서 한계가 있다.

신흠도 앞서 언급한 198수의 작품 외에도 간간이 의고악부를 지었다. 그중에는 「전가요田家謠」, 「농부탄農夫嘆」, 「전가영田家詠」, 「전가시田家詞」처럼 198수의 의고악부에서는 전혀 발견되지 않던, 백성의 생활상을 읊은 작품들도 눈에 띤다. 이들 작품은 농촌마을의 풍경이나 일하는 농부들의 모습, 관리들의 지나친 수탈로 황폐해진 농촌 현실 등을 그리고 있다. 이외에도 문집에 산견되는 조선 전기 의고악부로서 높이 평가할만한 작품으로는 최숙정崔淑精의 「상전가곡傷田家曲」, 김종직의 「잠부음蠶婦吟」·「응천죽지곡凝川竹枝曲」, 유호인兪好仁의 「함양남뢰죽지곡咸陽灆瀨竹枝曲」, 김맹성金孟性의 「가천죽지곡伽川竹枝曲」, 조위曺偉의 「응천죽지곡凝川竹枝曲」, 송순宋純의 「전가원田家怨」, 김성일金誠一의 「모별자母別子」, 허난설헌許蘭雪軒의 「축성원築城怨」·「빈녀음貧女吟」 등을 들 수 있다.

이 중, 「상전가곡」, 「잠부음」, 「전가원」, 「축성원」, 「빈녀음」, 「모별자」 등은 백성의 질고를 노래한 작품으로서, 조선의 역사적 현실을 바탕으로 하고 있다. 특히 백거이白居易의 악부시제를 본뜬 김성일의 「모별자」는 60여 행의 장시로서, 16세기 조선의 유민流民 문제를 날카롭게 형상화한 문제작이다. 높은 예술성과 사상성, 그리고 독창성을 두루 갖춘 이런 작품에서 우리는 조선 전기 의고악부의 한 정점을 발견할 수 있다.

김종직의 「응천죽지곡」 9수와 그것을 본떠 지은 조위의 「응천죽지곡」 4수, 기타 「함양남뢰죽지곡」 10수, 「가천죽지곡」 4수 등은 모두 우리나라의 토속과 민간 정취를 바탕으로 여성적 정조를 표현하고 있다. 이런 작품은 국적 불명의 여성적 감정을 읊은 시들과는 분명히 구별되며, 조선적 정조를 훌륭히 표현하고 있다.

이상에서 조선 전기 의고악부의 전반적 양상을 살펴보았다. 그 작품들이 문학사적 맥락에서 어떻게 평가되어야 할 것인지에 대해서는 기속악부의 창작 양상을 살펴본 다음, 이 글을 마무리하면서 검토하기로 한다.

3. 기속악부紀俗樂府의 창작 양상

　의고악부가 중국에서 이미 그 문학적 전범이 마련된 악부시제樂府詩題를 의작擬作한 것인데 반해, 기속악부는 우리식의 신제악부新製樂府라고 말할 수 있다. 중국 쪽의 악부시제를 모방한 것이 아니라, 창조적으로 '즉사명편卽事名篇' 한 것이다.[26]

　조선 전기 기속악부의 창작에 있어서도 먼저 주목해야 할 인물은 성간이다. 그는 의고악부에서도 훌륭한 작품을 창작했지만, 「노인행老人行」·「악풍행惡風行」·「아부행餓婦行」 등 기속악부에서도 뛰어난 성과를 이룩했다. 「노인행」은 당시의 과중한 군역軍役이 제기하는 문제를 한 노인의 삶을 통해 고발하고 있으며, 「악풍행」은 어려운 삶을 영위하는 농민에 대한 깊은 관심을 표현하고 있다. 「악풍행」에서 시인은 "백성이 굶주림을 면할 수 있다면 / 나는 굶주려 죽어도 좋겠네 / 아아 나는 굶주려 죽어도 좋겠네"[27]라고 노래하고 있는바, 남다른 애민의식을 보여주고 있다.

26　기속악부의 개념에 대한 자세한 검토는 박혜숙, 『형성기의 한국악부시 연구』(한길사, 1991), 70~73면 참조.
27　"若使萬姓免飢寒, 吾受飢寒死亦足, 嗚呼吾受飢寒死亦足."

성현의 기속악부로는 「목면사木綿詞」, 「궁촌사窮村詞」, 「예맥행刈麥行」, 「벌목행伐木行」 등이 주목된다. 「목면사」는 변방에서 군역에 종사하는 남편을 생각하며 수심에 겨운 아낙네의 모습을 그렸고, 「궁촌사」는 가난한 백성의 삶을 그렸으며, 「예맥행」은 노동하는 농민의 모습을 읊었고, 「벌목행」은 관官의 명령으로 산촌에서 벌목하며 고생하는 사람들의 모습을 노래했다. 이들 작품은 모두 백성의 처지와 모습을 구체적이면서도 생동감 있게 묘사하고 있다. 예컨대 「예맥행」의 "메김 소리 받는 소리, 높낮이가 잘도 맞군 / 보릿단 멘 두 어깨 붉기도 해라 / 하루 종일 타작소리 요란도 하지 / 옹헤야 옹헤야 남북으로 들려오네"[28]라는 표현이나 「벌목행」의 "아전놈 내모는 게 어찌도 심한지 / 남정네와 아낙네 서로 부축해 산에 오르네 / 누덕누덕 기운 옷은 무릎도 못 가리는데 / 동상 입어 손가락 터지고 얼굴은 창백"[29]이라는 표현에서 그 점을 잘 확인할 수 있다.

이석형李石亨과 강희맹姜希孟도 주목할 만한 기속악부를 남겼다. 「호야가呼耶歌」와 「농구農謳」가 그것이다. "남에서도 어영차 북에서도 어영차 / 언제쯤 그 소리 멎으려는지 / 천 사람이 나무 하나 나르고 / 만 사람이 돌 하나 굴리네"[30]로 시작되는 「호야가」는 궁궐을 짓느라 백성을 동원하여 서울의 삼각산과 백운대의 돌과 나무를 채취하는 데 따른 참상을 사실적으로 그린 작품이다.[31] 강희맹의 「농구」는 모두 14수로 되어 있는데,[32] 그중 제9수인 「고복鼓腹」이라는 작품을 보면 다음과 같다.

---

28 "長歌短謳相低仰, 將穗成束雙肩槓. 登場盡日聲彭彭, 彭彭魄魄應南北."
29 "吏胥驅出星火催, 南扶女挽登崔嵬. 縣鶉百結不掩脛, 手龜指落顔如灰."
30 "呼耶呼耶在南北, 呼耶之聲何時息. 千人輪一木, 萬人轉一石."
31 「호야가」에 대해서는 임형택, 「조선 전기의 사대부문학」(『한국 문학사의 시각』, 창작과비평사, 1984) 참조.
32 이 작품은 『속동문선』 권10과 『국조시산』 권9에 실려 있다.

향기로운 보리밥 소쿠리에 가득하고	麥飯香饟在筥
명아주국 꿀맛 같아 숟가락질 바쁘네.	藜羹甜滑流匕
아이 어른 차례대로 자리에 앉아	少長集次第止
모두들 맛있다고 떠들썩하네.	四座喧誇香美
밥을 실컷 먹어 배가 부르면	得一胞撑腟裏
배 두드리고 다니며 좋아들 하네.	行鼓腹便欣喜

이 작품은 6언 6행으로 되어 있지만, 「농구」의 다른 작품들은 형식이 제각각이다. 제1수인 「우양약雨暘若」 같은 작품은 5·4·5·4·6·6·5·5·8·5언으로 이루어져 있어 정형의 율격이 없고 자유시에 가깝다. 「농구」가 기존 한시의 정형을 완전히 벗어날 수 있었던 것은 한시의 형식에 구애되지 않고 민요의 내용을 충실히 옮기려 했던 데 있다.

이외에 김수온金守溫의 「술악부사述樂府辭」 같은 작품도 조선 전기에 창작된 기속악부로서 이채롭다. 이 작품은 고려속요인 「만전춘별사」의 제1장을 옮긴 것이다. 이런 작품의 여성적 감성은 자국의 민중적 정조에 바탕한 생기발랄함을 보여주는바, 추상적이고 관념적으로 여성적 감정을 읊은 작품과는 구별되어야 마땅하다.

이상에서 언급한 기속악부 작가들은 훈구파에 속하는 인물들이지만, 사림파 계보에 속하는 인물들도 기속악부를 많이 창작했다.

김종직은 우리나라 최초의 영사악부詠史樂府인 「동도악부東都樂府」를 짓기도 했지만, 「낙동요洛東謠」 같은 기속악부를 짓기도 했다.[33]

---

33 이 작품에 대한 검토는 임형택, 앞의 글에서 이루어진 바 있다.

어무적魚無迹, 윤현尹鉉, 송순宋純도 주목되는 기속악부를 창작했다. 어무적
의「유민탄流民嘆」, 윤현의「영남탄嶺南歎」, 송순의「문개가問丐歌」와「탁목탄啄
木歎」이 그런 작품이다.「유민탄」,「영남탄」,「문개가」는 16세기에 이르러 심
각한 사회 문제로 대두되고 있던 농민들의 토지 이탈, 즉 유민 문제를 다룬
작품이다. 특히「영남탄」같은 작품은 5언 198행의 장시인데, 가렴주구와
가혹한 신역身役으로 당시의 농촌이 공동화空洞化하고 도적떼만이 들끓는 지
경에 이른 사정을 자세히 그리고 있다. 다음의 구절을 보자.

저마다 농사일 버리고	相將棄舊業
서로 이끌고 밀며 허둥지둥 달아나네.	扶挈走倀倀
옷은 해져 살이 다 드러나고	衣褐不被體
떼 지어 다니다 넘어지기도 하네.	纍纍行且僵
먹을 것 찾아 뿔뿔이 흩어져	就食散東西
집도 없이 이리저리 떠돌아다니네.	輾轉居不常
(…중략…)	
혹은 죽어 산야(山野)에 뒹굴고	或死溝壑中
혹은 장터의 장사꾼 되고	或托場市商
혹은 산사(山寺)에 투탁하고	或於山寺投
혹은 도적떼에 가담한다네.	或於寇盜藏
수백 명씩 떼를 지어	無賴數百群
몰려다니며 마음대로 노략질하네.	相聚逞剽攘

이 시가 그토록 장편화될 수 있었던 것은 시인의 현실 인식이 그만큼 심중

하고 투철했기 때문이라고 할 수 있다. 「영남탄」은 백성의 질고를 다룬 조선 전기 기속악부 중에서 기념비적인 작품의 하나로 평가할 만하다. 한편, 송순이 지은 「탁목탄」도 주목되는 작품이다. 이 작품은 16세기의 정치 상황을 우의적으로 표현하고 있는데, 작품에 등장하는 딱따구리는 우국애민憂國愛民하는 양심적인 사대부를, 죽어가는 나무는 병든 국가를, 나무속의 벌레는 나라를 좀먹는 탐관오리를, 물가의 기러기와 산속의 비둘기는 백성과 나라의 안위는 나 몰라라 하며 명철보신明哲保身만을 꾀하는 산림처사를 비유하고 있다.

사림파 시인의 기속악부로 주목되는 작품은 이 외에도 안수安璲의 「피병행疲兵行」과 임억령林億齡의 「송대장군가宋大將軍歌」가 있다.[34] 「피병행」은 변방의 군졸들이 겪는 고초, 병사들에 대한 장군의 착취와 수탈을 매우 생생하고 사실적으로 그려놓고 있다. 이 점에서 이 작품은 한국악부시 중에서도 특이한 제재를 다룬 경우이다. 물론 변방에서 수자리 서는 병사들의 고초를 노래한 악부시가 없는 것은 아니지만, 대부분 중국악부시의 모방에 머무르거나, 혹은 추위에 고생하는 병사들의 모습을 간단히 언급하는 데 그칠 뿐, 조선적 현실을 사실적으로 드러낸 경우는 찾기 어려운데, 「피병행」은 병사들에 대한 장군의 수탈을 자세하게 부각시키고 있어 주목된다. 한편, 「송대장군가」는 고려시대 민중적 영웅으로 부각되었던 송징宋徵이라는 인물의 위엄과 풍모를 노래하고 있다. 「송대장군가」는 '민간화된 역사'에 등장하는 위인이나 민간에 구전되는 특이한 인물을 노래하는 기속악부의 선구적 작품으로서 주목된다. 이런 류의 기속악부는 민중적 인물이나 특이한 인물에 대한 관심이 고조되는 조선 후기에 이르러 대거 창작되게 된다.

---

34 이들 작품에 대한 번역과 해설은 임형택, 『이조시대 서사시』 하(창작과 비평사, 1992) 참조.

훈구파와 사림파의 대립이 해소되는 선조조宣祖朝에 주로 활동한 삼당파三唐派 시인들도 높은 수준의 기속악부를 창작했다. 백광훈의 「용강사龍江詞」와 「달량행 達梁行」, 최경창의 「번방곡飜方曲」·「이소부사李少婦詞」, 이달의 「제총요祭塚謠」· 「박조요撲棗謠」·「예맥요刈麥謠」·「습수요拾穗謠」 등이 그것이다. 「용강사」, 「번방 곡」, 「이소부사」는 여성적 감정을 읊은 작품들인데, 모두 나름대로 개성과 독창성 이 있을 뿐 아니라 조선적 정조가 표현되고 있어, 국적 불명의 작품들과는 현저한 차이가 있다. 예컨대 "서방님 생각에 첩은 자꾸 강가의 산에 오르지요 / 떠나실 제 뱃속에 있던 아이는 / 지금은 말도 하고 죽마도 타며 / 동무한테 배워 아빠도 찾지요"[35]와 같은 「용강사」의 구절이 그 예가 된다. 또한 「번방곡」은 경성鏡城의 기생 홍랑洪娘이 최경창과 이별할 때 지어준 시조를 옮긴 것인데, 원 시조 자체가 묘미가 있는 만큼 한시 작품도 생기가 넘친다. 다음은 그 전문이다.[36]

묏버들 가지 꺾어 천리밖 님께 보내노니   折楊柳寄與千里人

저를 위해 뜰에다 심으소서.   爲我試向前庭種

알게 되리, 하루밤새 새잎이 돋으면   須知一夜新生葉

수심어린 눈썹, 그게 곧 첩인 줄.   憔悴愁眉是妾身

「번방곡」은 앞에서 살핀 「술악부사」를 잇는 작품이다. 우리말 노래를 기 속악부로 옮기는 이 같은 전통은 멀리 고려 말 소악부에서 형성되었으며,[37]

---

35 "使妾長登江上山, 去時在腹兒未生. 卽今解語騎竹行, 便從人兒學呼爺."
36 원시조는 심재완 편, 『역대시조전서』, 376면에 실려 있는데, 다음과 같다.
   "묏버들 갈회 것거 보내노라 님의 손듸 / 자시는 창밧긔 심거두고 보쇼셔 / 밤비예 새닙 곳 나거든 날인가도 너기쇼셔."
37 박혜숙, 「고려 말 소악부의 양식적 특성과 형성 경위」, 『형성기의 한국 학부시 연구』, 한길사, 1991.

조선 후기로 이어지면서 확대되고 발전되기에 이르렀다. 「이소부사」는 신혼 초에 남편을 잃은 여성이 통한을 견디지 못해 마침내 죽음에 이른 비극을 7 언 40행의 장시에 담았다. 실제 사건을 소재로 악부시를 창작했기에 그만큼 절실함이 느껴지는 작품이다. 한편, 「제총요」, 「박조요」, 「예맥요」, 「습수요」 는 민간의 정취와 생활상을 근체시 형식을 빌려 표현한 작품들이다. 앞서 언 급했듯이 이달의 의고악부에는 조선적 정조가 잘 발견되지 않는 데 비해, 이 들 기속악부에는 조선적 정취가 풍부하다.

삼당시인三唐詩人과 유사한 시세계를 보여준 임제도 주목할 만한 기속악부 를 남겼다. 「금성곡錦城曲」, 「오산곡鰲山曲」, 「초산곡楚山曲」, 「패강가浿江歌」, 「영 랑곡迎郞曲」, 「송랑곡送郞曲」 등이 그것이다. 「금성곡」의 '금성'은 나주의 옛 이 름이고, 「오산곡」의 '오산'은 전라도 장성의 금오산을 가리키며, 「초산곡」의 '초산'은 정읍을 가리킨다. 이들 노래는 일종의 창작 지방요로서의 성격을 띠 고 있으며, 향토적 · 여성적 정취가 풍부하다. 「금성곡」을 예로 들어보자.

나주의 아가씨들 학다리 가에서　　　　錦城兒女鶴橋畔

버들가지 꺾어 떠나는 님께 드리네.　　柳枝折贈金覊郞

해마다 봄풀 돋으면 이별이 서러운데　年年春草傷離別

월정봉 높고 영산강은 유유히 흐르네.　月井峰高錦水長

'학다리', '월정봉', '영산강' 등 나주에 있는 산과 강을 배경으로, 임과 이 별한 전라도 여성의 정한을 은근히 펼쳐 보이는 수법이 뛰어나다.

「패강가」는 10수의 연작시인데, 대동강 주변의 민족설화나 민간화된 역 사적 사실을 읊기도 하고, 평안도 풍의 여성적 감정을 노래하기도 했다. 「영랑곡」과 「송랑곡」은 제주도에서의 체험을 바탕으로 지은 노래인데, 임을 맞이하고 보내는 여성의 심경을 읊었다. 이런 작품들은 민요는 아니지만 민요적 취향을 다분히 지니고 있어, 조선 후기의 중요한 문학현상으로 지적되는 '민요 취향의 대두'[38]와 문학사적으로 연결되는 면모를 보여주고 있다.

이밖에 조선 전기의 중요한 기속악부 작품으로 정사룡鄭士龍의 「강절부행姜節婦行」이 있다. 이 작품은 7언 70행의 장편인데, 여성 인물을 주인공으로 한 장편 서사악부라는 점에서 조선 후기에 창작된 「단천절부시」, 「향랑요」 등의 악부서사시 작품들과 연결되는 측면이 있다.

4. 조선 전기 악부시의 특징과 의의

표면적으로 보면, 조선 전기 악부시에서 가장 눈에 띄는 현상은 의고악부가 대대적으로 창작된 사실이다. 성현의 『허백당풍아록』, 신흠의 「악부체 49수」·「악부체 149수」, 『악부신성』에 수록된 다수의 의고악부가 그 대표적인 예가 된다. 한국악부시사의 전 시기를 통해 조선 전기만큼 의고악부가 집중적으로 방대하게 창작된 시기는 없었다. 그러나 양적인 측면이 아니라 질적인 측면에서 본다면, 이들 작품군의 다수는 중국악부시와 구별되지 않을 정도로 민족적·주체적 정서가 부족하고, 추상적이고 관념적이며 관습적일 뿐 아니라, 창조성이나

---

38 이동환, 「조선 후기 한시에 있어서 민요 취향의 대두」, 『한국한문학연구』 3·4, 한국한문학회, 1979 참조.

문학적 감동이 부족하다는 점에서 긍정적으로 평가하기 어렵다. 더구나 조선 전기는 이미 한국악부시의 발전기에 해당하므로, 이전 시대의 수준에 비해 퇴보한 작품을 높이 평가하기는 어렵다. 조선 후기 악부시는 조선 전기에 발견되는 이러한 유의 의고악부를 계승했다기보다는 반성·극복한 것으로 평가하는 것이 적절하다고 본다.

물론 이들 의고악부가 악부시제樂府詩題를 대대적으로 확대했다는 점에서는 의의가 인정되지만, 그것이 창조성이나 주체성의 문제를 상쇄할 정도로 중요하다고 보이지는 않는다. 조선 후기에 이르면 현실세계의 새로운 변화를 한시가 적극 수용해야 할 필요성이 한층 증대되었고, 이에 따라 근체시에 대한 반성과 고시(악부시)에 대한 재인식이 이전과 비교할 수 없을 만큼 심화된 차원에서 이루어지게 된다. 그 과정에서 단순한 의고주의적 태도는 지양되고 민간의 현실을 반영하는 악부시 본래의 정신이 강조되는 방향으로의 변화가 이루어졌다고 보인다.

그렇지만 조선 전기 의고악부가 온통 부정적인 것만은 아니다. 위에서 언급한 의고악부들 외에 개인 문집에 수록된 의고악부 중에는 긍정적이거나 높이 평가될 만한 작품도 적지 않다. 이들 작품은 우리 민족의 구체적 삶의 현실을 작품 속에 수용하면서, 백성의 질고를 노래하거나 민간의 풍속을 그리거나 조선 여성의 정조를 읊은 것들이다. 이를 통해 조선 전기의 의고악부가 고려 후기의 의고악부를 '발전적'으로 계승한 측면이 있음을 확인할 수 있다. 그리고 이런 작품이야말로 민족적·민중적 지향을 강화시켜나간 조선 후기 악부시와 문학사적으로 연결되는 것이라고 말할 수 있다.

조선 전기 악부시는 기속악부에서 한층 더 괄목할 정도로 발전했다. 조선 전기 기속악부는 크게 두 계열로 나뉜다. 백성의 처지를 사실적으로 그린 것과 조선 여성의 정조를 읊은 것이다. 이 두 계열은 고려 후기의 기속악부에서도 발견된 것이지만, 조선 전기에 이르러 한층 진전된 현실 인식과 더욱 세련된 조선적 정조의 표현을 보여주고 있다. 예컨대, 우리말 노래를 기속악부로 옮긴 강희맹의 「농구」 14수나 김수온의 「술악부사」, 최경창의 「번방곡」, 그리고 우리말 노래 자체를 옮긴 것은 아니지만 다분히 민요 취향을 지님으로써 '민요시'라고도 할 수 있을 임제의 「금성곡」, 「오산곡」, 「초산곡」, 「패강가」, 「영랑곡」, 「송랑곡」 등의 창작 경험은 조선 후기에 양산된 민요 취향의 기속악부와 연결되면서 그것을 준비한 의의를 갖는다고 평가할 수 있다.

뿐만 아니라, 백성의 현실을 주목하면서 그 삶을 장편으로 사실적으로 그려나가는 시정신과 창작기법은 조선 전기 기속악부에서 한층 발전하는 양상을 보였으며, 그 전통은 조선 후기에 발전적으로 계승되었다고 보인다. 「영남탄」, 「피병행」과 같은 작품이 그 예가 된다.

또한 민간화된 역사나 구전으로 전하는 특이한 인물을 기속악부로 노래하는 전통은 임억령의 「송대장군가」에서 마련되었는데, 이러한 전통은 특이한 인간에 대한 관심이 고조되었던 조선 후기에 이르러 영사악부나 기속악부로 활짝 개화할 수 있었다.

또한 조선 전기 임억령의 「탁목탄」 같은 작품은 고려 후기 선탄의 「백로행」 같은 작품에서 마련된 '우화시'의 전통을 계승하면서, 조선 후기 권필·정약용 등의 우화시 창작으로 이어지는 가교 역할을 했다고 할 수 있다.

한국악부시의 역사에서 조선 전기는 그 발전기에 해당된다. 조선 전기 악부시는 고려 후기 악부시에서 마련된 전통을 계승하는 한편, 조선 후기에 이르러 한국악부시가 민족적·민중적 지향을 확대하면서 현실 대응력을 강화하고, 양적·질적으로 최고 수준에 도달할 수 있는 기초를 마련하였다.

김려의 『사유악부』

1. 조선 후기 악부시와 김려

담정薄庭 김려金鑢(1766~1821)는 조선 후기의 가장 주목되는 악부시인 중
한 사람이다. 현재 전하는 그의 작품 중에서 「황성이곡黃城俚曲」 204수, 「상
원이곡上元俚曲」 25수, 『사유악부思牖樂府』 290수, 「우해이어보牛海異魚譜」에 첨
기添記되어 있는 「우산잡곡牛山雜曲」 제편諸篇, 장편서사시 「고시위장원경처심
씨작古詩爲張遠卿妻沈氏作」 등이 악부시로서 중요한 작품에 해당한다.[1] 이 중에
서 특히 『사유악부』와 「고시위장원경처심씨작」은 담정의 시세계에서는 물
론 조선 후기 악부시 내지는 한국악부시 전체를 통틀어 보더라도 최고의 수
준과 의식을 보여주는 것이다.

조선 후기에 이르러 한국악부시는 최고조로 발전하면서 다양한 세계를 펼
쳐보였는데, 이 시기 악부시의 가장 두드러진 특징은 다음과 같다.[2] 첫째, 이

---

[1] 이 글에서 검토되는 담정의 작품은 『담정유고(薄庭遺藁)』(계명문화사 영인본)에 의거한다.
[2] 한국악부시의 개념 및 그 역사적 전개 과정에 대해서는 박혜숙, 『형성기의 한국악부시 연구』(한

전 시기와는 비교되지 않을 정도로 '민중적 정조'가 현저해졌다. 둘째, 장편 서사악부敍事樂府가 눈에 띄게 발전하였다. 셋째, 연작 서정악부抒情樂府의 창작이 두드러진다. 넷째, 영사악부詠史樂府가 대대적으로 창작되었다. 이와 같은 조선 후기 악부시가 보여준 주목할 만한 특징 중에서 학계의 논의는 주로 영사악부에 집중되었다. 영사악부의 창작이 조선 후기 악부시의 주요한 특징 중 하나인 것은 분명한 사실이지만, 그러나 조선 후기 악부시의 다른 주요한 특징들에 대해서도 관심을 돌릴 필요가 있다. 더구나 지금까지 별로 주목되지 못한 조선 후기 악부시의 이런 특징들은 조선 후기 한시의 핵심적인 변화와 맞물리거나 심지어 그 변화를 주도한 것으로 보인다는 점에서 마땅히 관심을 기울일 필요가 있다.

그런데 김려의 『사유악부』와 「고시위장원경처심씨작」은 내용적인 측면에서 조선 후기 악부시의 민중적 정조를 잘 드러내고 있을 뿐 아니라, 형식적인 측면에서 조선 후기 악부시의 '연작화連作化'와 '장편화長篇化'의 양대 경향을 선명하게 보여주는 좋은 사례가 된다. 이런 점에서 『사유악부』와 「고시위장원경처심씨작」에 대한 연구 및 그 상호 대비적 검토는 조선 후기 악부시의 중요한 측면을 해명하는 단서가 될 수 있을 것이다.

그러나 두 작품의 대비적 검토를 위해서는 별도의 연구가 필요할 듯하며, 이 글에서는 우선 『사유악부』의 전반적 특질을 규명하려고 한다. 김려의 한시에 대해서는 논문이 몇 편 나온 바 있는데,[3] 대체로 김려의 한시들을 전반적으로 언급하면서 『사유악부』를 함께 다루었다. 그러나 『사유악부』를 심도

길사, 1991) 참조.
3   선행연구는 다음과 같다. 박준원, 「담정 김려 시 연구」, 성균관대 석사논문, 1984; 김경미, 「담정 시 연구」, 연세대 석사논문, 1985.

있게 분석·검토한 것은 아니며 더구나 조선 후기 악부시의 특성을 규명한다는 문제의식을 갖고 작품에 접근한 것은 아니다. 이 글은『사유악부』를 집중 검토함으로써 김려의 시세계에 대한 진전된 이해와 조선 후기 악부시의 성격규명에 보탬이 되고자 한다.

2.『사유악부』의 창작 배경

『사유악부』는 한국악부시의 몇 가지 유형 중에서 '기속악부紀俗樂府'에 해당한다. 기속악부는 세태·인정·민간풍속의 묘사나 백성의 사회경제적 생활상의 묘사를 주된 내용으로 한다. 악부시 장르 자체가 기본적으로 민중적·민족적 삶에 대한 사대부 문인의 관심에서 성립된 것이라 할 수 있지만, 의고악부擬古樂府나 소악부小樂府, 영사악부가 민중 생활과의 직접적인 접촉 없이도 창작이 가능한 데 반해, 기속악부는 작가의 직접적인 견문이나 체험이 작품 창작의 주요한 동기가 된다. 따라서 기속악부의 작품으로서의 높은 성취도는 작가의식의 수준뿐 아니라 작가의 경험 내용 그 자체가 관건이 되는 경우를 흔히 볼 수 있다.『사유악부』에 대해서도 이러한 진술은 타당하다. 그러므로『사유악부』의 내용적 특성과 그 형상화의 면모를 자세히 검토하기에 앞서, 우선 창작 배경을 검토해 둘 필요가 있다.

담정의 생애 및『사유악부』를 이해하는 데 있어 주목되어야 할 중요한 사건은 그가 1797년 32세의 나이로 절친한 친구였던 강이천姜彝天(1768~1801)

의 유언비어 사건에 연루되어 함경도의 부령富寧으로 유배된 일이다. 이때 함께 연루된 인물들은 김건순金健淳(1776~1801), 김이백金履白, 담정의 아우 김선金鐥(1772~1833) 등이었다. 이들의 죄상이란, 함께 어울려 서학西學에 대해 이야기했다는 것과 서해의 어떤 섬에 진인眞人이 있으며 그곳에 병마兵馬가 있다는 등의 유언비어를 날포했다는 것이다.[4] 서양의 학술이나 사상에 대한 관심이 이단시되었고, 진인의 존재에 대한 이야기가 지배권력을 전복시키려는 시도와 결부된 것으로 간주되는 것이 당시의 시대적 분위기이기는 했으나, 이러한 유의 혐의는 조선 후기 권력층 내부의 권력투쟁 과정에서 반대파를 제거하기 위한 빌미거리로 종종 이용되었다. 이 사건의 경우도 뚜렷한 범죄 사실이 드러나지 않았으므로 강이천, 김이백, 김려만 유배를 당하는 것으로 일단 매듭지어졌다. 그러나 정조 임금이 세상을 떠나고 순조가 즉위하자마자 대반동大反動의 개막을 알리는 신유박해辛酉迫害가 일어났고, 김려 등은 유배지로부터 다시 끌려나와 추국推鞫을 받게 되었다. 이 때 남인 및 노론 시파의 핵심인물들이 노론 벽파에 의해 제거되었는데, 김건순, 강이천, 김이백은 사형을 당하고 김려는 다시 진해로 유배되었다. 일찍이 담정이 산천의 기氣를 타고났거나 별의 정기를 받은 인물이라 극찬했던 김건순은 당시 26세에 불과했고, 김이백은 28세, 강이천은 33세였다.

이들은 당대의 양반 지식인 가운데 비교적 개명한 인물들이었으며, 중국을 통해 전래되고 있던 서양학술 및 천주교에 대해서도 일정한 관심을 가졌던 것으로 보인다. 특히 김건순의 경우 중국인 신부 주문모周文謨를 만났으며, 그를 통해 천주교 신자가 되기까지 했던 인물이다. 하지만 담정이나 강이천

---

4   이 유언비어 사건에 대해서는 『추안급국안(推案及鞫案)』 247·248책(아세아문화사 영인본 권 25) 및 『정조실록』 정조 21년(1797) 11월 11·20일 참조.

이 천주교 사상에 어느 정도 영향을 받았는지, 또 어떤 입장에서 그것을 이해하고 있었는지에 대해서는 정확히 알 수 없다. 그렇지만 담정이나 강이천이 중세 이데올로기의 폐쇄성에서 벗어나고자 하는 지향을 갖고 있었던 것만큼은 틀림없다고 여겨진다. 이 점은 강이천과 담정 형제가 '성경현전聖經賢典'이 아니라 '패사소품稗史小品'을 즐겨 읽고 그 문체를 사용한다고 지목된 데서도 드러난다.[5] 중세적 정치질서를 지탱하는 유교경전의 사상 및 문체에서 벗어나 삶의 다양한 모습을 생동하게 담은 이들의 문장을 당시의 지배층에서는 '패사소품'으로 지목하고 비난했던 것이다.

패사소품 및 서학에 대한 관심을 통해서도 짐작되듯이, 젊은 날의 담정은 자유분방하고 개방적인 정신의 소유자였다고 보인다. 지배층 내부의 권력투쟁의 제물이 되어 북방의 부령 및 남쪽의 진해에서 32세부터 41세까지 10여 년의 유배기를 보내는 동안, 담정은 각계각층의 다양한 인물들을 접할 수 있었고, 그들의 실제 생활에 즉하여 현실에 대한 인식을 심화시킬 수 있었다. 특히 부령에서는 그곳의 한 여성을 깊이 사랑하게 되었으며 토착의 하급양반, 무관, 아전, 상인, 농민들과 우정을 나누었고 그곳의 젊은이들을 성심으로 가르쳤다. 그리하여 그는 중세적 질곡하에서의 여성의 운명이라든가 북방의 거친 자연과 싸우고 지배층의 수탈과 싸우는 민중의 삶이라든가 척박한 삶의 조건에도 불구하고 그들이 보여주는 진실한 인간미 등을 깨달을 수 있었다.

중세의 폐쇄적인 신분사회에서 사대부 지식인의 유배란 기존의 정치판도에서의 배제를 의미하고 따라서 그것은 개인적으로 커다란 좌절이라 할 수 있다. 그러나 관점을 바꾸어 본다면 지배층의 일원으로서 가지고 있었던 지

5　이상의 사실은 『정조실록』 정조 21년(1797) 11월 11일 및 정조 23년(1799) 5월 22·25일 참조.

배이데올로기에 의해 형성되고 경화된 현실 인식의 틀 내지는 가치관을 교정할 수 있는 기회이기도 했다. 유배지에서의 체험을 통해 민중 생활을 보다 잘 이해할 수 있게 되고 그를 통해 자신이 속한 지배층과 지배질서에 대해 비판적으로 바라볼 수 있는 거리를 획득할 수 있었기 때문이다. 그러므로 사대부 지식인이 애민적 정신이나 인도주의적 정신으로 충만한 훌륭한 악부시를 종종 유배 시기에 창작했던 것은 우연이 아니다.

진해로 이배移配된 담정은 부령의 백성들 및 당시 자기 주변에 있었던 다정한 사람들을 몽매에도 잊지 못하고 그리워했는데, 이러한 그리움이 그로 하여금 『사유악부』를 짓게 만들었다.

'사유思牖'가 무엇을 의미하는지에 대해 담정은 다음과 같이 말하였다.

> '사유'는 내가 세 들어 사는 집의 오른쪽 창호에 붙인 편액이다. 내가 북쪽에 있을 때에는 어느 하루도 남쪽을 생각지 않는 날이 없었는데 남쪽으로 오게 되자 또 어느 하루도 북쪽을 생각지 않는 날이 없다. 생각이란 이렇듯 때를 따라 바뀌지만 곤고(困苦)함은 더욱 심해졌으니, '사유(思牖)'라는 명칭은 이에서 비롯되었다.[6]

'사思'는 부령의 사람들과 그곳에서의 기억 하나하나를 되새기며 그리워하는 담정의 심경을 나타내고 있고, '유牖'는 원래 가난한 집의 들창문을 가리키는 말로서 진해 유배시절 담정의 곤고한 생활처지를 나타내고 있다.

담정은 이어지는 글에서 "생각은 즐거워도 나고 슬퍼도 나니, 나의 생각은 어째서인가? 앉아도 생각나고 서도 생각나며 걸어도 생각나며 누워도 생각

6　「사유악부서(思牖樂府序)」, "思牖, 薄叟僦舍右戶之扁也. 叟之在北, 無日不思南, 及其南也, 又無日不思北. 思固隨時而變, 然其困苦益甚, 其牖之名, 始此".

나며 혹은 언뜻 생각나고 혹은 오래오래 생각나며 혹은 생각이 오랠수록 더욱 잊기 어려우니, 나의 생각은 어째서인가? 생각하여 느낌이 있으면 소리가 나오지 않을 수 없고, 소리를 따라 운韻이 있게 되니 이런 까닭에 시가 되었다"[7]고 하여, 이 작품을 지을 수밖에 없었던 자신의 심경을 밝히고 있다.

이 서문을 통해 우리는 중요한 두 가지 사실을 확인할 수 있는데, 그 하나는 부령에서의 유배 체험이 담정으로 하여금 민간세계를 단지 '바라보는' 차원에서 인식하는 데 머물게 하지 않고 자기 삶의 한 부분으로 받아들이는 지경에까지 나아가게 했다는 점이다. 다른 하나는, '생각→느낌→소리→운韻→시'라는 일련의 창작 과정에 대한 언명에서 잘 드러나듯, 담정이 '정감情感의 발로發露'에서 시 창작의 원천을 구하는 낭만적 시관詩觀을 갖고 있었다는 사실이다. 『사유악부』가 보여주는 강한 서정성이나 감정의 격렬한 분출은 이러한 두 가지 점에 주로 규정되고 있다고 보인다.

3. 『사유악부』의 세계 인식

『사유악부』는 5·5·7·7·7·7·7·7·7·7·7·7의 부제언不齊言 12행으로 된 단형서정시 290편으로 이루어져 있다. 290편은 특정한 순서 나 체계하에 구상된 것이 아니어서 각 편이 상대적인 독립성을 지니고 있으며,

---

7 "夫思, 有樂而思, 有哀而思, 余思也何居. 立亦思, 坐亦思, 步臥亦思, 或暫思, 或久思, 或思之愈久而愈不忘, 然則余思也何居, 思之所感, 不能無聲, 聲隨而韻, 是以爲詩."

각기 단일한 주제와 소재로 이루어져 있다. 그러면서도 궁극적으로는 상호 연관되고 보완되면서 담정의 부령에서의 생활 및 그곳의 인물·풍토를 '총체적'으로 보여주는 효과를 거두고 있다. 바로 여기에서 서정시이면서도 여느 서정시와 구별되는 『사유악부』의 독특한 성격과 위치를 발견하게 된다.

담정은 가능한 한 자세하고도 총체적으로 부령의 인물과 풍토를 드러내 보이기 위해 290편의 대연작大連作을 시도했던 것이며, 단형서정시가 그 정서적 지향 및 형식적인 제약으로 인해 결여하기 쉬운 사실 전달의 기능을 보완하고 확대하기 위해 주注를 적극적으로 활용하고 있다. 이러한 노력의 결과 『사유악부』는 그 각편은 엄연한 서정시이면서도 전체적으로는 서사적 지향과 내용을 갖게 되는 특이한 시적 효과를 거두고 있다.

단일한 소주제로 이루어진 『사유악부』의 각편이 '부령의 인물 및 풍토의 총체적 재현'이라는 하나의 대주제를 형성하고 있다는 점에서 『사유악부』의 290편은 그 전체가 하나의 작품이라고 할 수 있을 것이다. 290편을 하나의 작품으로 묶고 있는 것은 비단 내용과 주제에 있어서만이 아니라 형식에 있어서도 마찬가지이다. 조선 후기에 들어와 두드러지게 창작된 연작체의 악부한시는 대부분 7언 4행의 근체시형으로 된 죽지사체竹枝詞體를 취하고 있는 데 비해, 『사유악부』 각편의 처음은 어김없이 "무얼 생각하나? / 저 북쪽 바닷가"[8]라는 독특한 구절로 시작되고 있다. 이 구절은 상투적인 반복 이상의 기능을 맡고 있다. 그것은 남쪽의 진해로 이배되어와 부령에서의 따뜻한 인정을 그리워하고 회상하며 나날을 보냈던 담정의 하루하루를 뚜렷이 환기시켜 주는 형식적 장치로서, 담정은 물론 독자를 그의 회상의 공간으로 인도해가는 통

8　"問汝何所思, 所思北海湄."

로가 되고 있다. 그리하여 이 구절을 경계로 진해와 부령, 현재와 과거, 현실과 회상이 교차하게 된다. 또한 담정의 부령에서의 생활은 이 구절에 의해 저마다 의미있는 것으로 분절되어 형상화되는 한편, 토막토막 환기된 각각의 추억이 다시 전체적인 일관성과 연관을 획득하게 된다. 이처럼 각편의 처음마다 되풀이되고 있는 이 구절은『사유악부』전편에 동일한 율격을 부여하면서 그 서정적 울림을 더욱 강하게 만들어주는 탁월한 효과를 거두고 있다.

그러면 이제부터『사유악부』가 보여주는 세계 인식의 면모를 몇 가지로 나누어 살펴보기로 하자.

1) 여성에 대한 인식

『사유악부』에 담겨 있는 주요한 내용 중의 하나는 한 여성에 대한 담정의 진실한 사랑이다. 그 여성은 연희蓮姬라는 이름의 기생이었다.『사유악부』의 제2수에서 제289수에 이르기까지 연희와 관련된 회상은 작품의 상당한 부분을 차지하면서 지속적으로 등장하고 있다. 연희는 성이 지 씨池氏이고 이름은 연화蓮華이며 자字는 춘심春心이라고 하는데, 연희의 주변인물인 심홍沁紅·관옥關玉·영산옥寧山玉 등이 부기府妓였던 것으로 미루어 연희도 아마 부기로 있다가 물러났던 것으로 여겨진다.

담정은 유배지에서 부사나 아전들로부터 감시와 심한 모멸을 받았는데 이때 연희는 담정과 내왕하면서 그의 말벗이 되어주었을 뿐 아니라 그를 위해 손수 길쌈을 하고 철따라 의복을 지어주며 그 부모의 기일忌日에는 직접 제상祭床을 차려줄 정도로 지성으로 담정을 위하였다. 연희는 비록 북변의 미천한 기생 출신이라고는 하나 문장과 그림 등 예술적 재능이 뛰어나고 세상에 대한 자기 나름의 뚜렷한 안목을 지닌 여성이었다. 담정은 이와 같은 연희의 출중한 면모와 평소의 언행을 전하고자 「연희언행록蓮姬言行錄」[9]이라는 글을 짓기까지 했다. '언행록'이란 도학자나 위인, 존귀한 인물의 언행을 후세에 남기기 위해 그 제자나 자손이 기록하는 글인데, 한갓 미천한 기생의 언행을 '언행록'으로까지 기록한 일은 대단히 파격적이라 할 만하다. 이런 일은 담정 이전에는 물론, 그 이후에도 없었던 일이다. 이런 데서도 낡은 사고를 뛰어넘는 담정의 진취적 면모를 잘 살필 수 있다.

담정은 시에서 연희의 모습은 선녀와 같고(제2수), 그의 문장은 중국의 탁문군卓文君이나 왕소군王昭君보다 뛰어나며 장백산長白山의 정기가 길러낸 인물인데, 어째서 이러한 사람이 변방에 묻혀 있는지 묻고 있다(제12수). 담정은 그녀로부터 받은 따뜻한 보살핌과 은혜에 고마워하면서 그것을 한시도 잊지 못하는 마음을 토로하고 있다.

무얼 생각하나?	問汝何所思
저 북쪽 바닷가.	所思北海湄
웃옷과 아래옷 몸에 착 맞고	全副衣裳穩稱身
여름엔 베옷, 겨울엔 털옷, 갖추어져 있었네	夏葛冬裘各有倫
연희는 고생고생 바느질하여	辛苦蓮姬手中線
심혈을 다해 손가락에 구멍이 나기도.	心血嘔盡指孔穿
의금부 나졸에게 붙들려온 후론	金吾邏奴搶掠後

---

9   『사유악부』 제2수, 주 참조

다시는 연희가 해준 옷 입을 수 없네   更無一事身上羂

다만 남은 건 한 쌍의 대님뿐인데   只得剩下雙襪條

다 낡아 해졌어도 그 솜씨 남았네   弊弊猶餘手品高

겹실로 수놓은 구름무늬 파르스름한데   合絲雲文縹靑縷

차마 보지 못하고 애간장만 타네.   不忍看來腸錯刀

—제271수

어떤 물건이나 풍경을 곡진하게 묘사하면서 그와 결부된 특정한 인물에 대한 그리움을 핍진하게 그려내는 것은 담정이 능란하게 구사하는 기법으로서, 여기서도 다 떨어진 대님 한 쌍을 통해 자신의 고달픈 처지를 드러내는 한편, 그것을 만들어준 연희와 함께 지낸 이전의 나날을 더없이 그리워하고 있다. 이러한 애정시는 일일이 예거할 수 없을 정도로 많은데, 계절이 바뀌면 계절이 바뀌는 대로, 연희와 관련된 어떤 물건을 보면 또 그에 촉발되어, 담정은 연희의 인간 됨됨이, 연희와 놀던 일, 연희와 서로 나눈 이야기를 떠올리고 있다. 뿐만 아니라 그는 연희의 은혜를 갚게 될 날이 오기를 바라기도 하고(제234수), '훗날 고향 땅에서 농사지으며 백년동락하자'고 한 약속의 부질없음을 한탄하기도 한다(제164수). 두 사람의 깊은 애정이 탁월한 서정으로 형상화되고 있는 한 예로서 다음의 시를 들 수 있다.

무얼 생각하나?   問汝何所思

저 북쪽 바닷가.   所思北海湄

긴 여름 장맛비에 개울이 넘쳐   苦雨長夏漲溪漩

닷새나 연희 얼굴 보지 못했네.   五日不覿蓮姬面

오늘 밤 비 개고 모래톱에 달이 뜨니	今宵雨歇月在沙
물가의 푸르른 버들 비단처럼 살랑이네	水邊楊柳漾綠紗
지팡이 짚고 신 신고 개울가로 나가는 건	竹筇麻鞋出溪上
발걸음 따라 연희에게 가려해서지.	信步擬往蓮姬家
그때 보았지 모랫가 우거진 숲에	忽見沙際無限樹
나뭇가지 흔들리며 그림자 스치는 것.	樹梢微動人影度
작은 우산에 치마 끌며 술병 들고서	短傘布裙提葫蘆
연희는 벌써 다리 건너 이쪽으로 오고 있네.	蓮姬已踏橋西路

—제97수

서로를 생각하는 두 사람의 마음이 깊은 서정을 통해 대단히 감동적으로 표현되고 있다. 이 시의 높은 서정성은 "무얼 생각하나? / 저 북쪽 바닷가"로 시작되는 회상의 시공간이 바로 지금 눈앞의 정황으로 생생히 그려지면서 과거가 현재화되는 데에 힘입고 있다. 시의 제5행에서 "오늘 밤今宵"이라는 말이 보이지만, 사실 이 제5행에서 마지막 12행까지는 과거형이 아니라 현재형으로 읽히는 대목이다. 다시 말해 과거의 일이 흡사 지금 일어나고 있는 일처럼 재현되고 있는 것이다. 『사유악부』가 곧잘 보여주는 이와 같은 과거와 현재의 융합, 혹은 과거의 현재화는 다른 악부시에서는 좀처럼 찾아보기 어려운 『사유악부』의 독특한 면모라고 할 수 있다. 서사적 '과거'를 서정적 '현재'로 전환시키고 있는 『사유악부』의 이와 같은 독특한 면모는, 이미 지나간 추억을 애써 현재의 것으로 되살려 내고자 한 담정의 실존적 요구의 결과로 이해된다.

연희는 담정을 헌신적으로 보살펴주다가 마침내 그에 연루되어 감옥에 갇

히게 되는데, 이러한 연희를 담정은 "여협女俠"(제189수)이라고 높여 말하고 있다. 담정은 감정이 풍부한 시인이기는 했지만 특히 연희에 대한 자신의 감정은 그것이 기쁨이든 슬픔이든 그리움이든 떠오르는 대로 거리낌 없이 토로하고 있다. 다음의 시가 그 예가 된다.

무얼 생각하나?	問汝何所思
저 북쪽 바닷가.	所思北海湄
지난해 윤인자(閏人子)와 이별할 적에	曩歲初別閏人子
죽을 듯이 애닯고 괴롭더니만	眼穿腸斷魂欲死
올 봄에 연희와 헤어지자니	剛到今春別蓮姬
윤인자와 이별할 그 때 같으네.	却似初別閏人時
지기(知己)를 얻기란 참으로 어려운 일	人生知已難再得
생이별만한 슬픔이 또 있을까.	悲莫悲兮生別離
연희 집에서 노래 부르고 술을 마셔댔지	韍樓長歌韍樓醉
아침에 노래하고 저녁에 취해 백년을 살겠더니	朝歌暮醉百年寄
다음 세상 알 수 없고 이생에선 끝이로구나	他生未卜此生休
북쪽 구름, 남쪽 나무, 아득히 떨어져 눈물짓네.	江雲渭樹空垂淚

—제153수

위 시에서 윤인자는 담정의 절친한 친구 김조순金祖淳(1765~1832)이다. 연희가 김조순 못지않은 지기知己라고 하며, 연희와 이별할 때의 애통함과 이별한 이후의 슬픔을 절절히 토로하고 있다. 이 시에서 드러나듯 담정은 인간의 자연스런 감정으로서 남녀 간의 애정을 적극적으로 긍정하면서 그 진실한 추구에 더없이 큰 의미를 부여하고 있다. 혹 담정의 연희에 대한 감정이 양반층 남성이 기생에 대해 일시 품을 수 있는 유희적 감정의 일종이 아닌가 하는 반론이 있을 수도 있겠으나, 담정이 연희의 출중한 재능과 훌륭한 인간됨됨이에 감복하여 그 언행록을 쓰기까지 했다는 점, 헤어진 이후 수많은 연시戀詩를 통해 자신의 진실한 감정을 토로하고 있다는 점, 연희의 실명實名을 과감하게 언급하고 그녀와의 추억을 매우 자세하고 구체적으로 기록한 점 등을 미루어볼 때 그런 반론은 타당하지 않다.

중세적 예교禮敎가 지배하던 당시의 사회 현실에서 미천한 신분의 여성에 대한 자신의 진실된 감정을 시에서 대담하게 표현하고 있음은 자못 진보적 의의를 갖는다. 그런데 더욱 주목되는 것은, 담정이 한 여성에 대한 진실한 애정을 통해 중세 여성의 비참한 운명을 깊이 이해하고 동정하는 데까지 나아가고 있다는 사실이다. 다음의 시를 보자.

무얼 생각하나?	問汝何所思
저 북쪽 바닷가.	所思北海湄
사람들은 연희의 재모(才貌) 말하나	人道蓮姬才貌絶
나는 말하네 연희의 특별한 효심.	我道蓮姬孝思別
연희는 늘 말했지, 호걸 같은 장아전보다	恒言張椽龍虎手
관노(官奴) 윤가(尹哥)가 훨씬 낫다고.	不及尹奴牛馬走
일만 사람 가운데 그런 뛰어난 안목은	萬千人中一隻眼
철령 이북에서 찾을 수 없지.	鐵嶺以北應無有
연희는 바라네, 다음 세상 태어나면	每願他世環生日
부귀공명 같은 거야 필요 없지만	富貴功名竝不必

다만 남자 되어 밭 갈고 고기잡아   只作男子勤耕漁

부모님 슬하에서 평생을 웃으며 살길.   百年長笑父母膝

—제248수

여자로 태어나 기생의 몸이 될 수밖에 없었고 그래서 어버이를 제대로 봉양하고자 해도 할 수 없는 자신의 처지에, 연희는 다음 세상엔 꼭 남자로 태어나고 싶다는 비원悲願을 품게 되었는데, 이 시는 그와 같은 연희의 입장을 대변하고 있다. 담정은 연희의 벗인 관옥, 영산옥, 심홍 등과도 함께 어울리며 가까이 지냈는데, 영산옥이 겪는 쓰라린 운명을 다음과 같이 읊고 있다.

무얼 생각하나?   問汝何所思

저 북쪽 바닷가.   所思北海湄

영산옥은 평생 한이 뼈에 사무쳐   玉嫂平生恨徹骨

매일 밤 울음 삼키며 눈물 흘리네.   每夜吞聲淚不歇

"어찌하여 하늘은 기박한 이 몸 낼 제   如何天賦薄命人

총명한 남자 만들지 않았나.   不作聰明男子身

노류장화 이내 팔자 모질기도 모질어라   墻花路柳八字惡

씀바귀 쓰다 하나 내 신세 비하면 오히려 다네. 誰謂茶苦甘如薺

절통하다 저 유가(柳家)네 자식   切痛人間柳氏子

삼생(三生)의 원수가 네 아니고 누구리."   三生寃讐寧非爾

적막한 규방 깊은 곳에서   寂寞芳閨深掩處

비바람에 꺾인 꽃잎 부질없이 늙어가네.   怨綠愁紅空沒齒

—제285수

영산옥은 부기로서 노래 잘하고 시 잘하며 글씨도 잘 써, 그 해서楷書가 표암豹庵 강세황姜世晃과 비슷하다고 담정은 칭찬한 바 있다(제169수). 마침 서시랑徐侍郞이 유배왔을 때 그 배수첩配修妾이 되어 섬겼는데, 서시랑과 담정이 척의戚誼가 있었으므로 그녀는 담정을 아재비라 불렀다고 한다(제96수). 나중에 영산옥이 서시랑을 위해 수절하려고 하자 도호부사 유상량柳相亮은 그녀를 붙잡아와 벌하려 하였다. 그러자 담정은 영산옥을 입전立傳한 「정안전貞雁傳」을 창작하여 그녀를 기리고 유상량을 비난했는데, 이에 격노한 유상량이 대대적인 옥사獄事를 일으켜 담정과 그 주변 인물들을 곤경에 처하게 만들었다(제106수).[10] 담정은 위의 시에 덧붙인 주에서 "영산옥은 자나깨나 남자로 태어나지 못한 것을 한스러이 여겼는데, 「방가행放歌行」이라는 시 한 수를 지어 그러한 뜻을 노래했다. 그 시를 보는 사람들은 슬피 여겼다"고 기록하고 있다. 이 시의 5~10행은 그대로 영산옥의 피맺힌 절규이다. 권력의 이름 아래 자행되는 성性 수탈에 영산옥은 자신이 남자로 태어나지 못하고 여자로 태어난 것을 한탄하고 있다. 시의 3·4행과 11·12행은 시인의 말이라 하겠는데, 아름답고 재주 또한 출중한 젊은 여성이 현실의 벽에 부딪쳐 자신이 주체적으로 택한 삶을 좌절당한 채 원망과 탄식 속에 세월을 보내고 있는 데 대해 무한한 연민을 표시하고 있다.

담정이 다정다감한 감정의 소유자였음은 앞에 든 작품들에서도 살필 수 있었거니와, 그는 여성의 감정을 이해하고 표현하는 데에도 능했던 것 같다. 이는 결국 그가 중세 여성의 운명을 깊이 이해하고 그 처지를 동정한 데서 가능했던

---

10 담정이 「정안전」을 쓴 것이 빌미가 되어 유상량은 '김종원(金鍾遠) 옥사'를 일으켰고 이 때문에 담정과 가깝게 지내던 부령 사람들이 고초를 겪었다. 이에 대해서는 『사유악부』 제106·107·141수 참조.

것이라고 볼 수 있을 것이다. 담정은 실제로 「연희언행록」이나 「정안전」 등, 자기 주변 여성들의 뛰어난 능력, 고상한 인격, 빼어난 의기 등을 알아보고 그것을 세상에 알리기 위해 많은 글을 지었다. 애석하게도 현전하지는 않지만, 「심홍소전沁紅小傳」, 「정설염전鄭雪艶傳」, 「우아전禹娥傳」, 「경선전京仙傳」, 「유인최씨묘지명孺人崔氏墓志銘」, 「최정부시오십운崔貞婦詩五十韻」, 「장애애시張愛愛詩」, 「소혜랑소전蘇蕙娘小傳」 등은 모두 미천한 신분의 여성이 지닌 높은 덕성과 재능을 기리기 위해 쓴 글이다. 이 외에도 담정은 이 씨라는 술집 주모酒母를 애도하는 시 10수를 짓기도 했다.[11] 이들은 모두 실존인물들이었다. 중세의 남성 문인 중에서 담정처럼 기생을 포함한 여성의 전傳을 많이 지은 사람도 아마 없을 터이지만, 이보다 더 주목해야 할 점은 기생을 한갓 '기생'으로 인식하지 않고 자기와 똑같은 '인간'으로 인식하고 있다는 사실이다. 담정은 진해의 유배지에서 지은 「고시위장원경처심씨작」에서도 조선시대의 가장 천한 신분이었던 백정의 딸 '심방주'를 주인공으로 삼아, 그녀를 그 어떤 사람보다도 훌륭한 인물로 형상화하고 있으며, 그를 통해 하층 여성의 고난에 찬 운명을 거대한 편폭으로 그려내고자 하였다.

그러므로 담정이 보여주는 여성의 삶에 대한 이해와 연민은 중세의 남성 문인들이 더러 보여주곤 하는 여성 취향의 시와는 본질적으로 다르게 파악되어야 마땅하다. 궁녀의 삶을 소재로 한 궁사宮詞라든가 그 외 궁체시宮體詩 등은 여성적인 정감의 세계, 여성의 애환을 그리고는 있으나, 상류 계급에 기생하는 여성들의 화려한 생활과 섬약한 정서를 그리는 데 치중함으로써 철저히 남성 중심적 시각을 견지하고 있고, 그래서 오히려 중세 여성의 현실

---

11 이 시의 제목은 「애이주구십수(哀李酒九十首)」로서 『담정유고』에 수록되어 있다.

을 왜곡하는 데 기여하는 경우가 허다하다. 따라서 여성 취향의 시라고 해서 다 긍정적으로 볼 것은 아니며, 여성의 정서를 건강하게 구현하면서 그 삶의 처지를 왜곡 없이 그려낸 작품과 그렇지 않은 작품을 엄정히 구별하는 관점이 필요하다고 본다. 담정도 유배 체험 이전에는 주변인물들의 영향으로 여성적 정감의 세계를 읊되 그리 진지하지는 못한 옥대체玉臺體 시를 짓기도 했으나[12] 유배지에서의 견문과 체험으로 인해, 여성의 구체적 현실에 눈떠 가면서 그들의 처지를 참되게 이해하게 되었고 그 결과 그들에 공감하면서 그 질고를 동정하는 차원으로의 비약적 전환이 가능했다.

이상에서 보았듯, 담정은 『사유악부』에서 한 여성에 대한 자신의 진실한 감정을 숨김없이 표현하고 있으며, 나아가 중세 하층 여성의 처지에 대해 깊은 이해와 동정을 표시하고 있다. 『사유악부』가 보여주는 이러한 측면은 우리나라 한시사에서 대서특필되어야 할 드물고 귀중한 것이다.

2) 민중적 인물에 대한 애정

『사유악부』가 보여주는 또다른 주요한 면모는 숱한 민중적 인물의 형상화와 그들에 대한 담정의 애정이다.

척박한 북방의 유배지에 던져진 담정은 지병이 더욱 악화되어 하루에도 서너 차례 피를 토할 정도였다. 그리고 행로에서 얻은 동상으로 손가락 네 개가 거의 떨어져나갈 정도였고 온몸은 얼어 터져 고통에 시달렸다.[13] 게다

---

12 담정과 그 주변 인물들 — 이안중(李安中), 이우신(李友信), 이노원(李魯元) 등 — 이 옥대체를 애호한 사실은 이우신, 『수산유고(睡山遺稿)』 권1 참조.

가 부사府使 유상량으로부터 심한 감시와 핍박을 받아야했다. 부사의 지시를 받아 담정을 감시한 병졸 김명세金明世는 흉담패설凶談悖說을 수없이 만들어 내었으며 심지어 담정의 옷소매를 붙들고 눈을 부라리며 "너는 역적이냐? 강도냐?" 꾸짖는가 하면, 문을 벌컥 열어젖히고 걸터앉아 "네가 빈손으로 와서 밥을 축내는 것은 조정의 명령이냐, 관청의 명령이냐?" 윽박지르기까지 했는데, 이런 일이 하루에도 수십 번이었다고 했다.[14] 이럴 때면 담정은 몸이 떨리고 가슴이 두근거리며 오장이 찢어지는 듯하여 칼로 스스로 목숨을 끊어버리고 싶었으나 어쩔 도리가 없었고, 다만 자신을 따라온 하인과 밤낮으로 통곡하여 눈이 다 문드러질 정도였다고 했다.

이처럼 참담한 상황이었지만 담정은 그곳의 주민과 사귀게 되고, 그들의 따뜻한 인정에 힘입어 유배 생활의 고통을 극복해 나갈 수 있었다. 담정의 그곳 주민과의 접촉과 교유는 대단히 폭넓게 이루어졌는바, 한미한 양반이나 아전, 하급무관으로부터 농사꾼, 상인, 공장工匠, 술집 주인, 청년과 어린이 등을 망라하고 있었다. 이들은 모두 변방의 토착민들로서 민중층의 일원이거나 꼭 그렇지는 않더라도 민중적 성향을 갖는 자들이 대부분이었다. 담정은 이들로부터 많은 후의를 입었다. 그는 이들에게서 따뜻하고 소박한 인간미, 훌륭한 덕성을 발견할 수 있었으며 그들을 진심으로 좋아하게 되었다. 진해로 이배移配되어와 부령의 사람들을 기억하고 그리워하는 담정의 마음은 『사유악부』의 곳곳에서 드러나고 있다. 이를 통해 부령의 주민들에 대한 담정의 우정과 친밀감이 신분의 장벽을 뛰어넘은 자리에서 나온 것임을 확인할 수 있다.

---

13 『담정유고』에 수록된 「북천일록(北遷日錄)」, 41엽(頁) 참조.
14 「북천일록」, 44엽 참조.

무얼 생각하나?	問汝何所思
저 북쪽 바닷가.	所思北海湄
생각나네 지난 겨울 만 길이나 눈이 쌓여,	却憶前冬萬丈雪
온 성(城)이 다 묻히고 지붕의 기와 부숴졌지.	埋盡城中屋瓦截
새벽에 문 밀치자 꿈쩍도 하지 않아	曉起排戶戶不開
눈이 아찔 기가 막혀 서글픈 마음뿐이었네.	眼矯魂悸翻成哀
그새 눈길 뚫어 설렁줄 소리 들리더니	忽聞鈴索通雪寶
국보(國甫)가 손수 술병 들고 찾아왔네.	國輔親携白醅來
담수(澹叟)와 전옹(田翁)도 차례로 와	澹叟田翁次第至
칼을 꺼내 삶은 돼지고기 썰었지	挈刀更割熟毳蔵
유배 생활 괴로움 몽땅 잊게 해주어서	使我渾忘遷謫苦
미친 듯 노래하고 춤추며 취하고 또 취했었지.	狂歌亂舞醉更醉

―제257수

겨울에 폭설로 교통이 두절되어 안절부절 못하고 있을 때, 눈길을 뚫어 술과 안주를 들고 자신의 집을 찾아온 사람들에 대한 담정의 감사하는 마음이 표현되고 있다. 시에서 국보國輔라 일컬은 이는 장충보張忠寶라는 사람으로서, 담정과 술을 마신 일이 다른 데서도 언급되고 있다.[15] 담정의 그에 대한 회상은 그리움으로 가득하다. 담수澹叟는 박경실朴景實이란 사람의 호로서, 일찍이 부령에 유배 온 원교圓嶠 이광사李匡師에게 배워 글씨가 뛰어났다고 담정은 칭송하고 있다.[16] 담정은 다른 시에서도 이 인물을 회상하고 있는데, "성신誠信

---

15 『사유악부』 제20수 참조.
16 『사유악부』 제36수 참조.

(박경실의 자字)은 성신은 나의 지기어늘 / 어찌하면 훨훨 날아가 만나볼 수 있을꼬"[17] 라며 간절한 그리움을 읊고 있다. 전옹田翁은 이름을 성눌聖訥이라 한 사람이다. 이 세 사람은 모두 병영兵營의 공목孔目, 즉 병영에서 서기일을 맡아하던 아전붙이였다. 담정은 신분이 다른 이런 인물들과 격의 없이 지내면서 깊은 우정을 나누었다.

이 외에도 담정과 친밀하게 지냈던 숱한 인물로는 박홍중朴弘中, 차남규車南圭, 김상기金尙基, 이중배李仲培, 태소太素, 경회景晦 등이 있다. 담정은 "부령 사람들 생각하면 걱정이 떨쳐지지 않고 / 잊고 싶어도 잊히지 않아 늘 눈 앞에 어른"[18]이라며 항시 잊지 못하고 있는 마음을 읊고 있으며, "하찮고 미미한 사람도 모두 버리지 않고 / 나와 잘 지내며 교유하였네"[19]라면서 그들과 나눈 우정을 말하고 있다. 박홍중은 안변도호부의 아전이었던 인물로서 담정은 그의 강직함과 우의를 거듭 기리고 있으며(제18 · 21 · 243수), 차남규에 대해서는 그 학문의 높음을 거듭 칭송하고 있다(제1 · 218수). 이중배는 비장이었던 인물인데, "궁박한 사람의 어려움을 구해줌은 예로부터 드문 일 / 뼈에 새기고 간에 새겨 잊지 않으리"[20]라면서 그로부터 입은 은혜를 무척 고마워하고 있다. 김상기는 아전으로서 부기府妓 중의 노래 잘하는 자를 키우는 인물이었고,[21] 태소와 경회는 공조工曹의 일을 맡은 아전이었다. 이들은 모두 변방의 한미한 신분의 인물들이었지만 담정은 이들의 인품과 재능에 깊은 감동을 느꼈고 그것을 시로 표현하고 있다. 그리하여 태소의 개결介潔함을 저

17 『사유악부』 제36수, "信乎信乎吾知己, 安得奮飛去相訪".
18 『사유악부』 제255수, "我思北人憂難鏟, 欲忘未忘長眼在".
19 『사유악부』 제255수, "寸短尺朽皆不棄, 與我相好無相失".
20 『사유악부』 제65수, "窮途急難自古稀, 刻骨銘肝安可諼".
21 『사유악부』 제32수 참조.

중국의 오릉자^{於陵子}에 비기는가 하면(제176수), 경회의 단아함과 꼿꼿함을 칭송하면서 "높은 벼슬아치들 개돼지처럼 비루하니 / 어찌해야 당신 같은 이에게 세상 교화를 맡길지"[22] 라고 노래하기도 한다. 담정과 교분을 나눈 인물은 이에 그치지 않는다.

무얼 생각하나?	問汝何所思
저 북쪽 바닷가.	所思北海湄
짚신 삼고 자리 짜는 황씨네 아들	絪屨織席黃氏子
어려서부터 머슴살이에 몸을 맡겼지	生小寄身傭保裏
4척의 몸 초근(草根)으로 연명하며	四尺身材穀樹皮
부모 처자 하나도 없네	豈有爸嬤與妻兒
그 사람 성벽은 얼마나 깨끗한지	爲人性癖且介潔
맑고 담박한 물과 같고 흠 없는 옥이라네	淸水無文玉無疵
내가 옷 한 벌 줬더니 억지로 받으며	我與一袍彊而受
부끄러워하면서도 낯빛은 비루하지 않았네.	撫躬忸怩顔如厚
다음날 아침, 시장에 가 짚신 팔아서	明朝賣屨城西市
고마운 마음 술 한 병에 담아 보냈네.	謝惠親送酒一卮

— 제261수

남의 머슴으로 근근이 살아가는 황생과 담정 사이에 오고간 훈훈한 인정을 볼 수 있다. 담정은 이처럼 부령에서 진실하게 살아가는 여러 부류의 인간들

---

22 『사유악부』 제55수. "肉食者鄙同犬豕, 安得如汝掌世敎".

과 진심으로 사귀었다. 그리하여 사물에 대한 담정의 기억은 늘 부령의 특정 인물에 대한 회상으로 연결되고 있다. 가령, 오골계에 대한 기억은 그것을 준 장반수張班首에 대한 회상으로(제16수), 병에 대한 기억은 당시 자기를 문병 와 주었던 박홍중(제21수)과 약을 보내주었던 김군(제29수)에 대한 회상으로, 족 제비 털로 붓을 만들려고 했던 일에 대한 기억은 족제비 털을 준 박노인에 대한 회상(제91수)으로 이어지고 있다. 담정이 살뜰한 정을 느낀 존재는 단지 부령의 주민들만이 아니다. 연희의 집 우물가의 앵두나무(제8수), 세들어 살던 집에 해마다 찾아오던 제비(제13수), 뜰의 국화(제23수)에서까지 그는 애틋한 애정을 느끼고 있다. 이는 담정의 다정다감한 성품에서 말미암는 것이기도 하지만, 그에 앞서 부령의 여러 부류의 사람들과 나눈 진실한 우정이 그곳의 돌멩이 하나 풀 한 포기에도 무한한 정을 느끼게 했다고 보아야 할 것이다.

이 때문에 담정은 사람들이 영남을 추로지향鄒魯之鄕, 즉 성인聖人의 고을이 라 하고 관북을 말갈의 땅이라 폄시하지만, 자신이 보기엔 오히려 관북이 영 남보다 낫다고 단언하기까지 한다(제200수). 그리고 다음의 시에서 보듯 고 향에 버금가는 애착을 부령에 쏟고 있다.

무얼 생각하나?	問汝何所思
저 북쪽 바닷가.	所思北海湄
남으로 쫓겨 온지 어언 한 해라	自余之南歲垂盡
푸르던 잎 어느덧 낙엽 되었네	靑靑者葉皆黃賈
고개를 숙여도 고개를 들어도 눈물이 흘러	低頭滂沱擧頭潸
추레한 두 소매 눈물로 아롱지네.	雙袖龍鍾只斒爛
석보(石堡)의 남쪽, 청계(菁溪)의 서쪽	石堡以南菁溪西

꿈 속에서도 길이 그 곳을 배회하네	魂夢長繞於其間
아무리 좋다한들 내 고향 아니언만	雖信美兮非吾土
네 생각은 어이하여 그 곳만 그려 애태우나	汝思如何偏獨苦
내 고향 내 고향에 돌아갈 수 없을진댄	吾土吾土不可望
어찌하면 푸른 바닷가 그 곳에 다시 갈꼬.	安得復歸靑海湑

—제139수

담정은 자신과 우정을 나눈 인물들만이 아니라 변방에서 함께 생활하거나 견문한 각양각색의 민중적 인물을 시로 형상화하고 있다. 호랑이를 쏘아 죽인 최포수(제26수), 여자의 몸으로 호랑이와 맞선 윤 씨 열녀(제143수), 정절을 지켜 자결한 최 씨 열녀(제145수), 맨손으로 호랑이를 잡은 홍생(제157수) 등 용맹과 기개, 의기가 드높은 북방 백성들의 모습을 그리고 있으며, 병법에 뛰어난 지덕해(제53수), 백발백중의 활솜씨에다 말타기에도 뛰어난 황대석(제56수), 칠순의 나이에도 4척이나 되는 활과 돌화살촉이 박힌 화살을 들고 나를 듯이 말달리는 이제할(제120수) 등 씩씩하고 무예에 뛰어난 변방의 남아들을 형상화하고 있다. 이 중에서 최포수에 대한 회상을 예로 들어보기로 하자.

무얼 생각하나?	問汝何所思
저 북쪽 바닷가.	所思北海湄
작은 키의 최포수 날래고 용감해	短小精悍崔知彀
눈빛은 번쩍, 몸은 원숭이보다 날쌔지	眼彩酋酋輕於狖
어려서부터 총쏘기 배워 그 기술 뛰어난데,	早年學砲砲法工
남산을 오가며 곰사냥을 한다네.	往來捕熊南山中

곰이 노하여 덮쳐 팔뚝을 물었지만	熊怒而搰嚼其臂
총부리 그 입에 대고 쏘아 죽였네.	擧砲築口仍殺熊
지난 가을 계곡에서 맹호를 만났는데	前秋溪上白額虎
최포수 총 한 방에 그 뱃속을 꿰뚫었지.	知穀一砲貫虎肚
아아, 최포수는 참으로 신포(神砲)라네	嗟乎知穀眞神砲
수풀 사이 노루·사슴이야 쏘려고도 하지 않네.	肯射林間麕與麖

— 제26수

　이 최포수의 형용에서 우리는 정치적인 소외, 열악하고 거친 환경에도 불구하고 씩씩하고 굳세면서도 넉넉한 마음씨로 살아가는 북방민중의 삶의 자태를 떠올릴 수 있다. 담정은 이런 북방민중의 성실한 삶의 모습을 있는 그대로 그려 보이면서, 이들이 그 재주와 덕성에도 불구하고 변방에서 이름없이 살다 스러져가는 데 대해 안타까워하기도 한다.

　이상에서 보았듯이, 담정과 부령민들 간의 접촉과 우정은 『사유악부』가 보여주는 주요한 측면의 하나이다. 악부시, 특히 기속악부는 보통 양반 지식인 작가가 제3자적 입장에서 목격하고 관찰한 민중의 생활세계를 그리고 있는 것이 대부분인데, 이와 달리 『사유악부』는 작가와 민중의 직접적 교섭과 교유를 통해 민중 생활이 작자 자신의 '생활의 일부'로서 그려지고 있다는 점이 특기할 만하다. 악부시인과 민중 간의 거리를 좁히거나 없애고 있다는 이 점에서, 『사유악부』는 조선 후기 악부시의 한 진경進境을 이룩한 것으로 평가할 만하다.

3) 부패한 지배권력에 대한 인식

담정이 그리고 있는 북방민중의 형상은 위에서 살핀 것에 그치지 않는다. 그는 하층민의 고난에 찬 삶을 주시하면서 그 원인을 살피는 데까지 나아가고 있다. 부령은 북방이라 주민의 생업은 농업, 어업, 상업 등이 혼재되어 있었다. 그중에는 전국을 떠돌며 장사하여 부호가 되거나 근면으로 부요富饒하게 된 자도 극소수 없는 것은 아니었지만(제231·119수), 대부분은 척박하고 좁은 농토에서 폭설, 홍수, 냉해 등의 잦은 악천후와 힘겹게 싸우며 생계를 꾸려가고 있었다. 이들의 생활을 더욱 고통스럽게 하는 것은 지배권력 및 그에 빌붙은 지방관리의 수탈과 침학이었다. 이과 관련하여『사유악부』는 하층민의 고난을 동정하면서 부패한 지배권력에 대한 강렬한 증오를 표현하고 있는바, 바로 이 점에서『사유악부』의 또 다른 주요한 면모를 발견할 수 있다.

북방민 중에는 누대로 그곳에서 생활해 온 사람들이 많았지만, 남쪽 지방에서 농사를 짓다가 과중한 세금과 수탈을 견디지 못해 이주한 유망민流亡民들도 상당 부분을 차지하고 있었으며 이들의 수는 증가되고 있었다. 토지에서 유리되어 유망하다가 이곳까지 흘러온 농민들은 야산이나 황무지를 일구어 농사를 지었으며, 여기서도 몰락하면 다시 국경을 넘어 중세 권력의 손길이 닿지 않는 간도 지방으로 옮겨가곤 했다. 다음의 시는 남쪽에서 유망해 온 농민을 그려 보이고 있다.

무얼 생각하나?　　　　　　　　　　　　　問汝何所思
저 북쪽 바닷가.　　　　　　　　　　　　　所思北海湄

부령의 백성들 생계 궁색해	寧州蓋徒生計蹇
힘을 모아 산비탈에 외를 심었네.	相將種瓜城西坂
그 외 자라 무성하게 길가에 가득하면	瓜熟離離滿路傍
내다 팔아 곡식 사서 방아를 찧지.	賣瓜買穀爲春粮
지난해엔 외가 많이 시들어 죽어	往歲瓜坂多黃隕
김 씨와 장 씨네 큰 피해 입었네.	問誰爲甚金與張
다들 말하길 "어르신은 걱정 없겠수다,	齊言薄曳百無恨
힘센 종이 있고 말도 또한 건장하니"	有奴如辈馬亦健
나는 이 말 듣고 그만 허허 웃었지	我聞此語還一噱
노나라 정치나 위나라 정치나 뭐가 다를까.	魯衛之政幾分寸

—제129수

이 시에서 우리는 산비탈에다 근근이 씨뿌릴 땅을 마련하여 생계를 도모하고 있는 가난한 부령민의 모습을 볼 수 있다. 담정은 이 시의 주注에서 김 씨는 순천順天 사람 김윤태이고, 장 씨는 고성高城 사람 장문제인데, 모두 유민流民의 무리로서 곤궁하여 외를 팔아서 살아간다고 했다. 아마도 과중한 부세와 빚을 감당하지 못해 조상 대대로 살아오던 고향을 등지고 멀리 북방까지 유망해 온 것이리라. 그러나 북방의 생활이라고 해서 그다지 나을 것도 없다. 당장 끼니 걱정을 해야 하는 이들로서는 비록 죄인의 신세이긴 하나 담정의 처지가 부러울 수밖에 없다. 담정은 자신이나 유민의 처지가 그게 그것이라고 실소하고 있지만,[23] 이 실소는 공허할 뿐이다. 담정이 목도한 북방

---

23 인용된 시의 마지막 행에서 "노나라 정치 운운"한 것은 『논어』「자로편」에 "魯衛之政, 兄弟也"라
는 구절에서 유래한 것으로, 양자가 서로 비슷하다는 뜻이다.

민중의 고난은 농민에 그치지 않는다.

무얼 생각하나?	問汝何所思
저 북쪽 바닷가.	所思北海湄
마천령 이북의 네 고을 어민들	嶺北四郡衆漁戶
배 팔아치우고 뿔뿔이 흩어졌네.	盡室離散罷船估
새 임금께서 겨울 어물 진상 줄이라 했다는데	傳聞新上減冬魚
관아에선 시침떼고 더욱 수탈하네	營門掩置猶侵漁
지난 해 인정은 삼십 꿰미더니	往歲人情三十緡
올해 인정은 이백이 넘네	今年人情二百餘
아내 자식 다 팔아도 살아가기 어렵건만	賣妻鬻子那能活
관리들은 또다시 빼앗아가네	本官官吏又攘奪
게다가 날씨 나빠 고기까지 안 잡히니	況復天荒魚族荒
일찌감치 고향 버리고 달아나는 게 나을테지.	不如趁時走跳脫

—제127수

이 시의 네 고을은 명천, 길주, 경성, 부령을 가리킨다. 담정은 주를 통해 이 점을 밝히고 있다. 이 네 고을은 모두 바다에 면해 있어서 매년 어물을 나라에 바쳐야 했는데, 순조가 새로 등극하자 겨울 진상進上만큼은 그만두게 하였다. 그런데도 당시 함경도 관찰사 이병정李秉鼎(1742~1804)은 이 사실을 감춘 채 겨울 진공進貢을 거둬들였으며, 나중에 이 사실이 알려지자 이미 나라에 바쳤다고 핑계대고 어민들에게 되돌려주지 않았다. 뿐만 아니라 이병정은 인정人情, 즉 관에서 뇌물조로 부당하게 걷는 돈을 삼십 꿰미에서 이백 꿰미로 엄청나게 올려 받고 있었다. 그리하여 처자식까지 종으로 팔더라도 이러한 가렴주구를 제대로 충족시킬 수 없을 지경이었다. 그러니 배를 팔고 고향을 등질 수밖에 없었다. 담정은 이처럼 지배권력의 가혹한 수탈로 인해 유민이 발생하는 과정을 정당하게 인식하고, 시에서 그것을 날카롭게 고발하고 있다.

위의 시는 그 주註에서 당시 함경도 관찰사가 이병정임을 밝힘으로써 특정한 인물의 가렴주구를 구체적으로 공격하는 효과를 거두고 있다. 이는 한갓 개별성의 차원에 떨어지지 않고, 개별과 보편의 통일로서 '전형'을 창조하고 있다고 할 만하다. 부패한 지배권력에 대한 비판은 조선 후기 한시에서 드물지 않게 찾아볼 수 있지만, 『사유악부』에서처럼 특정인물에 대한 직접적인 고발을 통해 탐관오리의 전형을 창조하는 경우는 좀처럼 찾아보기 어렵다.

관찰사 이병정이 사리사욕을 채우기 위해 백성들의 생활을 유린하고 있음은 다음의 시에서도 고발되고 있다.

무얼 생각하나?	問汝何所思
저 북쪽 바닷가.	所思北海湄
함경도산 철염(鐵鹽)은 토염(土鹽)보다 나아	嶺北鐵塩勝土塩
맛이 좋고 색은 희며 부드럽다네	味甘色白柔且纖
값 헐할 땐 서 말이 쌀 한 말 값이나	塩賤三斗米一斗
귀할 때는 쌀값과 맞먹는다네	塩貴與米只相耦
근래에 소금값 갑자기 뛰어	而來塩價忽刁蹬
쌀 닷 말 주어도 소금 한 말 어렵네.	塩一米五猶無有
북방의 부로(父老)들 탄식하기를	北關父老長太息
"밥상 대하면 구역질하니 어떻게 밥 먹을꼬.	對飯嘔略何由食

여섯 달이나 맨 음식 먹어 소금구경 못한 건　　　喫淡六朔不見塩

올해에 부임한 관찰사 덕이야."　　　　　　　　　今年儘蒙巡相力

　　　　　　　　　　　　　　　　　　　　　　　—제133수

　이 시에서도 담정은 주를 달아, 관찰사 이병정이 염리鹽利를 지나치게 탐
해 염호鹽戶를 닦달했고 염호들은 이를 견디지 못해 모두 달아남으로써 소금
값이 폭등했음을 밝히고 있다. 탐욕스런 관리의 가혹한 수탈이 백성들의 밥
상에까지 괴로움을 끼치고 있음을 고발한 것이다. 이병정은 백성에 대해 가
렴주구를 자행할 뿐 아니라, 담정과 같은 유배객을 감시하고 괴롭히는 데에
도 혹독했다. 그는 담정이 지은 시를 가지고 죄상을 날조했으며(제202수), 담
정의 문생을 문초하였고(제254수), 새로 부임한 도호부사都護府使 이갑회를 사
주하여 담정의 문도 60여 명을 체포·심문하고(제152수), 담정과 친분이 있
었던 100여 명의 인물들에게 가혹한 형벌을 내렸으며(제211수), 유배온 사람
에게 술과 음식을 대접한 사람을 무고하여 파직시켰다(제88수). 이병정은 담
정에게만 그랬던 것이 아니라 당시 경흥에 유배와 있던 서유린徐有隣(1738~
1802)을 핍박하기도 했다. 당시 함흥통판이었던 김기풍金基豐(1754~1827)이
서유린에게 호의를 베풀어 술과 음식을 대접하자, 이 일을 갖고 김기풍을 무
고하여 파직시켜 버렸다. 이에 부인府人들은 두려워 감히 서유린에게 인정을
베풀려 하지 않았다(제88수). 서유린은 곤고 속에 결국 한 해를 넘기지 못하
고 유배지에서 목숨을 잃고 만다.[24]

24　서유린은 당시 시파(時派)의 인물로서, 벽파(僻派)의 탄압으로 유배와 있었다. 담정이 유배온
　　것도 시파·벽파의 알력과 깊이 관련되었던바, 이로 미루어 보면 이병정이나 유상량이 서유린
　　과 담정을 혹독하게 대했던 것은 당색(黨色)과도 관계가 있다고 생각된다. 이병정은 일찍이 왕
　　명(王命)에 따라 소품취향을 지닌 강이천 등의 성균관 유생에게 경전문자(經典文字)를 가르친

관찰사 이병정 외에도 『사유악부』에서 우리가 접할 수 있는 탐관오리들의 이름은 많다. 가장 많이 등장하는 인물은 부령의 도호부사였던 유상량柳相亮 (1764~?)이다. 부기 영산옥이 수절하려 하자 그녀를 붙잡아 오게 했고, 담정이 「정안전貞雁傳」을 지어 그 일을 비판하자 대대적인 옥사를 일으킨 것이 유상량임은 이미 앞서 살핀 바 있다. 이외에도 유상량은 김조이라는 여인의 음행을 뇌물을 받고 눈감아 주는가 하면(제76수), 남 씨네 며느리가 억울하게 죽었음에도 그 시아비로부터 뇌물을 받고 사실을 은폐하였고(제86수), 곽 씨 처녀가 납치되어 갔는데도 자신이 납치범의 누이를 총애하는 터라 이 일을 묻어두고 다스리지 않았다(제132수). 뇌물이나 자신의 이해관계 때문에 백성들의 억울한 사정을 전혀 돌보지 않고 있으며, 풍속을 바로잡아야 할 목민관이 오히려 풍속을 문란하게 만들고 있는 셈이다. 눈앞에서 벌어지고 있는 이처럼 어처구니없는 상황 앞에서 담정은 "도호여, 도호여, 명문의 자제로서 / 인륜을 모르면서 어찌 백성 다스리나"[25]라고 개탄하고 있다.

뿐만 아니라 백성을 수탈하는 데 있어서도 유상량은 이병정에게 결코 뒤지지 않았다. 차유령車踰嶺 아래 은점銀店을 설치하여 장사꾼 남기명이란 자에게 맡겨 횡렴橫斂을 일삼음으로써 백성들에게 폐해를 끼치는가 하면(제72수), 거짓으로 내수사內需司의 소용所用을 칭탁하여 황장목黃腸木 천여 개를 베어 사복私腹을 채우기도 했다. 황장목이란 관棺을 만드는 데 쓰는 질이 좋은 소나무를 말하는데, 이와 관련된 시를 한 편 보기로 한다.

적이 있는 인물로(『조선왕조실록』 정조 21년 11월 11일), 담정과는 반대 당파였다. 이병정의 담정에 대한 혹독한 대접과 그에 대한 담정의 격렬한 비판에는 개인적 감정이 개입된 측면도 없지는 않다고 보인다.

25 『사유악부』 제122수, "都護都護名門子, 胡昧倫綱典州郡".

무얼 생각하나?	問汝何所思
저 북쪽 바닷가.	所思北海湄
부령의 육 씨 여자	富春兒女身姓陸
밤마다 강가에서 하늘 보며 울부짖네.	夜夜叫天臨江哭
그 남편 지난 가을 황장목을 운반하다	夫婿前秋運黃腸
홍원(洪原)에서 파선(破船)하여 목숨 잃었지.	船破淊死洪原洋
사또는 외려 달아나다가 화를 입은 거라 말하며	本官猶言在逃禍
그 부모 잡아다 열 달을 고문했네.	十朔拷掠爺與孃
들으니, 내수사에선 황장목 징수 않았다는데	傳聞內需無公務
본관사또 교명(矯命)으로 사복 채우려 한 일일세.	本官矯旨私營度
하늘이여 하늘이여 아는가 모르는가	天乎天乎知道否
어찌해 유도호(柳都護)를 벼락쳐 죽이지 않나.	那不震殺柳都護

—제70수

　　당시 부령의 백성들은 유상량을 "황장목 나으리"라고 비꼬아 부를 정도로 그에 대해 큰 반감을 품고 있었다. 이 시는 육 씨 부인과 부령민의 유상량에 대한 저주를 대변해 읊고 있다. 이처럼 격렬하고 직설적인 저주는 기존의 한시에서는 발견하기 어렵다. 이런 시는 한시가 그 이상으로 추구하는 '온유돈후溫柔敦厚'에서 벗어나도 너무 벗어나 있어 우리를 놀라게 한다. 그러나 이런 성격의 시는 비단 이 작품에 한정되지 않으며 『사유악부』를 통해 여러 편이 발견된다. 담정는 자신과 부령민을 일체화하는 과정에서 철저히 부령민의 입장에 설 수 있었고, 이로 인해 기존 한시의 테두리를 벗어나는 표현과 정서를 개척할 수 있었다.

담정은 이외에도 부패한 관리로서의 유상량의 모습을 여러 편의 시 속에 담고 있다. 가령, 관아에 불이 났을 때 남 먼저 달아나는 모습이라든가, 일식이나 지진 등의 천재지변이 있음에도 오히려 연회를 베풀고 노는 가증스런 모습을 낱낱이 담고 있다(제116·266수).

관찰사 이병정이나 도호부사 유상량의 부패와 탐학은 그들 선에서만 그치는 것이 아니라 하급관리, 포졸, 토호 등의 부정과 부패, 발호를 조장했다는 점에서 더욱 심각했다. 상층 지배권력은 이들을 수족으로 삼아 민중을 수탈했기에 이러한 결과는 필연적이었다. 이러한 중세적 통치 피라미드 구조에 의해, 백성들은 관찰사나 부사 등의 상층 지배자의 학정에 고통당할 뿐 아니라 하급관리, 토호 등의 하층 지배자로부터도 엄혹하게 수탈당하며 짓밟혔다. 다음의 시는 이러한 현실을 예리하게 포착하고 있다.

무얼 생각하나?	問汝何所思
저 북쪽 바닷가.	所思北海湄
미쳐 날뛰는 부령의 군뢰(軍牢)들	富春牢子總跋扈
네놈들은 사람 탈 쓴 저승사자지.	爾輩眞是點鬼簿
이가 놈 삼형제 살쾡이마냥 날뛰며	李哥三橫狼與豹
사람 죽여 파묻는 일 즐겨한다네.	性敢殺越喜推埋
언젠가 도호부사 모함하고자	向來生心陷都護
형제가 서로 짜고 전패(殿牌)를 태웠지.	兄弟同謀焚殿牌
이 말고도 득현과 덕필이라는 놈 있어	有更得玄兼德弼
음흉하고 교활하고 간사스럽네.	陰鷙桀黠尤奸遍
황장목(黃腸木) 나으리 새로 부임하자	黃腸令公坐定時

이놈들 세상 만나 좋아라 날뛰었지.	爾輩得意始橫逸

—제67수

　군뢰는 죄인을 다루는 군졸을 일컫는 말이다. 백성들의 원성을 샀던 부령의 군뢰들 중 특히 악명이 높았던 자는 이가李哥 삼형제였는데, 담정은 이들의 이름을 결코 잊지 못하겠다는 듯, 주를 통해 그 이름을 하나하나 밝히고 있다. 이들 군뢰가 백성들을 때리고 죽이는 가증스런 폭력을 자행할 수 있었던 것은 그들 뒤에 도호부사 유상량이 버티고 있었기 때문이다. 시의 마지막 두 구절은 이 점을 선명히 드러내 보이고 있다.

　백성들을 못살게 군 것은 하급 군졸만이 아니다. 악질적인 아전이나 토호도 백성을 수탈하고 착취했다. 물론 모든 하급 군졸이나 아전들이 착취자로서 기능한 것은 아니었고 개중에는 앞에서 살핀 것처럼 높은 덕성과 인격을 지니고서 담정과 깊은 우정을 교환한 인물도 더러 없지 않았지만, 그러나 그 대부분은 말단 수탈자로서의 면모를 갖고 있었다고 해야 옳다. 다음 시는 상급 관리와 지배층의 말단, 토호 등이 저마다 모두 수탈을 일삼고 있는 현실을 잘 드러내고 있다.

무얼 생각하나?	問汝何所思
저 북쪽 바닷가.	所思北海湄
죽일 놈의 저 유진(留鎭) 최창규	可殺玉蓮崔留鎭
온갖 미친 짓과 교활한 꾀로 재앙을 만드네.	千癡萬黠開邊釁
개 같은 김가(金哥), 삵 같은 이가(李哥) 함께 날뛰고	金狗李猫共跳梁
못된 아들에게 창고를 맡겨	頑媳今年教監倉

문서를 날조해 관곡을 빼돌리고	幻弄文書偸官穀
군량미 만 석에는 모래와 싸라기 섞었네.	軍糧萬石雜砂糠
게다가 또 진장(鎭將)은 얼마나 탐욕한지	況復鎭將性饕餐
어진 백성 수탈해 다 달아났네.	壓害良善靡有孑
군졸들도 짐 꾸려 모두 달아나	土卒荷擔盡逃躱
반 넘어 군적부가 비고 말았네.	黃白軍簿太半缺

— 제215수

유진留鎭[26] 최창규, 고자庫子 구실을 맡아하던 그의 아들 최춘엽, 토호 김원표와 이동삼, 진장鎭將[27] 강사헌 등이 자행하는 비리와 부정, 수탈로 백성들의 삶이 황폐해지고 군졸들이 도망가는 지경에 이르게 된 것을 이 시는 고발하고 있다. "죽일 놈", "개 같은 김가놈", "살쾡이 같은 이가놈" 등의 격렬한 표현에서 부패한 관리에 대한 담정의 증오를 읽을 수 있다. 이처럼 이 시는 백성을 동정하고 부패한 관료를 증오하는, 애증이 분명한 담정의 필치가 잘 드러나고 있다.

이상의 작품들에서 주목되는 것은 담정이 민중들의 고통과 분한憤恨을 시로 표현함에 있어 그저 막연하게 동정하고 한탄하지 않고, 민중의 고난의 직접적 원인이며 그 대립물인 부패한 지배권력에 대한 증오를 한시의 일반적 전례典例를 벗어나 놀라울 정도로 강렬하게 표출하고 있다는 점이다. 이를테면 "하늘이여, 하늘이여, 도道가 있는가 / 어찌해 유도호柳都護를 벼락쳐 죽이지 않나"[28]라

26　유진(留鎭)은 진영(鎭營)에 두었던 벼슬 이름.
27　진장(鎭將)은 각 도의 감영과 병영의 관할하에 있던 각 진영의 장관(將官).
28　『사유악부』제70수, "天乎天乎知道否, 那不震殺柳都護".

고 외치는가 하면, 관찰사 이병정을 혹리酷吏의 전형인 상홍양桑弘羊으로 간주하면서 "홍양을 쪄죽이지 않으면 하늘이 비를 내리지 않으리니 / 농부와 전부田婦가 밭두둑에서 곡하네"[29]라고 읊기도 하고, 원한을 품고 죽은 남 씨네 며느리를 슬퍼하며 "바라건대 그녀의 혼 원귀가 되어 / 세상의 유 씨 자손 몽땅 잡아 죽이기를"[30]이라고 말하고 있는 데서 그러한 점을 단적으로 확인할 수 있다.

물론 부패한 관리의 가렴주구를 고발하고 백성들을 옹호한 애민시愛民詩류의 한시는 담정만이 아니라 다산 정약용을 위시하여 조선 후기에 여러 진보적 문인들이 창작하고 있지만, 그러나 담정의 『사유악부』에서 볼 수 있듯 시인의 폭발적인 분노와 증오를 이처럼 격렬하게 표현하고 있는 작품은 달리 유례를 찾기 어렵다. 그러므로 담정의 『사유악부』가 갖는 또 다른 특질과 시사적詩史的 의의가 바로 이 점에서 구해지지 않으면 안 된다.

아울러 담정은 늘 부패한 관리들의 이름을 구체적으로 거론하면서 그들의 비리를 적나라하게 공격하고 있는데, 이 점 역시 여느 시인의 작품에서는 발견할 수 없는 면모이다. 이런 경우 한시에서는 특정인물의 이름을 직접 거론하지 않고 우의적이고 우회적인 방식으로 표현하는 것이 보통이다. 담정은 유배지에서 권력자의 탐학과 백성에 대한 수탈을 직접 보고 겪는 한편 민중들과의 어울림을 통해 그들과의 일체감을 형성해 가게 되고 이에 따라 민중적 입장을 자신의 입장으로 가져갈 수 있었기에, 일반 한시의 전례를 크게 벗어날 수 있었다. 게다가 담정이 성격적 특질로서 갖고 있던 다정다감함은 민중에 대한 접근을 더욱 용이하게 하면서 그에 대한 이해와 공감을 더욱 증폭시켜 주었으리라 추정해 볼 만하다. 뿐만 아니라 담정은 정의를 옹호하고

---

29 『사유악부』 제69수, "弘羊不烹天不雨, 農夫田婦溝頭哭".
30 『사유악부』 제86수, "只願幽魂爲厲鬼, 殺盡人間柳家子".

불의에 항거하려는 용기와 기백을 지닌 시인이었다. 실학자 계열의 시인들처럼 무슨 특별한 사상을 공공연하게 표명한 적도 없는 담정이 어떤 면에서는 그들을 뛰어넘는 성과를 이룩할 수 있었던 것은 이러한 몇 가지 점에 힘입은 것이라고 할 수밖에 없다. 담정의 시인적 열정과 용기, 민중의 현실을 시혜자적인 입장에서 거리를 두고 서술하는 것이 아니라 그 속에 들어가 흡사 시인 스스로가 그 일원一員인 것처럼 서술하고 있음은 우리가 눈여겨 보아야 할 『사유악부』의 최대성과요 미덕이다.

『사유악부』의 이러한 면모는 후에 그가 연산連山현감으로 있던 시절(1817~1819)에 지은 「황성이곡黃城俚曲」과 서로 대비해 보면 더욱 뚜렷이 드러난다. 「황성이곡」에서도 백성의 삶에 대한 동정과 근심이 도처에 표현되고는 있지만 그것이 지배권력에 대한 비판이나 증오와는 직접 연결되지 않음으로써 백성에 대한 막연한 연민과 양심적 지식인이라면 대개 가질 수 있는 민중에 대한 자기 위안적 관심에 머물고 만다. 그러므로 거기서는 시적 긴장이나 시인과 민중의 합치 같은 것은 발견하기 어려우며 백성의 삶에 대한 풍속적 묘사가 주된 부분을 이룬다.

한편 『사유악부』에서 담정이 부패한 중세권력을 격렬히 비판했다고 해서 그것이 중세의 지배 체제에 대한 전면적 부정으로 연결되는 것은 아니다. 유배에서 풀려난 후 담정 자신이 지방 수령인 연산현감이 되었고, 별로 실효가 없음을 알면서도 호강豪强을 억누르고 백성을 위한 정치를 펴고자 노력하고 있듯(「황성이곡」, 제196·199수), 담정이 궁극적으로 추구한 해결책은 양심적 관료에 의해 베풀어지는 선정善政의 테두리를 벗어나지 못했다고 보인다.[31]

---

31 이러한 사실은 『사유악부』 제18·144·180수 및 「황성이곡」의 제199수에서 볼 수 있다.

그러나 19세기의 현실은 이미 그러한 해결책을 비현실적인 것으로 만드는 방향으로 흘러가고 있었다.

『사유악부』에서 이루어지고 있는 현실비판이 아주 구체성을 띠고 있음은 미덕이라 할 수 있지만, 동시에 현실의 문제가 특정인물의 인격이나 행위에 고착되는 것을 넘어서서 중세 체제의 내적 기제나 보편적 모순을 드러내 보이는 데는 미흡하다는 점이 한계로 지적될 수 있다.

4.『사유악부』의 표현 및 형식적 특징

이상에서『사유악부』의 창작 배경 및 그 세계 인식의 면모를 살펴보았다. 『사유악부』에 나타난 담정의 여성 인식이나 민중적 인물에 대한 애정, 부패한 지배권력에 대한 고발 등은 이 시기 문학사에서 대단히 높이 평가될 성질의 것이라고 판단된다.『사유악부』는 부령의 '민중 생활사'를 한시로 구현하고 있다고 할 만큼 민중의 삶과 현실의 모습을 폭넓고도 깊이 있게 그려내고 있다. 그것은 흔히 볼 수 있는 풍속시風俗詩 류와는 달리 철저히 민중적 입장에서 현실의 본질과 모순을 그려내고 있다. 또한『사유악부』는 여느 애민시나 사회시와는 달리 단지 시인이 '바라본' 민중적 현실을 그리는 데 머물지 않고 시인 스스로가 민중세계 속에서 민중들과 어울려 생활하면서 체험하거나 느낀 것을 기술하는 방식을 취하고 있다. 다시 말해 단지 민중의 삶에 대한 '밖'에서의 보고가 아니라 '안'에서의 기록으로서의 성격을 다분히 갖고 있다. 이 때문에 『사유악부』는 여느 한시와는 달리 '민중적 정조'를 대단히 강하게 대변할 수 있었다. 『사유악부』가 지배권력에 대해 격렬한 저주나 증오를 표현하고 있음도 바로 이와 관련된다. 조선 후기 악부시 속에서, 나아가 조선 후기 한시 전체 속에서, 『사유악부』가 점하는 독특한 위치는 바로 이 점에서 찾아져야 하리라 본다.

이 글에서는 주로 『사유악부』의 내용적 특성을 주로 고찰했지만, 군데군데 그 표현 및 형식의 특징에 대해서도 언급했다. 이제 그 표현 및 형식의 특징을 전체적으로 정리해 보기로 한다.

『사유악부』의 표현상 특징으로는 다음과 같은 점들이 주목된다.

첫째, 대상에 대한 사실적 묘사.

담정은 시의 대상이 물건이든 인물이나 풍경이든 간에 그것을 지극히 사실적으로 묘사하고 있다. 예를 들면, 부령에 있는 연희의 집을 회상하면서 "눈에 삼삼한 성城 동쪽 길 / 두 번째 다리 곁에 연희가 살지 / 집 앞엔 한줄기 맑은 시내 흐르고 / 집 뒤엔 암석이 산 위에 즐비했네 / 계곡 가에 버드나무 수십 그룬데 / 문 앞의 한 그루 누각에 비치네. / 누각 위엔 창에다 베틀을 놓았고 / 누각 아래엔 한 자 높이 돌절구 있네. / 누각 남쪽 작은 우물엔 앵두나무 심었고 / 누각 밖은 북쪽으로 회령 가는 길"(제4수)[32]이라고 마치 소설에서의 묘사를 연상케 할 정도로 사실적으로 표현하고 있다. 이뿐 아니라 종이, 연희가 만들어준 도포, 자신이 애지중지하던 칼, 옥수수, 먹, 연적 등[33] 사실적 묘사의 예는 이루 말할 수 없을 만큼 많다.

---

32 "眼中分明城東路, 第二橋邊蓮姬住, 屋前一道淸溪流, 屋後亂石頭山周. 谿上楊柳數十株, 一株當門映粉樓. 樓上對牕安機杼, 樓下石臼高尺許. 樓南小井種櫻桃, 樓外直北會寧去."
33 『사유악부』 제38·43·60·64·75·77수 참조.

둘째, 지극히 구체적으로 대상에 대한 애정·증오·칭찬·비판을 표현하고 있는 점.

앞서 내용을 분석하는 과정에서도 드러났지만 담정은 부패한 지배권력을 비판하되 관찰사 이병정, 도호부사 유상량, 유진留鎭 최창규, 진장鎭將 강사헌 등으로 관리의 이름을 일일이 거론하면서 그들의 이러저러한 행위를 구체적으로 드러내 비판하고 미워한다. 한편, 연희를 비롯하여 자신과 우의가 있거나 그렇진 않더라도 진실 되게 살아가는 민중적 인물들에 대해서는 지극한 애정을 표시하고 있으며, 그들을 칭찬하는 데 있어서도 누구누구의 이러저러한 면모를 자세하게 구체적으로 묘사하고 있다. 『사유악부』가 민중적 인물에 대해서는 각별한 애정과 이해를, 부패한 권력자나 그 주구들에 대해서는 격렬한 증오를 보여줄 수 있었던 것은, 담정이 부령의 민중적 인물들과 연대감을 가지고 그들의 시각에서 사물을 관찰하고 판단한 데서 기인한 것이라 할 수 있다.

셋째, 낭만적 감정의 분출을 보이고 있는 점.

『사유악부』에서 담정은 때로 과다한 감정의 노출이나 여성적 취향을 보여주고 있다. 유언비어 사건에 연루되기 전, 담정은 문우文友들과 어울려 여성취향의 옥대체 시를 즐겨 창작하였고, 혹은 「이소離騷」나 「애강남哀江南」 등의 낭만적 성격을 강하게 갖는 중국 남방문학 계통의 작품을 읊조리며 눈물을 흘리기도 하는 등,[34] 여성적·낭만적 취향의 문학에 경도되어 있었다. 이러한 문학적 취향이 있었던 데다가 유배죄인으로서의 그의 처지가 어우러져 『사유악부』는 사랑·기쁨·슬픔·눈물 등을 과다하게 드러내는 경우가 있

---

34 『담정유고』에 수록된 「제현동시고권후(題玄同詩稿卷後)」 및 「제현동부고권후(題玄同賦稿卷後)」 참조.

다. 연희에 대한 애정을 표현하는 데 있어 거리낌이 없을 뿐 아니라, 과거의 일을 회상하며 "눈물이 넘쳐흘러 내 뺨을 적시네"(제102수),[35] "가을 들판에서 통곡하며 눈물을 흘렸네"(제288수),[36] "눈알이 뚫리고 장腸이 끊어져 까무라칠 듯했네"(제153수)[37]라는 등, 눈물을 흘리거나 통곡했다는 표현은 이루 헤아릴 수 없이 많이 등장한다. 이러한 낭만적 감정의 분출이 갖는 의미는 작가나 작품마다 다를 수 있기에 사례별로 따져야 할 문제지만 적어도 『사유악부』의 경우 인간의 자연스런 감정을 억압하는 중세적 예교의 속박에서 벗어나고자 하는 지향을 담고 있다는 점이 인정된다.

넷째, 기속악부이면서도 작가 개인의 서정이 강하게 결합되어 있는 점.

고려 후기 이래 기속악부는 사대부 문인의 민중세계에 대한 관찰을 주로 한 것이 대부분인 데 반해,[38] 『사유악부』는 기속악부이면서도 작가 개인의 서정과 '관시찰속觀時察俗', 즉 현실묘사의 측면이 단단하게 결합되어 있어 특이한 면모를 보여주고 있다. 따라서 『사유악부』에서의 민중세계는 관찰과 인식의 대상으로서만 존재하는 것이 아니라 작가의 경험세계의 일부로서 존재하고 있다. 그 결과, 핍진하고 생동감 있는 민중 현실의 묘사와 시인의 서정이 탁월하게 결합될 수 있었는데, 이 점은 여타의 기속악부에서는 찾아보기 힘든 미덕이라 할 수 있다. 또한 『사유악부』에서 시인의 서정은 종종 민중적 정조의 대변으로 나타나고 있다.

『사유악부』의 형식상 특징으로는 다음과 같은 점을 들 수 있다.

첫째, 회상의 형식을 취하고 있는 점.

---

35 "淚流滂沱滿我頰."
36 "痛哭秋原淚漆漆."
37 "眼穿腸斷魂欲死."
38 이 점에 대해서는 박혜숙, 『형성기의 한국악부시 연구』, 한길사, 1991 참조.

『사유악부』는 290편 모두가 "무얼 생각하나 / 저 북쪽 바닷가"라는 구절로 시작하는 회상의 형식을 취하고 있어, 다른 기속악부가 대개 현재적 시점을 취하고 있는 것과 좋은 대조가 된다. 이러한 회상의 형식을 빌려 작가는 부령에서의 생활을 하나하나 정리하면서 자기가 체험하고 견문한 부령의 지방사, 부령의 민중 생활사를 총체적으로 그려내고 있다. 주목해야 할 점은, 회상의 형식을 취하고 있다고 하여 온통 과거형으로만 일관되고 있는 것이 아니라, 과거가 현재에 융합되거나 과거가 '현재화'되는 특이한 효과를 거두고 있다는 점이다. 이를 통해, 시에서 읊어진 부령의 일들은 과거 속의 것으로 갇히지 않고 현재적 상황으로 되살려지고 있다. 요컨대 『사유악부』의 모든 시에 어김없이 등장하는 "무얼 생각하나 / 저 북쪽 바닷가"라는 반복구는 진해와 부령, 현재와 과거, 현실과 회상을 연결하는 통로의 구실을 하는 한편 『사유악부』의 서정적 울림을 강화시키는 역할을 하고 있다.

둘째, 주注를 적극 활용하고 있는 점.

시에 주를 활용하는 것은 일반 한시에도 더러 볼 수 없는 것은 아니지만, 일반적으로 악부시에서 자주 볼 수 있다. 『사유악부』에서 주는 시 본문에 등장하는 인물의 간단한 인적 사항이나 시인 자신과의 관계를 밝히거나, 지명에 대해 설명하거나, 어떤 일의 간략한 전말 혹은 본문의 내용과 관련되는 민간 풍속이나 역사적 사실을 알리는 등 다양하게 활용되고 있다. 주가 없으면 시의 의미가 온전히 전달되지 않는 경우도 많다. 이처럼 주는 서정시가 갖는 사실 전달의 제약을 보완하는 기능을 맡고 있다. 『사유악부』는 그 각편各篇은 서정시이면서도 기묘하게도 전체적으로는 서사적 지향을 다분히 갖고 있는데, 이러한 효과를 거두는 데 주가 일조하고 있다.

셋째, 연작 형식을 취하고 있는 점.

『사유악부』에서 담정은 가능한 한 자세하고도 '전체적'으로 부령의 인물과 풍토, 그리고 그곳에서의 체험을 드러내 보이기 위해 290편의 대연작大連作을 시도했다. 이는 조선 후기에 나온 연작한시 중 최대 규모 급이다. 이러한 연작 형식은 단형서정시의 단편성을 극복하고 대상세계의 총체적 묘사를 획득하고자 하는 노력의 일환으로 모색된 것으로 이해된다. 이러한 연작 서정악부가 조선 후기에 다수 창작된 것은 장편 서사악부가 동일한 시기에 창작된 것과 함께 이 시기 악부시사에서 특기할 만한 현상이다. 이 양자는 발생론적 공통성을 갖고 있는바, 조선 후기가 '산문적 현실'을 강하게 노정하고 있었다는 점과 기층基層에서 민중의 역량이 성장하고 진취적 문인들이 그것을 자신의 문학세계에 일정하게 수용했던 데서 이러한 형식의 한시들이 다수 창작될 수 있는 조건이 마련되었다고 보인다. 연작 서정악부가 서정시 양식임에도 불구하고 서사적 지향을 증대시켜간 것도 이러한 점과 관련하여 이해할 필요가 있다. 연작 서정악부가 현실세계의 다양성을 '부분의 종합'이라는 방식으로 재현하면서 현실과 세태를 폭넓게 묘사하는 데 특징이 있다면, 장편 서사악부는 인간과 세계의 '관계성' 및 새로운 가치의 탐색에 큰 관심을 가지며 문제적 인물과 사건을 통해 시인의 이념 — 혹은 윤리의식을 보다 뚜렷이 드러내는 특징이 있다. 장편 서사악부와 연작 서정악부의 양식적 특성에 대한 이론적 규명은 앞으로의 연구 과제라고 할 수 있다.

이학규의 악부시와 김해金海

1. '악부시'라는 장르

악부시는 매우 생명력이 강한 장르였다. 시간적으로는 중국의 한대漢代로부터 20세기 초까지, 공간적으로는 중국·한국·일본·베트남 등지에서, 다양한 소재와 방대한 양의 악부시 작품들이 산출되었다. 악부시의 창작이 오랜 시간에 걸쳐 광범한 지역의 수많은 작가들에 의해 이루어지다보니, 그 개념이나 범위는 역사적으로 다소간 변모되었으며, 개별 작가가 속한 시공간적·문화적 배경에 따라 악부시에 대한 이해 방식에도 개인적 차이가 존재했었다.

악부시의 이러한 장르적 특수성을 고려할 때, 악부시의 개념 및 범위가 역사적으로 어떻게 변모되어 갔으며, 각 국가별로 어떤 차이를 보이는지, 그러한 변모와 차이에도 불구하고 악부시를 관통하는 특질이 무엇인지, 그를 규명하려는 시도가 필요하다고 생각한다. 따라서 각국 악부시의 비교 연구나 작가별 연구·주제별 연구는 그것대로 심화시켜 나가되, 한편으로는 그를 통해 악부시의 일반적 특질이나 미학적 특성을 추출하려는 문제의식이 요구된다.

'악부시'라는 명칭 아래 포괄된 구체적 내용은 실제로 상당히 다양하였다. 그런 다양성에도 불구하고 '악부시'의 일반적 특질이 존재한다면 그것은 무엇일까? 악부시의 일반적 특질로는 '지역성地域性', '가악성歌樂性', '고사성故事性' 등을 들 수 있다고 생각한다. 이 글에서는 특히 악부시와 '지역성'의 문제를 조선 후기를 대표하는 악부시인 중의 한 사람인 이학규의 악부시를 통해 점검해 보려고 한다.

2. 악부시와 '지역성'

악부가 한漢 무제武帝 때 음악을 관장하는 관서의 명칭에서 비롯된 것임은 잘 알려져 있는 사실이다. 애초에 악부는 관서의 명칭이었지만, 시간이 지남에 따라 해당 관서에서 채집한 시를 가리키는 명칭으로 그 의미가 바뀌게 되었고, 후대에 이르러 시체詩體의 명칭으로 전환되었다.[1] 하지만 시체詩體로서의 '악부'의 기본적 특질은 악부 관서에서 채집한 시의 성격과 밀접한 연관을 갖고 있다. 잘 알려진 『한서』「예문지」의 기록을 음미해 보기로 하자.

---

1 '악부'가 시체(詩體)의 명칭으로 확립된 것은 육조시대 쯤으로 추정된다. 蕭滌非, 「關于樂府」, 『中國古典文學參考資料』第1輯, 華中師範學院中文系古典文學敎硏組選輯, 武昌 : 1950 참조. 악부시의 개념에 관한 자세한 논의는 박혜숙, 『형성기의 한국악부시 연구』, 한길사, 1991, 제2장 참조.

한 무제 때부터 악부를 설립하여 가요를 채집하였다. 조(趙)·대(代)의 노래, 진(秦)·초(楚)의 민요가 들어 있었는데, 모두 슬픔이나 즐거움 등에 감발된 것으로 특정한 일과 관련되어 노래된 것이라 이를 통해 풍속을 살피고 인정의 얇고 도타움을 알 수 있다.[2]

이 기록은 한대악부시의 기본 성격 뿐 아니라, 후대에 이르기까지 악부시를 규정하는 기본 특질이 무엇인지를 보여주는 문헌으로서 의의가 있다. 이 기록에 따르면, 악부에서 채집한 시는 '각 지역의 민간가요로서 모두 어떤 특정한 일과 관련되어 성립된' 특징을 지니고 있었다. 요컨대, 악부의 시는 다음과 같은 특징이 있었다.

- 지방이나 특정 지역과 연관되어 있었다는 점
- 가요와 관련되어 있었다는 점
- 그 내용은 어떤 특정한 일과 관련되어 성립된 것(緣事而發)이었다는 점

다시 말해 악부의 시는 '지역성', '가악성', '고사성'을 기본 특질로 하고 있었다.[3] 악부에서 채집한 시의 이러한 특질들은 그대로 시체詩體로서의 악부시의 특질에 이월된다. 악부시의 구체적인 내용은 시대에 따라 변화되어 갔지만, 악부시의 이러한 기본적 특질은 그다지 달라지지 않았다. 다만 하나의 악부시 작품에 이들 특질이 두루 나타나는 경우도 있었지만, 한두 특질만 두드러

---

2   『漢書』「藝文志」(영인), 경인문화사, 262면, "自孝武立樂府而采歌謠. 於是有趙·代之歌, 秦·楚之風, 皆感於哀樂, 緣事而發, 亦可以觀風俗, 知薄厚云".
3   이에 대해서는 「악부시의 일반적 특질」이란 제목으로 별도의 논문이 필요하다고 생각한다.

진 경우도 있었다. 그리고 시간이 흐름에 따라 '지역성', '가악성', '고사성' 중 어느 특정 측면에 치중하여 악부시를 이해하는 경향도 생겨나게 되었다.

이제 악부시와 지역성의 관계에 대해 좀 더 자세히 살펴보기로 하자.

악부시의 일반적 특질 중에서도 특히 '지역성'은 그 구체적 함의에 있어 상당한 역사적 변화를 겪었다. 역사적으로 악부시의 '지역성'은 '특정 지역', '지방', '민간', '지방민의 현실', '민중적 현실', '외국' 등 다양한 의미를 포괄하는 방향으로 변화하였다.

애초 악부시에 있어서 '지역성'은 '지방' 내지는 '민간'을 의미하였다. 황경皇京이 서울로서 세계의 중심이었다면, 기타 지역은 지방으로서 주변부를 형성하고 있었다. 황경은 귀족들의 거주지였고 지방은 백성들의 거주 공간이었다. 악부시는 지방에 거주하는 백성들의 민간가요를 채집하는 데서 비롯되었던 것이다. 한대漢代 및 육조六朝시대 악부시에 있어서 '지역성'은 주로 '지방적 정조'나 '지방적 스타일', 혹은 '민간적 정서'를 의미하였으며, 사회적이거나 정치적인 함축은 미약하였다.

당대唐代 악부시에 이르러 '지역성'은 그 의미가 확장되었다. 두보杜甫, 백거이白居易, 원진元稹 등의 신악부新樂府 작가에 이르러 지방은 단순한 민간세계가 아니라 민중적 삶의 현장을 의미하게 되었고,[4] 악부시도 단순히 '지방적 정조'를 담은 시나 '지방적 스타일'의 시를 의미하는 데서 나아가, '민중적 현실'을 그려낸 시를 의미하게 되었다. 백거이는 「신악부」를 짓고 그 자서自序에서 '임금을 위하고, 신하를 위하며, 백성을 위해' 악부시를 짓는다고 말했다. 이처럼 당대 신악부 작가들에게 있어서 지방이나 민간은 '민중의 생

---

4   당대 신악부에 대해서는 羅根澤, 『樂府文學史』, 臺北 : 文史哲出版社, 1981 제5장 참조.

활 공간'을 의미했으며, 악부시의 '지역성'은 민중적 의미를 함축하는 방향으로 의미가 확장되었고, 정치적·사회비판적 함축이 현저히 강화되었다.

악부시에 있어 '지역성'은 청대淸代에 이르러 다시 한번 그 의미가 확장되었다. 청대에는 해외죽지사海外竹枝詞의 창작이 성행하였다.[5] 원래 죽지사는 당唐의 유우석劉禹錫이 파巴·투渝 지방의 민간가요를 바탕으로 창작한 악부시인데, 여러 시인들에 의해 거듭 창작되면서[6] 악부시의 한 유형으로 발전되기에 이르렀다. 당대唐代 죽지사는 파촉巴蜀 지방을 공간적 배경으로 하였으나, 송대宋代 이후 죽지사는 다양한 지방들이 배경으로 되었다. 그런데 청대에 이르러 죽지사의 배경은 '해외'나 '외국'으로 그 공간이 확장되었다. 우통尤侗의 「외국죽지사」·복경福慶의 「이역죽지사異域竹枝詞」를 비롯하여, 「조선죽지사」·「월남죽지사」·「일본죽지사」는 물론 영국의 런던을 소재로 한 「윤돈죽지사倫敦竹枝詞」가 창작되기에 이르렀다. 청대죽지사에 있어 '지역성'은 '외국'을 포함하는 것으로 그 외연이 확장된 것이다.

이상에서 보았듯이, '지역성'은 악부시의 주요 특질을 구성하는 것이었지만 그 구체적 함의는 시대에 따라 변화되었다. 그리고 개별 작가나 작품에 따라서도 '지역성'의 내용에는 상당한 차이가 있었다. 그렇다면 한국의 경우는 어떠하였는가? 한국악부시도 그것이 단편이든, 장편이든, 연작이든, 서정악부이든, 서사악부이든 간에 상당 정도 '지역성'과 연관되어 있는 경우가 많았다. 한국악부시에서도 '지역성'은 때로 특정 지역을 함축하는가 하면, 지방적 정조, 민간 정서, 민중적 현실, 외국이나 해외 등 다양한 함의를 갖고

---

5   청대 죽지사는 王愼之·王子今, 『淸代海外竹枝詞』(北京 : 北京大 出版社, 1994)에 집성(集成)·
     수록되어 있다.
6   郭茂倩, 『樂府詩集』卷81 참조.

있었다. 아울러 그 세부적 함의들은 상호 배타적인 것이 아니라 서로 겹쳐 있는 경우도 많았다.[7]

이처럼 악부시라면 기본적으로 '지역성'을 함축한 경우가 많았다. 그러나 보통 악부시에 있어 지방이나 지역에 대한 관심이 일반적이거나 추상적이며 단편적인 경우가 많았다고 한다면, '지역성'을 의식적으로 표방한 악부시에 있어 지방이나 지역에 대한 관심은 매우 특수하고 구체적이며 본격적인 경우가 대부분이었다. '지역성'을 의식적으로 표방한 악부시는 조선 중기부터 등장하기 시작했다. 김종직金宗直의 「낙동요洛東謠」·「응천죽지곡凝川竹枝曲 9장」·「동도악부東都樂府」를 비롯하여 유호인俞好仁·김맹성金孟性·조위曺偉 등의 죽지사가 바로 그것이다. 이들 작품은 조선 중기 영남사림파의 지역 인식과 깊은 연관을 갖고 있다. 김종직 등은 자신들의 사회경제적 근거지인 향촌鄕村에 대해 각별한 애정을 가지고 있었으며, 향촌의 관점에서 중앙을 재인식하고 비판하려는 정치적 태도를 가지고 있었다. 지역을 중시하는 영남사림파 특유의 입장으로 말미암아 '지역성'이 특화되고 강화된 악부시가 창작되기에 이른 것이다. 하지만 이러한 류의 악부시가 지속적이거나 대대적으로 창작된 것은 아니었다.

그런데 조선 후기에 이르면 사정은 달라진다. 악부시에 있어서 '지역성'의 강화는 하나의 뚜렷한 추세가 되었다. '지역성'을 의식적으로 표면에 내세운 작품들이 대거 출현하게 되는 것이다. 그렇지만 '지역성 강화'의 배경이나 동인動因은 전대前代와는 사뭇 달랐다. 중세적 신분제의 해체가 진행됨에 따

---

7 예컨대 윤여형의 「상률가(橡栗歌)」가 지방민의 민중적 삶에 초점을 맞추고 있다면, 김시습의 「죽지사」는 민간적 정서를 표현하는 데 치중하고 있으며, 김종직의 「낙동요」가 특정 지역의 민중적 삶을 다루고 있다면, 임제의 「패강가」, 「금성곡」 등은 지방적 정서 내지는 민간 정서에 초점을 맞추고 있다.

라 이 시기 지식인들의 민간이나 민중에 대한 관심이 현저히 높아졌다. 개별 지식인의 취향이나 세계관이 다양했던 만큼 민간이나 민중을 바라보는 그들의 방식에도 상당한 차이가 있었다.[8] 민民을 단순한 통치 대상으로 보는 관점이 있는가 하면, 부패한 정치의 희생물로 보기도 하고, 나름의 인격을 갖춘 독립적 주체로 새롭게 인식하기도 하며, 나아가서는 역사적 저항의 주체로 보는 경우도 있었다. 혹은 단순한 호기심의 대상으로 보거나, 새로운 지식의 대상으로 보는 경우도 있었다. 이처럼 민중을 이해하는 관점은 여러 가지로 다양했지만, 민간 정서나 민중 생활의 근거지인 지방에 대한 관심은 현저히 증대하였다. 지방에 대한 관심의 증대는 조선 후기 악부시의 지역성의 강화를 초래하였다.

　지역성이 강화된 악부시 작품들이 대개 연작화의 경향을 보인 점도 주목되어야 한다. 단편악부시의 창작을 통해서는 지방이나 지방민을 추상적이거나 관념적으로가 아니라 구체적이고 현실적이며 총체적으로 이해하려는 욕구가 충족될 수 없었다. 따라서 특정 지역을 소재로 한 연작악부시가 대거 창작되기에 이른 것이다. 그 대표적인 작품들을 열거하면 다음과 같다. 신광수의 「관서악부關西樂府」·「성도악부成都樂府」·「금마별곡金馬別曲」, 홍양호의 「북새잡요北塞雜謠」, 김려의 「사유악부思牖樂府」·「황성이곡黃城俚曲」, 이학규의 「강창농가江滄農歌」·「남호어가南湖漁歌」·「상동초가上東樵歌」·「고정기사시苽亭紀事詩」·「금관기속시金官紀俗詩」·「금관죽지사金官竹枝詞」, 정약용의 「장기농가長鬐農歌」·「탐진농가耽津農歌」·「탐진어가耽津漁歌」·「탐진촌요耽津村謠」, 조수삼의 「북행백절北行百絶」, 장지완의 「평양죽지사平壤竹枝詞」, 신석우의 「이진죽지사伊珍竹枝

8　이에 대해서는 이 책의 「조선 후기 악부시의 지방 인식」 참조.

詞」, 윤정기의 「금릉죽지사金陵竹枝詞」.

조선 후기 악부시의 '지역성'은 국외로까지 확장되었다. 이 시기는 지리적 관심이 확대되고 중화 중심적 세계관이 동요된 시기였던바, 일본·청나라를 비롯한 외국에 대한 관심이 현저히 증대되었다. 이 시기 시인들의 외국에 대한 관심은 죽지사 형식을 빌려 표현된 경우가 많았다. 신유한의 「일동죽지사日東竹枝詞」, 박제가의 「연경잡절燕京雜絶」, 조수삼의 「외이죽지사外夷竹枝詞」, 이상적의 「일본죽지사日本竹枝詞」, 이유원의 「이국죽지사異國竹枝詞」, 김석준의 「화국죽지사和國竹枝詞」 등이 그것이다. 이들 작품은 화이론적인 관념의 틀에서 벗어나 세계를 있는 그대로 이해하려는 시도에서 창작된 것이라 할 수 있다.

애초 악부시는 중세적인 '중앙/지방', '지배층/민民'의 관계를 기반으로 성립된 중세적인 문학 장르였다. 중앙에 거주하던 지배층의 이념적·현실적 필요에 따라 지방이나 민간세계는 악부시에 한정적으로 수용되었다. 지방은 중심부에 종속된 한낱 주변부에 불과했던 셈이다. 그러나 중세해체기인 조선 후기 악부시에서 지방이나 민간세계는 상대적으로 자율적이며 독자적인 하나의 영역으로 인식되기에 이르렀다. 특정 지역을 소재로 한 조선 후기의 악부시는 당시까지 주변부에 불과했던 지방이나 민간세계 혹은 외국에 대해 깊은 관심과 새로운 이해를 촉구함으로써 종래의 '중심/주변'관계를 해체하고 새로운 '중심/주변'관계로 나아가려는 당대의 역사적 추이를 일정하게 반영하고 있다. 조선 후기 악부시에 있어 '지역성의 강화'는 일정하게 중세의 해체를 추동하는 힘으로 작용했던 셈이다.

악부시에 있어서 '지역성'이라는 특질은 미학적으로는 사실성과 구체성, 객관성과 경험성을 중시하는 사실주의적 시학과 결부되어 있다. '지역성'이 강화될수록 악부시의 사실주의적 경향도 더욱 강화되었다. 한국한시의 사실주의적 미학은 주로 악부시를 통해 구현되었으며, 특히 조선 후기 악부시에서 그 성취가 두드러진 바 있다. 그런데 조선 후기 악부시의 최고 수준을 보여주고 있는 김려의 『사유악부』와 정약용·이학규의 일련의 악부시 작품이 각각 함경도 부령, 전라도 강진, 경상도 김해라는 특정 지역에서의 견문과 체험을 시적으로 형상화했다는 사실은 주목을 요한다. 이들 악부시에 내재된 '지역성'은 작품의 문학적 성취와 불가분의 연관을 갖고 있었다.[9] 이제 이학규의 경우를 통해 악부시와 지역성의 연관을 보다 구체적으로 살펴보기로 한다.

3. 이학규와 악부시

이학규는 대표적인 악부시 작가 중의 한 사람이다. 그의 주요한 문학적 성취는 주로 악부시 장르를 통해 이루어졌으며, 그의 악부시는 김해 지역과 깊은 연관을 갖고 있다. 그는 신유박해에 연루되어 김해에서 24년에 걸친 유배 생활을 하였는데, 김해에서의 견문과 체험은 그의 악부시 창작의 원천이 되었다.

유배 이전이나 해배解配 이후에 창작된 악부시로는 「앙가秧歌 5장」, 「우령사雨鈴詞 4장」, 「채산가採山歌」 등을 들 수 있을 따름인바,[10] 양적으로 미미하다고 할 수 있다.

---

9   『사유악부』에 나타난 지방 현실과 시인의 지방 체험에 대해서는 이 책의 「김려의 『사유악부』」 참조. 『사유악부』의 주요 작품은 『부령을 그리며』(박혜숙 역, 돌베개, 1996)에 번역되어 있다.
10   유배 이전의 문집으로는 『춘성당집(春星堂集)』, 해배 이후의 문집으로는 『고불고시집(觚不觚詩集)』·『각시재집(卻是齋集)』·『각시재재집(卻是齋再集)』·『국반재집(菊半齋集)』 등이 있다.

그의 유배가 상당히 장기간이기도 했지만, 그의 악부시는 대부분 유배 기간 중에 창작되었다. 그의 악부시 창작은 유배를 통한 지방 체험과 불가분의 관계에 있었다. 단순한 의고악부擬古樂府나 영사악부詠史樂府, 소악부小樂府 등은 굳이 작가의 구체적인 지방 체험을 거치지 않고도 창작이 가능하다. 그러나 당대의 민간 현실에서 제재를 취한 죽지사[11]나 기속악부紀俗樂府의 경우에는 작가의 지방 체험이 매우 중요한 의미를 갖게 된다. 작가의 체험이 얼마나 생생하고 깊이 있는가에 따라 악부시 작품의 문학적 성취가 좌우되는 경우도 허다했다. 악부시 장르는 '지역성'을 그 기본적 특질로 하고 있었기에, 지역 현실이나 지역 정서의 생생한 형상화야말로 악부시로서의 시적 성취에 관건이 될 수 있었다. 그리하여 시인의 직접적인 지방 체험이 악부시 창작의 중요한 원천이 되곤 했다. 중세 문인들은 대개 중앙 지배층의 일원이었기에 그들의 지방 체험은 지방 수령으로 부임하거나, 지방 여행을 하거나, 유배를 가거나 하는 등의 경로를 통해 이루어졌다. 그중에서도 특히 '유배'는 타의에 의해서이긴 하지만 특정 지방에 장기간 체류함으로써 지역 현실을 심도 있게 관찰할 수 있는 기회가 되었다. 그리고 '유배 죄인'의 신분은 시인이 지배층의 일원으로서의 자기 정체성에서 벗어나서 민간 현실을 객관적으로 인식하는 기회가 될 수도 있었다. 지방을 중심에 종속된 일개 주변으로서만 이해한다든가, 지방민을 한낱 통치 대상 내지는 타자로서 이해하는 입장에서 어느 정도 벗어나, 지방이나 지방민을 독자적 영역이나 존재로 인식할 수 있는 가능성을 유배 생활이 제공했던 셈이다. '유배'는 때로 중세적인 '중심/

---

11   한국악부시의 경우, '죽지사'는 단순히 중국 고악부를 의방하는 데 머무르지 않고 조선의 구체적 현실을 담기에 이르렀다. 한국죽지사는 애초 '의고악부'에서 출발하였지만 한국악부시의 독자적 내용 세계를 개척하면서 '기속악부'적인 성격을 강화시켜 나갔던 바, 일반적인 의고악부와는 별도로 이해될 필요가 있다.

주변'의 인식틀을 해체하는 힘으로 작용하기도 했다. 조선 후기 악부시의 탁월한 성취를 보여주는 김려·정약용·이학규의 악부시 작품들이 모두 유배 체험의 소산이라는 것은 의미심장하다.

이학규는 서울에서 태어났으며 유배 이전까지는 줄곧 서울에 거주했다. 신유박해로 인한 그의 유배는 개인적으로는 큰 불운이었지만, 유배를 통해서 그는 비로소 지방의 민간세계와 접촉할 수 있었다. 지방에서의 생활은 그에게 시적 대상과 시적 소재의 변화를 제공하였다. 이학규는 1801년 전남 능주綾州에서 유배 생활을 시작하였고, 「능주잡시綾州雜詩」·「종앙시種秧詞」·「능주시綾州詞」 등의 악부시를 창작하기 시작했으나 소품에 불과하였다. 1802년 이후 김해에 거주했지만 한동안은 악부시를 창작하지 않았다. 본격적인 악부시의 창작은 1808년부터 눈에 띄게 활발히 이루어졌다. 1808년에는 「고정기사시苽亭紀事詩」 52수가 창작되었다. 1809년에는 「강창농가江滄農歌」 10수·「남호어기南湖漁歌」 10수·「상동초가上東樵歌」 8수·「금관죽지사金官竹枝詞」 30수·「영남악부嶺南樂府」 68수 등의 연작악부시가 창작되었으며, 「완전시宛轉詞」·「정부원征婦怨」·「소년행少年行」 등의 의고악부가 창작되었고, 「채복녀採鰒女」·「석신막지부행析薪莫持斧行」·「전하산기前下山歌」·「후하산기後下山歌」 등의 악부시도 창작되었다. 이어서 1810년에는 「기민飢民 14장」·「기경기사시己庚紀事詩」 15수 등이 창작되었다. 그 후 악부시의 창작은 다소 뜸해졌다가[12] 1819년에 「금관기속시金官紀俗詩」 77수가 창작되었고, 1821년에 「해동악부海東樂府」 56수가 창작되었다. 이상에서 보았듯이 그의 악부시는 1808년에서 1810년에

---

12 1811년에 「초량왜관사(草梁倭館詞)」, 1812년에 「남식행(南食行)」, 「군마황(君馬黃)」, 「전응사(轉應詞)」, 1817년에 「삼부염(三婦艶)」 등이 창작되었으나 소품이다. 그리고 이 중에서 「군마황」, 「전응사」, 「삼부염」은 중국악부를 의방한 의고악부이다.

걸쳐 집중적으로 창작되었고, 다시 1819년과 1821년에 창작되었음을 알 수 있다.

지방 생활을 통해 악부시적인 소재는 풍부하게 주어졌지만 곧바로 이학규가 본격적인 악부시 창작을 시도한 것은 아니었다. 그가 의욕적으로 악부시를 창작하게 된 데에는 문학관의 변화가 있었고, 변화의 계기는 주로 다산茶山 정약용과의 문학적 교류를 통해 마련되었다.[13] 1808년부터 1810년에 걸쳐 창작된 이학규의 악부시 중에는 정약용의 악부시에 감발되어 창작된 것이 상당수에 이른다. 이학규는 자신의 「강창농가」, 「남호어가」, 「상동초가」, 「영남악부」, 「기경기사시」는 각각 정약용의 「탐진농가」, 「탐진어가」, 「탐진촌요」, 「탐진악부」, 「전간기사」에 감발되어 창작된 것임을 밝혀 놓고 있다.[14] 이학규는 다산이 유배 생활의 고통 속에서도 문학을 통해 '우국애민憂國愛民'을 실천하고 있는 사실에 깊이 감동받았다. 그는 자신의 악부시 창작이 다산의 문학정신에 동의하는 일이라 간주하면서,[15] 자신이 '다산을 잊지 않고 있다는 사실'[16]을 강조하는가하면, 자신의 작품들이 다산에게도 읽혀지길 거듭 바라기도 했다.

악부시를 창작하면서 그가 염두에 둔 것은 무엇이었을까? 그는 자신의 악부시 창작동기를 각 작품들의 서문에 밝혀 놓고 있다. 「고정기사시」에서 그는 지방의 풍속·농민들의 이야기·백성들의 고락을 자세히 살피고 그것을 시로써 상세히 기술하고자 했으며,[17] 「강창농가」에서는 힘들여 노동하지 않

---

13 이학규와 정약용의 교류에 대해서는 임형택, 「낙하생전집 해제」(『낙하생전집』 상, 아세아문화사, 1985)에 밝혀져 있으며, 더 자세한 것은 백원철, 「낙하생 이학규의 시 연구」(성균관대 박사논문, 1991) 참조.

14 양자의 작품들은 제목이 유사할 뿐 아니라, 형식과 내용까지도 유사하다.

15 「江滄農歌」小序, "偶得丁籜翁著有耽津農歌十二章曲, (…中略…), 卽同其意, 爲江滄農歌、南湖漁歌、上東樵歌共若干篇".

16 「江滄農歌」小序, "然竟不知何日, 令籜翁見知, 我不諼於籜翁如此云爾".

17 「苽亭紀事詩」幷序, "詢及土風農諺暨夫樵漁織作諸家苦樂甚悉, 乃著爲歌謠雜體若干篇, 以詳述

으면 생계조차 어려운 농민의 현실을 기록하려 했다.[18] 또 「기경기사시」에서는 자신이 견문한 백성들의 고난 중에서 시정時政과 풍교風教에 관계되는 일들을 모아서 시로써 풍영諷詠하고자 했다.[19] 이처럼 그는 지방의 풍속과 백성의 현실을 상세히 기술함으로써 현실정치와 풍속교화에 기여하는 시를 쓰고자 하였고, 그래서 선택한 것이 악부시 장르였던 셈이다. 문학과 민중적 삶의 연관성을 재인식함으로써 본격적인 악부시의 창작이 가능했던 것이다.

이학규는 그의 연작악부시에 '기사시', '기속시', '죽지사', '농가', '어가', '초가' 따위의 다양한 명칭을 사용하였다.[20] 이러한 명칭들은 어떤 의미를 가졌으며, 상호 어떤 차이가 있는지 살펴보자.

이학규가 '기사시'라 명명한 작품으로는 「고정기사시」와 「기경기사시」가 있다. 이들 작품은 '기사紀事'에 초점을 맞추어 시적 형상화를 하고 있다. 즉 구체적인 일이나 사건을 기술하는 데 치중하고 있다. 다른 연작악부시들과는 달리 「고정기사시」와 「기경기사시」의 각편에는 별도의 소제목이 부여되어 있는바, 이 소제목들은 이들 작품의 '**기사적紀事的 특성**'과 연관이 있다. 각각의 편에는 독립된 일이나 사건이 있는데, 그것을 부각시키기 위해 이학규는 별도로 소제목을 붙였던 것이다.

악부시에 있어서 '기사'는 낯설거나 특이한 것은 아니다. '기사'는 악부시의 기본적 특질인 '고사성'과 관련되어 있다. 한대 이래 악부시는 '연사이발緣事而發'의 특성이 있는 것으로 이해되었다. 즉 어떤 특정한 일이나 사건에

其事".

18 「江滄農歌 幷小序」, "且農不瞖勞, 生理難聊業, 欲作江滄農歌, 識其事".

19 「기경기사시 서」, "仍就所聞見, 撮其事有關於時政風敎者, 得十數條, 詩以諷詠之, 序以詳述之".

20 단편악부시의 경우에는 중국의 악부시의 제목을 그대로 가져오기도 했고, 또는 시의 제재에 맞춰 새로운 제목을 붙이기도 했다. 시의 제재에 맞게 제목을 새로 붙이는 '즉사명편(卽事名篇)'은 신악부(新樂府)의 문학적 관습이다.

의거하여 창작된 특징이 있다고 이해되었다. 이러한 특성으로 말미암아 악부시는 인물이나 사건의 요소를 일정하게 가지게 되었고, 그에 따라 **고사성故事性** 내지는 **서사성敍事性**을 함유하게 되었다. 구체적인 일이나 사건을 중시하는 악부시의 전통은 신악부에서도 마찬가지였다. 신악부는 고악부의 제목을 의방하지 않고 '즉사명편卽事名篇'한 악부시라 이해되었다. '즉사명편'이라는 말은 구체적인 일이나 사건에 의거하여 작품의 제목을 붙였다는 뜻이다. 이처럼 악부시는—고악부든 신악부든—구체적인 일이나 사건과 연관된 점에 특징이 있으며, 따라서 '기사'는 원래 악부시의 특질을 구성하는 것이라 할 수 있다. 이학규의 '기사시' 작품들은 구체적인 상황이나 사건에 초점을 맞추어 지방의 현실이나 풍속을 형상화한 작품으로서, '지역성'과 '고사성'을 적절히 결합시킨 악부시라고 할 수 있다.

이학규가 '기속시'라고 이름붙인 악부시로는 「금관기속시」가 있다. 「금관기속시」는 '금관 지방(김해)의 풍속을 기술한 시'라는 뜻이다. 이학규는 특정한 사건에 초점을 맞추기보다는 **전반적인 풍속을 시를 통해 기술**하고자 했고, 그래서 '기사시'와는 별도로 '기속시'라는 용어를 사용했다. 「금관기속시」의 각 편에도 사건적 요소가 없는 것은 아니지만 그것이 독립적인 사건을 구성할 정도로 크지는 않다. 그래서 각 편에 소제목을 붙일 필요가 없었다. 그런데 특정 지방의 전반적인 풍속을 연작으로 기술하는 것은 '죽지사' 유형의 뚜렷한 전통이기도 했다. 그렇다면 '기속시'와 '죽지사'는 어떤 차이가 있는 것일까?

이학규는 1819년의 「금관기속시」에서 '기속시'라는 용어를 쓰고 '죽지사'라는 용어를 쓰지 않았다. 그러나 그것은 자신의 선행先行 작품으로 이미 1809년의 「금관죽지사」가 있었기 때문이라고 추정된다. 그의 「금관기속시」와 「금관죽지사」는 김해 지역의 전반적인 풍속을 기술하고 있다는 점에서 공통적이며 시적 대상이나 제재, 형상화 방식에 있어 뚜렷한 차이가 드러나지 않는다. '죽지사'는 '기속'을 위주로 하는 악부시의 한 유형인바, '기속시'의 일종이라고 할 수 있다.

'죽지사'는 대개 특정 지방의 민풍토속民風土俗을 연작으로 노래하는 악부시 장르이다. '죽지사'는 특정한 지역 명칭을 앞세워 '○○죽지사'라고 하는 경우가 많았는데, 이는 '○○ 지방의 노래'라는 의미였다.[21] '○○죽지사'라고 이름붙인 작품들은 대개 그 지방의 민간가요를 옮겨 놓거나 혹은 그 지방의 풍속을 기술하는 경우가 많았다. 후자의 경우에도 시인은 '민요적 분위기'나 '민요적 정조'를 염두에 두면서 풍속을 기술한 것이라고 이해할 수 있다. '죽지사'는 특정 지역을 배경으로 삼고 있다는 점에서는 '지역성'을, 민요나 민요적 분위기를 중시한다는 점에서는 '가악성'을 기본특질로 삼고 있는 악부시 유형이라고 할 수 있으며, 이학규의 「금관죽지사」도 이러한 각도에서 이해될 수 있다.

이학규는 자신의 악부시 「강창농가」·「남호어가」·「상동초가」에서는 '농가', '어가', '초가' 등의 용어도 사용하고 있다. 이들 작품의 제목은 지역 이름과 노래 이름이 결합된 점에서 공통적이다. 이처럼 '지역 이름＋노래 이름'의 제목 붙이기는 애초 '○○죽지사'라는 명명법에서 유래된 것이라고 볼 수 있다. 조선 후기에는 '○○죽지사'라는 악부제樂府題 이외에도 '○○악부樂府', '○○잡요雜謠', '○○이곡俚曲', '○○촌요村謠' 등의 다양한 악부제가 등장하였다. 이

---

21 '죽지사'라는 명칭은 원래 '파·투 지방의 민간가요'를 의미하는 고유명사였으니, 점차 '지방가요' 내지는 '민간가요'를 의미하는 일반명사로 되었고, 나아가서는 '지방풍속'·'민간풍속'을 의미하는 것으로 외연이 확장되었다. 죽지사에는 남녀의 연정을 노래한 것, 특정 지방의 풍속을 읊조린 것, 민간신앙이나 무속을 제재로 한 것 등의 계열이 있다. 중국 및 한국에서의 죽지사 전통의 역사적 전개 및 다양한 변용 양상을 규명하는 것은 앞으로의 과제이다.

경우 '죽지사', '악부', '잡요', '이곡', '촌요' 등은 모두 '민간가요'라는 의미로 사용되었으며, 위의 악부제들은 '○○ 지방의 노래' 혹은 '○○ 지방의 풍속을 읊은 노래'를 의미했다. 이학규의 「강창농가」・「남호어가」・「상동초가」는 각각 '강창 지방의 농촌풍속을 읊은 노래'・'남호 지방의 어촌풍속을 읊은 노래'・'상동 지방의 산간풍속을 읊은 노래'라는 의미를 가지고 있으며, 그런 점에서 '지역성'과 '가악성'을 기본 특질로 삼고 있다. 이들 작품은 제목을 붙이는 방식이나 작품의 기본 특질에 있어서 죽지사 유형의 변형이라 간주할 수 있다.

이상에서 보았듯이 이학규는 '기사시', '기속시', '죽지사', '농가', '어가', '초가' 등의 다양한 명칭을 사용하면서 김해 지방의 현실이나 풍속을 그 전반에 걸쳐 포괄적이고도 다양하게 형상화하였다. 그는 평생에 걸쳐 한시를 창작했지만 그의 시세계를 특징짓는 것은 김해 유배시절에 창작된 악부시들이다. 그의 작품 중에는 김해 지역과 관련된 작품만 200여 수에 이른다. 이제 이학규가 그토록 형상화에 치력했던 19세기 전반의 김해의 모습은 어떠한 것이었는지 살펴보기로 하자.

4. 김해 민속지民俗誌로서의 이학규의 악부시

이학규는 24년간이나 김해에 거주하였다. 서울 사람이었던 그에게 있어 지방은 낯설고도 새로운 세계였다. 유교적 관념체계 내에서만 존재했던 백성들의 세계가 구체적이고도 생생한 현실로 눈앞에 펼쳐졌던 셈이다. 당시 김해는 중앙에서 멀리 떨어진 변방의 해안 지방이었던지라 제반 환경과 풍속이 그에게는 더욱 생소하였다. 이학규는 자신이 보고 들은 김해의 모든 것을 샅샅이 기록하듯 시로 남겼다. 특정 지방을 제재로 한 악부시는 많았지만 이학규의 작품처럼 구체적이고도 자세하게 지방풍속을 기술한 경우는 매우 드물었다. 비슷한 시기에 김려도 『사유악부』를 통해 지방 현실을 총체적으로 그려낸 바 있지만, 지방을 형상화하는 방식에 있어 이학규는 김려와 사뭇 다른 방식을 취하고 있다. 김려가 그의 『사유악부』에서 개인적인 서정과 구체적·개별적 인물들을 매개로 하여 부령 지방의 전체 현실을 재구성하고 있는데 반해, 이학규는 개인적인 서정이나 구체적인 인물들은 가급적 배제하고 곧장 현실의 전반적인 모습을 그려내 보이는 방식을 취하고 있다. 그는 가능한 한 주관을 배제하고 객관적인 현실을 있는 그대로 기록하고자 하였다. 그의 악부시를 통해 우리는 19세기 전반 김해의 역사, 지리, 자연, 정치, 경제, 문화, 의식주 등을 낱낱이 알 수 있다. 그의 기록은 그 어느 읍지邑誌 보다도 자세하다. 이학규의 악부시를 읽노라면 흡사 한 토착사회에 관한 방대한 민속지民俗誌를 보는 듯하다. 그가 중시한 것은 한 사회에 관한 객관적인 사실 자체였다. 그의 악부시는 김해에 관한 흥미로운 기록들로 가득하여, 지방사·민중 생활사의 생생한 자료가 될 수 있을 정도다. 그의 작품에 기술된

19세기의 김해의 현실과 민중 생활을 살펴보기로 하자.

김해에 관한 것이라면 역사, 자연, 식생植生, 지리 등에 이르기까지 거의 언급되지 않은 게 없을 정도지만, 무엇보다도 이학규가 관심을 가진 것은 일상의 다양한 면면들이었다. 김해 지역 주민은 크게 농민, 어민, 아전 계층으로 구성되며, 그 외에도 산촌민, 상인, 건달, 악소배惡少輩, 훈장, 임노동자 등 다양한 부류의 사람들이 존재하고 있었다. 주민의 대부분을 차지하면서 생산활동을 담당했던 농민과 어민의 노동현장은 거의 언급되지 않은 게 없을 정도로 자세히 기술되어 있다. 「고정기사시」에서는 계절의 변화에 따른 갖가지 농업노동의 현장이 하나하나 자세히 묘사되고 있으며, 「강창농가」, 「남호어가」, 「상동초가」에서는 농민, 어민, 산촌민의 일상이 상세히 그려지고 있다. 시인은 이러한 정경을 건조한 사실로서 기술하고 있는 게 아니라 정겨운 시선으로 관찰·기술하고 있다. 시인은 한편으로는 그들의 가난과 힘든 노동에 연민을 표하고 있으며 또 한편으로는 노동하는 인간의 소박한 아름다움과 민중력 생명력에 대한 경이를 거듭 표현하고 있다. 보리타작, 호미씻이, 모내기, 빨래터 풍경 등을 묘사한 작품들에는 민중적 생동감이 넘쳐 흐르고 있으며,[22] 농어촌의 자연풍경 묘사는 한 폭의 풍속화처럼 아름답다.[23]

농민과 어민의 대부분은 힘든 노동에도 불구하고 가난을 면치 못하였다. 그러나 개중에는 부를 축적해간 부류도 있었다. 인분을 모아 농업생산력을 높여 부유하게 된 사람들이 있는가 하면,[24] 인삼을 재배하여 호의호식할 뿐아니라 토지소유를 확대해간 농가도 있었다.[25] 어민 중에서는 특히 염호鹽戶

---

22 「고정기사시」의 '종앙사'·'타맥행'·'세서행'·'병벽행'.
23 특히 「강창농가」, 「남호어가」에는 농어촌의 서경에 치중한 작품이 많다.
24 「금관기속시」 제52수.
25 「고정기사시」의 '종삼사(種蔘詞)'.

의 부가 대단하였다. 그들은 울주蔚州의 전복으로 반찬을 하고 평양산 옷감으로 옷을 해 입는 등[26] 사치를 일삼았고,[27] 허다하게 소송을 벌이곤 했다.[28] 상품화폐경제의 전개에 따라 이익추구형 인간이 증가하는 현상을 확인할 수 있는데, 이들을 바라보는 시인의 관점은 상당히 부정적이다. 백성의 전답문서로 농간을 부려 이득을 취해서 살아가는 건달들,[29] 사치스런 옷차림을 하고 황음荒淫을 일삼는 악소배들,[30] 장날마다 일은 않고 먹고 마시기를 일삼는 날품팔이꾼들[31]을 중심으로 유흥과 퇴폐가 확산되고 있었다. 가장 문제가 심각한 집단은 아전 계층이었다. 이학규는 아전의 횡포와 포흠逋欠을 거듭 신랄하게 비판하고 있는바,[32] 김해 아전들의 포흠은 다른 지방에서는 유례가 없을 정도로 심한 것이었다고 한다.[33] 아전들은 포흠한 재물로 대규모의 도박을 했으며[34] 음식호사와 주색을 일삼았다.[35] 신흥부자, 시정건달, 아전들은 일본 도박인 홀공이忽空伊와 일본 요리인 승가기탕勝歌妓湯에 거의 광적일 정도로 탐닉했으며 이들이 중심이 된 사치와 유흥은 일반에게도 확산되었다. 사람들은 장날이면 곤죽으로 취했고[36] 틈만 나면 소주를 마셔 한 사람의 외상술값이 수만 전에 이르는 경우도 있었으며[37] 장례와 푸닥거리의 사치

---

26 「고정기사시」의 '자염사'; 「금관기속시」 제56수.
27 「금관죽지사」 제15수.
28 「금관기속시」 제57수.
29 「금관기속시」 제30수.
30 「금관기속시」 제23수.
31 「금관기속시」 제50수.
32 「기경기사시」의 '호랑(虎狼)'·'고묘(槁苗)'·'역작(力作)'.
33 「금관기속시」 제28수.
34 「금관기속시」 제31수; 「금관죽지사」 제7수.
35 「금관기속시」 제28수; 「금관죽지사」 제8수.
36 「금관죽지사」 제18수.
37 「금관기속시」 제27수.

또한 대단하였다.[38] 새끼에 새끼를 친다고 해서 '양고리羊羔利'라 일컫는 고리대高利貸도 성행하였다.[39]

이익사회적인 인간형에 대한 이학규의 시선은 무척 부정적인바, 힘든 노동에도 불구하고 가난을 면치 못하는 민중에 대한 동정과 연민의 시선과는 사뭇 대조적이다.

이학규는 중세 해체의 부정적 단면들을 냉정하게 관찰하고 있을 뿐 아니라 김해와 관련되는 것이라면 무엇이든 보고 기록하였다. 특히 민간의 온갖 세시풍속은 그의 관심을 끌었다. 설날의 걸공乞供과 탈춤,[40] 입춘날 선농제先農祭를 지내고 망신芒神:木神에게 제사올리는 풍습,[41] 2월에 영등신靈登神과 본향신本鄉神에 올리는 제사,[42] 3월 보름 선왕신船王神에 올리는 제사,[43] 용신龍神에게 올리는 기우제,[44] 6월 그믐 태빈신太賓神에 올리는 제사,[45] 그 외에 대보름의 발하희拔河戲, 윷놀이, 널뛰기, 연날리기, 화전놀이, 호미씻이 등의 풍속을 두루 기술되고 있다.[46]

그 외에도 김해 지방의 의식주, 언어, 질병 등 그곳에 관한 거의 모든 것을 이학규는 기록하였다. 김해 부자들 사이에는 사치스런 옷차림이 유행하였다. 그러나 서민 처녀들의 치마는 짧아서 정강이가 나오고 폭은 좁아서 허벅

---

38 「금관기속시」, 제38수 · 제40수.
39 「금관기속시」, 제29수.
40 「금관기속시」, 제70수: 「금관죽지사」, 제24수.
41 「금관기속시」, 제71수: 「금관죽지사」, 제26수.
42 「고정기사시」의 '풍신사(風神詞)'; 「금관기속시」, 제72수: 「금관죽지사」, 제21수.
43 「금관기속시」, 제73수.
44 「고정기사시」의 '용당사(龍堂詞)'; 「금관죽지사」, 제27수; 「기경기사시」의 '격고(擊鼓)'; 「금관기속시」, 제39수.
45 「고정기사시」의 '서문사(西門詞)'.
46 「금관기속시」, 제14수: 「고정기사시」의 '사목회사(四木戲詞)' · '답판사(踏板詞)' · '풍연사(風鳶詞)' · '전화사(煎花詞)' · '세서행(洗鉏行)'; 「금관기속시」, 제51수.

지가 나왔다.[47] 삿갓을 쓰면 문둥이로 취급받았고, 푸른 적삼에 붉은 옷을 입으면 광대로 간주되었다.[48] 여자들은 거의 짚신을 신었으며 미투리를 신으면 중과 사통했다고 놀림을 받았다.[49] 부자들의 음식사치는 대단했지만, 부녀자들과 촌사람들 중 열에 여덟아홉은 아예 네발 달린 짐승고기를 먹지 못했다. 콩잎 쌈을 좋아했고,[50] 오리와 기러기를 즐겨 먹었다.[51] 낙동강 오리는 동래장을 통해 일본에 수출되었으며,[52] 오리구이는 이바지 음식으로 귀하게 간주되었다.[53] 곤쟁이, 백합조개, 민물게, 복어를 비롯하여 양적陽翟, 흑석어黑石魚, 비해扉蟹(집게), 하미蝦蠊(새우), 해남자海男子(해삼) 등[54] 각종 해산물도 토착민들이 즐겨먹는 음식이었다. 특히 김해의 닭찜은 타의 추종을 불허할 정도로 유명했으며,[55] 화사花蛇로는 무수히 포를 만들어 손님을 접대하곤 했다.[56] 김해의 말씨는 크고 거칠었으며, 부부나 형제 사이에도 "너, 나" 하였고, 감기를 '개갈비', 학질을 '도둑놈'이라 했다.[57] 토착민들 사이에는 특히 축농증, 수종, 액취증, 야맹 등의 병이 많았고, 나병과 학질도 성행하였다.[58]

이학규의 악부시를 통해 우리는 김해의 역사와 사적史蹟에 관한 새로운 사실도 접할 수 있다. 가야의 토성土城,[59] 보주普州 태후의 유적인 파사탑婆娑塔,[60]

---

47 「금관기속시」, 제22수.
48 「금관기속시」, 제33수.
49 「금관기속시」, 제33수.
50 「금관기속시」, 제45수.
51 「남호어가」, 제10수.
52 「금관기속시」, 제74수.
53 「고정기사시」의 '송난사(送餪詞)'.
54 「금관기속시」, 제58수·제62수·제63수.
55 「금관기속시」, 제44수.
56 「금관기속시」, 제26수.
57 「금관기속시」, 제32수.
58 「금관기속시」, 제35수·제24수.
59 「금관기속시」, 제1수.

가야 첨성대의 옛터,[61] 거등왕居登王의 석상石像[62] 등 가야의 유적이 당시까지도 존재했음을 알 수 있다. 더구나 가야의 마지막 왕이었던 구해왕과 계화왕비의 유품들이 1798년 산청山淸에서 발견되었고 그것을 왕산사王山寺라는 절에 보관했다는 사실[63]도 새롭다.

이상에서 보았듯이 이학규는 여러 차례의 악부시 연작을 통해 19세기 전반 김해의 민중 생활상과 사회상을 낱낱이 관찰 기록하고 있다. 그것은 방대하고 자세하여 민속지로서 손색이 없을 정도이다. 그는 되도록 주관적 서정을 최소화함으로써, 객관적인 현실을 있는 그대로 드러내 보여주고 있다. 그가 악부시를 창작하면서 중시한 것은 사실성·구체성·객관성이었다. 그는 연작을 통해 단편시의 편면성을 극복하고 당대 현실을 폭넓게 반영할 수 있었으며 서문과 주석을 활용함으로써 사실성을 최대로 확대할 수 있었다. 그의 악부시는 '재현의 미학'을 통해 '세밀하게 보여주기'를 추구하였다. 이러한 창작태도는 '보풍토譜風土', 즉 민간풍속을 기록하는 악부시의 전통에 충실한 것이었다고 할 수 있다. 그의 악부시는 조선 후기 한시의 사실주의적 성취의 한 예로서 의의를 갖는다. 그의 시는 사실 자체에 최대한 충실하였지만 그렇다고 해서 평범한 사실의 나열과 전달에 머무른 것은 아니었다. 그의 김해 악부시는 중세해체기의 다양한 삶의 양상을 있는 그대로 기술하고 있을 뿐 아니라, 노동하는 민중의 생명력과 그들의 소박한 아름다움, 민중적 삶의 현장인 지방에 대한 애정을 일깨우고 있다.

---

60 「금관죽지사」, 제20수; 「금관기속시」, 제2수.
61 「금관기속시」, 제4수.
62 「금관기속시」, 제5수.
63 「금관기속시」, 제5수.

조선 후기 악부시의 지방 인식

1. 조선 후기 악부시와 지방에 대한 관심

특정 지방의 민풍토속民風土俗을 제재로 한 연작악부시連作樂府詩가 대거 출현한 것은 조선 후기 한시사의 한 특징적인 현상이다.

원래 악부시는 중국 각 지방의 민간가요를 채집하는 데서 유래하였던바, 시대에 따라 또 개별 작품에 따라 정도의 차이는 있지만, 본질적으로 지역성 내지 지방정서와 다소간 연관성을 가진 장르라고 할 수 있다. 그러나 한국악부시의 경우, 그 형성기에 해당하는 신라 말에서 고려 말까지의 시기에는 특정 지역의 민풍토속이 악부시의 본격적인 제재로 등장하지 않았다.[1] 다만 익재益齋 이제현李齊賢이 그의 소악부에 제주민요 2수를 옮겨 놓은 게 있는 정도이다.

조선 전기에는 김종직金宗直의 「응천죽지곡凝川竹枝曲 9장」, 유호인兪好仁의 「함양남뢰죽지곡咸陽灆濡竹枝曲 10절」, 김맹성金孟性의 「가천죽지곡伽川竹枝曲」, 조위曹偉의 「응천죽지곡효점필재증운랑凝川竹枝曲效佔畢齋贈雲娘」과 같이 특정

---

1 박혜숙, 『형성기의 한국악부시 연구』, 한길사, 1991 참조.

지명을 앞세운 죽지사 작품이 창작되었으며, 영사악부詠史樂府로 김종직의 「동도악부東都樂府」가 출현하였다. 지역성을 표방한 조선 전기의 악부시가 지방에 경제적 사회적 기반을 두고 있던 사림파 지식인에 의해 주도되었음은 흥미로운 일이다. 이외 임제林悌의 「금성곡錦城曲」, 「오산곡鰲山曲」, 「초산곡楚山曲」, 「패강가浿江歌」 등 지방 정서를 한시로 형상화한 작품이 더러 있었다. 대체로 특정 지방과 연관된 조선 전기 악부시는 대개 10수 이하의 소규모인데다 작품의 총량 또한 많은 게 아니었다.

그런데 조선 후기에 이르면 사정은 크게 달라진다. 특정 지역의 현실이나 역사를 다룬 연작악부시가 다수 출현하였을 뿐 아니라, 연작의 규모 또한 매우 커졌다. 주요한 작품으로는 홍양호洪良浩의 「북새잡요北塞雜謠」 62수, 신광수申光洙의 「관서악부關西樂府」 108수·「성도악부成都樂府」 48수, 김려金鑢의 『사유악부思牖樂府』 290수·「황성이곡黃城俚曲」 204수, 정약용丁若鏞의 「탐진농가耽津農歌」 10수·「탐진어가耽津漁歌」 10장·「탐진촌요耽津村謠」 20수, 이학규李學逵의 「금관죽지사金官竹枝詞」 30수·「금관기속시金官紀俗詩」 77수·「영남악부嶺南樂府」 68수, 장지완張之琬의 「평양죽지사平壤竹枝詞」 76수, 조현범趙顯範의 『강남악부江南樂府』 151수, 한유韓愉의 「분양악부汾陽樂府」 30수 등이 있으며, 이외 소규모의 작품들이 상당히 많다. 예거한 작품 중 「영남악부」, 『강남악부』, 「분양악부」는 특히 지방의 역사를 다룬 영사악부이다.

이 작품들은 18세기에서 19세기에 걸쳐 집중적으로 창작되었다. 조선 후기 한시에서 이처럼 지방에 대한 관심이 고조된 이유는 무엇일까? 그리고 이들 작품에 나타난 지방의 현실은 어떠하였으며, 그러한 지방 인식이 갖는 의의는 무엇일까? 조선 후기 시인들이 특정 지방에 관심을 갖게 된 구체적 이유는 개별 작가에 따라 다소 달랐을 터인데, 작가에 따라 지방 인식의 내용에 어떤 차이가 있을까? 이런 몇 가지 의문에 대한 답을 모색해 본다.

2. 중앙 지식인의 지방 인식

생활기반이 중앙에 있던 중세의 사대부 지식인이 자신에게 익숙한 서울이나 근기近畿 지역을 벗어나 특정 지방의 현실을 인식하게 되는 계기로는 몇 가지 경우가 있었다. 지방관으로 부임한다든가, 여행을 간다든가, 유배를 간다든가 하는 것 등이다. 이런 일은 조선 후기만이 아니라 중세사회에서 항용 있을 수 있는 일이었다. 그런데도 조선 후기에 이르러 사대부 시인들의 지방 인식이 현저히 확대된 이유는 무엇일까? 이는 조선 후기에 이르러 지식인 계층의 사유가 '탈중심화'되는 경향과 연관이 있는 것이 아닌가 생각된다.

주지하듯이 이 시기는 중국 중심의 화이론적 세계관이 동요되거나 회의懷疑된 시기였다. 이와 함께 이민족異民族이나 자국自國의 지리와 문화에 대한 관심이 증대하였다. 시선을 바깥의 이민족에게로 돌린 경우가 신유한의 「일동죽지사日東竹枝詞」, 조수삼의 「외이죽지사外夷竹枝詞」, 이상적의 「일본죽지사日本竹枝詞」 등의 작품이라면, 시선을 안으로 돌린 경우가 바로 자국의 영역을 관심 대상으로 삼은 일련의 악부시 작품이라 하겠다. '중심'에 고착되지 않고 '주변'으로 관심을 확대하는 경향은 '중국/자국'의 관계에서만이 아니라, 자국의 '중앙/지방'관계에서도 진행되고 있었다. 그리고 중세적 신분제의 모순이 노정되면서 '양반/민民'의 관계에 있어서도 '민'에 대한 관심이 증대되고 있었던바, 양반 지식인은 지방을 민民의 생활 공간으로서 재인식하게 되었다. 요컨대, 조선 후기 중앙의 사대부 지식인에게 있어서 '지방'은 자국 영토의 일부일 뿐 아니라, 민의 생활 공간이기도 했던 것이다.

지방의 민풍토속을 다룬 악부시 중에서도 단지 풍속을 모사하는 차원에만 머물러 있다든가, 시인의 관심이 그다지 진지하다고 보기 어려운 경우도 더러 있다. 여기서는, 이 글의 논제와 관련하여 특히 문제적이라 판단되는 작품들인 「북새잡요」, 『사유악부』, 「황성이곡」, 「금관기속시」, 「영남악부」 등을 중심으로 하되, 이따금 다른 작품도 검토하면서 중앙 지식인이 보여주는 지방 인식의 특징적 측면을 살펴보기로 한다.

1) 지방민에 대한 인식

사대부 지식인의 지방 인식에 있어 가장 핵심적인 부분은 지방민地方民을 어떤 방식으로 이해하는가 하는 문제라고 생각된다. 신분제사회의 지식인에게 있어 지방민은 통치와 교화의 대상일 수도 있으며, 폐정弊政이나 자연재해로 인해 고통받는 존재, 즉 연민의 대상일 수도 있다. 혹은 중세사회의 해체 과정에서 개성을 가진 인격적 존재로 재인식되거나, 역사와 현실 변혁의 주체로 인식될 가능성도 있었다. 중세해체기의 지식인이 민을 어떻게 인식하는가 하는 문제는 지식인적 사유의 근대성이라는 문제와도 깊이 연관되어 있다고 생각한다. 그런데 각 관점이 획연히 분리되지 않거나 두셋의 관점이 한 사람에게 공존하는 경우도 있다.

홍양호가 경흥부사慶興府使로 있을 때 지은 「북새잡요」나 김려가 연산현감

連山縣監으로 있을 때 지은 「황성이곡」에서는 지방민을 통치와 교화의 대상으로 인식하는 면모가 나타난다.[2] 하지만 지방민은 단지 수취의 대상이 아니라 선정을 베풀어야 할 대상으로 인식되고 있다. 그런 만큼 연민의 관점이 깊이 침투해 있다. 「북새잡요」에서는 7월에 서리가 내려 농사를 망친 농민들이라든가, 진상용 녹용을 구하기 위해 맹수도 아랑곳 않고 산속을 돌아다니는 포수들이라든가, 베를 짜서 관청에 바치고 스스로는 남루한 옷을 걸친 백성들에 대한 연민이 표현되고 있으며,[3] 「황성이곡」에서는 대동법으로 큰 부담을 지고 있는 백성들이나, 흉년이나 과중한 세금 뿐 아니라 토호土豪들의 횡포에 시달리는 백성들의 모습이 그려지고 있다.[4] 시인이 지방관의 위치에 있는 경우가 아닐지라도, 사대부 지식인의 지방민에 대한 연민은 조선 후기 악부시에서 매우 일반적인 것이다. 다산 정약용의 일련의 애민시愛民詩 작품들이 가장 대표적인 경우라고 하겠는데, 조선 후기 악부시의 이러한 측면은 이미 잘 알려져 있으므로 더 이상의 언급이 필요치 않으리라 생각한다. 지방민을 연민의 대상으로 바라보고 형상화하는 것도 일정한 의의가 있다. 하지만 사대부시인과 지방민 사이에 중세적 신분의 거리가 여전히 개재되어 있는 점은 한계라고 하지 않을 수 없다.

지방민 이해에 있어 특기할 만한 관점을 보여준 작품으로는 김려의 『사유악부』가 있다.[5] 김려는 1797년에서 1801년 사이에 함경도 부령에서 유배

---

2   "송어맛 좋다하여 먼저 먹지 말라 / 관가에 바쳐야 하니(其味孔嘉莫先嘗, 于以獻之公堂)"(「北塞雜謠」「松魚」)라고 하여 백성들의 의무를 환기시키기도 하고 "어화, 변방의 사녀들아 / 백년토록 우리 함께 태평세상 누려보세(嗟爾邊城士女, 同我百年太平)"(「북새잡요」의 '금산(金山)')라고 하여 상하가 함께하는 조화로운 세상에 대한 희망을 고취하고 있기도 하다.

3   「북새잡요」의 '칠월상(七月霜)'·'녹용(鹿茸)'·'예마(藝麻)' 등.

4   「황성이곡」, 제40수, 제15수, 제7수, 제5수 등.

5   『사유악부』의 시선집이 『부령을 그리며』(박혜숙 역, 돌베개, 1996)라는 제목으로 출판되어 있어 참조할 수 있다.

생활을 했는데, 이곳에서의 견문과 체험을 290편의 연작으로 작품화하였다. 『사유악부』는 부령의 '민중 생활사'를 한시로 구현하고 있다고 할 만큼 토착민의 삶의 현실과 모습을 폭넓고도 깊이 있게 그려내고 있다. 특히 여느 악부시와는 달리 단지 시인이 '바라본' 지방 현실을 그리는 데 머물지 않고 시인 스스로가 지방민과 어울려 생활하면서 체험하거나 느낀 것을 기술하는 방식을 취하고 있다. 따라서 지방민의 생활에 대한 '밖'에서의 보고서가 아니라 '안'에서의 기록으로서의 성격을 다분히 갖고 있다. 『사유악부』에는 시인이 그곳에서 교유하거나 견문한 각양각색의 민중적 인물들이 숱하게 형상화되어 있다. 그래서 흡사 고은高銀의 『만인보萬人譜』를 읽는 듯한 느낌이 들기도 한다. 『사유악부』에 등장하는 지방민은 한미한 양반, 아전, 하급무관, 농사꾼, 상인, 공장工匠, 술집 주인, 이웃집 아낙, 기생, 청년과 어린이 등을 망라하고 있다. 이들은 모두 그곳의 토착민들로서 민중층의 일원이거나 꼭 그렇지는 않더라도 민중적 성향을 갖는 사람들이 다수를 점하고 있다. 시인은 이들에게서 따뜻하고 소박한 인간미, 훌륭한 덕성을 발견하고 이들을 독특한 개성을 가진 인격체로 이해하고 있다.

남의 머슴살이를 하지만 성품만은 비할 바 없이 깨끗한 황 씨, 맨손으로 호랑이를 때려잡은 홍생, 술 잘 빚고 인정 많은 성 씨네 아낙, 떵떵거리며 살다가 파락호가 되어버린 상인商人 이홍억과 김익태, 앉은뱅이지만 늠름한 기상을 지닌 지여교, 소뿔에다 책을 걸고 밭을 갈며 글을 읽는 홍생, 맨손으로 도적과 맞선 우 씨 아낙, 춤과 노래가 뛰어난 노심홍, 말 잘하는 임요조 등등, 『사유악부』에는 다양한 개성을 지닌 숱한 인물들이 그들의 실명實名과 더불어 실감나게 형상화되어 있다.[6] 다음은 '황대석'이란 인물을 그린 작품이다.

무얼 생각하나?	問汝何所思
저 북쪽 바닷가.	所思北海湄
말 잘 타고 활 잘 쏘는 황대석	善騎工射黃大錫
백발백중으로 과녁을 꿰뚫네.	百發百中串破的
말쑥한 얼굴에 구레나룻 더부룩하고	白晳氄氄頗有髭
날렵한 허리와 긴 팔에 힘이 곰과 같네.	狼腰猿臂力如羆
지난 봄에 경성 부령 무예 시합날	前春鏡富鬪武日
높은 점수 받았으니 장하고도 기이하다.	三巡卄劃壯且奇
저 죽일 놈의 탐관오리들	虐吏贓官眞可殺
그에게 상 안 주니 뻔뻔도 하구나.	有功不賞視猶恝
길이 탄식하고 귀거래해 돌밭을 가나니	長嘯歸去耕石田
해지도록 산모퉁이에서 쟁기질하네.	夕陽叱犢靑山阯[7]

　이외에도 "서쪽 집 홍생은 피리 잘 불고 / 재예才藝 높고 얼굴도 곱상했었지 / (…중략…) / 가을밤 누각에서 피리를 불면 / 지나가던 마소도 좋아라 듣네"[8]라거나, "걱정 근심 하나 없는 서쪽 이웃 남 씨네 노인 / 그 집 동쪽 북쪽으론 맑은 시내 흐르지 / 장남은 소 몰고 차남은 수레 끌며 / 손자는 고기 잡고 며느린 베를 짜네 / 막걸리 한 바가지 날마다 들이키고 / 밭 사이 오가며 까마귀 보호하네"[9]라 하여 시인 자신이 만났던 남녀노소를 하나하나 작품

6　이상 거론한 작품은 『부령을 그리며』에, 「머슴 황씨」, 「호랑이 잡은 홍생」, 「성씨네 아낙」, 「북방의 상인」, 「앉은뱅이 지여교」, 「박복한 홍생」, 「늠름한 우씨 아낙」, 「노심홍」, 「말 잘하는 임요조」 등의 제목으로 번역되어 있다.
7　『사유악부』 제56수.
8　『사유악부』 제277수, "西舍洪生善吹笛, 百伶百俐俊俏的. (…中略…) 秋夜高樓亂吹時, 去馬來牛總歡賞".

화하고 있다. 이처럼 『사유악부』는 그 전편에 걸쳐 다양한 토착적 인물들을 탁월하게 형상화하고 있을 뿐 아니라, 그들에 대한 시인 자신의 각별한 우정과 애정을 표현하고 있는바, 이러한 태도는 신분제의 장벽을 넘어선 자리에서 나온 것임을 알 수 있다. 시인은, 사람들이 영남을 추노지향鄒魯之鄕이라 하고 관북을 말갈의 땅이라 폄시하지만 자신이 보기엔 오히려 관북이 영남보다 낫다고 단언하기까지 하였다.[10] 영남과 관북, 성현聖賢과 오랑캐(말갈)를 구분하는 중세적 가치관이 일정하게 해체되고 있다. 이러한 새로운 관점은 시인이 변방의 토착민을 자신과 동등한 인격체로 이해할 수 있었기에 가능했던 것이다. 대부분의 악부시가 양반 지식인 작가가 제3자적 입장에서 목격하고 관찰한 지방민중의 생활세계를 그리고 있음에 반해, 『사유악부』는 작가와 지방민의 직접적 교섭 및 교유를 통해 지방민의 생활을 작자자신의 '생활의 일부'로서 그리고 있을 뿐 아니라, 지방민 개개인을 독자적인 개성을 가진 인격적 존재로 인식하고 있다는 점에서 조선 후기 악부시의 한 진경進境을 이룩한 것으로 평가할 만하다.

　이학규의 경우도 주목할 만하다. 그는 24년에 걸친 오랜 유배 생활을 통해, 백성들에 대한 연민에 입각한 많은 시작詩作을 남긴 바 있다. 그런데 몇몇 작품에서 지방민에 대한 새로운 인식을 보여주고 있어 주목된다. 「영남악부」 중의 「소주도燒酒徒」는 고려 우왕禑王 때 합포合浦 원수元帥 김진金鎭이 군졸들의 원한을 샀고, 그래서 왜구가 침입했을 때 군졸과 백성들이 그에게 항명抗命한 사건을 다루고 있다. 이 작품은 백성이 화자가 되어 지배층 인물을 신

9　『사유악부』 제119수, "無憂西隣南家老, 舍東舍北淸溪道. 長男驅牛中男車, 兒孫捕魚婦績麻. 匏樽濁醴日飽喫, 往來田間護烏鴉".
10　『사유악부』 제200수. 이 작품은 『부령을 그리며』에 「관북과 영남」이라는 제목으로 번역되어 있다.

랄하게 비판하고 있다. 「철문어鐵文魚」는 우왕禑王 때 경주부윤 배원룡裵元龍이 백성을 심하게 수탈한 사실을 다루고 있는데, 작품을 보면 다음과 같다.

철문어야	鐵文魚
어째서 묵정밭을 갈지 않고	何不杷人畲
애꿎은 백성들 침탈하느냐.	而反爲人漁
손가락처럼 세 갈래로 구부려	三叉屈折如指爪
백성의 살을 파고 기름을 빨아	爬民之肉吮民腴
너의 집으로 실어나르며	而輸爾田廬
우리의 수레까지 못쓰게 만드나.	又敝我牛車
이제 경주에는 쇠붙이라곤 없으니	鷄林自此鐵無餘
활을 당겨 저 물문어 쏘아버리자.	抨弓去射水文魚

경주부윤 배원룡은 수탈이 심하여 백성들의 쇠스랑까지 싹쓸이할 정도였다고 한다. 쇠붙이를 끌어 모으며 백성의 고혈을 빼는 수령을, 경주 백성들은 '철문어'라는 별명으로 신랄하게 풍자하였다. 그러나 이 '철문어'도 백성들의 저항의 화살 앞에서는 한갓 '물문어水文魚'일 수밖에 없다는 것이다. 이 작품에서는 백성을 화자로 내세워 "활을 당겨 저 물문어 쏘아버리자"라고 말함으로써 부패한 관료에 대한 백성들의 저항을 정당화하고 있다.

「석신막지부행析薪莫持斧行 9해解」도 흥미로운 작품이다. 정조 연간에 김해부사로 있었던 민閔 아무개는 백성들을 몹시 수탈하였다. 그는 소나무 베는 것을 금지하고 백성들의 도끼를 무수히 빼앗아 서울로 실어 보냈다. 임기가 끝나 그가 고을을 떠날 때 5, 6인의 부녀자들이 행차를 가로막고 가마의 휘장을 들치며 **빼앗아** 간 도끼가 어디 있는지 그에게 힐문하였다. 다음은 부녀자들이 부사에게 직접 항의하는 대목이다.

사또 얼굴 보기가 어찌 그리 어렵소?	府使見何遲
기쁠 때도 우리에게 은혜 준 일 없었고	喜亦不我惠
화날 때도 우리의 고혈을 빨았소.	怒亦血我肌
나무하여 불 땔 수도 없게 하여서	當家絶樵爨
백성들 배고파 굶주리게 하였소.	令我復調飢
이제 영영 못 보게 되었는데	今日將永別
우리 도끼 가져다 무얼 하였소?	問將斧底爲
쟁기를 만들어도 만 개는 되고	爲犁近万枋
호미를 만들어도 만 개는 될 텐데	爲鉬應万枝
쟁기로 금광을 파헤쳤소?	犁以穴金坋
호미로 은을 캐냈소?	鉬以出銀泥
사또는 어찌 생각하오?	府使復何思

　지배층의 관리를 거침없이 꾸짖고 조롱하는 아낙네들의 형상이 실감나게 그려지고 있다. 부사는 아낙네들의 항의에 쩔쩔매며 '쟁기는 열 개, 호미는 다섯 개 쯤 만들었으나 그나마 부러지고 물에 빠지고 도둑맞아 그럭저럭 하나도 남은 게 없노라'고 궁색한 변명을 늘어놓는다. 신분제 사회의 피지배 계급인 민民이, 그것도 한낱 부녀자들이 양반 관료에게 이렇게도 당당히 맞서는 모습을 형상화한 작품은 좀처럼 찾기 어렵다. 위 작품들의 소재가 과거의 역사에서 취한 것이라는 점, 민의 저항이 개별 악덕 관료에 대한 원한에서 비

롯된 것으로 그려지고 있다는 점, 동일한 주제의식에 입각한 작품이 많지 않다는 점은 다소 아쉽다. 그러나 시인이 민民을 '저항'하는 존재로 인식하고 있음은 이 시기 양반 사대부에서는 흔치 않은 것으로, 지방민 인식의 새로운 단초를 열어 보이고 있다.

2) 지방사地方史에 대한 인식

일련의 조선 후기 영사악부가 자국역사에 대한 관심의 확대에서 비롯되었음은 잘 알려진 사실이다. 특히 영사악부 중에서도 「영남악부」, 『강남악부』, 「분양악부」는 각기 영남·순천·진주의 지방사에서 제재를 취하고 있어 주목된다. 이들 영사악부 외에도 홍양호의 「삭방풍요」, 김려의 『사유악부』가 특정 지방의 역사에 대해 깊은 관심을 보여주고 있다. 그런데 『강남악부』와 「분양악부」는 지방 지식인이 지은 것이므로 별도로 고찰하기로 하고, 여기서는 「영남악부」, 『사유악부』, 「삭방풍요」에 나타난 지방사 인식의 특징적 측면에 대해서 언급하기로 한다.

이들 작품에서는 지방이 민족사의 현장이었으며, 지방사가 민족사의 주요한 부분을 차지하고 있다는 인식이 두드러진다. 홍양호는 「삭방풍요」에서 태조 이성계와 목조穆祖·탁조度祖의 사실史實 및 유적遺蹟에 대해 깊은 관심을 갖고 이를 형상화하고 있다. 왕조적 역사 인식에 갇혀 있다는 점에서 한계가 있지만, 함경도 지방을 신성한 땅으로 재인식하는 태도는 국경 지역의 중요성에 대한 인식과 관련된 것으로, 나름의 의의가 있다. 그리고 이성계가 말갈과 왜倭를 굴복시킨 것을 기린다거나, 목조를 생각하며 백두산 이북 영토의 회복을 기대하거나, 고려 때 말갈족을 정벌한 윤관尹瓘이나 임진왜란 당시 활약한 정문부鄭文孚의 공적을 기리는 데서 소박한 민족의식이 표현되고 있다. 함경도 지역은 단순한 변방이 아니라 민족사의 주요한 국면과 연관된 지역으로 인식되고 있는 것이다.

『사유악부』에서도 이 지역의 지방사에 대한 관심이 표현되고 있다. 윤관과 김종서金宗瑞의 사적事蹟(제240·274수), 신숙주申叔舟의 오랑캐 정벌(제221수), 남이南怡 장군의 자취(제244수), 남이와 함께 이시애李施愛의 난을 평정한 구성군龜城君 이준李浚(제245수), 이시애의 난 때 순절한 조규曹紏(제249수), 여진족을 복속시킨 신립申砬(제233수), 임진왜란 당시의 정문부鄭文孚 및 이재형李載亨(제161·177·209·204수) 등을 기리면서 시인은 이곳을 민족사의 현장으로 인식하고 있다. 특히 주목되는 것은 지배층의 저명한 인물들뿐 아니라, 임진왜란 당시 한날한시에 죽은 일만 명의 의병들(제142수) 뛰어난 무예로 왜군과 오랑캐를 물리친 선조 때의 황주부黃主簿(제174수) 정문부 휘하에서 활약한 차 씨 삼형제 및 두 김 씨와 두 박 씨(제210수) 등 변방의 민중적 인물들이 민족의 수난기에 보여준 빼어난 행적을 높이 기리고 있는 점이다. 이처럼 홍양호나 김려가 함경도 지방의 역사를 주목하고 중요시하고 있음은 특기할 만하다.

한편, 이학규의 「금관기속시」와 「영남악부」는 가야와 신라의 역사적 사실, 유적, 풍속, 인물들을 두루 다루고 있을 뿐 아니라, 이 지역과 관련된 고려시대의 사건과 인물도 언급하고 있다. 그런데 이학규의 지방사 인식에 있어 특징적인 것은 지방의 역사가 바로 '수탈'의 역사이기도 하다는 인식을 보여 준다는 점이다. 「영남악부」의 「황마포黃麻布」는 충렬왕 때 채모蔡謨가 경상도 권농사勸農使가 되어 세마포細麻布를 많이 거둬들여 왕에게 바쳤고, 이후

이덕손李德孫·설인영薛仁永·주인원朱仁遠 등으로 이어지면서 그 폐해가 더욱 심하였던 사실을 다루고 있다. 「혁작령嚇鵲令」은 경상도 안렴권농사按廉勸農使 였던 주인원朱仁遠이 까치를 싫어해 사람을 시켜 까치를 쫓게 하고는, 까치 소리가 한 번 날 때마다 은병銀瓶을 거둬들임으로써 사람들이 그 고통을 감당 하기 어려웠던 사실을 다루고 있다. 앞서 거론한 「소주도」·「철문어」·「채 신막지부행」도 백성들이 겪은 억압과 수탈을 다루고 있다. 이상의 작품들은 '차고유금借古諭今', 즉 옛일을 가져와 현재를 풍자하는 수법으로 중세관료들 의 폐정을 비판하고 있으며, 아울러 오랜 세월에 걸쳐 지방민들이 지속적으 로 수탈받아 왔음을 보여주고 있다.

지방사에 대한 인식을 보여주는 악부시 작품이 그리 많다고는 할 수 없다. 그러나 이상에서 본 것처럼 지방사를 민족사의 주요한 부분으로 이해한다든 가 수탈의 역사로 인식하는 관점은 자못 새로운 것이다.

3) 지방의 현실 – 상품화폐경제의 전개와 공동체의 해체

18·19세기 서울의 도시적 발달에 대해서는 익히 알려져 있다. 이 시기 지방은 어떠했을까? 조선 후기 악부시에 나타난 각 지방은 아직은 공동체적 유대가 유지되고 있는 곳이다. 농민적 삶에 근거한 각종의 세시풍속이나, 계 절의 순환에 따라 이루어지는 농업노동의 현장, 대지에 뿌리내린 농민적 삶 의 건강성은 이 시기 악부시의 주요한 소재가 되고 있다. 하지만 이러한 공 동체적 삶이 흔들리지 않는 현실적 토대 위에서 굳건히 유지되고 있는 것 같 지는 않다. 공동체 해체의 징후는 도처에서 발견되고 있다. 관리들의 폐정은

공동체의 해체를 촉진하는 중요한 계기였다. 지방관리들의 침학侵虐과 수탈, 그로 인한 농민적 삶의 파탄은 악부시의 주요한 소재였던바, 이에 대해서는 다산 정약용의 농민시·애민시에 대한 연구를 비롯한 많은 선행연구가 있으므로 생략하기로 한다. 여기서는 주로 지방에서의 상품화폐경제의 전개와 그에 따른 민중적 삶의 변화에 대해서 살펴보기로 한다. 검토할 자료는 『사유악부』, 「금관기속시」, 「황성이곡」 등이다. 그런데 『사유악부』에서 다루고 있는 함경도 부령 인근 지역이나 「금관기속시」의 김해 지방은, 각각 청나라 및 일본과의 무역이 지역경제에 다소간 영향을 끼치고 있던 곳이었다. 따라서 이들 지역에서의 현상이 전국적인 현상으로 일반화될 수는 없겠지만, 18·19세기 지방 현실의 한 동향이나 추세는 확인할 수 있다고 본다.

이 시기 김해에는 부지런히 인분人糞을 모아 농업생산력을 높여 부유하게 된 사람들이 많았으며[11] 염전 경영으로 치부하여 호의호식하는 사람들도 허다하였다.[12] 관북 지방에도 많은 부상대고富商大賈가 존재하였고,[13] 새로 설치된 은점銀店으로 사람들이 몰려들었다.[14]

그런데 이 시기 상업경제에는 불건강한 면모가 다분히 있었다. 관리와 무뢰배가 결탁하여 은점을 경영함으로써 민폐가 심하였고,[15] 관료의 농간으로 염가鹽價가 폭등하는가 하면,[16] 조운선의 선주船主가 미가米價를 조작하여 치부하기도 하였다.[17] 새로운 부자가 생겨난 반면, 토지에서 유리되어 도시에

---

11 「금관기속시」 제52수.
12 『사유악부』 제113·231수.
13 『사유악부』 제113·231수.
14 『사유악부』 제72·167수.
15 『사유악부』 제72·167수.
16 『사유악부』 제133수.
17 「황성이곡」 제141수.

서 근근이 생계를 유지하는 가난한 백성들도 생겨났다.[18] 신흥부자들의 부富도 불안정한 것이었던바, 떵떵거리며 살다가 하루아침에 몰락해 버리기도 하였다.[19] 이는 이 시기 상업적인 부의 축적에 투기적 성격이 다분히 있었던 데에 연유하는 것이라고 보인다.

화폐경제의 투기성은 사치와 유흥을 조장하였다. 호화 장례의 유행으로 재산을 탕진하는 자도 있었고,[20] 푸닥거리의 사치 또한 대단했으며,[21] 소주를 즐겨 술빚이 수만 전에 이른 자가 있는가 하면,[22] 비싼 일본 요리인 스끼야끼를 즐기기 위해 관리들은 엄청난 포흠逋欠을 일삼고,[23] 품팔이 노동자들은 장날이면 일을 하지 않고 술을 마시고 노는 게 관례였다.[24]

번화하고 시끌벅적해진 현실 이면의 삶은 점점 거칠어지거나 난폭해지고 있었다. 일정한 일없이 토지문서로 농간을 부려 이익을 챙기는 사기꾼,[25] 도회의 시장을 무대로 살아가는 악소배와 건달들,[26] 빚내어 사는 데에 이골이 난 사람들,[27] 빚더미가 커지면 아예 빚갚기를 포기한 채 흥청망청 살고 걸핏하면 소송을 거는 사람들,[28] 마작이나 저포놀이나 일본에서 들어온 '홀공이忽空伊'와 같은 도박에 빠져 부정을 일삼거나 재산을 탕진하는 숱한 사람들[29]

18 「황성이곡」 제70수.
19 『사유악부』 제72·231수.
20 「금관기속시」 제38수.
21 「금관기속시」 제40수.
22 「금관기속시」 제27수.
23 「금관기속시」 제28수.
24 「금관기속시」 제50수.
25 「금관기속시」 제30수.
26 「황성이곡」 제7·106수.
27 「금관기속시」 제29·57수.
28 「금관기속시」 제57수.
29 「금관기속시」 제31수;『사유악부』 제258수;「황성이곡」 제7수.

이 등장하고 있다.

이 시기 일본 및 청과의 교역이 확대되고 있었지만, 외국과의 교역도 바람직한 측면만 있는 것은 아니었다. 김해 사람들은 야생오리를 사냥하여 동래장東萊場을 통해 일본에 팔아 수입을 올리기도 했지만,[30] 일본에서 건너온 신종 요리나 도박의 폐해는 매우 심각하였다.[31] 함경도 사람들은 우리나라가 약국弱國인 탓에 잘 먹인 큰 소를 청시淸市에 갖고 가 보잘 것 없는 포布와 바꿔올 수밖에 없었으며,[32] 조선족과 만주족 사이에 민족 감정도 없지 않았던 듯 부령의 한 남자는 청시 상인 백여 명을 때려눕히기도 하였다.[33]

이처럼 이 시기 악부시를 통해 상품화폐경제가 진행됨에 따라 중세적 농촌공동체가 해체되고 있음을 확인할 수 있는데, 특히 이학규의 작품에서 이 시기 상품경제의 부정적인 면모가 잘 형상화되고 있다. 이학규는 성호학파星湖學派 실학사상의 영향을 받은 것으로 알려져 있는바, 상품경제에 대한 이학규의 부정적 관점은 성호학파의 농업 중심적 사상 경향과 관련되어 있는 것이라 볼 수 있다. 그러나 이는 개별 시인의 취향의 문제만이 아니라 이 시기 상품경제의 객관적 현실을 일정하게 반영하고 있는 것이라 생각한다.

---

30 「금관기속시」 제74수.
31 「금관기속시」 제31·28수.
32 「북새잡요」의 '우혜(牛兮)'.
33 『사유악부』 제258수.

3. 지방 지식인의 자기 인식

지방에 세거世居하는 지식인이 자기 지방의 역사나 민풍토속에서 제재를 취한 악부시는 그리 많지 않다. 조현범의 『강남악부』, 한유의 「분양악부」가 대표적인 작품이다. 더구나 이 작품들은 과거의 역사에 치중해 있는 까닭에 당대 현실에 대한 작가의 인식은 잘 드러나지 않는다. 그러나 한정된 범위의 지방사만으로 연작을 시도한 것은 나름의 의미가 있는바, 이들 작품에 나타난 작가의식 및 작품 창작의 의의에 대해 살펴보기로 한다. 이 두 작품이 창작된 시기는 상당한 차이가 있으며 작가의식도 상이하므로, 나누어 살피기로 한다.

1) 18세기 향촌사족의 지방사 인식 - 『강남악부』

『강남악부』는 전라도 순천의 지방사를 제재로 한 151수의 연작악부시다.[34] 이 작품은 순천의 사족士族인 조현범(1716~1790)에 의해 1784년 완성되었다. 조현범은 본관이 옥천玉川, 자字는 성회聖晦, 호號는 삼효재三效齋이다. 그의 12세조 때부터 순천에 세거世居하였던바, 12세조 건곡虔谷 조유趙瑜는 조선이 개국되자 벼슬에서 물러나 고려 왕실에 대한 절개를 지켰고, 건곡의 둘째 아들인 죽촌竹村 조숭문趙崇文은 무과에 합격한 뒤, 관직이 병사兵使에 이르렀으나

---

34 이 작품은 『해동악부 집성』3(영인, 여강출판사, 1988)에 수록되어 있으며, 번역본으로 『국역 강남악부』(순천대 남도문화연구소, 1991)가 있다.

단종 복위운동에 연루되어 죽임을 당했다고 한다. 이후 그 집안에는 이렇다할 관직에 진출한 사람이 없었다. 그의 조부는 사마시司馬試에 합격하였으며, 그는 향시鄕試에는 누차 합격하였다고 하나 결국 관직에 진출하지 못했다. 조현범은 전형적인 향촌사족의 한 사람이라 할 수 있다.

그는 어떤 동기에서 『강남악부』를 창작하였는가? 『강남악부』의 서序에 의하면, 그는 순천읍지인 『승평지昇平志』를 읽으면서 순천의 역사와 풍토 및 인물 등에 관한 기록을 접하게 되었다고 한다. 그런데 과거사 및 잘 알려진 일만 실려 있는 데에 불만을 느껴 이에 『강남악부』를 창작했다고 한다. 요컨대 『승평지』를 보완한다는 의식으로 이 작품을 창작했다는 것이다. 『승평지』는 1618년 당시 순천부사였던 이수광李睟光에 의해 처음 편찬되었고, 1729년에 『신증승평지新增昇平志』가 부사 홍중징洪重徵의 주도로 간행되었던바, 아마도 작자가 참조한 읍지는 중간본重刊本이었을 것이다. 사찬읍지私撰邑誌는 17세기 이후 본격적으로 발달하였는데, 읍지의 편찬은 지방 수령과 재지사족在地士族들의 협력하에 이루어진 경우가 많았다. 그런 만큼 조선 후기 향촌사족의 경제적·문화적 역량을 배경으로 한 경우가 많았다. 『강남악부』의 창작 또한 재지사족의 문화적 역량 및 자기 지역에 대한 깊은 관심과 애착을 바탕으로 창작된 측면이 있다.

『강남악부』에 수록된 이 지역인물들은 남성 119명, 여성 19명이다. 양반층이 126명으로 압도적 다수를 차지하고 있으며, 성씨별姓氏別로는 옥천玉川 조 씨趙氏 25명, 경주慶州 정 씨鄭氏 12명, 양천陽川 허 씨許氏 7명, 목천木川 장 씨張氏 6명 등으로 순천 지방의 주요 씨족을 중심으로 하고 있다. 그런데 작자는 옥천 조씨이며, 「발문」을 쓴 정임중鄭任重은 경주 정씨다. 게다가 작자 자신의 가문인물이 25명이나 된다. 이런 사실을 통해서 『강남악부』는 향촌사족의 가문의식이 주요한 창작동기가 되고 있음을 확인할 수 있다.

한편, 작자는 서문에서 순천 지역의 역사에서 찬영贊詠하고 권계勸戒할 만한 소재를 골랐으며, 자신의 창작이 풍속의 교화에 보탬이 되길 바란다고 말하고 있다. 그런 동기에 걸맞게 선비, 충신, 효자, 열녀의 행적을 제재로 한 작품이 대다수를 차지하고 있다. 발문을 쓴 이도 순천은 빼어난 고장이라 훌륭한 인물과 사적事蹟이 많음에도 불구하고 잘 알려지지 않은 것이 유감이라면서, 『강남악부』를 통해 삼강三綱의 윤리를 지킨 순천인들의 행적이 널리 알려지게 된 것을 다행이라 말하고 있다.

이상에서 보듯, 『강남악부』는 양반적 가문의식과 중세적 명분론에 입각하여 지방사를 재구성하고 있다. 특정 지방의 인물과 사적만을 제재로 한 영사악부가 창작되었다는 점, 작품의 규모 또한 상당하다는 점은 18세기 향촌사족의 문화적 역량과 자부심이 있었기에 가능했고, 그런 점에서 일정한 의의가 있다. 중세의 해체와 근대로의 이행 과정에서 지방의 경제적·문화적 성장은 중요한 문제라고 생각한다. 지방인의 사유에 있어서도 새로운 변화가 검출될 수 있다면 매우 흥미로울 것이다. 그러나 『강남악부』의 경우, 이 시기 지방사족의 사유는 오히려 보수적 명분론의 강화를 보여주고 있다. 조선후기 순천 지역의 세력관계에 대한 심화된 연구가 선행되어야겠지만, 중세적 위기의 징후와 하층민의 성장에 대한 향촌사족 나름의 대응 방식으로 이해할 수 있지 않을까 한다.

2) 19세기 말 지방사림의 지방사 인식 -「분양악부」

「분양악부」의 작자인 한유韓愉(1868~1911)는 자字가 희녕希寧, 호號가 우산愚山으로 진주 사람이다. 조선 개국공신開國功臣이며 영의정을 지낸 한상경韓尚敬(1360~1423)과 좌리공신佐理功臣이며 『경국대전』의 편찬에 참여했던 한계희韓繼禧(1423~1482)가 그의 선조다. 그의 가문은 연산군 때 진주로 이주하여 은거하였으며, 진주 한씨가 이로부터 시작되었다고 한다. 그의 증조부, 조부, 부모두 벼슬하지 않았다. 한유는 여러 번 향시에 합격하였으나 나중에는 과거공부를 그만두고 성리학 연구에 전념하였는데, 송병준宋秉璿(1836~1905), 김평묵金平黙(1819~1888), 최익현崔益鉉(1833~1906), 전우田愚(1841~1922) 등을 종유從遊하였다. 그의 문집에는 이들에게 올린 편지가 수록되어 있으며, 문집의 서문은 전우가 썼다. 문집에는 상당한 분량의 시문을 비롯하여 성리학과 관련된 저술도 적지 않은바, 그의 학문은 이이·송시열의 학통을 계승한 것으로 여겨진다.

「분양악부」는 진주와 관련된 인물이나 사건에서 제재를 취한 30수의 연작 악부시이다.[35] 제재가 된 인물들은 대개 절개·학행·충성 등으로 이름난 선비들이다. 주요인물을 보면 고려 말에 절개를 지킨 한유한韓愉漢·정온鄭溫이 있고, 사림의 선비로는 정여창鄭汝昌·김일손金馹孫·조식曺植 및 조식의 문인 최영경崔永慶·하항河沆·진극경陳克敬 등이 있다. 충신으로 정분鄭苯·하경복河敬復·조지서趙之瑞·임동립許東笠이 있고, 임진왜란 때 의병활동을 한 이정李瀞과 의기義妓 논개 등이 있다.

---

35 이 작품은 『우산집(愚山集)』 2(국립중앙도서관 소장)에 수록되어 있으며, 『해동악부 집성』 3 (여강출판사, 1988)에 영인되어 있다.

한유가 「분양악부」를 창작한 동기는 무엇이었을까? 남곤南袞을 다룬 시편의 소서小序에서 작자는 다음과 같이 말하고 있다. "우리 고을은 산천이 웅혼하며 풍기風氣가 화평하고 깨끗하여, 예로부터 지금까지 별달리 흉험凶險한 인물이 없었다. (…중략…) 남곤은 우리 고을 사방沙坊에서 태어났으나 어려서 다른 고을로 옮겨갔으니 비록 우리 고을 사람이 아니라 해도 되지만 굳이 기록하는 것은 이 글을 보는 사람들로 하여금 경계하게 하고자 해서이다."[36] 기묘사화를 일으켜 조광조 등의 사림세력을 숙청한 일로, 오랜 세월 사림의 지탄을 받은 남곤이 진주 출신이긴 하나 일찍이 진주를 떠난 사람이라고 말하고 있다. 이 말에서 알 수 있듯 그는 진주가 풍토와 인물이 빼어난 고장임을 드러내는 한편, 유가의 이상적 인간형, 특히 이상적인 사대부상을 찬영贊詠하기 위해 「분양악부」를 창작했다. 작자의 자기 지방에 대한 자부는 다른데서도 표현되고 있다. 강함姜涵이란 인물의 효행을 다룬 작품의 소서에서는 "조선조에 들어와 교화가 널리 퍼지고 인륜이 크게 밝아 효자 정문旌門을 받은 사람이 많았는데, 우리 고을 사람이 더욱 많았다"[37]고 하였다. 또 다른 곳에서는 "병자호란 이후 우리 고을 선배들은 춘추대의春秋大義를 존숭尊崇한 분들이 하나 둘이 아니었다"[38]고 했다. 이상에서 보듯, 작자의 자기 지방에 대한 자부는 대단하며, 그 자부는 충절을 중심으로 한 유가적 윤리 및 춘추대의에 입각해 있다.

작자가 내세우는 충절과 춘추대의는 어떤 현실적 의미가 있는 것일까? 「분양악부」의 창작시기를 확정하기는 어려우나, 문집에 수록된 그의 시가 대체

---

36 「분양악부」의 '판서립(判書笠)', "吾州山川雄渾, 風氣和粹, 自古及今, 別無種出凶險者. (…中略…) 袞, 生于州之沙坊, 幼時遷于他州, 雖謂之非州人, 亦可, 然必載之者, 使覽者, 有所懲創于中也".
37 「분양악부」의 '옥상호(屋上呼)', "國朝, 風化大行, 人倫大明, 孝子慈孫, 綽楔相望, 而吾州尤甚".
38 「분양악부」의 '오호장(五虎將)', "丙子之後, 吾鄕先輩, 尊春秋之義者, 不止一人".

로 연대순으로 편집되어 있음을 미루어볼 때 1898년에서 1900년 사이에 창작된 것이 아닐까 추정된다. 열강의 침입으로 국운이 기울어가던 시기에 지방의 사림이 중세적 명분론을 더욱 강화하는 방향에서 현실의 위기를 타개하려는 지향을 보였음은 잘 알려져 있는 사실이다. 춘추대의에 입각한 위정척사사상은 그 보수성에도 불구하고 제국주의에 저항하는 긍정적 측면이 없지 않았던바, 「분양악부」의 작가의식 또한 이러한 맥락에서 이해될 수 있다. 한유는 을사오적乙巳五賊을 신랄하게 규탄한 「의토적복수소擬討賊復讐疏」, 단발령에 저항한 인물들을 다룬 「후산만영后山謾詠」 등을 썼는데, 이런 글을 통해서 그의 정치적 입장을 잘 알 수 있다.[39]

그러나 그의 위정척사사상은 다분히 소극적이고 개인적인 데에 그쳤다. 「분양악부」의 마지막 작품 '학동도鶴洞圖'가 이 점을 상징적으로 보여 준다. 이 작품에서 시인은 지리산에 들어가 진인眞人을 만나는 환상을 그려보인 후, "머리를 돌려 세속을 바라보니 천년 세월 아득하고 / 삶과 죽음 이어지니 무덤만 총총하네 / (…중략…) / 옛날을 생각하고 오늘이 느꺼워 길게 읊노라니 / 노래 소리 격렬하고 구름은 참담하네"[40]라 하며 전편全篇을 끝맺고 있는바, 거대한 역사의 변전轉變 앞에서 비통과 허무를 토로하는 데 머물고 있다.

---

39 이 글들은 『우산집』 권5와 권3에 수록되어 있다.
40 "回首塵實渺千年, 死生如環塚累累. (…中略…), 感今思古一長吟, 歌聲激烈雲慘慘."

4. 앞으로의 과제

중세해체기에 있어 지방의 변화 및 지방에 대한 인식의 변화를 살펴보는 것은 의미있는 과제라고 생각한다. 주지하듯 서구적 근대화의 과정은 농촌의 도시에로의 예속화 및 중앙집중화가 심화된 과정이었다. 조선의 경우 각 지방에 있어서 중세의 해체는 어떤 양상으로 진행되고 있었던가, 지방적 차이는 어떠했던가, 근대적 사유의 발전 과정에 있어서 '지방' 인식이 갖는 의의는 무엇인가 하는 여러 가지 문제는 매우 흥미로운 과제이지만, 지역 연구의 심화와 자료의 확충이 전제되어야 할 것이므로 이 글에서는 문제제기에 만족하고자 한다.

한국악부시의 근대적 행방

김상훈의 경우

1. 악부시의 전통과 김상훈

한국악부시는 근체시, 일반고시一般古詩[1]와 더불어 한국한시의 3대 장르이다. 이 세 장르는 서로 경쟁하고 보완하는 관계를 맺으며 한국한시의 근간을 이루어왔다. 악부시는 그 장르 관습에 있어 근체시나 일반고시와는 구별되는 여러 가지 특질을 가지고 있는데,[2] 그중에서도 가장 중요한 것은 근체시나 일반고시가 시인 자신의 개인적 처지나 감회를 드러내는 데에 치중한다면, 악부시는 타인의 처지나 사회적 감정을 대변하는 데에 치중한다는 점이다. 특히 한국악부시는 우리나라의 역사와 민民의 현실에 주된 관심을 기울여 왔다. 전통시대의 우리 시가 중 악부시만큼 지속적으로 높은 관심을 갖고 민간세계

---

1   여기서 '일반고시'란 좁은 의미의 고시를 가리킨다. 대체로 넓은 의미의 고시는 악부시를 포함하지만, 좁은 의미의 고시는 악부시와는 달리 시인의 개인적 감회나 감흥을 읊거나 서경(敍景)이나 영물(詠物)을 주로 하는 특징을 보이는 작품들을 가리킨다. 이에 대한 자세한 논의는 박혜숙, 『형성기의 한국악부시 연구』(한길사, 1991), 41~43면 참조.
2   이에 대해서는 위의 책, 제2장 참조.

의 동향과 백성의 삶의 문제를 그리고 있는 장르는 달리 찾아볼 수 없다. 이 점에서 한국악부시는 여타의 한시에 비해 민족적·민중적 성격을 강하게 구현하고 있다고 말할 수 있다.

한국악부시의 기본적인 틀과 모습은 대체로 고려 후기[3]에 형성되었으며, 조선 전기[4]를 거쳐 조선 후기에 이르면 최고의 높이에 도달하게 된다. 기층 민중의 역량이 성장하고 진취적 문인들이 그것을 일정하게 수용하는 한편, 문인·학자들의 역사 인식이 주체적 방향으로 바뀌어간 조선 후기적 상황이 악부시의 비약적 발전을 가능케 한 것이다. 그러나 19세기 후반 이후 악부시는 쇠퇴해 갔다. 특히 19세기 말에서 20세기 초에 이르면 악부시가 고유하게 수행하던 사회비판 및 민중 대변적 기능을 새로이 국문시가國文詩歌가 떠맡게 되는 쪽으로 문학사적 상황이 변화하였다. 전면적인 한글문학 시대의 도래에 힘입어 민족적·민중적 정서와 사상은 자신을 표현할 보다 적절한 언어매체를 확보하게 되었던 것이다.

저자는 이전에 한국악부시사를 개관하면서, 현실비판적 정신과 예술적 기량면에서 오랜 축적을 이룩한 전통시대 악부시의 성과가 국문을 표기 수단으로 삼는 20세기 민족·민중문학에 발전적으로 계승되지 못하고 그 전통이 완전히 단절되어 버린 것으로 본 적이 있다.[5] 그리고 1970년대 말 이래 한국민중시의 전개에는 시정신과 예술적 기법에 있어 과거의 악부시와 맞닿는 면이 있다고 생각되지만, 이는 악부시의 전통이 자각적으로 계승된 결과는 아니며, 주체적·민중적 입장에서 문학하기를 요구하는 시대적 당위의

---

3   고려시대 악부시에 대해서는 위의 책 참조.
4   조선 전기 악부시에 대해서는 이 책의 「조선 전기 악부시의 양상」 참조.
5   박혜숙, 앞의 책, 75~78면 참조.

결과라고 본 바 있다. 그런데 그 후, 김상훈의 시집인『항쟁의 노래』[6]를 읽을 기회가 있었고 거기에 실린 시편詩篇들에서 악부시의 전통을 뚜렷이 발견할 수 있었다. 20세기의 한국문학에서 한시 장르로서의 악부시는 더 이상 창작되지 않았지만 악부시의 장르 관습과 예술기법, 시정신은 김상훈의 일련의 작품에서 국문의 형태로 발전적으로 계승되고 있음을 알 수 있었다. 이러한 사실은 근대문학이 서구문학의 이식으로 점철된 것이 아니라 전통의 계승 위에서 이루어진 것임을 확인하는 좋은 사례가 된다. 더구나 김상훈의 시에서 전통은 날카로운 현실 인식, 치열한 실천성과 결합됨으로써 결코 회고적이거나 퇴영적인 데로 흐르지 않는다. 오히려 과거의 전통이 새로운 현실 속에서 발전적으로 환골탈태되는 모습을 보여주고 있어 '전통의 발전적 계승'의 한 모범을 보는 느낌이 없지 않다. 이에 김상훈의 시를 통해 악부시의 전통이 어떻게 근대적으로 계승·변모되고 있는가를 살펴보기로 한다.

잘 알려져 있다시피, 김상훈(1919~1987)[7]은 해방 후에 당대를 대표하는 전위시인前衛詩人으로 활약하다가 한국전쟁 이후로는 북한에서 활동하였다. 한국전쟁 이전에 출간된 그의 시집은 『전위시인집』(1946),[8] 『대열』(1947), 『서사시집 가족』(1948)이 있다.[9] 한국전쟁 이후에는 우리나라 한시 번역집

---

6 신승엽 편, 『항쟁의 노래』, 도서출판 친구, 1989. 이하 면수만 표기.
7 북한에서 출간된 김상훈 시집『흙』(문예출판사, 1991, 2면)에 의하면 김상훈은 1987년 8월 31일 사망한 것으로 되어 있다. 「월북작가 김상훈 극찬」(『동아일보』, 1995.1.22, 5면) 기사에도 김상훈은 1987년 8월에 사망한 것으로 되어 있다.
   김상훈의 연보는 신승엽 편, 앞의 책, 238~239면 및 정영진, 『통한의 실종문인』, 문이당, 1989, 271~272면에 수록되어 있다.
8 5인 공동시집이다.
9 남한에서 출간된 이 세 시집은 모두『항쟁의 노래』에 수록되어 있다. 이 글에서 김상훈의 작품을 인용할 경우, 따로 출전을 밝히지 않은 것은『항쟁의 노래』에 수록된 작품이다. 『흙』에 수록된 작품을 인용할 경우는 반드시 그 출전을 밝히기로 한다.

인 『한시선집』(1)(1960),[10] 『력대 시선집』(1963)[11]이 그의 이름으로 출판되었고, 『풍요선집』(1963)[12]이 이용악과 공동 명의로 출판되었다. 그는 북한에서 주로 한문고전의 국역사업에 종사하였으며 간간이 창작활동을 하였는데, 한국전쟁 이후 창작된 그의 작품은 북한에서 출간된 『흙』(1991)이라는 시집에 수록되어 있다.[13] 김상훈의 시세계는 한국전쟁을 분기점으로 그 문학적 성취 및 사적史的 의의가 크게 달라지는바, 해방 직후부터 한국전쟁 발발 전까지의 시적 성과는 그것만으로 독립적인 시사적詩史的 의미를 가지는 것으로 여겨진다.[14] 한국전쟁 이전 김상훈의 작품은 『항쟁의 노래』에 잘 망라되어 있고[15] 『흙』에도 여러 편이 수록되어 있다.

이 글에서는 우선 한시 연구 및 한시 번역에 나타난 김상훈의 악부시에 대한 견해를 살펴본 후, 1940년대 후반 김상훈의 시에서 악부시적 전통이 어떻게 계승되고 있는가를 보기로 한다. 아울러 악부시뿐 아니라 전통시대의 한시가 근대시에 수용된 몇 가지 경로가 더 존재한다고 생각하는바, 한시의 주요한 흐름들이 근대시에 어떻게 수용되었는가를 살펴보기로 하겠다. 이를

---

10 『한시선집』(1)은 평양의 국립문학예술서적출판사에서 간행되었는데, 10세기 이전부터 16세기까지의 우리나라 한시 작품을 선별·번역해 놓고 있다.

11 『력대 시선집』은 평양의 조선문학예술총동맹출판사에서 간행되었다. 이 책은 『한시선집』(1)의 속편으로서 17세기부터 19세기까지의 작품들을 포괄하고 있다.

12 평양의 조선문학예술총동맹출판사에서 간행되었다.

13 북한에서 출간된 『흙』에는 한국전쟁 이전의 작품도 더러 있으나, 주로 한국전쟁 이후의 작품이 수록되어 있다.

14 『항쟁의 노래』, 3면에서 편자인 신승엽도 이런 견해를 피력하고 있다.

15 김상훈의 시세계에 대해서는 임헌영, 「김상훈의 시세계」, 『항쟁의 노래』; 최두석, 「김상훈론」, 『한국학보』 61, 일지사, 1990; 신범순, 「김상훈의 서사시적 목소리와 변혁 주체의 시적 형상화 문제」, 윤여탁·오성호 편, 『한국 현대 리얼리즘 시인론』, 태학사, 1990; 윤여탁, 「김상훈의 시에 나타난 현실 인식과 역사적 전망」, 『국어국문학』 105, 국어국문학회, 1991 참조.
김상훈의 생애에 대해서는 신승엽, 「해방직후의 '전위시인' 김상훈」, 『항쟁의 노래』; 정영진, 「김상훈, 변신의 일생과 갈등의 詩」, 『통한의 실종문인』, 문이당, 1989 참조.

통해서 한국악부시의 근대적 행방을 추적하는 것만이 아니라, 문학 창작에 있어 전통의 바람직한 계승이 얼마나 중요한 것인가를, 그리고 전통 계승 여부만이 문제가 아니라 어떤 전통이 어떻게 계승되는지가 중요한 것임을 확인하는 기회가 되었으면 한다.

2. 악부시에 대한 김상훈의 관점

김상훈은 어려서부터 한학漢學을 익혔으며 적령기를 2년 넘긴 후에야 보통학교에 들어갔다. 그가 독훈장獨訓長을 모시고 "신동났다"는 소리를 들으며 『천자문千字文』과 『동몽선습童蒙先習』을 떼고난 후에야 부친은 그의 보통학교 입학을 허락하였으며, 그것도 방과 후에는 한학을 계속 공부한다는 약속하에 이루어졌다고 한다. 김상훈은 보통학교를 졸업한 후에도 부친의 반대로 상급학교 진학을 포기하고 서당공부를 계속하다가 나중에서야 뒤늦게 서울 유학을 하게 되었다.[16] 이처럼 김상훈이 처음 배운 것은 신학문이 아니라 한학이었던바, 한학을 통해 일찍부터 동양의 고전을 접하면서 그 나름의 문학관을 형성해 갔다고 보인다. 물론 김상훈이 근대시에 눈을 뜬 것은 중동학교 시절 교사였던 김광섭과 학우였던 시인 유진오兪鎭五 등과의 만남을 통해 이루어졌다고 한다. 그 후 자신의 징용 체험, 협동당協働黨 별동대別動隊 활동 및 시인 상

16　김상훈의 한학 수업에 대해서는 위의 책, 234~235면 참조.

민常民과의 교유를 통해 점차 계급문학적 관점을 갖게 된 것으로 보인다.[17]

그런데 김상훈은 해방 후 조선문학가동맹의 일원으로 본격적인 창작활동을 하는 동안에도, 자신이 이전에 학습한 한문학을 계급문학적 관점에서 재조명하려는 시도를 보여주고 있어 무척 흥미롭다. 그런 사실을 확인할 수 있는 논문으로 「『시경詩經』에서 보는 계급의식」(1947)[18]이 있다. 한시문학의 다양하고 풍부한 유산 중에서도 김상훈이 유독 『시경』에 주목했다는 사실은 음미해볼 만한 가치가 있다. 『시경』은 유가문학儒家文學의 경전이자 고대민요 유산이 가장 풍부하게 수록된 책이다. 전통시대 문인들의 경우, 『시경』의 시를 어떤 관점에서 해석하는가 하는 문제는 그 사람의 문학적 입장과 긴밀한 연관을 갖는다. 김상훈의 '시경론' 중 한 대목을 보기로 하자.

> 시경은 '노래'를 모은 책이다. 그리고 그중의 거진 대부분이 민간에서 유행되든 민간의 노래다. 아(雅), 송(頌) 중의 소부분(小部分)을 제외하고는 모도가 피압박 대중의 압박 당하며 부른 노래인 까닭에, 이 소박하고 원시적이고 단조로운 구절 중에서도 차츰 각성되어가는 그들의 계급의식을 발견할 수 있는 것은 심히 흥미있을 뿐 아니라 중요한 일이다. 시경에 반영되어 있는 노예제사회와 봉건제사회 속에 나타난 노예와 농노들의 불안, 고통, 울분, 반항을 편(篇)을 따라 고찰하면서, 중국 시가의 첫 페-지가 계급투쟁에서부터 생겨졌다는 것을 우리는 넉넉히 찾어낼 수가 있다. 그리고 이것은 시경 연구를 위해서뿐만이 아니라 시 자체를 본질적으로 이해함에 있어서도 의미 깊으리라고 믿는다.[19]

---

17 상민의 시집 『옥문이 열리든 날』에 붙인 발문에서 김상훈은 다음과 같이 말하고 있다. "상민은 내게 혁명과 시를 일러준 동무다. 시의 원천이 혁명에 있음을 일러준 동무다." 『항쟁의 노래』, 231면 참조.

18 이 글은 『항쟁의 노래』에 수록되어 있다.

김상훈은『시경』의 대다수 작품들이 "피압박 대중"의 노래이며, 계급의식에 입각한 사회비판의 노래라는 점을 들어 높이 평가하고 있다. 같은 글의 다른 대목에서는 "진실로 계급적으로 각성되는 인민의 노래이기 때문에 시경은 아름다운 것"[20]이라 말하고 있기도 하다. 전통시대에는『시경』을 대체로 심성론心性論이나 교화론教化論의 관점에서 해석하는 입장이 주류를 이루어왔으나 풍간정신諷諫精神, 즉 사회풍자와 비판이라는 관점에서 해석하는 입장 또한 의연히 존재해 왔다. 김상훈은『시경』을 풍간정신에 입각해 해석하는 전통을 현재적으로 변용시켜 계급문학적 관점으로 재해석하고 있는 것이다. 여기서 우리가 유의할 점은 두 가지다. 하나는 김상훈의 계급문학적 시경론이『시경』의 풍간정신을 중요시하는 전통적 입장과 결부되어 있으며, 한시의 전통에서『시경』의 풍간정신은 악부시의 애민적愛民的 전통으로 이어진다는 사실이다. 다른 하나는 자신의 한문학 소양을 과거의 유물로 묻어두는 것이 아니라 새로운 세계관에 입각해 재조명한 다음, 거기에 새로운 가치를 부여하고 있는 김상훈의 자세이다. 현재의 빛으로 과거를 되비추고, 새로이 조명된 과거를 통해 다시 현재를 재구성하는 진지한 자세에서 김상훈의 역사의식이랄까 진중한 현실 인식 같은 것을 느낄 수 있다.

김상훈은 1948년에『역대 중국시선歷代中國詩選』[21]이라는 한시 편역집을 출간하였다. 1946~1948년 사이에 그는『전위시인집』,『대열』,『서사시집 가족』을 잇달아 출간했는데, 이 시기에 한시 편역집 또한 출간한 것이다. 그에게 있어 한시 번역이 다만 여기餘技나 소일거리가 아니었음을 짐작할 수 있

---

19 『항쟁의 노래』, 220~221면.
20 『항쟁의 노래』, 228면.
21 이 책은 정음사에서 출간되었다.

다. 그가 스스로 자각하고 있었든 아니든, 그의 근대시 창작에 한시의 전통이 접목되었을 개연성은 아주 크다고 여겨진다.

『역대 중국시선』에서 김상훈은 『시경』 이래 명청대明淸代까지의 한시를 고루 뽑아놓고 있다. 그런데 한위남북조漢魏南北朝의 악부시와 당대唐代 신악부시新樂府詩의 주요 작품이 수록되어 있어 주목을 끈다. 중국 최고의 악부서사시인 「공작동남비孔雀東南飛」를 비롯하여 한위남북조시대의 악부 「고아행孤兒行」·「자야가子夜歌」·「야야곡夜夜曲」, 당唐나라 이백李白의 「장진주將進酒」·「전성남戰城南」·「첩박명妾薄命」·「행로난行路難」, 원진元稹의 「전가사田家詞」, 유우석劉禹錫의 「죽지사竹枝詞」, 백거이白居易의 「절비옹折臂翁」·「매탄옹賣炭翁」 등이 그것이다. 물론 이 책에서 김상훈이 악부시를 표나게 내세운 것은 아니며, 악부시가 아닌 작품도 많이 수록하고 있으나, 대체로 민가民歌나 민民의 현실을 노래한 시를 중시하는 그의 한시관漢詩觀을 엿볼 수 있다.

한국전쟁 이후 김상훈은 창작활동보다는 고전국역사업에 주력했다. 그의 한시 번역집으로는 『한시선집』(1), 『력대 시선집』, 『풍요선집』이 있다. 『한시선집』(1)과 『력대 시선집』은 10세기 이전부터 시작하여 한국한시사의 주요 작품을 싣고 있다. 물론 원작 한시가 근체시인가 일반고시인가 악부시인가의 구분없이 수록·번역해 놓고 있지만 고려와 조선시대에 산출된 주요한 악부시 작품의 상당수를 뽑아놓고 있어 주목된다. 김상훈은 『한시선집』(1)에서 작품 선택의 몇 가지 큰 기준을 내세웠는데 그중 가장 먼저 꼽은 것이 "농민들의 지배층에 대한 반항, 그들의 비참한 처지, 그들의 념원 등을 노래한 시들"[22]이었다. 이처럼 작품 선별의 기준이 농민적 현실의 반영 여부인 바

22　『한시선집』(1), 14면.

에야 한시의 여러 장르 중에서도 특히 악부시가 중시됨은 당연하다 하겠다.

　김상훈은 이용악과 함께 편역한『풍요선집』의 머리에「풍요와 악부시에 대하여」라는 글을 남기고 있다.[23] 여기서 김상훈은 '악부시'를 표나게 거론하고 있는 셈이다. 이제 이 글에 나타난 김상훈의 악부시에 대한 견해를 살펴보기로 하자.

　「풍요와 악부시에 대하여」는 악부시의 유래 및 의의, 한국한시사에서 악부시의 역할, 한국악부시의 주요 내용을 개괄적으로 언급하고 있다. 악부는 잘 알려져 있듯 한漢 무제武帝 때 음악을 관장하는 관서官署의 명칭에서 비롯되었다. 그런데 이 악부라는 관서가 맡은 주요한 일이 중국 여러 지방의 민요를 채집하는 것이었던바, 시간이 지남에 따라 '악부'는 악부라는 관서에서 채집한 민요 자체를 가리키는 명칭으로 그 의미가 바뀌게 되었다. 그리고 나중에는 기존 악부의 전통과 문학관습을 따르면서 창작된 문인들의 한시까지도 악부라 불리게 되고, 이에 이르러 '악부'는 시체詩體의 하나로 확립되었다. 이처럼 악부라는 명칭이 관서명官署名으로부터 시체명詩體名으로 변한 이후에도 원래 민요가 갖고 있던 민간적 내용과 민요적 성격은 악부시의 가장 중요한 특질을 구성하는 것으로 되었다. 김상훈은 "악부시란 본래는 봉건시대에 조정 관리들의 손에 의하여 수집 정리된 민간의 노래를 의미하였"[24]으나 시간이 지남에 따라 "악부시의 범위는 (…중략…) 훨씬 더 확대되"[25]었고 나중에는 "전문 시인들이 이 악부시 창작에 가담하였"[26]으며 "봉건조정에서 민간

23　「풍요와 악부시에 대하여」라는 글은 김상훈·이용악의 공동 명의로 수록되어 있다. 공동 명의로 수록되어 있는 만큼, 어디까지가 이용악의 말이고 김상훈의 말인지 굳이 구분하는 것은 무의미하며, 이 글의 내용을 김상훈의 견해라고 간주해도 무방할 것이다.
24　「풍요와 악부시에 대하여」,『풍요선집』, 평양 : 조선문학예술총동맹출판사, 1963, 7면.
25　위의 책, 7면
26　위의 책, 7면

의 노래를 수집하는 제도가 철폐된 후에도 악부시는 의연히 문단의 큰 조류를 이루고 발전하였다"[27]고 하여, '악부'라는 명칭의 역사를 간략히 언급하고 있다.

김상훈은 전문 시인들이 악부시를 창작하게 된 요인에 대해서도 나름대로 설명을 가하고 있다. 악부시를 창작한 문인은 진보적인 성향을 가진 이들이었으며, 그들의 민중 생활에 대한 관심이 그들로 하여금 자신의 창작활동을 민중의 "구두창작口頭創作"과 접근하게끔 했고, 민중의 생활풍습과 민족 전래의 전통을 작품의 중요한 소재로 삼도록 했다는 것이다.[28] 악부시의 창작은 기본적으로 중세 문인 계층의 민간세계 및 민간문학에 대한 관심과 분리해서 설명할 수 없는바, 악부시 장르의 그러한 본질을 김상훈은 정확하게 파악하고 있다. 하지만 문인 계층의 악부시 창작을 단지 그들의 "진보적인 성향"으로만 설명하는 것은 충분하지 못하다. 진보적 문인의 현실에 대한 관심 외에도, 문인 계층의 계급적 기반 및 유교 이념의 애민정신愛民精神이 악부시 창작의 중요한 동인으로 작용했기 때문이다.

다음으로 한국한시사에서 악부시가 차지하는 비중과 역할에 대한 김상훈의 견해를 살펴보기로 하자. 김상훈은 한국한시사에서 "악부시가 차지하는 비중은 대단히 크다"[29]고 한마디로 잘라 말하고 있다. 또한 많은 문인들이 "사대주의적인 사상에 물젖어 중국 한漢, 당唐을 모방하던 나머지 그 시들이 내용 없는 형식주의에 흐르고 말았을 때 악부시는 끝까지 주체의 립장에 서서 조선 사람들의 생활과 풍속과 감정을 노래하였"[30]다고 했으며, "악부시는

---

27 위의 책, 7면
28 위의 책, 7면
29 위의 책, 7~8면.
30 위의 책, 8면.

한시의 형식으로 노래되어 있으나 량반 귀족들의 공허한 풍월시들과는 엄연히 대립되"며 "악부시는 인민의 목소리로 존재하였"다고 했다.[31] 한국한시사에서 악부시의 역할을 지나치게 강조한 나머지 다른 한시 장르들도 악부시와 상호 보완관계를 가지며 나름의 역할을 수행한 사실이 소홀히 취급되고 있다는 점, 악부시가 민중대변적 역할을 수행하였으나 그 자체가 바로 민중의 노래·민중의 문학은 아니었다는 점, 악부시의 작자층은 민중에 대해 연민과 동정을 지녔거나 다소간의 연대의식을 가진 사대부 지식인들이며, 따라서 악부시에 나타난 현실 또한 민중의 입장에서 인식된 현실이 아니라 지식인의 시선을 통해 굴절된 현실이라는 점 등이 간과되고 있는 것은 문제라 하겠다. 그러나 사대주의적·형식주의적·음풍농월적 문학이 아니라 주체적·민중 지향적 문학을 견지한 것이 악부시의 고유한 역할이었음이 정당하게 지적되고 있다.

김상훈은 악부시의 범위에 대해 어떻게 인식했던가? 한국악부시의 범위에 대해서는 과거의 문인들은 물론 오늘날의 연구자들 사이에도 부분적인 견해 차이가 있다.[32] 어떤 이들은 우리말 노래까지 '악부'라 이해하기도 하며, 또 어떤 이들은 '○○악부'라는 시제詩題가 붙어있는 작품만을 악부시로 간주하는 경우도 있어 다소의 혼란이 있는데, 김상훈은 악부시를 한시의 한 장르로 파악하고 있으며, "력대 시인들의 수많은 문집 속에 단편적으로 끼여 들어있는 악부시들은 이루 다 헤아릴 수 없을만큼 무수하"[33]다고 하여 '○○악부'라는 시제가 붙어 있는 작품만이 악부시는 아님을 명확히 인식하고 있으며, 또

---

31 위의 책, 9면.
32 전통시대의 문인들이 한국악부시를 이해한 다양한 방식에 대해서는 박혜숙, 『형성기의 한국악부시 연구』(한길사, 1991), 46~47면 참조.
33 『풍요선집』, 8면.

한 악부시가 형식적으로 다양하다는 사실에 대해서도 언급하고 있다.[34]

　다음으로 김상훈이 악부시의 내용을 어떻게 이해했는지 살펴보자. 김상훈은 악부시의 내용을 크게 두 가지로 구분하여 파악하고 있다. 그에 따르면 "첫째는 인민 구두창작을 정리·번역한 것"이며, "둘째는 시인이 직접 인민들의 노래를 창작한 것"이라고 한다.[35] 요컨대 원래의 창작 주체가 민중인가, 지식인인가 하는 기준에 따라 악부시를 나누어 보고 있다. 이 기준은 악부시의 실상에 꼭 부합되는 것이라고 할 수는 없다. 왜냐하면 고려가요나 민요 등에 원천을 둔 작품일지라도 그것이 사대부 시인의 문집에 수록된 이상 단순히 원작을 정리·번역한 것으로 간주해서는 곤란하며 시인의 창작물로 보아야 마땅하기 때문이다.[36] 김상훈의 견해에 의하면, 첫째의 경우는 소악부·민요·시조 등 우리말 노래를 번해(飜解)한 작품이 포괄된다.[37] 둘째의 경우는 "당시의 량심적인 시인들이 농민의 립장에 서서 농민의 노래를 지어준 것"[38]이라고 했다. 이것은 다시 「북새잡요」나 김려의 악부시들과 같이 근로인민들의 생활 감정을 소박한 민요적인 형식으로 노래 부른 것도 있으며 '성호악부'나 심광세의 「해동악부」와 같이 조국의 전통을 노래 부른 것도 있으

34　김상훈은 "전사(塡詞)" 또한 악부시에 속하는 것으로 파악하고 있는데, 이 점에 있어서는 저자의 악부시 개념과 다르다. 저자는 사(詞)는 별도의 장르로 간주해야 한다고 보았다.

35　『풍요선집』, 8~9면.

36　이 점은 박혜숙, 앞의 책, 48~49·256면 참조.

37　우리말 노래를 비교적 충실하게 한시로 옮겨 놓은 경우든, 아니면 우리말 노래를 바탕으로 작자의 창의를 상당히 가미한 경우든, 이를 작자가 자신의 작품으로 인정하고 자신의 문집에 실어놓은 이상 그 작품의 창작 주체는 전문적인 문인이라고 보는 것이 타당하다. 작자가 자기 작품으로 인정한 이상—작자마다 그 정도는 다를 수 있지만—작자의 창의와 세련이 첨가된 것이라 보아야 할 것이다. 요컨대 작자는 원래의 민간가요를 단순히 번역하는 데 그치지 않고 창작 주체를 보다 적극적으로 개입시키고 있다할 것이다. 이를 단순한 번역과 구별하여 저자는 '번해(飜解)'라는 용어를 사용하는데 이에 대해서는 박혜숙, 앞의 책, 63·264·271면 참조.

38　『풍요선집』, 9면.

며「상원죽지」나「세시기속시」같이 우리나라 풍속 습관을 노래 부른 것도 있"[39]어 "실로 악부시의 령역은 봉건 시기의 근로대중들의 전 생활을 포괄하고 있다"[40]고 보았다. 위에서 거론된바,「북새잡요」·김려의 악부시·「상원죽지」·「세시기속시」 등은 악부시 중에서도 기속악부紀俗樂府에 해당하는 것이며 이익李瀷의「해동악부」나 심광세沈光世의「해동악부」는 영사악부詠史樂府에 해당하는 것이다.[41] 원래 악부시는 다양한 부문을 포괄하고 있는데, 구체적으로는

　　① 민간가요로부터의 전이(轉移)
　　② 민요풍
　　③ 세태·인정·민간풍속의 밀착된 묘사
　　④ 백성의 사회경제적 생활 실태의 밀착된 묘사
　　⑤ 자국(自國) 역사의 음영(吟詠)
　　⑥ 중국악부시제(中國樂府詩題)의 의방(依倣)[42]

등이 악부시의 주요한 내용을 이루고 있다. 김상훈은 이 중 ⑥에 대해서는 따로 언급하지 않고 있는데, 그런 작품에는 중국의 민간적 정조가 침투된 경우가 많은 까닭에 적극적인 의의를 부여하지 않은 것으로 여겨진다.

　실제 김상훈이 선별·번역한 악부시 작품들을 보면 조선 후기 악부시 중에서도 연작 형태로 창작된 것에 치중하고 있다. 특히 홍양호洪良浩(1724~

39　위의 책, 9면.
40　위의 책, 9면.
41　소악부, 기속악부, 영사악부의 개념에 대해서는 박혜숙, 앞의 책, 제3장 참조.
42　위의 책, 51면.

1802), 김려金鑢(1766~1821)의 악부시 작품이 가장 많이 수록되어 있으며 그 외 심광세(1577~1624), 이익(1681~1763), 이학규李學逵(1770~1835), 최영년 崔永年(1856~1935) 등의 악부시가 수록되어 있다.

이상에서 김상훈의 악부시에 대한 견해를 살펴보았다. 김상훈은 악부시가 주체적·민중적 지향을 가진 장르였다는 점에서 대단히 높은 의의를 부여하고 있었다. 물론 김상훈의 악부시에 대한 견해가 명시적으로 드러난 것은 「풍요와 악부시에 대하여」(1963)를 통해서이지만, 한시에 있어 악부시적 전통을 중시하는 그의 입장은 그의 시경론과 한시 번역작업을 통해서 미루어 짐작할 수 있듯, 1940년대 후반기에 이미 어느 정도 형성되어 있었으리라고 생각해도 좋을 듯하다. 당시 김상훈이 악부시적 전통을 명시적·자각적으로 수용하고 있지는 않았다 할지라도 한시의 현실비판적·민중적 전통을 중시한 것은 분명한 사실이며, 한시의 현실비판적·민중적 전통은 악부시적 전통과 연결되기 때문이다. 이제 그의 시창작에 악부시적 전통이 어떻게 접목되고 있는가 살펴보기로 하자.

3. 김상훈의 악부시 수용 양상

김상훈은 1940년대 후반에, 당대를 대표하는 전위시인으로 활약하였다. 그는 사실주의적 정신과 강렬한 민족정신에 입각하여 당대 현실의 면면을 시로 형상화했는데, 특히 노동자·농민·여성의 삶이 그 시의 중요한 주제가

되고 있다. 물론 김상훈의 시세계는 당대 현실에 대한 심중한 문제의식과 그의 사회주의 사상에 의해 기본틀이 이루어졌으며, 카프문학을 비롯한 일제 강점기 저항문학의 영향을 받아 형성되었다. 그러나 그가 자신의 인식과 사상을 시로 형상화하는 과정에는 악부시의 오랜 전통이 상당한 정도로 개입되고 있음을 느낀다. 그는 악부시적인 시정신과 예술기법을 활용함으로써 민족·민중 현실을 형상화함에 있어 다른 시인들에게서는 잘 발견되지 않는 독특한 면모를 보여주고 있다고 판단된다. 이제 1940년대 후반기 김상훈의 시에 악부시적 전통이 어떻게 계승되고 있는가를 소재 및 발상, 이야기시 및 서사시의 형식, 시정신과 문제의식 등의 측면에서 살펴보기로 하자.

1) 소재 및 발상

김상훈의 시에는 소재 및 발상에 있어 과거 악부시의 전통을 현저히 느낄 수 있는 작품들이 있다. 그것을 차례대로 살펴보기로 하자.

(1) 「자야곡子夜曲」

이 제목은 원래 진晉나라의 민요에서 유래했다. 진나라 여자 중에 '자야子夜'라는 이가 이 노래를 지었는데 그 소리가 몹시 애절했다고 한다.[43] 그 후 많은 문인들이 이 노래의 의취意趣와 곡조를 빌어 '자야가'를 지었는데, 특히 이백의

---

43   郭茂倩, 『樂府詩集』「四部備要本」卷44 3頁.

작품이 널리 알려져 있다. 김상훈은 『역대 중국시선』에서 「자야가 44수」 중 다섯 수를 번역해 놓고 있으며, 이백의 「자야사시가子夜四時歌」 중 한 수를 「옥문관玉門關」이라는 제목으로 번역하였다. 원래 '자야가'류는 주로 여성인 서정자아가 사랑하는 이를 그리워하는 애절한 심정을 노래하는 형식으로 되어 있는데, 김상훈의 작품은 해방 후 10월항쟁으로 사라져간 사람들을 생각하는 시인의 절망적인 심정을 형상화하고 있다.

> 배가 아파 우마(牛馬)처럼 기든 동무도 // (…중략…) / 머리털이 실같이 늙은 투사도 // (…중략…) / 시민의 혼(魂)이 총소리에 놀라든 밤 / 오지못할 곳인듯이 돌아서갔다// (…중략…) /선언서를 쓰든 힘찬 얼골은 없고/바람 바람만이 겨울을 실고 몰려와 보는구나//민주주의(民主主義)여 민주주의(民主主義)여/적이 물러간 우리의 빈터에서/그림자를 안고 엉엉 울어야 하는 것이냐[44]

이처럼 김상훈의 「자야곡」은 '자야가'의 애절한 정서를 바탕으로 하되 그 것을 적극적으로 변용시켜 전혀 새로운 현실을 담아내고 있다.

(2) 「전원애화田園哀話」

이 작품은 해방은 되었으나 토지를 얻지 못한 농민들의 참상과 피폐한 농촌 현실을 소재로 하고 있다. 농민의 참상과 농촌의 피폐한 현실은 과거 악부시에서 가장 빈번히 다루어지던 소재의 하나이다. 「전원애화」라는 제목은 「전가원

---

44 『항쟁의 노래』, 43~44면.

田家怨」이라든지 「전가행田家行」과 같은 악부시제樂府詩題를 연상시킨다. 이러한 소재의 악부시로는 중국의 경우 왕건王建(?~830?)·장적張籍(765?~830?)의 「전가행」이 유명하며 우리나라의 경우 송순宋純(1493~1583)의 「전가원」, 임제 林悌(1549~1587)의 「전가원」, 윤현尹鉉(1514~1578)의 「영남탄嶺南歎」 등 수많은 작품들이 있다.[45] 과거 악부시의 경우 농촌의 현실에 대한 서술과 비탄에 잠긴 시인의 가열한 어조를 결합시키는 예술기법을 취하는 경우가 흔한데, 김상훈의 「전원애화」도 동일한 기법을 취하고 있다.

소작쟁의(小作爭議)가 끝나지 않아 / 산발한 볏단이 밭고랑에 누어있는 들길을 / 지쳐 쓰러진 이야기를 담고, 우차(牛車) 바퀴가 게을이 굴러가고, / 황량하다, 천한 촌백성이 사는 이 마을엔 / 어미가 자식을 헐벗겨 떨리고 / 삽살개 사람을 물어혼들고 / 금전과 바꾸워진 딸자식을 잊으랴 애썼다. // (…중략…) / 조선아 물어보자! 그대의 아들 팔할이 굶주리누나 / (…중략…) / 아아 농군(農軍)은 사람이 아니라니 '조선'아 이래야 옳으냐! // (…중략…) / 아아 토지(土地)를 농군(農軍)에게 다고, 배고파서 일 못하는 농군(農軍)이 없게 해다고…… / 이렇게 부르짖고 싶다. 딱한 백성들이 이렇게 부르짖어야 한다.[46]

위에서 보듯 농촌 현실에 대한 서술과 시인의 가열찬 어조가 두드러진다. 물론 「전원애화」와 과거 '전가원'류의 악부시를 비교해 보면 시인의 의식 수준에 있어서는 본질적인 차이가 있다. 하지만 소재 및 그 소재를 형상화하

---

45 『역대 중국시선』에는 농촌의 피폐함을 소재로 한 원진의 「전가사(田家詞)」와 장적의 「폐택행(廢宅行)」이 번역되어 있다. 한편 송순의 「전가원」과 윤현의 「영남탄」은 임형택, 『이조시대 서사시』 상(창작과비평사, 1992)에 번역되어 있다.

46 『항쟁의 노래』, 22~25면.

는 예술기법면에서는 서로 일맥상통하는 점이 있음을 알 수 있다.

(3) 「소」

노역에 시달리고 굶주린 소의 형상을 통해 우리 농민의 존재를 우의적寓意的으로 표현하고 있는 작품이다. 전통시대 농경사회에서 '소'는 농민과 불가분의 관계를 가진 존재인바, 전통시대의 악부시 가운데에는 소의 참상을 통해 간접적으로 백성의 질고疾苦를 대변하거나 고발하는 작품들이 있었다. 백거이의 「관우官牛」를 비롯해 이규보李奎報(1168~1241)의 「막태우행莫笞牛行」, 홍신유洪愼猷(1722~?)의 「거우행車牛行」, 홍세태洪世泰(1653~1725)의 「철거우행鐵車牛行」과 같은 작품들이 그런 예가 된다.

이규보의 「막태우행」을 보면

무거운 짐 싣고 만 리 길을 다녀

너의 두 어깨의 피곤함을 대신했고

숨을 헐떡이며 넓은 밭을 갈아

너의 배 부르게 해주었으니

이것만 해도 너에게 베푼 것 후한데

너는 또 올라타기까지 하네

피리 불며 스스로는 즐겁지만

소가 지쳐 걸음 혹 느려지면

느리다고 화를 내며

더욱 매질하기를 서슴지 않네[47]

라고 하면서 지배층을 먹여 살리는 농민을 학대하고 가혹하게 수탈하는 것은 부당한 일이라는 항의를 소에 대한 학대에 빗대어 말하고 있다. 한편, 김상훈의 「소」에서는

> 범의 아가리에서 빼서온 것처럼
> 털도 발톱도 웨 그리 이지러진 소
> 등과 목덜미에 종점(腫點)이 나고
> 갈빗대를 낱낱이 세일 수 있는 소
> 너는 이땅 농부들과 함께 살아오면서
> 이땅 농부들의 꼴처럼 저리 남루하구나[48]

라고 하면서 농민의 현실을 소를 통해 고발하고 있다.

(4) 「농군의 말」

시의 화자話者를 농민으로 설정하여 해방 후의 현실을 비판하고 있는 작품이다. 민중의 현실을 노래한 악부시는 다소간 민중대변적 역할을 하고 있는 바, 때로는 시인의 직접적인 목소리 대신에 농민·유민流民·병사兵士·여성 등 민중의 목소리를 직접 채택하는 기법을 취한 경우도 허다하다. 특히 농민이 직접 발언하는 형식을 취했다는 사실이 제목을 통해 드러내는 경우도 있

---

47 『이상국집(李相國集)』,『고려명현집』1, 성균관대 대동문화연구원, 1986, 29면, "負重行萬里, 代爾兩肩疲. 喘舌耕甫田, 使汝口腹滋. 此尙供爾厚, 爾復喜跨騎. 橫笛汝自樂, 牛倦行遲遲. 行遲又益嗔, 屢以捶鞭施".
48 『항쟁의 노래』, 60면.

는데, 이규보의 「대농부음代農夫吟」, 원천석元天錫의 「대민음代民吟」, 김시습金時習(1435~1493)의 「기농부어記農夫語」 등이 대표적인 예가 된다.

이규보의 「대농부음」을 보면 다음과 같다.

비맞으며 논바닥에 엎드려 김매니	帶雨鋤禾伏畝中
흙투성이 험한 모습 어찌 사람꼴이랴만	形容醜黑豈人容
왕손·공자님네 우릴 멸시하지 마소	王孫公子休輕侮
그대들 부귀와 사치 우리에게서 나오나니.	富貴豪奢出自儂

햇곡식 푸릇푸릇 아직 논에 자라는데	新穀靑靑猶在畝
아전들은 벌써부터 조세 거둔다 야단이네.	縣胥官吏已徵租
힘써 농사지어 나라 살찌우는 건 우리들인데	力耕富國關吾輩
어째서 이리도 가혹히 침탈하나.	何苦相侵剝及膚[49]

이처럼 농민이 직접 말하는 방식을 빌어 농민에게 가해지는 수탈 및 지배층과 농민 간의 계급적 모순을 드러내 보이고 있다. 김상훈의 「농군의 말」의 부분을 보기로 하자.

우리는 농군들이다
손톱에는 장창 거름내음이 나고
옷도 베잠뱅이를 입고

---

49 『이상국집』, 447면.

비가 오든둥, 바람이 부든둥

우리사 언제나 일손을 못놓는다

그래도 세금으로 도조로

너무도 빨리고 뜯기는기 많아서

우리는 언제나 시장기가 들고

등이 활등처럼 굽어든다

너의 잘났다는 놈들은

우리를 사람으로 치지 않지마는

나라를 걱정하는 마음이 크고

원쑤를 가려보는 눈이 있다.[50]

    김상훈이 이 작품을 쓴 1947년과 이규보가 「대농부음」을 쓴 12·13세기
의 시간적 거리에도 불구하고 두 작품 사이에는 강한 유사성이 있다. 이는
1940년대 후반의 농민 현실이 여전히 봉건적 잔재를 청산하지 못한 데에 기
인하는 것이겠으나, 김상훈의 시가 악부시적인 발상과 예술기법의 전통에
잇닿아 있기 때문이기도 하다. 그러나 김상훈 시의 후반부에는 이규보나 김
시습의 시에서는 찾아볼 수 없는 면모도 있다. "우리한테도 힘은 있다 / (…
중략…) / 오늘은 모두 억눌려 참지만 / 때가 오면 우리는 일어설 것이다"와
같은 구절에서처럼, 농민 집단이 역사적 실천의 주체로서 인식되고 있는 점
은 커다란 질적 변화이다.

---

50   『흙』, 36~37면.

(5) 「길 닦이 노래」

길 닦는 노동에 품팔이로 동원된 노동자의 심정을 형상화한 작품이다. 이석형李石亨(1415~1477)의 「호야가呼耶歌」, 성현成俔(1439~1504)의 「벌목행伐木行」, 김창협金昌協(1651~1708)의 「착빙행鑿氷行」 등 고된 노동으로 괴로움을 겪는 민중의 형상은 악부시의 주요한 소재 중 하나였다. 「호야가」 등이 시인의 시점을 취하고 있는데 반해, 김상훈의 시는 노동하는 민중의 시점을 취하고 있는 점이 다르다. 그러나 노동의 설움을 그리고 있는 점, "영치기 영차 영치기 영차"의 구령을 거듭 활용하면서 다분히 민요풍의 어조를 보여 준다는 점에서 전대 악부시의 전통을 현대적으로 계승하고 있다 할 만하다.

(6) 「며느리」・「소을小乙이」・「가족」

「며느리」는 시어머니의 구박과 남편의 학대 등으로 고된 시집살이를 하는 여성의 삶을 소재로 하고 있으며, 「소을이」는 자신의 의사에 반한 결혼, 시어머니의 학대, 친정에서의 자결 강요 등으로 억압받는 여성을 주인공으로 등장시키고 있다. 「가족」은 가난 때문에 원치 않는 상대에게 시집갈 수밖에 없었던 한 여성의 삶을 주요하게 다루고 있다.

「며느리」는 12행의 단형시이고, 「소을이」는 251행의 장형 이야기시이며, 「가족」은 장편서사시이다. 이처럼 세 작품은 각기 형식은 다르지만 전근대적 억압 하의 여성의 고난을 주요 소재로 삼고 있다는 점에서는 공통적이다. 이러한 소재는 일반 근대시에는 물론 프로시에서도 드문 것이지만 악부시의 전통에서는 무척 익숙한 것이다. 중국 최대의 악부서사시인 「공작동남비孔雀東南飛」를 비롯하여 고려시대 백원항白元恒의 「백사음白絲吟」, 조선 후기 이광정李光庭(1674

~1756)의 「향랑요薌娘謠」, 최성대崔成大(1691~?)의 「산유화여가山有花女歌」, 신국보申國賓(1724~1799)의 「오뇌곡懊惱曲」, 정약용丁若鏞(1762~1836)의 「도강고가부사道康瞽家婦詞」 등이 그런 작품들이다. 어떤 소재를 어떤 관점에서 다루는가 하는 점이 중요하겠지만, 전통시대에는 물론 20세기 전반기에 있어서도 남성 작가가 여성의 고난에 깊은 관심을 가지고 작품화한다는 것은 그 자체만으로도 주목을 요하는 사실이다. 특히 여성의 삶이 김상훈의 시세계에서 주요한 소재로 등장한다는 것은 그의 진보적 관점이 여성 문제에까지 미치고 있음을 확인할 수 있어 특기할 만하다.

이상에서 거론한 작품들은 소재 및 발상에서 악부시의 전통이 현저하게 드러나는 것들이다. 이외에도 악부시의 전통이 간접적으로 느껴지는 작품들이 더러 있다. 「떠나는 사람」[51]은 가난을 못견뎌 아이를 업고, 짐을 이고 고향을 떠나는 농촌 아낙의 모습을 형상화한 작품인데, 홍양호의 「유민원流民怨」을 비롯하여, 유민 문제를 형상화한 과거 악부시 작품들을 떠올리게 한다. 「엽견기獵犬記」는 권력의 주구 노릇을 하다가 비참한 종말을 맞이하는 존재들을 사냥개로 의인화한 풍자적 우화시이다. 특정 동물을 내세워 정치 현실을 우회적으로 비판하는 우화적 수법은 송순의 「탁목탄啄木歎」, 권필權鞸(1569~1612)의 「투구행鬪狗行」, 신흠申欽(1523~1597)의 「탁목행啄木行」, 정약용의 「이노행狸奴行」・「오적어행烏賊魚行」 등 전통 악부시에서 드물지 않게 구사되는 수법이다. 「'한인韓人'」・「정객」은 해방 후의 매판적 정치인들을 풍자한 작품인데, 비꼬는 투의 목소리로 권력층의 권모술수와 사치를 풍자하는 수

---

51 「떠나는 사람」은 『흙』에 수록되어 있다.

법은 일찍이 권필의 「고장안행古長安行」에서도 찾아볼 수 있다.

이상, 소재 및 발상의 측면에서 김상훈의 시가 악부시적 전통을 어떻게 계승하고 있는지 살펴보았다. 20세기 전반기의 경향시인이나 동시대의 전위 시인들과 비교해 본다면, 김상훈은 보기 드물게 민중 현실에서 많은 소재를 취하였으며, 그 형상화 수법 또한 전혀 생경하거나 단조롭지 않아 일정 수준 이상임을 알 수 있다. 이는 그의 악부시적 교양과 깊은 관련이 있다고 판단 된다. 악부시가 민중 생활의 거의 전 부문을 소재로 삼았으며 그 소재들을 형상화하는 다양한 예술기법을 창안하였음을 생각할 때, 김상훈도 당대 민중의 다양한 면모를 좀 더 풍부하게 형상화할 수 있었더라면 하는 아쉬움이 남는다. 한편, 김상훈은 이야기시·서사시 등 다양한 양식적 모색을 한 점에 서도 독보적인데, 이제 그의 이야기시 및 서사시 형식이 악부시적 전통과 어 떤 연관이 있는지를 살펴보기로 하자.

2) 이야기시 및 서사시의 형식

악부시에는 서정악부와 서사악부가 있다. 악부시의 경우 서정과 서사는 명확히 분리되기보다는 대개 긴밀한 연관을 맺고 있어 서정악부라 하더라도 시인이 아닌 제3의 인물, 즉 여성이나 농민 등을 화자로 내세운다든지 약간 의 사건적 요소를 가미하는 경우가 많으며, 서사악부의 경우에도 외면적 사 실의 서술로만 시종하는 것이 아니라 시인의 서정이 강하게 개입되는 경우 가 많다.

그런데 서사악부의 경우에도 그 서사적 경향의 정도에는 차이가 있다. 흔히 서사적 경향을 일정 정도 이상 지닌 한시를 '서사한시'라고 지칭하는바,[52] 이 서사한시는 대체로(모두 그렇다는 것은 아니다) 한자문화권 전래의 장르 개념에 의거한다면 악부시에 포괄될 수 있다. 서사한시 중에는 서사성의 정도가 아주 높아 본격적인 서사 장르에 귀속될 수 있는 '한문서사시'가 있는가 하면, 단순히 서사 지향적인 한시도 있다.[53] 근현대문학에 이야기시(혹은 담시)와 서사시 양식이 존재한다는 것은 잘 알려져 있는 사실이다. 그런데 고전문학에도 이야기시와 서사시가 존재하는바, 한문학의 경우에는 서사악부(서사한시)에서 이야기시와 서사시를 찾아볼 수 있다.[54] 따라서 근현대의 이른바 이야기시, 담시, 단편서사시, 서사시 등의 양식은 평지돌출한 것이 아니라 고전문학의 이야기시, 서사시 양식과 직간접적으로 연관되어 있을 가능성을 생각해볼 수 있다.[55] 물론 근현대의 모든 이야기시·서사시 작품이 고전문학의 전통과 연관되어 있는 것은 아니며, 외국문학의 영향을 더 강하게 받은 경우도 있을 것이다.[56] 그러나 김상훈의 이야기시와 서사시에서는 전대 악부시의 전통을 확인할 수 있다.

김상훈의 시 중에는 「전원애화」·「노동자」처럼 시인이 시적 화자로 등장

52　임형택, 『이조시대 서사시』 상·하에는 조선시대에 산출된 서사한시의 대표적인 작품들이 잘 망라되고 번역되어 있다.
53　서사한시 및 한문서사시에 대해서는 이 책의 제1부를 참조할 것.
54　고전문학에도 이야기시 및 서사시 양식이 광범하게 존재하는바, 국문문학에는 '서사가사'·'가사계 서사시'가 있고, 구비문학에는 '판소리'·'서사민요'·'서사무가'가 있다. 서사가사 및 가사계 서사시에 대해서는 이 책의 「서사가사와 가사계 서사시」를 참조할 것.
55　이른바 '이야기시', '담시', '단편서사시'는 본격적 서사에 귀속되지는 않으나 서사적 요소가 일정 정도 이상 있는 작품들이다. 이러한 작품들을 통틀어—그것이 한문으로 기록되었든, 국문으로 기록되었든, 고전 작품이든, 근현대 작품이든—'이야기시'라고 부르는 것이 좋다고 생각한다. 이에 반해 본격적 서사에 귀속될 수 있는 작품만 '서사시'라 불러야 한다는 게 저자의 생각이다.
56　예컨대 김동환의 「국경의 밤」이나 임화의 '단편서사시'에는 전통의 영향이 그다지 느껴지지 않는다.

하여 농민이나 노동자가 처한 상황을 서술하거나, 「고개가 삐뚜러진 동무」처럼 특정인물에 대해 서술함으로써 다소 서사적 요소를 도입하고 있는 작품들이 있는데, 이러한 작품들은 이야기시의 일종으로 볼 수 있다. 그리고 이런 이야기시에는 특정 상황이나 인물에 대한 객관적 서술과 시인의 서정적 진술이 결합됨으로써 서정과 서사의 공존을 보여주고 있다. 그리고 시인은 어떤 인물, 어떤 정황에 대한 객관적 인식이나 전달만을 목적으로 하는 것이 아니며, 자신의 주관적 감정이나 정서 및 견해만을 표현하려 하는 것도 아니다. 시인은 객관적 대상에 대한 인식과 자신의 주관적 사상·정서를 함께 드러내고자 하는 시적 태도를 취하고 있다. 그런데 「전원애화」, 「노동자」, 「고개가 삐뚜러진 동무」 등이 보여주는 특정 상황이나 인물에 대한 시인의 객관적 진술과 서정적 진술의 결합은 전대 서사악부의 주요한 예술적 수법이다.[57]

김상훈은 자신의 작품 중에서 특별히 「소을이」, 「엽견기」, 「초원」, 「북풍」등 4편을 '담시'로, 「가족」을 '서사시'라 지칭하고 있어 주목된다.[58] 이 중에서 악부시적 전통과 관련하여 특히 주목되는 것은 「소을이」와 「가족」이다.[59]

「소을이」는 앞서 언급하였듯이 전근대적 결혼 제도의 모순과 여성 억압의 이데올로기를 주요 제재로 삼고 있다. 이 시의 형식을 살펴보면 이른바 '단편서사시'나 근현대 이야기시에서는 볼 수 없는 특이한 면모가 발견된다. 이 시는 시인이 미망인 성 씨로부터 그의 질녀 소을이에 관한 이야기를 듣는 형

---

57 서사한시(서사악부)에서 서정과 서사가 어떻게 결합되고 있는가에 대해서는 이 책의 「서사한시의 장르적 성격」을 참조할 것.

58 『서사시집 가족』의 '서언' 참조. 이 서언은 『항쟁의 노래』, 230면에 수록되어 있다.

59 「엽견기」는 풍자적 우화시로서 악부시적 전통을 계승하고 있음을 앞에서 지적한 바 있다. 「북풍」, 「초원」은 악부시적 전통이 비교적 미약하게 나타나므로 거론하지 않기로 한다.

식을 취하고 있다. 시인은 성 씨의 말을 듣는 청취자의 역할을 하고 있으며, 성 씨는 소을이에 대해 객관적으로 서술하는 서술자 역할을 하기도 하고, 소을이의 말을 시인에게 전달하는 매개자 역할을 하기도 한다. 한편 소을이는 편지 형식을 통해 자신의 경험을 성 씨에게 고백하고 있다.[60] 따라서 이 시의 시적 화자는 '시인-성 씨-소을이'로 교체되고 있는데, 사실상 소을이의 발화發話가 시에서 주도적이며 큰 비중을 차지한다.

이 시는 일종의 액자 형식을 취하고 있는바, 시인의 발화는 작품 내에서 액자를 제공하는 역할을 하고 있는 셈이다. 서두의 14행과 결미의 9행은 시인의 발화 부분인데, 서두에서 시인은 자신이 만난 인물에 대한 간단한 정보를 독자에게 제공하고 결미에서는 소을이의 후일담을 간략히 전하고 있다. 그리고 시인과 성 씨의 대화, 다른 등장인물의 담화가 간간이 끼어들고 있음이 주목된다. 하지만 성 씨는 물론 소을이 및 소을이의 발화에 등장하는 인물들도 '존재의 독자성'이 없다는 점에서 본격적인 서사시라 할 수는 없으며, 다만 다소의 서사적 지향이 있는 시라 할 수 있다.

「소을이」에서 시인이 청취자 역할을 하고 있는 점, 시의 형식이 일종의 액자 구성을 취하고 있는 점, 시적 화자가 교체되어 가는 점, 대화나 담화가 간간이 끼어드는 점은 서사악부에서 흔히 볼 수 있는 예술수법이다. 한시의 경우, 이러한 형식은 서사악부의 한 유형으로 설정될 수 있을 정도로 많은 작품이 창작되었다.[61] 「소을이」는 본격적 서사시가 아니라 서사적 요소가 상

60　소을이의 발화가 편지 형식을 취하고 있는 점에서는 임화의 「우리 옵바와 화로」를 비롯한 이른
　　바 '단편서사시' 형식의 전통이 느껴진다. 프로문학의 '단편서사시'가 서간문의 형식을 취하고
　　있다는 사실은 윤여탁, 「1920~30년대 리얼리즘시의 현실 인식과 형상화 방법에 대한 연구」,
　　서울대 박사논문, 1990 참조.
61　이러한 서사악부 유형에 대해서는 이 책의 「서사한시의 장르적 성격」 중 서사한시 II-②형에
　　대한 논의를 참조할 것.

당히 있는 '이야기시'로서 서정과 서사를 적절히 결합시키고 있는 점에 그 특징이 있는데, 그런 점에서 김상훈이 이 작품을 '담시'라고 명명한 것은 적절하다고 볼 수 있다.[62]

「소을이」가 전대 서사악부의 이야기시적 전통을 계승하고 있다면, 「가족」은 악부서사시(한문서사시)의 전통을 계승하고 있다. 흔히 우리나라 한문서사시는 이규보의 「동명왕편東明王篇」밖에 없다고 생각하기 쉬우나, 사실은 그렇지 않다. 조선 후기의 악부시는 그 현실 반영의 구체성을 높이면서 장편화·서사화의 경향을 보여주는바, 탁월한 문학적 성취를 보여주는 한문서사시가 다수 창작되었다. 이들 작품에는 여러 명의 등장인물이 등장하고, 그들 사이의 관계에 의해 사건이 전개되며, 등장인물들은 각기 존재의 독자성을 갖고 있어 본격적인 서사시로서 전혀 손색이 없다.[63] 특히 김만중金萬重(1639~1692)의 「단천절부시端川節婦詩」, 이광정의 「향랑요」, 최성대의 「산유화여가」, 성해응成海應(1760~1839)의 「전불관행田不關行」, 정약용의 「도강고가부사道康瞽家婦詞」, 김려의 「고시위장원경처심씨작古詩爲張遠卿妻沈氏作」 등은 중세적 억압 하의 여성의 운명을 그리고 있다는 점에서 공통적이다.[64] 그리고 이 작품들은 다분히 중국 최대의 악부서사시로 평가되는 「공작동남비」를 의식하며 창작되었는

---

62 본격적인 서사시와 서사적 요소가 상당히 있는 '이야기시'의 차이에 대해서는 이 책의 「서사한시의 장르적 성격」 및 「서사가사와 가사계 서사시」에서 규명한 바 있다. 근현대시 연구자 중에는 이른바 '단편서사시'를 서사시의 일종으로 잘못 이해하는 경우도 더러 있는데, '단편서사시'는 서사시가 아니라 이야기시이다. 한편 김상훈의 이야기시를 서사시의 척도로 평가함으로써 그것이 미숙한 작품이라고 본 연구자도 있다. 그러나 서사시의 잣대로 이야기시를 평가해서는 곤란하며, 이야기시는 이야기시 나름의 잣대가 필요하다고 본다.
63 한문서사시의 요건에 대해서는 이 책의 「서사한시의 장르적 성격」 중 서사한시 III형에 대한 논의를 참조할 것.
64 이 작품들 외에도 한문서사시로는 홍신유의 「유거사(柳居士)」, 이원배의 「파경합(破鏡合)」, 박치복의 「보은금(報恩錦)」 등이 있다.

데[65] 「공작동남비」 이래 중국 및 한국문학에서는 여성을 주인공으로 하여 그 삶에 가해지는 세계의 횡포를 서사시로 그려내는 전통이 뚜렷이 있어왔다.

김상훈의 「가족」은 소작인의 딸인 복례가 가난 때문에 지주인 황참봉의 소실로 들어갔다가 나중에는 각성된 혁명가로 변신하는 이야기를 골격으로 삼으면서, 복례와 황참봉 아들 위우의 사랑, 복례의 오빠 돌쇠의 각성, 황참봉의 탐욕에서 비롯된 가정비극 등 자못 복잡한 갈등을 설정하고 있다. 「가족」은 지나치게 복잡한 갈등들을 설정함으로써 오히려 작품이 산만해진 폐단이 있으며, 그런 점에서 전대 악부서사시의 높은 문학적 성취에 오히려 못 미치는 점도 없지 않다. 하지만 여주인공을 비롯한 다수의 인물을 등장시켜 그들 사이의 갈등을 축으로 하여 본격적 서사를 펼치고 있다는 점에서는 전대 악부시의 전통을 계승하고 있다.

김상훈의 「가족」과 전대 악부서사시 사이의 친연성은 작품의 서두에서도 찾아볼 수 있다. 다음을 보자.

㉠

검은 산에 희디흰 눈이요　　　　　　　　　　皚皚黑山雪
흙탕물에 깨끗한 연꽃이로다.　　　　　　　　鮮鮮濁水蓮

㉡

문에 들어 죽순 캐고　　　　　　　　　　　　入門采綠蕰

---

65 이러한 사실은 「단천절부시」와 「도강고가부사」의 서문에서 김만중과 정약용이 「공작동남비」를 언급하고 있는 데서 뚜렷이 확인되며, 「고시위장원경처심씨작」의 제목이 「공작동남비」의 다른 이름인 '고시위초중경처작(古詩爲焦仲卿妻作)'과 유사하다는 데서도 알 수 있다.

문에 나가 강리풀 보네.　　　　　　　　　出門見莊蘺

곱디 고운 작약꽃이　　　　　　　　　　娟娟芍藥花

진흙탕에 떨어졌구나.　　　　　　　　　零落在塗泥

ⓒ

산 속의 계수나무 한 그루　　　　　　　山中有桂樹

높다란 길에 뿌리내렸네.　　　　　　　託根崇巖路

스산한 바람 몰아쳐 흔들면　　　　　　悲風倐漂搖

가지와 잎새 서로 돌아보는구나.　　　柯葉自相顧

기이한 새 한 마리 그 곁에 날아오는데　異鳥來其傍

오색 찬란한 무늬 띠었네.　　　　　　五采含亨章

ⓔ

인간으로는 생각할 수도 없는

그러나 정녕 인간이 저즐르는

모든 범죄의 검은 발자욱들을

눈은 펑펑 쏟아져 지운다.

　ⓐ은 「단천절부시」의 1～2행, ⓑ은 「도강고가부사」의 1～4행, ⓒ은 「고시위장원경처심씨작」의 1～6행이며, ⓔ은 「가족」의 1～4행이다.[66] 이들 작품의 첫머리가 한결같이 작품 전편全篇의 전개와 내용을 암시하는 비유 내지

---

66 「단천절부시」, 「도강고가부사」, 「고시위장원경처심씨작」은 『이조시대 서사시』 하에 각각 「단천의 절부」, 「소경에게 시집간 여자」, 「방주가」라는 제목으로 번역되어 있다.

상징을 취하고 있음은 특기할 만한데, 이 점에 있어서도 「가족」은 전대 악부시의 형식을 계승하고 있는 셈이다.

　이상에서 김상훈의 이야기시 및 서사시 형식이 전대 악부시의 형식을 계승하고 있는 측면을 살펴보았다. 김상훈은 자신의 시가 혁명적 실천의 무기가 되어야 한다고 생각하였고[67] 그래서 객관적 현실을 시에 적극 끌어들이고자 하였다. 이 때문에 이야기시 및 서사시 양식이 모색되었고, 그 과정에서 전대 악부시의 서사적 전통이 창조적으로 전화轉化될 수 있었다고 여겨진다. 말하자면 **전통의 창조적 전화**다.

　「소을이」와 「가족」을 통해 판단한다면, 김상훈의 이야기시 및 서사시 작품은 시인의 높은 의식 수준이나 적극적 민중인물의 등장이라는 점에서 전대 악부시보다 한 단계 더 나아갔다고 볼 수 있다. 반면 등장인물의 생생한 개성화, 객관적 현실의 구체적 형상화, 작품의 완성도 등에 있어서는 전대 악부시가 이룩한 최고 수준에는 못 미치는 점이 있다. 이야기시·서사시 형식처럼 시에 객관적 현실을 대폭 끌어들일 경우, 세계에 대한 객관적 서술과 시인 자신의 서정적 진술이 적절히 안배되지 않으면 안 된다. 객관적 서술을 통해 현실을 고도로 개괄해 보여주는 한편, 서정적 진술을 통해 독자의 정서적 감응感應을 유도하는 문학적 전략이 구사되어야 하는 것이다. 시인의 의식 수준이 높으면 시의 현실 개괄력도 증대될 것이다. 하지만 등장인물의 개성화, 객관 현실의 구체적 형상화를 위해서는 대상과 시인 사이의 적절한 거리가 반드시 확보되어야 한다. 전대 서사악부 중 뛰어난 성취를 이룬 작품들의 경우, 시인은 목격자·청취자 혹은 객관적 서술자의 태도를 견지함으로써

67　시인의 이러한 생각은 상민의 시집 『옥문이 열리든 날』에 붙인 그의 발문과 그의 시 「나의 길」 등에 잘 나타나 있다.

자신의 의도나 당위를 앞세우지 않는 작품이 많다.[68] 이러한 시인의 태도가 이야기시, 서사시에 있어서는 오히려 높은 시적 성취를 가능케 하는 한 요인이 될 수도 있지 않은가 여겨진다. 김상훈의 「소을이」와 「가족」을 보면 등장인물의 성격 변화가 작위적이며, 따라서 사건의 전개가 자연스럽지 못한 결함이 있다. 이는 시인의 의도가 앞섬으로써 적절한 서사적 거리가 확보되지 못한 데 기인한다고 생각한다. 이 점은 시인의 민중의식에 있어서 당위와 현실 사이의 괴리라는 문제와 관련되는 것으로 여겨지는데, 이에 대해서는 다음 절에서 구체적으로 살펴보기로 하겠다. 이제 시정신 및 문제의식의 측면에서 김상훈의 시가 어떻게 악부시의 전통을 계승·변용하고 있는지 보기로 하자.

3) 시정신 및 문제의식

우리나라 사대부 계급의 우국애민憂國愛民 정신이 가장 극명하게, 그리고 집중적으로 표현된 문학 장르는 바로 악부시였다. 그들은 정치의 득실得失에 대한 비판과 임금에 대한 충간忠諫, 백성의 고락苦樂과 비참상을 인도적 견지에서 시로 표현하려 할 때 곧잘 악부시 장르를 택하곤 했다. 그리고 사대부 계급의 민요·민족설화·민간풍속·민족사에 대한 관심 또한 악부시 장르를 통해 집중적으로 표현되었다. 악부시는 민족·민중 현실의 다양한 측면에 대해 관심을 보였지만, 그 중요한 핵심은 민중적 정조·사실성·사회

---

68 물론 이러한 작품도 그것이 시(詩)인 이상, 시인의 대상에 대한 주관적 견해나 정서가 적절히 표현됨으로써 독자의 정서적 감응을 불러일으킨다.

성·풍유성諷諭性에 있다. 물론 개별 시인들의 악부시에 대한 태도는 각양각색이어서 다만 민중적 정조를 취했을 뿐 사회성이나 풍유성은 희박한 경우도 있고, 때로는 강렬한 사회비판의 정신이 두드러진 경우도 있다. 하지만 한국악부시를 통관通貫하는 정신은 바로 민족·민중 지향적 정신이다. 악부시는 고려 후기 이래 조선 말기까지 우리 한시의 주요한 한 흐름을 형성해 왔던바, 우리 시가사詩歌史에서 현실비판의 정신, 민중 지향적 정서는 결코 예외적이거나 비주류적인 것이 아니었고, 우리 시가사의 한 흐름으로 오랜 연원을 가지고 연면히 계승되어 왔음을 알 수 있다.

한국악부시는 기본적으로 사대부 계급의 문학 장르였기에 20세기에 이르러 더 이상 쓰이지 않은 것은 당연한 일이다. 그러나 악부시의 현실비판적·민중 지향적 시정신은 애국계몽기의 사회비판가사로, 식민지시대의 '프로시'로, 해방 이후 일군의 전위시인들의 시로 계승되었다고 볼 수 있다. 물론 애국계몽기의 가사나 프로시 등이 악부시를 자각적으로 계승한 것은 아니다. 한편 김상훈의 경우, 순전히 그의 악부시적 소양 때문에 그의 작품이 민중 지향적 정신으로 충만하게 된 것이라 말할 수는 없다. 하지만 우리 시가사를 거시적으로 조망할 때 악부시의 현실비판적·민중 지향적 시정신은 김상훈을 통해서 변화된 현실에 맞는 새로운 모습으로 변모된 면이 없지 않다.

김상훈의 시는 전적으로 서구 근대시의 기법을 학습한 시인들의 작품과는 달리 전통적 시형식·시정신이 느껴지며, 또 전통의 특정 흐름을 수용하여 근대시를 창작한 시인들의 작품(예컨대 김소월의 시)과는 달리 현실비판적 정신이 전면에 두드러지는바, 이는 김상훈이 악부시의 민중 지향적 시정신과 당대적 고민을 적절히 결합시킨 데에 연유한다고 생각한다. 현실비판적 시정신의 측면에서 김상훈은 프로시인이나 해방 후 전위시인들과 강한 동질성을 갖고 있다. 하지만 그들의 시가 곧잘 이념을 앞세움으로써 시적 형상화에는 미숙함을 드러내곤 한 데 반해, 김상훈의 시는 토착적·민중적 정서를 바탕으로 삼고 있다든가,[69] 자칫 정치적 구호의 생경한 제시로 빠지기 쉬운 시대적 정황에도 불구하고 시적 형상성을 저버리지 않았다는 평[70]을 받고 있다. 김상훈의 이러한 면모는 그가 악부시의 정신과 기법을 일찌감치 자기화하고 있었던 데에 힘입고 있는 면이 없지 않다.

김상훈은 악부시의 민중 지향적 시정신을 단순히 계승하고 있는 것이 아니라, 그것을 지양하여 새로운 단계로 끌어올리고 있다. 그런 만큼 한국악부시와 김상훈의 시는 역사적 배경, 물적 기반, 시인의 세계관에 있어 자못 차이가 있다. 구체적으로는 현실 모순의 파악 방식, 민중에 대한 태도, 미래에 대한 전망, 시인의 자기 인식 등에서 상당한 차이가 있는데, 이에 대해서는 좀 더 자세한 논의가 필요하다.

전통시대 사대부 지식층은 악부시를 통해 민중적 현실의 다양한 측면에 폭넓은 관심을 표현했다. 하지만 그들이 민중의 참상을 고발하고 강력하게 현실을 비판하고 있을지라도 그들의 고발과 비판은 중세의 체제 모순 자체에 대한 것이라기보다는 유교적 정치이상과는 괴리된 현실에 대한 것이었다. 다시 말해 현실의 부정적 제 면모는 유교정치의 근본 이념, 즉 애민정신을 회복함으로써만 부정될 수 있는 것이라 여겨졌다. 이는 그들이 역사적 제약으로 말미암아 중세적 세계관의 테두리를 벗어날 수 없었던 데 기인한다. 그러나 김상훈의 시가 반영하고 있는 현실은 악부시의 현실과는 근본적으로 다르다. 김상훈에게는 전근대적·식민지적 잔재를 청산하고 진정한 민주적

---

69 임헌영, 「김상훈의 시세계」, 『항쟁의 노래』.
70 오성호, 「해방 직후의 전위시인들」, 『민족문학사 강좌』 하, 창작과비평사, 1995, 207면.

민족국가를 건설하는 것이 당면한 정치적 과제였다. 「전원애화」, 「가족」의 경우처럼 농민의 현실을 다루는 경우에도 김상훈은 지주·소작 관계의 모순이라는 각도에서 농민 문제를 파악하고 있으며, 「고개가 삐뚜러진 동무」, 「노동자」, 「메-데-의 노래」를 비롯한 다수 작품에서는 노동자의 삶을 자본제적 모순과 관련하여 파악하고 있다. 현실비판적 악부시인들의 세계관이 일종의 유가적儒家的 이상주의였다면 김상훈의 세계관은 사회주의적 이념이었다. 하지만 양자 모두가 충만한 인도주의 정신으로 무장하고 있음은 결코 소홀히 여길 수 없는 점이다.

이러한 현실 모순의 파악 방식 및 시인의 세계관의 차이는 민중에 대한 태도의 차이로 곧장 연결된다. 중세의 사대부 계급은 기본적으로 군주를 보필하여 민民을 통치하는 사회적 역할을 부여받고 있었다. 그들의 이념적 기반인 유학도 근본적으로는 통치철학의 성격을 강하게 띠고 있다. 따라서 그들이 민중에 대해 연민이나 동정 혹은 약간의 연대의식을 갖고 있다 할지라도 그것은 유교적 애민의식의 테두리를 결코 벗어나지 않는다. 그러므로 민중은 사랑을 베풀어야 할愛民 대상이지 그 이상은 될 수 없었다. 따라서 민중이 현실의 모순을 타파하는 '주체'로 인식되는 법이란 없었다.

이에 반해 김상훈의 시에서 노동자·농민·여성은 현실의 모순으로 인해 고통받는 존재인 동시에 그러한 모순을 타파할 주체로 인식되고 있다. 앞서 언급한 「전원애화」, 「소」, 「농군의 말」에서 시인의 민중 인식이 단적으로 드러나거니와, 서사시 「가족」에서도 시인은 여주인공 복례를 소작인의 딸에서 지주의 첩으로, 다시 노동자로, 혁명투사로 변신시키고 있으며, 어머니·돌쇠·돌쇠아내 등도 변혁의 주체로 변신시키고 있다. 그 외 많은 작품에서 시인은 민중을 변혁 주체로 인식하고 있다. 하지만 그의 작품에서 민중의 형상이 단일한 성격을 가진 것은 아니다. 주체적으로 각성한 민중이 있는가 하면, 수동적이며 미자각적인 민중이 여전히 광범하게 존재하고 있다. 「전원애화」의 한 부분에서 시인은 다음과 같이 외치고 있다.

> 아아 토지(土地)를 농군(農軍)에게 다고. 배고파서 일 못하는 농군(農軍)이 없게 해다고……
> 이렇게 부르짖고 싶다. 딱한 백성들이 이렇게 부르짖어야 한다.
> 그러나 그들은 양(羊)보다 순하기에 양복쟁이 두려워 고개 숙이고,
> 모도다 빼앗기고도 말할 주변이 없다.[71]

시인의 목소리는 안타깝고도 침울하다. 이러한 안타깝고도 침울한 정조가 「전원애화」 전편을 지배하고 있다.

그외 「며누리」, 「순이順伊」 등 다수의 시편에서 스스로를 변혁의 주체로 자각하지 못하는 민중의 모습이 그려지고 있는데, 이러한 작품은 암울한 정조를 띠게 된다. 반면, 「고개가 삐뚜러진 동무」에서는 당당하고 적극적인 변혁 주체로서의 민중인물이 훌륭하게 형상화되고 있으며, 「메-데-의 노래」, 「기旗폭」, 「회장會場」 등에서도 주체적인 민중의 형상이 그려지고 있다. 한편 「소을이」, 「가족」 등에서는 미자각의 민중적 인물들이 나중에는 변혁적 주체로 변화됨을 보게 된다. 하지만 「소을이」나 「가족」에서 등장인물들의 각성 이전과 각성 이후의 삶은 다분히 불연속적이며 그들이 각성에 이르는 과정은 전혀 구체적으로 형상화되고 있지 않다. 등장인물들의 성격 변화는 다

---

71 『항쟁의 노래』, 24~25면.

소 느닷없는 방식으로 제시된다. 「소을이」나 「가족」이 객관적 현실을 적극 시에 끌어들이려는 기획하에 이야기시·서사시 양식을 모색했다는 점은 높이 평가되어야겠지만 변혁 주체의 형상화라는 측면에서는 구체성이 부족하다. 따라서 작품의 전체적 완성도 또한 미흡한 점이 없지 않다. 다시 말해 민중이 변혁 주체이어야 한다는 시인의 당위가 그와는 괴리된 현실을 압도한 셈이다. 민중 인식에 있어서 당위와 현실의 괴리로 인해 김상훈의 이야기시와 서사시는 상당한 결함을 내포하게 되었다.

시인이 민중을 변혁의 주체로 인식한다 할지라도, 그런 인식이 자동적으로 작품의 높은 성취도를 보장하는 것은 아니다. 조선 후기 정약용의 「소경에게 시집간 여자」는 여성의 운명을 다룬 조선 후기 서사시 중에서도 가장 뛰어난 수준을 보여주고 있는데, 이 작품에서 여주인공은 남편으로부터 달아나 중이 되는 길을 택함으로써 부당한 현실에 소극적으로 저항하고 있다. 이에 반해, 「소을이」나 「가족」에서 여주인공들은 남편으로부터 달아나 민주투사로 변신하고 있다. 개인적인 운명의 사회적·역사적 연관성을 인식한 점에서 '소을이'나 '복례'는 분명 새로운 여성이다. 하지만 등장인물의 생생한 개성 및 구체적인 현실묘사에 있어서는 「소경에게 시집간 여자」가 훨씬 뛰어난 성취를 보여 준다. 「소경에게 시집간 여자」에서 시인은 목격자이자 청취자로서 냉철하게 인물들을 형상화하고 있을 뿐 자신의 의도나 당위를 앞세우지 않는데 이러한 시인의 태도가 오히려 높은 시적 성취를 가능케 한 하나의 요인이 되지 않았는가 여겨진다.

다음으로, 전대 악부시와 김상훈 시에 있어서 미래에 대한 전망의 차이를 살펴보자. 전대의 악부시에서는 핍박받고 수탈당하는 민중의 모습은 너무도 핍진하게, 너무도 가열한 어조로 표현되고 있으나 주체로서 일어서는 민중의 모습은 찾아보기 어렵다. 악부시인이 염두에 둔 가장 중요한 독자는 중세의 군주였다. 그들은 자신의 시가 군주에게 읽혀짐으로써 군주가 백성의 현실을 제대로 알고 올바른 정치를 하는 데 도움이 되기를 바랐던 것이다. 사대부 계층의 현실비판적 시는 군주를 계몽하고자 했던 것이지 백성을 계몽하고자 한 것은 결코 아니었던 것이다. 따라서 악부시에 나타난 현실은 아래로부터의 변혁이 아니라 위로부터의 선정善政에 의해서만 변화될 수 있는 성질의 것이었다.

김상훈은 민중이 주체가 된 진정한 민주적 민족국가가 수립을 염원했다. 민주적 민족국가의 이념은 사회주의였다. 「학병의 날」에서 시인은 "벗아! 의붓자식의 서름이 얼마나 매웁드냐 / 명일의 조선엔 의좋고 착취없는 나라를 세우자"라고 말하고 있으며, 「가족」의 말미에서는 "오늘부터 시작하는 것이다 / 슬픈 이야기가 끝난 다음부터 / 살려는 노력은 개시되는 것이다 // 찬란한 명일을 기다리는 마음만이 / 뼈아픈 진통의 의의를 안다"라고 하여 미래에 대한 희망을 표현하고 있다. 하지만 그의 시에 있어 "찬란한" 미래는 당위이며 희망이긴 하나 아직 구체적이고 뚜렷한 현실적 계기로서 드러나고 있지는 않다고 생각된다.

이제 끝으로 시인의 자기 인식을 살펴보기로 하자. 전대 악부시인들은 기본적으로 통치 계급의 일원이었다. 그들이 실제 권력에 참여하고 있는 경우는 물론이거니와 권력에서 소외되었거나 혹은 대역죄인으로 장기간의 유배 생활을 하는 경우일지라도 사대부 계급으로서의 자신을 부정하려는 지향이나 기도企圖를 보인 경우는 찾아보기 어렵다. 군주를 보필하여 백성을 위한 정치를 펼치는 것이 사대부 계급의 임무이자 자신의 임무라는 사실은 추호도 의심되지 않았다. 당연한 것이지만 김상훈의 자기의식은 전연 다르다. 그의 자기의식을 잘 보여주는 작품으로는 「아버지의 문 앞에서」와 「나의 길」이 있다. 여기서 시인은 자신의 존재기반을 부정하고 민중의 일원으로 다시 태어나고자 한다. 우리 근현대시 가운데 지식인의 자기부정이라는 주제를 이처럼 잘 형상화하고 있는 작품도 드물지 않나 여겨진다. 「나의 길」의 서두는 다음과 같다.

> 나는 이제 두살백이다
> 지주의 맏아들에서 가난뱅이의 편으로 태생하였다
> 살부치기를 모조리 작별하고
> 앵무새처럼 노래부르든 버릇을 버렸다[72]

악부시에 있어서 시인은 민중에 대해 깊은 연민과 동정을 표현하고 있음에도 불구하고 목격자, 청취자, 기록자 이상의 존재는 아니었다. 따라서 그들과 민중 사이의 간극은 메워질 수 없었다. 하지만 김상훈의 경우 그는 자신을 부정하고 혁명적 실천의 전위로서 거듭 나고자 했다. 악부시인들이 민중 지향적 중세 지식인이었다면, 김상훈은 혁명적인 근대 인텔리겐치아의 면모를 보이고 있는 것이다.

---

72 『항쟁의 노래』, 41면.

4. 한시가 근대시에 수용된 몇 가지 길

이상에서 우리는 김상훈의 악부시에 대한 견해가 어떠했으며, 1940년대 후반 김상훈의 시가 악부시를 어떻게 수용하고 있는지 살펴보았다. 김상훈의 시는 소재 및 발상, 이야기시 및 서사시의 형식, 시정신 및 문제의식의 측면에서 전대 악부시의 전통을 계승하고 있었다. 하지만 김상훈은 치열한 현실 인식과 실천적 관심에 입각하여 악부시의 전통을 적극 변용하고 있음을 알 수 있었다. 그렇다고 해서 김상훈이 민중적·현실비판적 시를 쓴 것을 순전히 악부시 전통과의 연관 속에서만 보아야 한다는 것은 아니지만, 그의 문제의식이 악부시적 예술기법 및 문제의식에 힘입어 독특하고 탁월한 시적 성취를 이룰 수 있었음은 분명하다. 1940년대 후반의 격변하는 현실 속에서 혁명적 실천의 무기로 시를 선택한 시인들의 경우, 자칫 목전의 급박한 정치 상황으로 인해 시적 형상화에 있어서는 문제점을 노정하기 쉬운 상황이었음에도 불구하고 김상훈의 시는 상당한 수준의 시적 성취를 보여주고 있으며, 이야기시 및 서사시 양식에 대한 진지한 모색을 보여주었다. 이는 김상훈의 시인적 개성에 말미암은 바 없지 않겠으나, 그의 풍부한 한시 교양, 구체적으로는 악부시적 교양에 힘입은 바 크다고 판단된다.

이 글에서는 김상훈의 1940년대 후반의 시만을 살펴보았다. 그러면 한국전쟁 이후 북한에서의 그의 시세계는 어떠했던가? 이에 대해서는 별도의 연구와 평가가 필요하다고 생각되는데, 여기서는 다만 북한문학사에서 그의 대표작으로 꼽는 「흙」(1970)[73]의 경우를 통해 간단히 살펴보기로 한다.

이 작품은 시의 화자를 "남조선의 한 농민"으로 설정하여 그가 "수령님"께

흙을 바치며 올리는 말로 이루어져 있다. 농민이 직접 말하는 형식으로 시를 쓰는 것은 전대 악부시의 예술기법 중 하나이다. 하지만 「흙」의 경우 목소리의 외관外觀은 농민이지만 그 목소리에는 구체적 현실성이 거의 느껴지지 않는다. 따라서 그것이 농민을 가장한 시인의 목소리임이 곧 드러나는바, 이런 경우는 악부시적 예술기법이 구체적인 민중 현실과 괴리됨으로써 오히려 지식인이 허상虛像의 민중을 대변하는 부정적 역할을 하는 데에 기여하고 있는 셈이다. 북한에서 창작된 그의 시 중에서 '어머니'와 관련된 몇 작품은 분단 상황으로 야기된 가족적 비극이 비교적 잘 형상화되어 있는 편이다. 하지만 악부시적 기법을 보여주는 다수의 작품들은 이념의 생경한 선전을 마치 실제 민중의 소리인양 표현하고 있어 오히려 시적 감동을 저해하는 요인이 되고 있다. 이를 통해 진정한 악부시적 정신이 결여된 악부시적 기법의 수용은 무의미한 것임을 깨닫게 된다. 정신이 결여된 기법이란 한낱 기교에 다름아닌 것이다.

이제 김상훈 시의 악부시적 전통이, 근대시에 있어서 한시 전통의 계승이라는 보다 포괄적인 문제와 어떻게 관련되는지 살피면서 이 글을 마무리하기로 한다.

한국악부시는 한시의 한 장르로서 전통시대 사대부 지식인의 문학이었다. 사대부 지식인들은 시조나 가사를 창작하기도 했지만, 그들의 시가詩歌 창작은 한시를 통해 가장 지속적이고 포괄적이며 광범하게 이루어졌다. 한시는 사대부 지식인의 교양물로서 자신의 주관적 정서나 감정, 개인적 체험, 세계

---

73 이 작품은 북한에서 출판된 그의 시집 『흙』에 수록되어 있다. 시집의 제목이 '흙'인 사실을 통해 이 작품이 그의 대표작 중 하나임을 알 수 있거니와 1995년 1월 22일 자 『동아일보』, 5면의 김상훈 관계 기사에서도 「흙」이 북한문학사에서 그의 대표작으로 꼽히고 있음을 언급하였다.

인식을 표출하는 가장 주요한 수단이었다. 한시 중에서도 근체시 및 일반고시가 사대부 계급의 개인적 처지나 감정을 표출하는 수단이었다면, 악부시는 타인의 처지나 사회적 감정을 대변하는 것이었음을 이 글의 서두에서 언급한 바 있다. 그런데 이러한 장르 구분과는 별도로 시정신의 측면에서 한국한시사를 조망해 본다면 거기에는 몇 갈래의 뚜렷한 흐름이 존재하였고 그것은 제각각 근대시로 계승되었다. 요컨대 한시가 근대시에 수용된 데에는 몇 가지 길이 있었는데, 김상훈의 경우는 그중 하나였다. 이 문제는 별도로 심도있게 연구되어야 할 과제라고 판단하는데, 여기서는 저자의 생각을 간략히 언급하는 데 그치기로 한다.

시정신의 측면에서 본다면 한국한시에는 대체로 네 갈래의 뚜렷한 흐름이 존재하였다고 생각한다.

첫째는 사土로서의 명분과 이념으로 세계와 맞서며 자신의 지조와 절개를 표현한 경우이다. 도저到底한 정신성으로 타락한 세계에 홀로 맞서는 선비의 모습은 역사적 격변기에 특히 도드라져 보이지만, 외적 현실의 추이와 관계없이 선비 계층의 내면에 늘상 잠재되어 있는 선비정신의 핵심이기도 하다. 우리는 이러한 선비정신의 조형적造形的 형상화를 저 유명한 추사秋史의 〈세한도歲寒圖〉에서 발견할 수 있다. 한시의 경우 이러한 시정신은 정제된 단형短形으로 표현되며, 비장의 미학이 두드러진다. 이는 고려 말 원천석의 시를 비롯하여 조선 전기 성삼문成三問(1418~1456)·이개李塏(1417~1456)등의 절명시絶命詩, 조선 후기 김상헌金尙憲(1570~1652)의 시, 구한말 의병장의 시, 황현黃玹(1853~1910)의 절명시로 이어지고 있다. 한시의 선비정신이 근대시에 수용된 가장 뚜렷한 경우는 이육사(1904~1944)의 시에서 찾아볼 수 있다. 특히 그의 시「절정」은 극적이고 장엄하기까지한 선비정신의 마지막 시적 표현이라 할 수 있다.

둘째는 인간적 현실로부터 한걸음 물러나 자연을 관조하고 자연과의 조화·합일을 추구하는 '관조의 정신'을 표현한 경우이다. 이러한 관조의 정신은 인간을 자연의 일부로서 인식하고 자연을 도道의 현현顯現으로 파악하는 유가철학儒家哲學에서 비롯된 것으로, '처사적處士的 삶'을 영위한 인물의 시에 뚜렷이 나타나지만 대부분의 사대부 계급 인물이 기본적으로 갖고 있는 지향이라 할 수 있다. 서경덕徐敬德, 이황李滉의 시가 대표적인 경우이며 이루 예거할 수 없을 정도로 많은 작품들이 존재한다. 이러한 한시의 관조적 시정신이 근대시에 수용된 가장 뚜렷한 경우는 조지훈(1920~1968)의 시에서 찾아볼 수 있다. 조지훈의 한시 교양은 『유수집流水集』이라는 한시집을 남길 정도의 것이었는데, 그의 국문시에서도 한시의 관조적 정신과 기법을 느낄 수 있다. 「파초우」 같은 작품은 정신과 기법 뿐 아니라 그 시적 발상에 있어서도 이백의 「독좌경정산獨坐敬亭山」과 깊이 연관되어 있음이 지적된 바 있을 정도로[74] 그의 시가 한시 전통과 맺고 있는 연관은 현저하다.

셋째는 민중 지향적 정신을 표현한 경우이다. 사대부 계급이 민족·민중 현실에 관심을 가지거나 현실에 대해 비판적 정신을 가졌을 때 그것은 곧잘 악부시로 표현되었다. 그러한 악부시 정신이 김상훈의 시세계에 근대적으로 계승되었음은 앞서 확인한 바 있다.

넷째는 여성적 정조를 표현한 경우이다. 유교사상은 기본적으로 이성 중심적·남성적 철학인바, 중세적 속박에서 벗어나 감정의 자유를 구가하려는 경우나 혹은 남성적 질서로부터 소외된 인물들이 그들의 상실감·격절감隔絶

---

74 조지훈 시의 한시적 전통에 대해서는 이동환, 「지훈시에 있어서의 한시 전통」, 『조지훈 연구』, 고려대 출판부, 1978 참조.

感을 표현하고자 할 때 주로 여성적 취향·여성적 정조의 시가 쓰이곤 했다. 조선 중기 삼당시인三唐詩人이나 임제의 몇몇 시, 조선 후기 최성대의 작품이 대표적인 경우이며, 허난설헌許蘭雪軒(1563~1589)을 비롯한 많은 여성 시인들의 한시 작품도 동일한 시정신과 예술기법의 전통을 공유하고 있다. 한시 전통에 있어서의 이러한 여성적 정조는 안서 김억(1895~?)의 시세계에 계승되고 있다. 안서는 수많은 한시 작품을 번역한 바 있는데,[75] 흥미로운 것은 그가 번역한 한시가 우리나라 작품이든 중국 작품이든 간에 거의 대부분이 여성 시인의 시이거나 여성적 정조의 시라는 사실이다. 안서가 상징주의의 영향으로 정조情調를 중시하는 시관詩觀을 가진 데 연유하는 면도 있겠으나, 현실로부터 소외된 식민지 지식인으로서 안서가 느꼈던 상실감·격절감이 한시 전통 중에서도 여성적 정조의 시만을 주목하고 번역하게끔 했으며 그것이 실제 창작에까지 이어졌던 것으로 생각된다.

이상, 한시가 근대시에 수용된 몇 가지 길에 대해 간략히 생각해 보았다. 우리나라 시사詩史에서 한시와 근대시는 언뜻 보기에는 전혀 다른 별개의 영역처럼 여겨지지만, 실제로는 그렇지 않음을 알 수 있다. 위에서 거론한 이육사, 조지훈, 김상훈, 김억은 상당한 한시 소양이 구체적으로 확인되는 경우인데, 그들은 시정신뿐 아니라 시적 발상, 예술기법 등에 있어서도 한시의 특정 전통을 계승하고 있다. 물론 이들의 시세계에는 한시의 전통을 계승한 측면 외에도 다른 측면들이 존재한다. 하지만 한시의 특정 전통이 그들 시세계의 주요한 한 본질을 구성하고 있음은 분명하다. 그들 각자는 한시의 전통 중에서 왜 각기 다른 측면을 주목했던가? 그것은 그들의 현실 인식 및 삶의

---

75 『안서 김억 전집』(한국문화사, 1987)에는 그의 『한시 역집』이 포함되어 있으며, 그것을 정리한 책이 홍순석 편, 『김억 한시 역선』, 한국문화사, 1988로 나와 있어 참조가 된다.

지향점이 달랐기 때문이다. 과거의 풍부하고 다양한 문학유산 중에서 어떤 것을 어떻게 계승할 것인가에 대한 해답은 언제나 시인의 현재적 삶에서 도출되는 것이기 때문이다.

원 게재처

제1부

「서사한시와 현실주의」, 『민족문학사연구』 2, 민족문학사연구소, 1992.

「서사한시의 장르적 성격」, 『한국한문학연구』 17, 한국한문학회, 1994.

「한문서사시의 개념과 전개 양상」(원제 : 「한국 한문서사시 연구」), 『한국한문학연구』 22, 한국한문학회, 1998.

「서사가사와 가사계 서사시」, 『고전문학연구』 10, 한국고전문학회, 1995.

제2부

「조선 전기 악부시의 양상」(원제 : 「조선 전기 악부시 연구」), 『한국문화』 13, 서울대 한국문화연구소, 1992.

「김려의 '사유악부'」(원제 : 「'사유악부' 연구」), 『고전문학연구』 6, 한국고전문학회, 1991.

「이학규의 악부시와 김해」, 『한국시가연구』 6, 한국시가학회, 2000.

「조선 후기 악부시의 지방 인식」, 『인문과학』 27, 성균관대 인문과학연구소, 1997.

「한국악부시의 근대적 행방」, 『한국한문학연구』 18, 한국한문학회, 1995.

찾아보기

인물명

가실 107, 111, 112
강이천 175~177, 202
강희맹 164, 172
곽재우 19
권필 172, 283, 284
권헌 15, 53
김건순 176
김규 46, 48
김규태 112
김동환 27, 285
김려 64, 106, 173~176, 222, 224, 226, 232, 239, 241, 242, 248, 249, 272~274, 288
김맹성 162, 221, 238
김민택 117
김상헌 302
김상훈 7, 27, 109, 261, 263~277, 279~286, 288, 289, 291~295, 297~304
김석준 223
김선 176
김성일 15, 57, 162
김소월 293
김수온 165, 172
김시습 221, 280, 281
김응하 19
김이백 176
김일손 257
김조순 185

김종직 162, 165, 221, 238, 239
김창흡 46
김평묵 257
남곤 258
논개 23, 257
두보 161, 219
마명 103
박제가 223
박지원 24, 118
박치복 27, 106, 112, 113, 288
박효랑 107, 118
백거이 39, 162, 219, 268, 278
백광훈 23, 48, 158, 159, 168
백원항 16, 282
복경 220
서거정 19, 161
서경덕 303
서유린 202
설손 153
설씨녀 107, 111, 112
성간 15, 48, 50, 57, 72, 161, 163
성삼문 302
성해응 15, 57, 64, 106, 288
성현 151~157, 161, 164, 170, 245, 282
송병준 257
송순 15, 53, 57, 162, 166, 167, 277, 283
송징 167
신광수 53, 222, 239
신광하 46, 118

신국보 283
신석우 222
신유한 223, 240
신흠 151~157, 160, 162, 170, 283
심광세 272~274
안서 304
안석경 118
안수 57, 167
양대박 19
어무적 166
연희 181~187, 195, 211~213
영산옥 181, 187, 188, 203
오광운 112
우통 220
운묵선사 101, 102
원진 219, 268, 277
원천석 280, 302
유거사 106, 113
유상량 188, 191, 202~206, 212
유성룡 113
유우석 220, 268
유진오 265
유진한 105, 115, 117
유호인 162, 221, 238
윤광소 117
윤근수 157
윤여형 16, 221
윤정기 223
윤현 15, 166, 277
이개 302
이건창 98
이광사 105, 110~112, 192
이광정 15, 64, 77, 80, 105, 117, 118, 282, 288
이규보 16, 100, 101, 278, 280, 281, 288
이노원 190

이병정 200~203, 205, 208, 212
이복휴 112
이상적 223, 240
이석형 164, 282
이수광 158~160, 255
이순신 19
이안눌 57, 98
이안중 117, 190
이옥 117
이용악 28, 264, 269
이우신 190
이원배 27, 106, 110~112, 118, 288
이유원 223
이육사 302, 304
이익 112, 273, 274
이정 257
이학규 15, 37, 216, 217, 222, 224, 226~237,
     239, 245, 249, 253, 274
이형보 63, 106, 112
이황 303
임동립 257
임상덕 57
임숙영 98
임억령 46, 167, 172
임제 158~160, 169, 172, 221, 239, 277, 304
임창택 112
임화 28, 285, 287
장지완 222, 239
전우 257
정몽주 153
정민교 15
정분 257
정사룡 23, 170
정약용 15, 18, 24, 46, 53, 57, 63, 106, 118, 172,
     208, 222, 224, 226, 227, 239, 242, 251, 283,

288, 289, 297

정여창 257

정온 257

정충신 19

정포 16

조구상 117

조성립 48

조수삼 222, 223, 240

조식 257

조위 162, 221, 238

조지서 257

조지훈 303, 304

조현범 239, 254, 255

조희룡 118

주문모 176

진극경 257

최경창 23, 158, 159, 168, 172

최성대 57, 64, 77, 78, 105, 117, 283, 288, 304

최숙청 162

최영경 257

최익현 257

하경복 257

하항 257

한유 239, 254, 257~259

한유한 257

향랑 21, 22, 64, 107, 117, 119, 120

허격 58

허균 39, 57

허난설헌 162, 304

혜겔 40, 92

홍간 153

홍랑 168

홍세태 278

홍순언 106, 113, 114

홍신유 15, 46, 48, 64, 105, 112, 118, 278, 288

홍양호 46, 48, 57, 58, 222, 239, 241, 248, 249, 273, 283

홍중징 255

황현 302

작품명

「가실가」 112

「가족」 27, 109, 282, 286, 288~292, 295~298

「가천죽지곡伽川竹枝曲」 162, 238

「갑민가」 125, 128, 131, 132, 134, 136

「강남곡江南曲」 159

『강남악부江南樂府』 239, 248, 254~256

「강절부행姜節婦行」 23, 24, 170

「강창농가江滄農歌」 222, 226, 227, 230, 231, 233

「객지에서 늙은 여자의 원성老客婦怨」 20

「거우행車牛行」 48, 278

「걸사행乞士行」 24

「경선전京仙傳」 189

『계서고溪墅稿』 112

『계서야담』 113

「고개가 삐뚜러진 동무」 286, 295, 296

「고시위장원경처심씨작古詩爲張遠卿妻沈氏作」 64, 77, 79, 80, 106~108, 173, 174, 189, 288~290

「고시위초중경처작古詩爲焦仲卿妻作」 289

「고아행孤兒行」 268

「고장안행古長安行」 284

「고정기사시苽亭紀事詩」 222, 226~228, 233

「고취곡鼓吹曲」 154

「공작동남비孔雀東南飛」 23, 79, 96, 108, 268, 282, 288, 289

「관서악부關西樂府」 222, 239

「광문자전廣文者傳」 24, 118

『구삼국사舊三國史』 101

『구암집龜巖集』 111, 118

「구운몽」 140

「국경의 밤」 27, 109, 285

「군자행君子行」 155

「궁사宮詞」 159, 161

「궁사사시宮詞四時」 161

「궁원宮怨」 159

「궁촌사窮村詞」 164

「규사閨思」 159

「금강」 27, 109

「금관기속시金官紀俗詩」 222, 226, 229, 239, 241, 249, 251

「금관죽지사金官竹枝詞」 226, 229, 230, 239

「금릉죽지사金陵竹枝詞」 223

「금리가擒鯉歌」 63, 80, 106, 112

「금마별곡金馬別曲」 222

「금성곡錦城曲」 169, 172, 221, 239

「기경기사시己庚紀事詩」 226～228

「기旗폭」 296

「기농부어記農夫語」 280

『기문총화』 113

「기민飢民」 226

「길 닦이 노래」 282

「김부인열행가」 95, 125, 128, 135, 136, 138～145

「金홍도題丁大夫乞畵金弘道」 24

「나의 길」 291, 299

「나홍곡羅嗊曲」 161

「낙동요洛東謠」 165, 221

「난부인㜻婦引」 153

「남문 밖에서 산대놀이를 구경하고南城觀戲子」 24

「남호어가南湖漁歌」 222, 226, 227, 230, 231, 233

「노동자」 285

「노인행老人行」 57, 163

「농구農謳」 164, 165, 172

「농군의 말」 279, 280, 295

「농부탄農夫嘆」 162

『눌은집訥隱集』 118

「능주사綾州詞」 226

「능주잡시綾州雜詩」 226

「단천의 절부端川節婦詩」 22, 27, 290

「달량행達梁行」 48～50, 81, 168

「달문가達文歌」 24, 118

「대농부음代農夫吟」 280, 281

『대동속악부』 112, 113

『대동악부』 112

「대민음代民吟」 280

『대열』 263, 267

「덴동어미화전가」 95, 138～141, 143～145

『동국악부』 111

「동도악부東都樂府」 151, 165, 221, 239

「동명왕본기」 101

「동명왕편」 16, 88, 98, 100, 101, 103, 288

『동야휘집』 113

「동작나루 두 소녀江上女子歌」 23

『동패낙송』 113

「떠나는 사람」 283

『력대 시선집』 264, 268

「막태우행莫笞牛行」 278

「만전춘별사」 165

「매탄옹賣炭翁」 268

「맹호행猛虎行」 161

「메-데-의 노래」 295, 296

「며느리」 282, 296

「면해민綿海民」 57, 60

「명비원明妃怨」 161

「모별자母別子」 57, 60, 162

「목란사木蘭辭」 96, 108

「목면사木綿詞」 164

「무자추애개자戊子秋哀丐者」 60

「문개가聞丐歌」 57, 166

「문인가곡聞隣家哭」 53

「물거초勿去草」 155

「미인행美人行」 161

「바람도 쉬어 넘는 고개」 38

「박조요撲棗謠」 168, 169

「박효랑전」 118, 121

「방가행放歌行」 188

「방주가古詩爲張遠卿妻沈氏作」 23, 27, 290

「백사음白絲吟」 16, 282

『백화집白華集』 112

「번방곡飜方曲」 168, 172

「벌목행伐木行」 164, 282

「보은금報恩錦」 27, 106, 112~115, 288

「보허사步虛詞」 159

「부휴자전浮休子傳」 155

「북새잡요北塞雜謠」 222, 239, 241, 242, 272, 273

「북풍」 286

「북행백절北行百絶」 222

「분양악부」 239, 248, 254, 257~259

「분양악부汾陽樂府」 239

『불소행찬佛所行讚, Buddhacarita』 103

「비분탄悲憤歎」 48, 81

「빈녀음貧女吟」 162

「빈녀탄貧女歎」 46, 48

『사씨남정기』 107, 115, 117

「사월십오일四月十五日」 57

『사유악부思牖樂府』 173~175, 178~181, 184,
    188, 190, 191, 197, 198, 201, 203, 204, 208
    ~215, 224, 232, 239, 241~243, 245, 248,
    249, 251

「삭방풍요」 248

「산유화여가山有花女歌」 21, 23, 27, 64, 77, 78,
    80, 105, 107, 108, 117, 283, 288

『삽교만록』 113

「상동초가上東樵歌」 222, 226, 227, 230, 231, 233

「상랑전」 117

「상률가橡栗歌」 16, 221

「상사원相思怨」 161

「상원이곡上元俚曲」 173

「상원죽지」 273

「상전가곡傷田家曲」 162

「생녀행生女行」 154

『서사시집 가족』 263, 267, 286

『석가여래행적송釋迦如來行蹟頌』 101~103

「석신막지부행析薪莫持斧行」 226, 246

「석유소불위행昔有蘇不韋行」 105~107, 117, 118,
    121

「석호리石壕吏」 161

「설씨녀薛氏女」 111

「성도악부成都樂府」 222, 239

「세시기속시」 273

〈세한도歲寒圖〉 302

「소」 278, 279, 295

「소경에게 시집간 여자道康瞽家婦詞」 22, 27, 290,
    297

「소년행少年行」 161, 226

「소을小乙이」 282, 286~288, 291, 292, 296, 297

「소혜랑소전蘇蕙娘小傳」 189

「송대장군가宋大將軍歌」 20, 46, 81, 83, 167, 172

「송랑곡送郎曲」 169, 170, 172

「송신곡送神曲」 161

『수산유고酉山遺稿』 190

「수졸원戍卒怨」 46

「순이順伊」 296

「술악부사述樂府辭」 165, 168, 172

「술회述懷」 98

「습수요拾穗謠」 168, 169

「승발송행僧拔松行」 58, 61

『시경』 14, 15, 39, 41, 266~268
「신악부」 219
『신증승평지新增昇平志』 255
「심홍소전沁紅小傳」 189
「아버지의 문 앞에서」 299
「아부행餓婦行」 48, 49, 52, 72, 73, 163
『악부신성樂府新聲』 158~160, 170
「악풍행惡風行」 163
『악학궤범』 157
「안현가鞍峴歌」 46
「앙가 5장秧歌 五章」 37, 39, 224
「애강남哀江南」 212
「야야곡夜夜曲」 268
「야전황작행野田黃雀行」 155, 156
「양양곡襄陽曲」 159
『양은천미』 113
「양춘가陽春歌」 154
「여사행女史行」 23
「여소미행女掃米行」 53
『역대 중국시선歷代中國詩選』 267, 268, 276, 277
「연경잡절燕京雜絕」 223
『연경재전집硏經齋全集』 112
「연희언행록蓮姬言行錄」 182, 189
「열녀향랑전」 117
「열부상랑전」 117
「염체豔體」 159
「엽견기獵犬記」 283, 286
「영남악부嶺南樂府」 226, 227, 239, 241, 245, 248, 249
「영남탄嶺南歎」 18, 60, 166, 167, 172, 277
「영랑곡迎郞曲」 169, 172
「영신곡迎神曲」 161
「예맥요刈麥謠」 168, 169
「예맥행刈麥行」 164
「오뇌곡懊惱曲」 22, 283

「오산곡鰲山曲」 169, 172, 239
「오적어행烏賊魚行」 283
「옥생요玉笙謠」 154
「옥천 정녀 노래沃川貞女行」 23
「완전사宛轉詞」 226
「외국죽지사」 220
「외마행喂馬行」 98
「외이죽지사外夷竹枝詞」 223
「용강사龍江詞」 21, 23, 168
「용부가」 130, 131
『용비어천가』 88, 103
「우령사雨鈴詞」 224
「우리 옵바와 화로」 287
「우명右銘」 155
「우부가」 125, 128, 130, 131, 134, 136
「우산잡곡牛山雜曲」 173
「우아전禹娥傳」 189
「우양약雨暘若」 165
「우해이어보牛海異魚譜」 173
「원별리怨別離」 16
「원시怨詩」 161
「월남죽지사」 220
「유객행有客行」 57, 60
「유거사柳居士」 20, 27, 64, 80, 105, 106, 112, 113, 288
「유민원流民怨」 57, 58, 283
「유민탄流民嘆」 166
「유선사遊仙詞」 159
『유수집流水集』 303
「유인최씨묘지명孺人崔氏墓志銘」 189
「유한림영사부인고사당가劉翰林迎謝夫人告祠堂歌」 105~107, 115, 116
「윤돈죽지사倫敦竹枝詞」 220
「응천죽지곡凝川竹枝曲」 162, 221, 238
「의술부도의사擬戌婦擣衣詞」 153

「의토적복수소擬討賊復讐疏」 259
「이 씨 부인의 노래李少婦詞」 21, 23
「이국죽지사異國竹枝詞」 223
「이노행貍奴行」 283
「이소離騷」 212
「이소부사李少婦詞」 168, 169
「이시미 사냥擒蟒歌」 24, 27, 112
「이역죽지사異域竹枝詞」 220
「이진죽지사伊珍竹枝詞」 222
「이화암의 늙은 중梨花庵老僧歌」 20, 21
「일동죽지사日東竹枝詞」 223, 240
「일본죽지사」 220, 223, 240
「임명대첩가臨溟大捷歌」 48, 81
「임열부향랑전林烈婦薌娘傳」 117, 118, 120
「자식과 이별하는 어머니母別子」 18
「자야가子夜歌」 268, 276
「자야곡子夜曲」 275, 276
「자야사시가子夜四時歌」 276
「잠부음蠶婦吟」 162
「잠부탄蠶婦歎」 155
「장기농가長鬐農歌」 222
「장안도長安道」 155
「장애애시張愛愛詩」 189
「장진주將進酒」 268
「전가사田家詞」 162, 268, 277
「전가영田家詠」 162
「전가요田家謠」 161, 162
「전가원田家怨」 160, 162, 276, 277
「전가행田家行」 161, 277
「전부사田夫詞」 160
「전불관행田不關行」 22, 27, 64, 78, 80, 106, 107,
        112, 113, 288
「전성남戰城南」 268
「전옹가田翁歌」 48
「전원애화田園哀話」 276, 277, 285, 286, 295, 296

『전위시인집』 263, 267
「전하산가前下山歌」 226
「절비옹折臂翁」 268
「절정」 302
「정객」 283
「정부원征婦怨」 153, 226
「정설염전鄭雪艶傳」 189
「정안전貞雁傳」 188, 189, 203
『제왕운기帝王韻紀』 97, 98
「제주걸자가濟州乞者歌」 53
「제총요祭塚謠」 168, 169
「조령서 호랑이 때려잡은 사나이鳥嶺搏虎行」 24
「조생원전」 140
「조선죽지사」 220
「조술창 노인의 장독 노래助述倉翁醬瓮歌」 20
「조용嘲慵」 155
「종앙사種秧詞」 226
「죽지사竹枝詞」 153, 221, 268
「지친 병사의 노래疲兵行」 18
「직부행織婦行」 161
「착빙행鑿氷行」 282
「참마항斬馬衖」 106, 110
「채련곡采蓮曲」 159
「채릉곡採菱曲」 159
「채복녀採鰒女」 226
「채산가採山歌」 224
「천상요天上謠」 154
「천용자가天慵子歌」 24, 46, 118
「철거우행鐵車牛行」 278
「첩박명妾薄命」 154, 268
『청구야담』 113
「청규원靑閨怨」 161
「초동사樵童詞」 153
「초산곡楚山曲」 169, 172, 239
「초원」 286

「촉직사促織詞」 153

「최북가崔北歌」 24, 46, 48, 71~73, 118

「최북전」 118

「최정부시오십운崔貞婦詩五十韻」 189

「추우탄秋雨歎」 155, 156

「추월가秋月歌」 24, 46

「추천사鞦韆詞」 161

「축성원築城怨」 162

「춘궁원春宮怨」 159

『춘향전』 22

「탁목탄啄木歎」 166, 167, 172, 283

「탁목행啄木行」 283

「탐진농가耽津農歌」 222, 227, 239

「탐진어가耽津漁歌」 222, 227, 239

「탐진촌요耽津村謠」 222, 227, 239

「토산촌사녹전부어兔山村舍錄田父語」 19

「투구행鬪狗行」 283

「파경사」 112

「파경합破鏡合」 27, 105~107, 110, ~112, 115, 288

「파지리波池吏」 53, 74

「파초우」 303

「패강가浿江歌」 169, 172, 221, 239

「평양죽지사平壤竹枝詞」 222, 239

『풍요선집』 264, 268, 269, 271

「피병행疲兵行」 167

「학병의 날에」 298

「한양 협소행漢陽俠少行走贈羅守讓」 24

「함양남뢰죽지곡咸陽灆濡竹枝曲」 162

「'한인韓人'」 283

『항쟁의 노래』 263, 264, 266

「해남리海南吏」 57

『해동악부』 112

「행로난行路難」 155, 268

「향랑요薌娘謠」 21, 23, 27, 64, 77, 78, 105, 107,

117, 118, 120, 121, 170, 283, 288

「향랑전」 117, 118

「향렴체香匲體」 159

「향렴香匲」 159

『허백당풍아록虛白堂風雅錄』 151~153, 157, 160, 161, 170

「호야가呼耶歌」 164, 282

「호호가浩浩歌」 155

「홍의장군가紅衣將軍歌」 46, 81, 83

「화국죽지사和國竹枝詞」 223

「화전가」 138

「황성이곡黃城俚曲」 173, 209, 222, 239, 241, 242, 251

「황작가黃雀歌」 161

「황주염곡黃州艶曲」 39

「회장會場」 296

「효향렴체效香匲體」 159

「후산만영后山謾詠」 259

「후하산가後下山歌」 226

『흙』 263, 264, 301

「힐양리詰楊吏」 58, 60

핵심어

4음보 연속체 136, 144, 145

가사 123~125, 127, 131, 135, 136, 139, 140, 142~145, 293

가사 장르의 운동성 128

가사계 서사시 94, 95, 123, 140~142, 144, 145, 285

가사체 서술 140

가사체 소설 125, 140

개별발화 43~48, 50, 71, 85, 93, 130

고려속요 165

고사성故事性 217~219, 228, 229
고전서사시 88~91, 122, 141
고지동사告知動詞 53
과거와 현재의 융합 184
과거의 현재화 184
관각 문인館閣文人 157
관각 취향館閣趣向 154, 157
관시찰속觀時察俗 213
교술敎述 91, 92, 98, 120, 128, 142, 144, 145
교술성敎述性 97, 98
교환발화交換發話 43, 93
구두창작口頭創作 270, 272
구비서사시 14, 90, 91, 94, 95, 99~101, 122
구전설화 112~115, 117, 121
국문서사시 88, 94, 95
궁체宮體 21
근대 인텔리겐치아 299
근현대 서사시 30, 89, 91, 94, 95, 109, 122
기록서사시 23, 91, 94, 95, 99~101, 109, 122
기사적紀事的 특성 228
기속악부紀俗樂府 151, 158, 163~172, 175, 197,
    213, 214, 225, 273
김상훈의 서사시 109
남장男裝 137
농가 231
단면적 진술 74, 85
단편서사시 89, 285~288
담시譚詩 28, 88, 89, 285, 286, 288
당시풍唐詩風 158
대연작大連作 180, 215
대화화對話化 42, 62, 65
리얼리즘론 30
매개발화媒介發話 42~46, 51, 55, 56, 61, 62, 68,
    74, 76, 85, 86, 93, 127, 130, 132, 139, 144
무속서사시 94, 95, 100, 141

민간가요 218~220, 230, 231, 238, 272, 273
민간화된 역사 167, 169, 172
민속지民俗誌 232, 237
민요 14, 39, 135, 165, 170, 218, 230, 269, 272,
    275, 292
민요 취향 170, 172
민요서사시 94, 95
민요시 172
민족의식 249
민족적·민중적 지향 171, 172
민중 13, 14, 17, 19, 20, 25, 26, 39, 95, 110, 175,
    177, 178, 190, 197, 205, 207~210
민중 생활사 210, 214, 232, 243
민중 지향적 271, 293, 294, 299, 303
민중 현실 62, 213, 275, 284, 292, 301, 303
민중시 13, 262
민중의 생활세계 197
민중적 성향 191, 243
민중적 인물 20, 167, 190, 196, 210, 212, 243,
    249, 296
민중적 정조 165, 174, 211, 213, 292, 293
민중적 지식인 14
민중적 현실 28, 210, 219, 220, 294
박효랑 실록 118
발화 구조 43, 93, 127, 130, 132, 139
발화 대상 43
발화자 42~46, 50~52, 57, 62, 63, 68, 71, 74,
    85, 86, 127, 130, 132, 133, 139
범인凡人서사시 105
베트남 122, 216
보풍토譜風土 237
본격적 서사 42, 43, 79, 90, 93, 96, 126~128,
    134, 141, 142, 144, 145, 285, 287, 289
본시本詩 101, 111, 113, 114
부녀가사婦女歌辭 135

부령富寧　176~181, 188, 191, 192, 194, 195,
　　197, 198, 200, 203~206, 210, 211, 212,
　　214, 215, 224, 232, 242, 243, 251, 253
부제언不齊言　179
사대부 지식인　14~16, 25, 62, 177, 178, 240~
　　242, 271, 301
사설시조　36, 38
사실주의적 미학　224
사회주의　275, 295, 298
삼당파三唐派　158, 168
생활서사시　105
서사가사　30, 90, 93, 123~125, 127, 128, 131,
　　134, 135, 138, 141, 144, 145, 285
서사무가　30, 35, 90, 94, 124, 285
서사민요　30, 90, 94, 124, 285
서사성　26, 69, 73, 75, 77, 79, 80, 87, 97, 98, 104,
　　111, 122~125, 127, 128, 134, 138, 139, 142
　　~145, 229, 285
서사악부　31, 96, 220, 284~288, 291
서사인 가사　127, 131
서사적 가사　127, 131
서사적 경향　11, 90, 96, 128, 284, 285
서사적 요소　15, 26~28, 33, 35, 36, 44, 68, 69,
　　71, 72, 76, 85, 87, 92~94, 97, 98, 112, 123,
　　125~128, 130~132, 134, 136, 142, 144,
　　145, 285~288
서사적 지향　11, 26, 28, 30, 33, 35, 36, 69, 88,
　　142, 180, 214, 215, 287
서사화　139, 288
서사화 경향　123, 124
서술시점　116
서정악부　31, 96, 174, 215, 220, 284~286, 295
서학西學　176, 177
선비정신　302
소서小序　111, 113, 258

소설화　124, 139, 140
소설화 현상　122
소악부小樂府　168, 175, 225, 238, 272, 273
송시풍宋詩風　158
승가기탕勝歌妓湯　234
시적 발화詩的發話　41, 98
시점視點　50, 62, 72, 86, 121
시점視點의 교체　66
시점視點의 변화　116
시조　168, 301
시행발화詩行發話　92
신유박해辛酉迫害　176, 224, 226
신제악부新製樂府　163
악부　217, 218, 269
악부서사시　96, 170, 268, 282, 288, 289
악부시적 기법　301
악부시제樂府詩題　162, 163, 171, 277
악장樂章　154
애민시愛民詩　208, 210, 242, 251
애민의식　15, 163, 295
애민적 전통　15, 267
액자 구조　114
액자 형식　143~145, 287
액자구성　55~58, 60, 61, 63, 86, 138, 143, 287
야담　24, 31, 65, 104, 110, 112~115, 121
야담집　113
양고리羊羔利　235
어가　231
여성서사시　108, 109
여성의 정한情恨　161, 169
여성적 감정　152~154, 156, 158~162, 165,
　　168, 169
여성적 정조　160, 162, 303, 304
여성적 정취　169
여성적 취향　212, 304

여성화자 154, 161
여협女俠 185
연작 서정악부 174, 215
연작악부시 222, 226, 228, 238, 239, 254
영물시詠物詩 41
영사시詠史詩 97, 98
영사악부詠史樂府 98, 111, 112, 151, 165, 172,
    174, 175, 225, 239, 248, 256, 273
영웅서사시 16, 88, 89, 96, 100~102, 105
옥대체玉臺體 21, 160, 190, 212
온유돈후溫柔敦厚 204
우국애민憂國愛民 167, 227, 292
유기적 진술 85, 86, 130, 139, 144
유민流民 17, 59, 166, 199, 201, 279
율격 91, 92, 136, 140, 141, 143, 165, 181
율격이 없는 본격적 서사 141
율격이 있는 본격적 서사 141
율격이 있는 서사 92
율문서사 92, 96
의고악부擬古樂府 151~163, 169~171, 175,
    225, 226
의고주의 시풍 157
이곡俚曲 230, 231
이야기시 28, 30, 69, 88, 89, 275, 282, 284~286,
    288, 291, 292, 297, 300
일반고시一般古詩 96, 261, 268, 302
일본 23, 122, 216, 223, 236, 251~253
잡요雜謠 230, 231
장편 서사악부 170, 174, 215
장편서사시 30, 90, 96, 112, 173, 282
재현의 미학 237
전계傳系소설 142
전위 299
전통의 창조적 전화 291
전후前後 칠자七子 157

절명시絶命詩 302
죽지사체竹枝詞體 180
즉사명편卽事名篇 163, 228, 229
지방사地方史 214, 232, 248~250, 254, 256, 257
지배적 목소리 86
지배적 시점 86
지역성 217~225, 229~231, 238, 239
진인眞人 176, 259
차고유금借古諭今 250
천주교 176, 177
철리시哲理詩 41
촌요村謠 230, 231
춘추대의春秋大義 258, 259
판소리 14, 30, 35, 94, 95, 110, 115, 116, 121,
    141, 285
패사소품稗史小品 177
풍간정신諷諫精神 267
풍유성諷諭性 292, 293
학명파學明派 157
한교사가漢郊祀歌 154
한문서사시 28, 31, 35, 43, 76~80, 85, 88, 91,
    94~99, 101, 103~105, 109, 110, 112~
    122, 141~143, 145, 285, 288
해외죽지사海外竹枝詞 220
향렴체香奩體 160
현실 대응력 172
현실주의 12, 25, 28~30, 160
홀공이忽空伊 234
화이론적 세계관 240
황장목黃腸木 203, 204